中國近・現代文學叢刊 12

欲望的文學風旗

——沈從文與張愛玲文學行為考論

解志熙

人間出版社

敬獻給吾師劉增傑先生

目次

沈從文的愛欲書寫？

呂正惠

將近十年前，我在台灣的大陸書專賣店看到一套新出的《沈從文全集》（北岳文藝出版社，2002），其中的文學編共二十七冊，我立刻整套搬回家。當天晚上大致翻了一遍，非常滿意，覺得可能是目前中國現代作家全集編得最好、印刷和裝幀最精美的一套。後面還有五卷《物質文化史》，收的是沈從文文物研究的成果，每卷的訂價幾乎都將近前面二十七冊的總訂價，但第二天我還是全部買了下來，以表示對全集的策劃者張兆和女士和收集、整理未刊稿（約440萬字）的沈龍朱和沈虎雛兩位先生的感謝和欽佩之意。

在翻閱二十七冊的文學編時，我發現，張兆和女士似乎努力將沈從文所遺留下來的一切作品，包括所有能找到的書信、日記和未刊稿全部搜集在內。事實上，這種作法對沈從文是「不利」的。將來如果有人仔細的閱讀這一套全集，一定會發現，一些既有的對沈從文的詮釋是值得懷疑的。譬如說，沈從文在 1949 年以後受到嚴重迫害，以致不得不停止文學創作。可是，從全集的一些資料就可發現，這種講法是說不通的；當時沈從文的心態實際上很不健全，可能需要另外解釋。這一些張兆和女士其實是很了解的，但她還是決定把這些資料收進去了。顯然，她心裡一定認為，沈從文是什麼樣的人，就應該如實呈現，以便後人研究，這是她的責任。她的這種心胸真是令人佩服。

我對沈從文並沒有特殊的偏見，我所反感的，是那些毫無保留的吹噓者。如果按照他們的講法，沈從文幾乎就是聖人了，而他的文學成就或者可以和魯迅並駕齊驅、或者還要超過魯迅。這實在很難讓人接受。其實，沈從文的人格是有一些值得探索的地方，遠比一般人想像的複雜，決非完美無缺；沈從文的作品寫得最好的時候，確實很迷人，但也有嚴重的缺點，他在中國現代文學史上的地位恐怕還有爭論的餘地。因為這一套全集的出版，我一直期待恰如其分的沈從文研究能夠出現。但我等了將近十年，情況好像沒有什麼變化。没想到就在這個期間，我偶然認識了北京清華大學的解志熙教授，在跟他一起抽煙、喝酒、聊天之餘，竟然發現，他對沈從文的看法不但和我相近，而且還比我深入得多，我非常高興。解教授跟我說，他原來是崇拜沈從文的，後來越讀越發現問題。他可以說是入乎其中，深知底細的，不像我只是浮面的感覺。

我們就從沈從文作品中最成問題的「性」開始談吧。我讀他的《阿黑小史》、《柏子》和《從文自傳》中關於性與女人部份時，總不由得感覺到沈從文態度輕浮，趣味低級。對這一點我還不太敢自信，後來發現，非常推崇沈從文的趙園教授也有類似感受。她說：

> （沈從文的）男主人公所以被認為「灑脫」，只因了他們漁色獵艷的那份本領。在這樣的一種「人性觀察」中，女性作為現代意義上的「人」的命運，甚至完全不在作者的興趣範圍之內。（《中國現代小說家論集》，152 頁，人間出版社，2008）

趙教授說，「我應當承認，我讀這些作品（按，趙教授提到的作品，和我前文所說的不完全相同）時不能不懷著厭惡」（出處同上）。解志熙當然也注意到這個方面。他花了大力氣去探索這個問題，最後發現，這是沈從文的人格和藝術的根本問題。他以最謹慎的態度，花了兩年多的時間，寫成了〈愛欲抒寫的「詩與真」〉這一長達 170 頁的論文，幾乎就是一本小書了。我敢以最肯定的態度說，自開始有沈從文評論與研究以來，這是最有份量的一篇文章。

解志熙首先談到沈從文的「文學標準像」，他說：

> 一個有點保守而又非常可愛的「鄉下人」進城後用文學守望人性、收穫事業與愛情雙重成功的故事，

> 已成了學界以至世人津津樂道的美好傳奇……經過許許多多文學史論著的反復論述，這樣一個「鄉下人」沈從文的「文學標準像」，已成為深入人心的存在和無可置疑的定論了。（本書第4頁）

解教授出身西北農民家庭，本來也是這個「文學標準像」的崇拜者，大學本科畢業論文寫的就是沈從文。但是，隨著閱讀的深入，他終於發現，沈從文並不是這個樣子：

> 直到上世紀八十年代末，讀到沈從文的一些重要自述文字如〈水雲〉、〈從現實學習〉等，我才多少意識到這個流行的沈從文「文學標準像」或許只是一個表像。進入新世紀以來，不時地拜讀新出版的《沈從文全集》，並且不斷地有緣接觸到沈從文的一些佚文廢郵，把它們與《沈從文全集》中的相關文本反復校讀，使我越來越深切地感覺到，在「鄉下人」沈從文的「文學標準像」背後，其實還存在著另一個更多苦惱的現代文人沈從文。（第5頁）

從這個地方就可以看出《沈從文全集》的貢獻，如果沒有這一套全集可以隨時供研究者前後對照著查考，有些問題並不那麼容易顯現出來。同時，因為有了這一套全集，解教授和他的學生才能據以發掘尚未收入全集的佚文（共三十餘篇），並從中看出更多的問題。

解教授〈愛欲抒寫的「詩與真」〉這一篇長文，是文本細讀（包括沈從文所有的作品）、作者傳記（沈從文的生平經歷與文學發展）與文學史背景（現代文學流派及思潮）的綜合研究成果，功夫細密，考證精詳，文筆生動，很難撮述要點。我這篇序文主要是想吸引大家閱讀這篇文章，因此，我大量摘取原文，將它們串連起來，以便大家更方便的掌握其要點。為了使文章通暢易讀，我就不注出每一小段的出處了。

一、沈從文在文學的學步階段感受最為深切的問題，也正是當時一般文學「新青年」的典型問題──「生的苦悶」與「性的苦悶」，尤其是後者。不難理解，懷抱著備受壓抑的愛欲，新文學青年沈從文所深感吸引的文學理論，便不能不是當時因魯迅等人的介紹而成為文學青年「聖經」的廚川白村的文學理論──那種「生命力受到壓抑而生的苦悶之象徵」的文藝主張，只是以當時沈從文的才力，他還無法把自己「受壓抑無可安排的鄉下人對於愛情的憧憬」以象徵的形式表現之，而只能採取直抒胸臆的主觀抒情方式來表達。也因此，年輕的沈從文從生活上到創作上都願意模仿的資深作家，便不是以冷靜客觀地描寫鄉村社會見長的魯迅，而是以自敘傳的形式表現時代青年「生的苦悶」尤其是「性的苦悶」的郁達夫了。諸如此類以「郁達夫式悲哀擴張」表現自己「受壓抑無可安排的鄉下人對於愛情的憧憬」的自敘傳作品，沈從文在二十年代中後期實在是寫了許多許多。這些作品大多很粗糙，後來研究者大半不予重視，因此幾乎無人注意到早年的沈從文從創作到生活其實都「郁達夫化」了。

二、在新月派的徐志摩以至胡適眼中，沈從文那些「郁達夫式悲哀擴張」之作，其實不過是照貓畫虎的模擬，主張文學的節制與健康的他們，並不讚賞沈從文亦步亦趨地模擬「郁達夫式悲哀擴張」的感傷與衰颯作風，比較而言他們更欣賞的乃是沈從文對鄉土生活、軍中生活的浪漫描寫，他們敏銳地發現這類作品才會讓沈從文的創作更有個人特色，而聰敏的沈從文不久也發現，他其實同樣可以在這類作品中寄寓其浪漫的愛欲想像。於是，青春的「愛欲」就這樣在鄉土浪漫傳奇敘事裡得以轉喻，這對沈從文來說真是柳暗花明、峰迴路轉的新開端。沈從文這種像徵性抒情的「愛欲傳奇」，這種另類的浪漫抒情，無疑投合了北平學院知識份子亦風亦雅的美學趣味，所以受到了學院文人學者的普遍讚賞。

三、三十年代的沈從文還從周作人以及魯迅那裡，領會到了節制的抒寫和低調的抒情之好處，尤其是周作人散文之平和沖淡的抒情格調，實在潛移默化了沈從文的寫作風格，使他的小說不再傾情宣洩、一覽無餘，而逐漸變為含蓄隱秀且略帶憂鬱和澀味了。沈從文還從周作人所介紹的藹理斯的文藝理論，了解了文學藝術乃是「愛欲」藉以「排洩與彌補」的象徵表達形式。此時沈從文所謂的「人性」實際上仍以他先前念茲在茲的「愛欲」為根底，只是如今經由周作人的影響，而吸取了藹理斯理欲調和的人生觀和藝術觀，並以樸野而又優美的鄉土敘事來加以寄託，由此產生了三十年代的一批傑作，特別是《邊城》。沈從文說，他的作品都在「為人類『愛』字作一度恰如其分的說明」，這就是他的「人性」觀，其實，這裡的「愛」在很大程度上還是集中於人類在「愛欲」上的矛盾、糾結與掙扎。至於鄉土題材還是都市題材，則都不過是寄託愛欲的背景、借喻風情的風景而已。

沈從文從初次發表作品到出版《邊城》（1924-1934）總共花了十年的時間。解志熙對沈從文這十年文學歷程的分析就如以上所簡述的：從魯迅譯的廚川白村加上郁達夫，到胡適和徐志摩，再到周作人和周作人介紹的藹理斯。可以看出沈從文確實既認真、又善於學習，他能夠在寫作上出人頭地，決不是僥倖的。不過，雖然寫作上不斷的精進，但基本核心始終不脫「鄉下人在城市受壓抑的愛欲」這個焦點。應該說，對沈從文發展的階段性構圖，沒有比這個更清晰、更具說服性的。解教授談到的郁達夫和藹理斯對沈從文創作的影響，尤其發人之所未發。解教授還藉此釐清了沈從文所謂「人性」論的秘密，讓人眼光為之清朗。我終於了解，為什麼沈從文的作品老是瀰漫著令我為之不耐的「性」問題。

當然，這樣的節要只見其骨架，遺失了很多細節，但也無可奈何。作為彌補，我想再舉一個簡單的例子，說明解教授這篇長文值得細讀：

沈從文二十年代後期一度到上海借自曝苦悶的自

> 敘和都會情色書寫來獲得市場銷路以換取生活之資的行為，也與海派作家的作風如出一轍。就此而言，二十年代的沈從文毋寧更像個海派作家。也因此，沈從文三十年代對海派文學的批評，在派別對立的表像之下，其實暗含著自我揚棄的意味。（57 頁）

這一分析透露了沈從文早期作品水平低下、而又能賣得出去的秘密；同時，也指出了沈從文地位穩固以後，為什麼蓄意攻擊海派作家。解教授説，沈從文様做是為了「自我揚棄」，真是厚道之言；換個角度，不妨也可以説，沈從文藉攻擊别人來「自我漂白」，以便讓别人忘了，他也曾是個海派。像這様的分析，忠心耿耿的沈從文迷是説不出來的。

1931 年 8 月，沈從文經徐志摩推薦，到青島大學任教；1932 年暑假，沈從文到張兆和家求婚，得到張家應允。就在這一段時間，沈從文的寫作藝術日趨成熟，可謂事業、愛情均有所成，此後應該是一帆風順了。但恰恰就在這個時候，「性的苦悶」卻以料想不到的方式又跟他碰了頭。這一次卻是都市知識女性高青子擾亂了他的心。解志熙説得好：

> 儘管沈從文創造了翠翠、蕭蕭、三三等美麗善良的鄉村少女形象，但進城後的文藝青年沈從文其實也難免「見異思遷」，他真正心愛的恐怕並非翠翠、蕭蕭和三三那樣的鄉村少女，而是女學生張兆和、女職員高青子、高校校花俞珊等等現代的都市知識女性。自然了，这後一類女性同時也就成了沈從文的烦惱之

所在。（12 頁）

這就更加說明，關鍵是沈從文無法抵抗現代知識女性的誘惑，善良的鄉村少女只不過是他藉以排遣的「鄉土寓言」而已。

一般都誤讀了沈從文著名的城市情愛小說〈八駿圖〉，以為是在諷刺都市男女知識份子之間混亂的愛情關係，很少人想得到，這根本是在影射高青子、俞珊一類的知識女青年如何吸引了沈從文的注意，最後導至沈從文終於「上鈎」。應該說，這篇小說的客觀化處理非常成功，沒有人會往這方面懷疑，要不是沈從文自己洩了底，恐怕就要莫白於天下了。解教授這篇長文一開頭就提到，1934 年的某一天，沈從文如何找到林徽因，跟她傾訴他正深陷於情感危機而備受煎熬。應該說，如果這件事在當時的文壇有所流傳，也是由於沈從文自己沈不住氣。但這到底並未留下文字記錄，並不足為憑。有趣的是，後來沈從文自己把這些事行之於文，這就是首次發表於 1943 年的〈水雲〉。〈水雲〉以一種極為飄渺的、充滿夢幻似的抒情筆法綜合描述了他的幾次婚外戀情，將〈水雲〉與〈八駿圖〉對照著讀，就完全能體會，〈八駿圖〉其實是夫子自道。我第一次跟解教授見面，他跟我談到這一點，我回台灣後仔細閱讀了〈水雲〉，真是大大的吃了一驚。不管我以前如何想像沈從文，我都不可能想到，沈從文竟然會在訂婚與結婚的這一空檔期發生這樣的事情，只能用不可思議去形容。

更不可思議的是，《邊城》就是沈從文在新婚不久的妻子與他極為迷戀的情人高青子之間糾纏痛苦時候的藝術產品，我們不能不佩服，這時候的沈從文真是把藹理斯的文藝理論實踐到極致了。解教授長文的第一節就是要證明這一點，我就不再作摘要了，有興趣的讀者請自行閱讀。

現在大家都會承認，沈從文的創作生涯是以《從文自傳》（1932）、《邊城》（1934）和《湘行散記》（1936）為最高潮的。但是很少人意識到，也就是在抗戰前夕，他的創作力開始走下坡，當然是緩緩的走下坡，所以很少引起注意。解志熙說：

> 事實上，到三十年代後期沈從文的鄉土抒寫已陷於進退兩難的困境：繼續優美愉快的理想人性加理想鄉土之抒情吧，那差不多已是寫無可寫，所以寫了也是重複──原擬寫十個《邊城》的計畫不能不擱淺，就是為此；進而按照「文學的求真標準」來開展對鄉土社會的批判性寫實麼，那又面臨著主觀上的不忍心及不善於駕馭長篇和客觀上的出版檢查之困難（這個困難是存在的，但顯然被沈從文及一些沈從文研究者誇大了，其實發表和出版總是「有機可乘」的，否則就無法解釋在四十年代的國統區何以出版了那麼多比《長河》更嚴厲批判農村社會現實的中長篇小說了），於是他只好放棄──《長河》創作的半途而廢，就是緣於這主觀和客觀的原因。（94-5 頁）

我完全同意解教授的看法。1937 年沈從文寫《小砦》（計畫中的十個《邊城》的第一部），寫了〈小引〉和第一章，就因抗戰爆發而停筆。抗戰初期（1938）寫《長河》，受到檢察官的删削，勉強寫完第一部，第二部就不寫了。抗戰後期，寫《芸廬紀事》（1942-3），由於第三章只淮刊登一半，也就不再續寫了。誠如解教授所說，出版檢查確實妨礙沈從文寫作，但也没有那麼絶對。主要還是，對於湘西那一塊鄉土，沈從文再也激發不出創作的新動力了，所以只要客觀條件一出現困難，就輕易放棄。解教授在他的長文的第四節談到沈從文三十年代鄉土抒寫的得與失，就明白點出，就在沈從文的創作高潮，人們已能清楚看出他的缺陷——人物個性太善良單純，缺乏變化，不深刻，多讀幾篇就有重複感，這一點，連一向推崇他的李健吾（劉西渭）也終於發現了問題，忍不住要委婉的流露不滿之意。

三十年代中期沈從文和高青子的婚外戀，沈從文終於靠著他旺盛的創作力（《邊城》、《湘行散記》以及同時期一些精彩的短篇）而勉強克服了。三、四十年代之交，沈從文又碰到一次更嚴重的婚外戀，而這時他正處於創作低潮，因此這個危機就一直延續到 1949 年新政權的建立，然後才被迫面對客觀現實，從而有了他的完全不同的後半生。這就是解教授這篇長文最後兩節所要挖掘和探索的、到目前還極少人知道的沈從文一生中最隱密的一段歷程。

沈從文的這個秘密，在學術界一直被另一個焦點問題所蒙蓋住。1948年3月，郭沫若在香港的《大衆文藝叢刊》第一期發表〈斥反動文藝〉一文，其中嚴厲批判沈從文的〈摘星錄〉和〈看雲錄〉（按，當作〈看虹錄〉）是「桃紅色」文藝的代表作。如今的學者大多批評郭沫若以政治力壓迫沈從文，從而導致沈從文在1949年承受不了而自殺。只有少數研究者，努力追踪沈從文據說在1944-5左右出版的小說集《看虹摘星錄》，想要透過文本追求真相。應該說，這個問題最後是由解教授和他的學生裴春芳共同解決的。關於這個問題紛亂到什麼程度，以及解教授和他的學生如何找到真正的〈摘星錄〉，請參看本書115頁至124頁解教授細密的分析。解教授長文的第五節，就好像偵探查案一樣，經過層層的抽絲剥繭，終於揭開謎底，真相原來是，沈從文迷戀上了他的小姨妹子張充和，而那篇一直被隱藏起來的真正的〈摘星錄〉才是導致破案的關鍵文本。

應該說沈從文對張充和的愛欲糾葛終於導致他一生迷戀愛欲的危機的總爆發，並且影響到他的藝術創作——他的純樸的鄉土故事寫不下去了，他的「新愛欲傳奇」（〈摘星錄〉和〈看虹錄〉）受到當時人許多的批評。正是在這樣的時刻，1949年的政治巨變發生了，這個客觀的歷史改變了他的後半生。大家都認為他主要是受到政治壓迫而放棄寫作，非常同情他，殊不知沈從文卻因此擺脫了他在感情和寫作上的困境，一方面別人完全忽略了那一段非常嚴重的婚外情，而另一方面沈從文又在文物研究上取得了另一種成果。他的迷情大家沒看到，他的另外一種努力的成果，大家都看到了，而且事過境遷，他的早期的文學成就也受到極大的吹捧，實在是「幸運」極了。我這樣的説法好像是在講風涼話，但請大家仔細參閱解教授長文的最後一節，再想想我的説法是不是有道理。

解教授這篇長文我很仔細的從頭到尾看兩遍，關鍵處還反覆看了幾次。解教授希望我提出一些批評，因此最後我想談一點看法，希望將來解教授有機會能夠解決這個問題。這個看法來源於我讀完全文後的感慨：為什麼當時看過〈摘星錄〉與〈看虹錄〉的人，包括許傑、孫陵和吳祖緗（他們都可以説是開明派）都對這兩部作品不以為然，吳祖緗甚至批評説，「他自己（指沈從文）更差勁，就寫些〈看虹〉、〈摘星〉之類烏七八糟的小説，什麼看虹、摘星啊，就是寫他跟他小姨子扯不清的事！」語氣非常不屑（見本書134-5頁），而沈從文卻堅持認為自己寫的是藝術作品？如果説，沈從文在寫《邊城》時，從正面把藹理斯的理論發揮到極致，那麼，他在寫〈摘星錄〉和〈看虹錄〉時，就完全誤用了藹理斯的理論，他已經分不清藝術和曝露個人（性）隱私的界限了。從五四時代提倡個人解放（包括性解放），推崇個人真情的抒發，最後怎麼會導致很有藝術才華的沈從文「滑入」性曝露、並且還堅認這是藝術呢？如果現在有人據此而推崇沈從文是中國現代「情欲文學」的鼻祖，那就是沈從文後期藝術理論的必然歸趨。這一點值得維護文藝的最後道德底線的人好好思考——從五四的個人解放怎麼會導致沈從文的藝術迷失呢？這就好像，從個人主義立場，怎麼會推導出「民族大義」是統治者的道德觀，個人可以不用在意，如抗日戰爭時期的周作人所認為的那樣。解教授已經對周作人問題有了極精彩的論述，我很希望他能為這篇極具重量的沈從文研究，補上一個更具理論性的結尾，讓全文趨於完美。

本書還收入了解教授輯錄、考訂沈從文佚文的七篇文章，可以看出他豐富的歷史知識和嚴密的考訂。就因為有了這種紮實的工夫，他才能據以寫出我們一直在討論的那一篇長文。在這七篇之中，〈「鄉下人」的經驗與「自由派」的立場之窘困〉尤其重要，因為他說明了表面上堅持藝術自主性的沈從文其實是有鮮明的政治立場的。

關於張愛玲的一篇長文（116 頁），其重要性完全不下於論沈從文的那一篇，我想多講兩句，解教授對張愛玲最核心的看法，我以為是下面這一段話：

> 她 1944 年前的創作飽含同情地描寫亂世—末世凡夫俗子的命運與心性……可是進入 1944 年以後，張愛玲的心態急轉直下，她覺得破壞連著破壞的亂世沒有盡頭，個人即使等得及，時代是倉促的，所以孤獨無助的個人，與其在不可抗拒的亂世中無望地守望和等待，還不如本其生物性的求生意志、盡可能地追求個人的生存與發展，而且要「快，快，遲了就來不

及了，來不及了」。於是，在亂世裡但求個人現世之「自由，真實而安穩的人生」的人性—人生觀和文學—美學觀，便成了張愛玲 1944 年之後為人與為文的主導思想。（452-3 頁）

解教授圍繞這一點展開討論，先追溯張愛玲的家世、遭遇，再探討她早期成名作的藝術特質，最後分析她與胡蘭成的交往，以及此後他們在日偽時期的行為，這樣就看出了張愛玲從她一開始的藝術高峯迅速往下滑落的根本原因。我想接著講一句，1950 年代，張愛玲接受美國人的資助，寫了《秧歌》和《赤地之戀》這兩本反共小說，就證明了她作為藝術家的徹底墮落（張愛玲在 1949 年後還留在上海一段時間，因此她很清楚，她在這兩本小說中是違背事實在說話的）。所以可以說，張愛玲的「現世主義」，正如沈從文的「迷戀個人愛欲」都太過於在意自已，從某種意義來講，也就是太過「自私」，才造成了他們藝術生命的致命傷。

綜合解教授對張愛玲和沈從文的評論，就可以看出他作為一個學者和批評家的特質。他相信作家的人格特質和世界觀會影響他的人性論和美學觀，從最寬泛的意義上來講，他相信藝術上的「美」最後還是要跟道德上的「善」統一的。現在很少人敢堅持這一點，這正是他不可及的地方。儘管本書中的沈從文論文已經足夠單獨出書，他仍然希望在這一本書中同時收入沈從文和張愛玲的評論，因為他不是要寫作家論，他不只是要對一個作家進行褒貶，他真正想表現的是一種批評家的態度。這一點我完全能體會，所以也就不在乎這本書遠遠超過頁數。我想告訴讀者的是，你是花一本書的錢買了兩本書，這不是從經濟上來講，這是從價值上來看。

2012/9/14

愛欲抒寫的「詩與真」
——沈從文現代時期的文學行為敘論

一部田園牧歌背後的愛欲隱衷：
且從《邊城》表裡的「不湊巧」說起

1934年的一天，被公認為最懂感情的現代才女林徽因在家中接待了沈從文。此時的沈從文還在新婚的餘韻中，而他的文學事業也佳作頻出、蒸蒸日上，贏得了一片喝彩，所以朋友們都覺得苦熬多年的從文如今可謂感情與創作的雙豐收，真是生活在美滿幸福之中，誰也沒有想到他正深深地陷在一場情感危機裡備受煎熬。深感難以自拔的沈從文不得不去向擅長處理感情糾葛的林徽因求教和求救。聽著沈從文激動地傾訴其感情的困擾，林徽因十分驚訝而又非常驚喜，因為她由此發現了一個與自己有著相同苦惱的現代人沈從文。事後，林徽因特地寫信給其美國友人費正清、費慰梅夫婦，向他們報告了自己的這一「發現」——

> 不管你接不接受，這就是事實。而恰恰又是他，這個安靜、善解人意、「多情」而又「堅毅」的人，一位小說家，又是如此一位天才。他使自己陷入這樣一種感情糾葛，像任何一個初出茅廬的小青年一樣，對這種事陷於絕望。他的詩人氣質造了他自己的反，使他對生活和其中的衝突茫然不知所措，這使我想到雪萊，也回想起志摩與他世俗苦痛的拼搏。可我又禁不住覺得好玩。他那天早上竟是那麼的迷人和討人喜歡！而我坐在那裡，又老又疲憊地跟他談、罵他、勸他，和他討論生活及其曲折，人類的天性、其動人之處及其中的悲劇、理想和現實！……
>
> 過去我從沒想到過，像他那樣一個人，生活和成長的道路如此地不同，竟然會有我如此熟悉的感情，也被在別的景況下我所熟知的同樣的問題所困擾。這對我是一個嶄新的經歷。而這就是為什麼我認為普羅文學毫無道理的緣故。好的文學作品就是好的文學作品，而不管其人的意識形態如何。今後我將對自己的寫作重具信心，就像老金一直期望於我和試圖讓我認識到其價值的那樣。萬歲！[1]

撇開林徽因對左翼文學的傲慢與偏見不談，她對沈從文的「發現」倒是至今仍不失為一個重要的提醒，因為迄今仍

1 林徽因：〈致費正清、費慰梅・一（1934 年）〉，《林徽因文集・文學卷》第 354-355 頁，百花文藝出版社，1999 年。

有許多人只把沈從文看成一個過於單純的「鄉下人」、一個只會寫優美田園牧歌的鄉土抒情作家、一個數十年如一日地沉浸在童話般美滿婚戀中的幸運兒，殊不知他在愛欲上的憧憬、苦悶和掙扎並不亞於最西化的現代知識份子，甚至有過之而不及，而他在這方面的苦悶和掙扎之影響於他的創作，也實在是既深且重、非同尋常。或許只有弄清了這個由來已久的問題之由來及其對沈從文的重要意義，我們才能理解沈從文半生的「常與變」以至解放前夕的「瘋與死」之癥結。

即以沈從文的傑作《邊城》而論，它就遠非乍一看那麼單純，而委實是別有寄託在焉。

按，自《邊城》問世之後，它就成為關於沈從文文學的評論與研究之焦點，而以《邊城》為代表的三十年代創作，已然成為了標誌著沈從文一生創作最高成就的輝煌階段，此前此後往往被忽略不計了。檢點評論界和學術界近八十年來對這一時期沈從文創作的觀感，我們不難發現一個有趣的認知趨同現象，那就是無論人們的評價是高是低，但下述三點印象卻成了没有爭議的共識：其一，文學上的沈從文是一個「人性」的執著堅守者和傾心表現者；其二，他所堅守和表現的人性是以其特有的「鄉下人」的經驗和愛憎為標準的；其三，他對其所醉心的鄉村人性美、風俗美兼及自然美之表現，形成了獨具一格的抒情化敘述方式。這三點自然是統一的，此所以沈從文寫了那麼多關於田園鄉土的抒情小説以及抒情散文，悉心表現「鄉下人」的人性美、風俗美連帶著自然美，同時也直接或間接地表達對都市裡的卑瑣人性和卑瑣文化的批判。大凡讀過《邊城》以及稍後的《長河》等作品，再看看沈從文在〈《邊城》題記〉、〈《習作選集》代序〉和〈《長河》題記〉裡的自我解說，大概都不難得出上述觀感。當然，左翼批評家和左翼文學史家對這樣一個沈從文是不滿的，但那並不妨礙他們認定沈從文及其創作就是「如此這般」這樣一個事實。而非左翼的批評家和研究者則對這樣一個沈從文及其創作大都讚賞有加。事實上，近三十年來的文學史論著對沈從文文學的總體論述，基本上都是以沈從文這一時期的這樣一些作品，尤其是《邊城》和他的這樣一些自我陳述為依據，從中概括出來的看法大抵不外上述三點，其一致性幾乎達到了衆口一詞的程度。由此，一個雖然保守卻淳樸可愛的「鄉下人」沈從文孜孜矻矻用文學建築人性小廟的美好形象，成了近三十年來文學史敘述中的沈從文「文學標準像」。再加上不斷推出的沈從文文學傳記或評傳的宣敘，一個有點保守而又非常可愛的「鄉下人」進城後用文學守望人性、收穫事業與愛情雙重成功的故事，已成了學界以至世人津津樂道的美好傳奇。近來又據說，正是上述三點匯聚成了沈從文可愛的「保守性」，從而顯示出迥然有別於啟蒙的「五四」新文學和革命的左翼文學之反現代性、非政治性云云。總而言之，經過許許多多文學史論著的反復論述，這樣一個「鄉下人」沈從文的「文學標準像」，已成為深入人心的存在和無可置疑的定論了。

坦率地說，這樣一個以《邊城》為中心觀照而得的沈從文「文學標準像」，也曾是我長期以來的印象。直到上世紀八十年代末，讀到沈從文的一些重要自述文字如〈水雲〉、〈從現實學習〉等，我才多少意識到這個流行的沈從文「文學標準像」或許只是一個表像。進入新世紀以來，不時地拜讀新出版的《沈從文全集》，並且不斷地有緣接觸到沈從文的一些佚文廢郵，把它們與《沈從文全集》中的相關文本反復校讀，使我越來越深切地感覺到，在「鄉下人」沈從文的「文學標準像」背後，其實還存在著另一個更多苦惱的現代文人沈從文。

對此，沈從文自己其實早有暗示。說來有趣的是，「鄉下人」沈從文進城後專心致志於鄉土抒情的「文學標準像」，原是沈從文自己有意無意地幫助讀者建構起來的。多年來他反復地強調自己的「鄉下人」身份、愛憎及其對自己文學活動的決定性等等，從而把自己從紛紜擾攘的文壇中區別出來，成了一個不同一般因而更加引人注目的存在。可是當沈從文發現人們僅僅這樣看他和他的作品時，他似乎又感到有些得不償失，因而不無牢騷和不滿。譬如，1936年1月1日，已成京派文壇重鎮的沈從文編完自選集，他在代序中雖然一如既往地自矜其「鄉下人」氣質，卻又悵然若失地抱怨說，讀者倘只把他的作品視為一個「鄉下人」講鄉土的清新故事，實無異於「買櫝還珠」，那對作為作者的他則意味著創作的失敗——

> 我這種鄉下人的氣質倘若得到你的承認，你就會明白我的作品目前與多數讀者對面時如何失敗的理由了，即或有一兩個作品給你們留下點好印象，那仍然不能不說是失敗。我作品能夠在市場上流行，實際上近於買櫝還珠，你們能欣賞我故事的清新，照例那作品背後蘊藏的熱情卻忽略了，你們能欣賞我文字的樸實，照例那作品背後隱伏的悲痛也忽略了。[2]

這段表白特別值得玩味。因為「照例」，讀者對《邊城》等傑作的「好印象」，不正在於它們乃是一個富於「鄉下人的氣質」的作家對鄉土田園風情之清新的抒敘麼？然而細繹沈從文這段話的上下文，他對讀者這樣的欣賞其實並不那麼欣然，反而慨歎《邊城》乃是「成功的失敗」——成功了的是其顯然的鄉土田園風情之抒敘，失敗了的則是其「背後蘊藏的熱情」、「背後隱伏的悲痛」，這才是他著意要向讀者傳達的東西，可是正因為鄉土田園風情的抒敘太成功了，反倒使那「背後蘊藏的熱情」、「背後隱伏的悲痛」不被讀者所注意。這是一個很重要的提醒。然而可惜的是，就連沈從文的這個鄭重提醒也被人「順理成章」地誤解了——評論界和學術界一般都認為，沈從文所謂「背後蘊藏的熱情」、「背後隱伏的悲痛」，乃是在歎惋那極富人性美、風俗美兼自然美的鄉土文明之被銷蝕和消逝。籠統地說，沈從

2　沈從文：〈《習作選集》代序〉，《沈從文全集》第 9 卷第 4 頁，北嶽文藝出版社，2002 年。

文未始沒有這樣的傷感和隱憂，但具體而言，那未必就是沈從文寄託在《邊城》裡的隱衷和真意。正是有憾於這種幾乎成了定式和慣性的解讀，沈從文在四十年代撰寫的長篇創作自述〈水雲〉裡，又一次慨歎《邊城》的真意不被理解，並強調那真意乃是一些更隱秘的個人哀樂——

我的新書《邊城》是出了版。這本小書在讀者間得到些讚美，在朋友間還得到些極難得的鼓勵。可是沒有一個人知道我是在什麼感情下寫成這個作品，也不大明白我寫它的意義。即以極細心朋友劉西渭先生的批評說來，就完全得不到我如何用這個故事填補過去生命中一點哀樂的原因。正惟如此，這個作品在個人抽象感覺上，我卻得到一種近乎嚴厲而諷刺的責備。[3]

如所周知，「劉西渭先生的批評」即是李健吾的同名評論〈邊城〉。正是在這篇評論裡，李健吾盛讚《邊城》「是這樣一部 idyllic（田園牧歌風格的——引者按）傑作」，並把它與沈從文的另一篇顯然更富現代性的性心理分析小說〈八駿圖〉作了這樣的區別比較——

環境和命運在嘲笑達士先生（〈八駿圖〉的主要人物兼敘述者——引者按），而作者也在捉弄他這位

---

3 沈從文：〈水雲〉，《沈從文全集》第 12 卷第 113 頁，北嶽文藝出版社，2002 年。

知識階級人物。「這自以為醫治人類靈魂的醫生，」（他是一個小說家，）以為自己身心健康，「寫過了一種病（傳奇式的性的追求），就永遠不至於再傳染了！」就在他譏誚命運的時光，命運揭開他的瘢疤，讓他重新發見他的傷口——一個永久治癒不了的傷口，靈魂的傷口。這種藏在暗地嘲弄的心情，主宰〈八駿圖〉整個的進行，卻不是《邊城》的主題。作者愛他《邊城》的人物，至於達士先生，不過同情而已。[4]

李健吾對〈八駿圖〉的解讀——它揭示了一個現代知識份子達士先生（小說家達士身上顯然有沈從文的投影）在「性的追求」上的心理隱曲——是非常到位的，可是他只把《邊城》視為一部純粹的田園牧歌，確乎完全忽視了它「背後蘊藏的熱情」、它「背後隱伏的悲痛」。其實，像《八駿圖》的顯現一樣，《邊城》的背後也同樣有沈從文「被壓抑的熱情」之投射。只是那投射在《邊城》中的個人隱衷過於隱蔽，李健吾無從知曉，所以他對《邊城》的解讀，便難免讓沈從文有「完全得不到我如何用這個故事填補過去生命中一點哀樂的原因」之歎。

李健吾無疑算得上沈從文理想的「高級讀者」，可是連他也全然不解沈從文寄寓在《邊城》背後的隱衷，這足證沈

4　劉西渭（李健吾）：〈《邊城》——沈從文先生作〉，《咀華集》第75-76頁，文化生活出版社，1936年。

從文傾注於《邊城》中的寄託過於隱蔽了。有鑑於此，沈從文後來不得不在其創作自述〈水雲〉裡自曝其當年創作《邊城》的隱衷：那時的他在多年的挫折、壓抑和奮鬥之後，終於獲得了事業的成功，並且即將與他苦苦追求的一位美好女性張兆和結為佳偶，不料就在結婚的前夕，他卻偶然地與一個「偶然」——另一個美麗的女性——遇合，兩下裡顯然都「有會於心，『偶然』輕輕的歎一口氣。『美有時也令人不愉快！譬如說，一個人剛好訂婚，不湊巧又……』」，雙方懷著相見恨晚之感悵然分手後，沈從文即與未婚妻張兆和結了婚。可是新婚的幸福生活並不能使沈從文心滿意足，不無惆悵和苦悶的他為了平衡生命的波動、轉移情感的壓抑，便在新婚期間開始了《邊城》的寫作——

> 因此每天大清早，就在院落中一個紅木八條腿小小方桌上，放下一疊白紙，一面讓細碎陽光曬在紙上，一面也將為某種受壓抑的夢寫在紙上。故事的人物，一面從一年前在青島嶗山北九水旁所見的一個鄉村，取得生活的必然，一面就用身邊黑臉長眉新婦作範本，取得性格上的素樸良善式樣。一切充滿了善，充滿了完美高尚的希望，然而到處是不湊巧。既然是不湊巧，因之素樸的良善與單純的希望終難免產生悲劇。故事中浸透了五月的斜風細雨，以及那點六月中夏雨欲來時的悶人的熱，和悶熱中的靜與寂寞。這一切其所以能轉移到紙上，依然可說全是從兩年間海上陽光得來的能力。這一來，我的過去痛苦的掙扎，受

壓抑無可安排的鄉下人對於愛情的憧憬，在這個不幸故事上，方得到了完全排泄與彌補。[5]

近年已有學者注意到沈從文在《邊城》中所暗寓的個人隱衷，如劉洪濤君就指出「《邊城》是他在現實中受到婚外感情引誘而又逃避的結果」，並考證出那個讓沈從文深感誘惑的女子是高青子，一個愛好文學的美麗女士[6]。此外，據美國學者金介甫的考證，〈八駿圖〉裡引誘達士先生的那個女子，其原型乃是青島大學的校花俞珊[7]。雖然沈從文與高青子、俞珊認識的準確時間已難以考知，但他在結婚前一段時間裡就與這兩位年輕女士認識並有所交往，則是可以肯定的。其中尤其讓沈從文心旌搖動的是高青子。如上所述，〈水雲〉的回憶顯示，沈從文正是在與張兆和訂婚後、結婚前的那段日子裡，卻和高青子有了非同一般的交往，二人既欣然「有會於心」，又因「一個人剛好訂婚」的「不湊巧」而相見恨晚。沈從文就是帶著這種遺憾結了婚並在新婚期間寫作了《邊城》，他希望用婚姻抵擋「偶然」的引誘、用寫作抒發「不湊巧」的憾恨。就此而言，劉洪濤所謂「《邊

---

5 沈從文：〈水雲〉，《沈從文全集》第12卷第110-111頁，北嶽文藝出版社，2002年。

6 劉洪濤：〈沈從文小說中的幾個人物原型考證〉，《沈從文小說新論》第234-235頁，北京師範大學出版社，2005年。

7 金介甫（符家欽譯）：《沈從文傳》第270頁注75，國際文化出版公司，2005年。

城》是沈從文在現實中受到婚外感情引誘而又逃避的結果」的判斷是大體不錯的，只是對《邊城》意蘊的分析還不夠準確。

誠然，《邊城》的寫作行為確是沈從文對婚外情誘惑的緩釋和逃避，但文本的敘事卻無關於婚外情，而著重表現一種近乎無事的悲劇——人在婚戀上的「不湊巧」之錯失以及因此而生的憾恨與希望並存的複雜情感。這「不湊巧」在文本和潛文本中是表裡同構的：顯現在表層的自然是翠翠與天保、儺送三個鄉村兒女戀情的「不湊巧」之錯失，翠翠的外形和性格並且有「新婦」張兆和的影子，而掩藏在這個田園故事背後的，則是作為丈夫的沈從文自己在婚戀上「不湊巧」的憾恨。這一表一裡的兩個「不湊巧」，正是所謂「詩與真」的關係：讀者一望而知的是那個顯然充滿詩意抒情的鄉村兒女戀愛的「不湊巧」故事，而對作者掩藏其後的個人婚戀之「不湊巧」的本事，則往往難知其詳，甚至根本沒有察覺。但這並不影響讀者欣賞這篇小說，因為那個充滿詩意抒情的鄉村兒女婚戀故事，已成了作者個人愛欲隱衷的一種抒情性寄託，讀者即使完全不知其「本事」的存在，也無礙於他們領會作者所傾心營造的情境和意境：「一切充滿了善，充滿了完美高尚的希望，然而到處是不湊巧。既然是不湊巧，因之素樸的良善與單純的希望終難免產生悲劇。」現在我們明白了這情境和意境根源於現代文人沈從文切身的生命體驗和愛欲苦悶，卻不必就此去否認《邊城》故事的田園牧歌表徵。自然，也無須再那麼誇大鄉土啦、都市呀等等元素在沈從文作品中的文化對抗意義，其實它們在大多數情況下都不過是沈從文藉以表達其獨特的生命體驗——尤其是愛欲苦悶——的修辭手段或者說藝術風景。就此而言，評論界和學術界長久以來關於《邊城》以至沈從文整個鄉土敘事的真與不真之爭，就不免刻舟求劍、徒費口舌了。既然《邊城》中的翠翠和二老「不湊巧」的鄉土愛情傳奇故事，乃是沈從文自身「不湊巧」的婚戀體驗和愛欲苦悶的寄託性載體，則鄉土風俗人事作為作者寄託懷抱的藝術風景、取便表達的修辭策略，也就無所謂真與不真了，何必拘泥較真呢。當然，沈從文由此創造出的一系列鄉村兒女形象，自有其獨立的藝術生命，並且我也完全相信李健吾所謂「作者愛他《邊城》裡的人物」的判斷是無可置疑的，但我想也不妨指出事情的另一面：儘管沈從文創造了翠翠、蕭蕭、三三等美麗善良的鄉村少女形象，但進城後的文藝青年沈從文其實也難免「見異思遷」，他真正心愛的恐怕並非翠翠、蕭蕭和三三那樣的鄉村少女，而是女學生張兆和、女職員高青子、高校校花俞珊等等現代的都市知識女性。自然了，這後一類女性同時也就成了沈從文的煩惱之所在。

自佛洛伊德的精神分析學問世以來，愛欲的哀樂抑揚及其變形的釋放，就成了被解密的人性隱秘，不久也成了文學所竭力揭示的人性奧秘。而自上世紀二十年代以來，佛洛伊德學說以及吸收了佛洛伊德學說的文藝學——即所謂「苦悶的象徵」的文藝觀，在中國新文壇上也流行不衰。沈從文顯然是受了這一思潮的不小影響，因而近取諸身，致力於在文藝創作中表達他對人性的這一奧秘的體驗。對此，沈從文是坦然承認的[8]。他的美國研究者金介甫也曾「指出了《邊城》小說中有佛洛伊德象徵派的影響」，並說「沈在 1980 年 6 月 27 日和我的談話中，承認了這一點。」[9]現在看來，這種影響的來源也並不限於佛洛伊德，還包括另一位性心理學家藹理斯，而他們的綜合影響不僅促使三十年代的沈從文形成了一種用鄉土的或古典的傳奇故事寄託其愛欲隱衷的藝術表現方式，而且還深刻地作用於他的行為方式——當沈從文宣稱「我的過去痛苦的掙扎，受壓抑無可安排的鄉下人對於愛情的憧憬，在這個不幸故事上，方得到了排泄與彌補」時，《邊城》的寫作其實就成了他自覺地緩釋和調適自己受壓抑

8 沈從文曾以相當熟絡的口吻說到「苦悶的象徵」。如自敘傳小說《煥乎先生》一開篇就寫小說家煥乎先生的創作生活：「一些散亂無章的稿紙，或者稿紙上除了三兩行字以外又畫得有一隻極可哭的牛，與一個人頭一類，得不拘一個人為在這樣情形下攝一個影，這便是可以名之為憂鬱的創作了。若是畫一幅畫，畫由他自己指定，則這個畫將成為一幅苦悶象徵的名作；他是苦惱著。」按，此篇原名《新夢》，連載於 1928 年 5 月 1 日-5 日的《晨報副刊》上，後改名《煥乎先生》，收入小說集《好管閒事的人》，新月書店，1928 年 7 月出版。這兩個版本均作「極可哭的牛」，竊疑應作「極可笑的牛」，或因「笑」、「哭」手寫形近而誤排。

9 金介甫（符家欽譯）：《沈從文傳》第 235 頁注 78，國際文化出版公司，2005 年。

的愛欲的一種行為方式。而惟其「過去痛苦的掙扎，受壓抑無可安排的鄉下人對於愛情的憧憬」由來已久，則《邊城》就不可能是沈從文「排泄與彌補」其受壓抑的愛欲的開始之作，並且即使在「排泄與彌補」了過去的愛欲積鬱之後，也還會有新的愛欲衝動和新的壓抑之產生，所以《邊城》也不大可能是沈從文「排泄與彌補」其愛欲苦悶的終結之作。

也因此，欲明事情之究竟，還得從頭說起；而欲知後事如何，還需下文分解。

從「愛欲的壓抑」到「情緒的體操」：沈從文的愛欲觀與文學觀之回溯

的確，對沈從文來說，「過去痛苦的掙扎，受壓抑無可安排的鄉下人對於愛情的憧憬」，也即愛欲的壓抑，真可謂由來久矣，而這個由來已久的問題，又委實過久地被人忽視了。

無須否認，沈從文確實是一個從遙遠邊地走出來的「鄉下人」，但我們也必須注意，這個「鄉下人」並不是個頭腦簡單的「鄉下佬」，而是一個來自鄉下、嚮往新文化和新文學的「新青年」。用他自己的話來說，正是「因一個五四運動的餘波，把本人拋到北京城。」[10]原來，沈從文在湘西從軍期間所擔任的多是文書等類文字工作，這使他不僅得以補

10 沈從文：〈給李先生〉，《沈從文全集》第 17 卷第 387 頁，北嶽文藝出版社，2002 年。

習舊文化，而且也接觸到了新文化。比如他在「現代相府」熊希齡家就讀了大量林譯小說，尤其是在為湘西王陳渠珍所辦報紙當校對的時候，因為一個印刷工人的介紹，沈從文讀到了不少傳播新文化、新文學的新書報刊，從而對新文化運動產生了強烈的嚮往之情——

> 我從他那兒知道了些新的，正在另一片土地同一日頭所照及的地方的人，如何去用他們的腦子，對於目前社會作一度檢討與批判，又如何幻想一個未來社會的標準與輪廓。他們那麼熱心在人類行為上找尋錯誤處，發現合理處，我初初注意到時，真發生不少反感！可是，為時不久，我便被這些大小書本征服了。我對於新書投了降，不再看《花間集》，不再寫《曹娥碑》，卻喜歡看《新潮》、《改造》了。
>
> 我記下了許多新人物的名字，好像這些人同我都非常熟習。我崇拜他們，覺得比任何人還值得崇拜。……（中略）
>
> 為了讀過些新書，知識同權力相比，我願意得到智慧，放下權力。我明白人活到社會裡應當有許多事情可作，應當為現在的別人去設想，為未來的人類去設想，應當如何去思索生活，且應當如何去為大多數人犧牲，為自己一點點理想受苦，不能隨便馬虎過日子，不能委屈過日子了。[11]

11 沈從文：《從文自傳》，《沈從文全集》第13卷第361-362頁，北嶽文藝出版社，2002年。

差不多同時，正處於青春期的沈從文也對異性產生了興趣，然而他的第一次戀愛卻被所愛的女子騙去了家裡賣房的錢，這讓他無顏面對自己的母親，所以他自稱這次戀愛受騙為「女難」。不安於鄉下生活的沈從文深感苦悶和寂寞，可是在家鄉没人聽他「陳述一分醞釀在心中十分混亂的感情」並給予他「啟發與疏解」[12]。年輕的沈從文正是帶著這樣的情感苦悶和對新文化的熱烈嚮往，於 1923 年 8 月告別了故鄉，來到了新文化的中心北京——他渴望在那裡上大學、進而尋求一種不同於故鄉的生活。所以，「北漂」到北京來的外地青年沈從文，與那時雲集北京的大批「新青年」並無二致。要說不同，那或許是他較多生活經驗而缺少學歷並且比較貧窮吧，所以他的大學夢很快就破滅了，而不得不一邊自學一邊以寫作謀生。而沈從文在文學的學步階段感受最為深切的問題，也正是當時一般文學「新青年」的典型問題——「生的苦悶」與「性的苦悶」，尤其是後者。

當然，所謂普遍的問題具體到沈從文那裡也自有其特殊性。如果說「生的苦悶」在別的文學青年那裡的表現，或者不免「為賦新詩強說愁」的矯情，可在沈從文那裡就確屬切身的困苦體驗了。我們從沈從文 1924 年 11 月中旬凍餓三天、不得不向郁達夫求救、郁達夫回家後所寫《給一個文學青年的公開狀》可知，沈從文的生活當真到了山窮水盡的地

12 沈從文：《從文自傳》，《沈從文全集》第 13 卷第 357 頁，北嶽文藝出版社，2002 年。

步。雖然此後由於得到一些文壇前輩的幫助，沈從文的作品漸漸有了發表處，但賣文為生、艱苦打拼的生涯一直延續到二十年代末。沈從文在這一時期不少作品的序跋中，頻頻自訴流著鼻血堅持寫作、急著賣稿以解燃眉之急的窘況，凡是讀過沈從文早期作品的人都會有深刻的印象。比如 1929 年 6 月間沈從文和母親、妹妹一家三口竟然到了斷炊的地步，直到 1929 年 9 月沈從文得以在大學任教、並且繼續寫作，收入增加了，生活的困難才有所紓解。正因為如此，在沈從文這一時期的創作中，表現「生的苦悶」的作品可以說是比比皆是，無須舉例了。

誠如郭沫若所譯《少年維特之煩惱》篇首題詩所言，「青年男子誰個不善鍾情？妙齡女人誰個不善懷春？」所以「性的苦悶」即對愛情的渴望，原本是人皆有之的。加之「五四」新文化的洗禮，一代新青年的情愛意識普遍覺醒，「沒有花，沒有愛」是那時的新青年間普遍流行的寂寞呼號。新青年沈從文當然也不能例外而又別有苦衷。雖說戀愛是自由了，但其實各色新青年在戀愛上並不是大家一例地機會均等。比較而言，能夠在高等學校就讀的男女大學生，因為相互身份平等，自然較多自由接觸、戀愛有成的機會。相形之下，貧苦的文學青年如沈從文、劉夢葦等，在戀愛上的遭遇就沒有學院新青年那麼幸運了。事實上，正因為他們流寓在京、無力求學，所以他們在戀愛上就處於不平等的地位、很難獲得女青年的青睞，即使有所愛戀，也因為潛在的

「門不當、户不對」而難能成功，所以他們就不能不自我壓抑愛欲，在戀愛問題上常常演出種種悲劇。譬如，在二十年代的一段時間裡，沈從文和胡也頻、劉夢葦、于賡虞四人曾是志同道合的文學青年，但他們在愛情上的遭遇卻大為不同。于賡虞雖然家境並不富裕，但他畢竟是燕京大學英文系的大學生，所以也就獲得了與北京女子師範大學學生夏寄梅平等交往的機會，並且終於戀愛有成、結為夫妻。同樣的，被沈從文稱為「海軍學校學生」的胡也頻也與文學女青年丁玲戀愛成功、結為佳偶。可是貧困無學可上的劉夢葦和沈從文就没有那樣幸運了。劉夢葦 1923 年夏秋之際自湖南長沙第一師範畢業後，即追隨其在北京女子師範大學上學的女友龔業雅到了北京，可是貧病交加的詩人空有一腔癡情和詩才，愛情並不成功，1926 年 9 月病逝於北京，而在將近生命盡頭寫給女友的一首詩中，劉夢葦仍詠歎著那無望而又難忘的愛情，交織著垂死者之深情的愛與無奈的怨[13]，所以朱湘曾說劉夢葦之死其實是「失戀」所致[14]。至於沈從文的境遇，甚至比劉夢葦更差，劉夢葦至少還有所愛，無業無學的沈從文卻無人可戀，以至自卑到不敢去愛，難怪他對劉夢葦之死特別傷懷，曾特意寫了〈讀夢葦的詩想起那個「愛」

---

13 參閱解志熙：〈孤鴻遺韻——詩人劉夢葦生平與遺作考述〉，《考文敘事錄——中國現代文學文獻校讀論叢》，中華書局，2009 年。

14 朱湘寄趙景深第八函，見《朱湘散文》下冊第 213 頁，中國廣播電視出版社，1994 年。

字〉一詩，發表在于賡虞主編的《世界日報·文學（週刊）》第2號(1929年10月29日出版)，而據于賡虞11月2日的追記——

> 前天同懋琳、也頻去看夢葦，他只在寂然無聲的柏蔭下之冷墓中臥著了，除了懋琳號哭，也瀕【頻】與我滴淚沉默之外，這宇宙只是無限的灰色，陰陰欲雨，這就是夢葦又給我們的好詩。寂寞的死在詩人中不罕見，但夢葦之死於寂寞卻另有著可痛的原因。[15]

按，此處于賡虞所說在劉夢葦墓前號哭的「懋琳」就是沈從文，然則他寫於此前一兩天的〈讀夢葦的詩想起那個「愛」字〉一詩，顯然是「傷心人別有懷抱」之作——劉夢葦愛而不得所愛的悲劇，顯然深深地觸到了沈從文痛感無人可愛的悲哀與無奈，所以他在該詩中才有「我雖是那麼殷殷勤勤的來獻，／你原來可以隨隨便便地去看」的悲歎與不平。

不難理解，懷抱著備受壓抑的愛欲，新文學青年沈從文所深感吸引的文學理論，便不能不是當時因魯迅等人的介紹而成為文學青年「聖經」的廚川白村的文學理論——那種「生命力受到壓抑而生的苦悶之象徵」的文藝主張，只是以

---

15 于賡虞：〈《子沅的信》附言〉，《世界日報·文學（週刊）》第3號（1926年11月5日出版），此據《于賡虞詩文輯存》（下）第742頁，河南大學出版社，2004年。

當時沈從文的才力，他還無法把自己「受壓抑無可安排的鄉下人對於愛情的憧憬」以象徵的形式表現之，而只能採取直抒胸臆的主觀抒情方式來表達。也因此，年輕的沈從文從生活上到創作上都願意模仿的資深作家，便不是以冷靜客觀地描寫鄉村社會見長的魯迅，而是以自敘傳的形式表現時代青年「生的苦悶」尤其是「性的苦悶」的郁達夫了。

說來，多年來學術界一直津津樂道郁達夫對沈從文的慷慨救助，卻少見有人想想沈從文為什麼會單單挑選郁達夫作為求救對象，而且幾乎無人注意到早年的沈從文從創作到生活其實都「郁達夫化」了。比如，沈從文在1926年10月15日發表的一篇自白文字〈此後的我〉，就坦誠地自我暴露其因為不招人愛而不得不聊以「自慰」的「郁達夫式悲哀」——

> 近來人是因了郁達夫式悲哀擴張的結果，差不多竟是每一個夜裡都得賴自己摧殘才換得短暫睡眠，人是那麼日益不成樣子的消瘦下去，想起自己來便覺得心酸。[16]

此處沈從文所謂「郁達夫式悲哀」其實就是「性的苦悶」的代名詞。由於自覺已經漸漸過了青春期卻還事業無成、愛情無著，沈從文不免特別的焦慮而且特別的自卑，所

16 沈懋琳（沈從文）：〈此後的我〉，《沈從文全集》第11卷第62頁，北嶽文藝出版社，2002年。

以他的「郁達夫式悲哀」便以「擴張」的形態出之於創作。比如，在沈從文 1927 年所寫的一篇「自敘傳」小說中，主人公「懋哥」（他顯然是沈從文的自我形象）陪人「看女人去」，作為陪襯人的他，也就特別地傷懷於自己的遲暮無偶而自悲自歎著「郁達夫式悲哀」——

> 說來真是夠可憐，女人這東西，在我這一點不中用的一個中年人面前，除了走到一些大庭廣眾中，叨光看一眼兩眼外，別的就全無用處了。我難道樣子就比一切人還生長得更不逗人愛戀？但是朋友中，也還有比我像是更要不高明一點的人在。難道我是因為人太無學問？也未必如此。我很清清白白的，我是知道我太窮，我太笨：一個女人那裡會用得著我這樣一個人愛情？……（中略）
>
> 並且我是一個快要三十歲的人，戀愛這類事，原只是那二十來歲青年的權利，也不必去再生什麼心，郁達夫式的悲哀，個人躲在屋內悲哀就有了，何必再來唉聲歎氣驚吵別的情侶？這世界女人原是於我沒有分，能看看，也許已經算是幸福吧。[17]

諸如此類以「郁達夫式悲哀擴張」表現自己「受壓抑無可安排的鄉下人對於愛情的憧憬」的自敘傳作品，沈從文在二十年代中後期實在是寫了許多許多，而使得他沒有無節制

---

17 沈從文：〈看愛人去〉，《沈從文全集》第 1 卷第 219-220 頁，北嶽文藝出版社，2002 年。

地在「郁達夫式悲哀」上「擴張」下去的，乃是來自新月派的欣賞、影響和稍後來自京派元老周作人的啟發。

在新月派的徐志摩以至胡適眼中，沈從文那些「郁達夫式悲哀擴張」之作，其實不過是照貓畫虎的模擬，主張文學的節制與健康的他們，其實並不讚賞沈從文亦步亦趨地模擬「郁達夫式悲哀擴張」的感傷與衰颯作風，比較而言他們更欣賞的乃是沈從文對鄉土生活、軍中生活的浪漫描寫，他們敏銳地發現這類作品才會讓沈從文的創作更有個人特色，而聰敏的沈從文不久也發現，他其實同樣可以在這類作品中寄寓其浪漫的愛欲想像。比如 1927 年的短篇小說〈連長〉，就恰到好處地講述了湘西軍中一位連長與駐地一位寡婦的風流故事——

初初把隊伍開到此地紮營到一處住戶家中時，恰恰這位主人是一個年青寡婦，這寡婦，又正想從這些雄赳赳的男子漢中選那合意的替手，希望得到命運所許可的愛情與一切享受，那麼總是先把她的身體奉獻給那個位尊的長官。連長是正如所譬因了年青而位尊，在來此不久，就得到一個為本地人豔稱的婦人青盼，成了一個專為供給女子身體與精神二方面愛情的人物了。

……（中略）

在把一種溫柔女性的濃情作面網，天下的罪人，沒有能夠自誇說是可以陷落在這面網中以後是容易逃遁。學成了神仙能騰雲駕霧飛空來去自如的久米仙人，為一眼望到婦女的白頸也失去了他的法術，何況我們凡人秉承了愛欲的豐富的遺產，怎麼能說某一類人便不會為這事情所縛纏？在把身子去殉情戀的道路上徘徊的人，其所有纏縛糾紛的苦悶，凡聖實沒有很大區別的。……

露水的夫婦，是正因為那露水的易消易滅，對這固持的生著那莫可奈何的戀戀難以捨棄的私心，自然的事啊！[18]

青春的「愛欲」就這樣在鄉土浪漫傳奇敘事裡得以轉喻，這對沈從文來說真是柳暗花明、峰迴路轉的新開端。從此，他的「受壓抑無可安排的鄉下人對於愛情的憧憬」，也就逐漸脫離了「郁達夫式悲哀擴張」之窮斯濫矣的抒發，而轉喻於鄉土軍旅題材和農人士兵人物來表現，遂成就為一種唯沈從文才有的借浪漫樸野以及古典想像來象徵性抒情的「愛欲傳奇」。這種另類的浪漫抒情無疑投合了北平學院知

18 沈從文：〈連長〉，《沈從文全集》第2卷第26-32頁，北嶽文藝出版社，2002年。按，此處「露水的夫婦，是正因為那露水的易消易滅，對這固持的生著那莫可奈何的戀戀難以捨棄的私心，自然的事啊！」幾句，乃是模仿周作人所譯日本俳人小林一茶的作品——「雖然明知道到了此刻，逝水不歸，落花不再返枝，但無論怎麼達觀，終於難以斷念的，正是這恩愛的羈絆。句云：露水的世，雖然是露水的世，雖然是如此。」——參閱周作人《日本詩人一茶的詩》，載《小說月報》第12卷第11號，1921年11月10日出刊。

識份子亦風亦雅的美學趣味[19]，所以受到了學院文人學者的普遍讚賞。沈從文自己也發現，「好像只要把苗鄉生活平鋪直敘的寫，秩序上不壞，就比寫其他文章有味多了的。」[20]所以他也便有意地向這方面多做努力。到了三十年代初中期之交，沈從文終於在鄉土浪漫敘事上獲得了期待已久的成功，一躍成為衆所矚目的京派文學重鎮。

沈從文愛欲觀與文學觀的升級換代，即于焉發生。這升級換代顯然和他的處境及心境的改善、修養及經驗的擴展相適應。此時，作為漸獲好評的小說作家和生活漸趨穩定的大學教師，沈從文已告別了先前那種苦感備受壓抑不能表白的苦悶，也不再有難以發表而牢騷滿腹的怨氣，於是他現身說法，向苦苦掙扎的文學青年以至文學同行強調說，文學事業需要勤奮堅韌的堅持、需要不斷積累文學的經驗與技巧、需要形成獨特的個性或者說差異性才能立足文壇，尤其需要用理性來節制感性才能獲得均衡的發展，業已成功的沈從文甚

---

19 一般認為錢鍾書的小說〈貓〉裡的小說家曹日昌乃是影射的沈從文：「這位溫文的書生偏愛在作品裡給讀者以野蠻的印象，仿佛自己兼有原人的天真與超人的利害。……他富於浪漫性的流浪經驗，講來都能使過慣家庭和學校生活的青年搖頭歎氣說：『真看不出他！』他寫自己幹這些營生好像比真幹它們有利，所以不再改行了。」（《人・獸・鬼》第44頁，開明書店，1946年6月初版）錢氏的描寫雖然是小說家言，但仍然大體上道出了沈從文受到北平學院文人歡迎的原因。

20 沈從文：〈覆王際真——在中國公學〉，《沈從文全集》第18卷，北嶽文藝出版社，2002年。

至不無自傲地聲稱，他要用文學建造一座希臘神廟，「這神廟供奉的是『人性』」。[21]

按，此時沈從文所謂「人性」，實際上仍以他先前念茲在茲的「愛欲」為根底，只是如今經由周作人等京派大佬的影響而吸取了古希臘「靈肉二元均衡統一」的人性理想，並獲得了在樸野而又優美的鄉土敘事裡寄託自己的人性理想之道。如此一來，赤裸裸的愛欲告白被含蓄優美的人性宣敘所替代，而根底則一以貫之——確實，三十年代的沈從文所謂的「人性」在很大程度上乃是「愛欲」的替代性概念。

這可以說是沈從文的「愛欲觀」的升級換代。如此置換，在創作上的成功實踐和典型表現，就是朴野自然而又優美雅致得不悖乎人性的《邊城》——

> 不妨來寫一個小說看看吧。因此《邊城》問了世。這作品原本近於一個小房子的設計，用少料，占地少，希望它既經濟而又不缺少空氣和陽光。我要表現的本是一種「人生的形式」，一種「優美，健康，自然，而又不悖乎人性的人生形式」。我主意不在領導讀者去桃源旅行，卻想借重桃源上行七百里路酉水流域一個小城小市中幾個愚夫俗子，被一件人事牽連在一處時，各人應有的一分哀樂，為人類「愛」字作一度恰如其分的說明。[22]

21　沈從文：〈《習作選集》代序〉，《沈從文全集》第 9 卷，北嶽文藝出版社，2002 年。

22　同前註。

事實上，沈從文整個三十年代的創作，都在「為人類『愛』字作一度恰如其分的說明，」而其所謂「愛」在很大程度上又都集中於人類在「愛欲」上的矛盾、糾結與掙扎，這在沈從文心目中乃是「人性」的最高表現，至於鄉土題材還是都市題材，則都不過是寄託愛欲的背景、借喻風情的風景而已，也因此關於沈從文這些小說之真實與否的爭辯，就有點刻舟求劍、膠柱鼓瑟了。即如《邊城》，曾有人以其未必真實為病，但沈從文卻分辯說——

> 文字少，故事又簡單，批評它也方便，只看它表現得對不對，合理不合理；若處置題材表現人物一切都無問題，那麼，這種世界雖消滅了，自然還能夠生存在我那故事中。這種世界即或根本沒有，也無礙於故事的真實。[23]

在差不多同時的一篇答讀者函中，沈從文更批評對方所謂「誠實的自白」便是好文學的「天真」觀點（這其實是沈從文二十年代所持的觀點），而直言藝術乃是「精巧的說謊」——

> 說文學是「誠實的自白」，遠不如說文學是「精巧的說謊」。想把文學當成一種武器，用它來修正錯誤的制度，消滅荒謬的觀念，克服人類的自私，懶

23　同前註。

> 情，讚美清潔與健康，勇敢與正直，擁護真理，解釋愛與憎的糾紛，它本身最不可缺少的，便是一種「精巧的說謊」。一個文學作家首先得承認這種精巧的說謊，其次便得學習這種精巧的說謊。[24]

這可以說沈從文文學真實觀之浪漫—唯美的升級換代。

但最重要的升級換代發生在沈從文的創作觀上。應該說，隨著人與文的修養之漸趨成熟和事業愛情的漸次成功，進入三十年代的沈從文逐漸獲得了平衡自己心態的定力，這就為其創作觀的升級換代提供了一個較好的心性基礎。正是在這種情況下，沈從文提出了創作行為乃是達成人性之情理調適的「情緒的體操」的創作觀。沈從文將此作為自己的成功經驗，坦誠地推薦給文學青年——

> 我文章並不罵誰諷誰，我缺少這種對人苛刻的興味。我文章並不在模仿誰，我讀過的每一本書上文字我原皆可以自由使用。我文章並無何等哲學，不過是一堆習作，一種「情緒的體操」罷了。是的，是一種體操，屬於精神或情感那方面的。一種使情感「凝聚成為淵潭，平鋪成為湖泊」的體操。一種「扭曲文字試驗它的韌性，重摔文字試驗它的硬性」的體操。你厭煩體操是不是？我知道你覺得這兩個字眼不雅相，不斯文。……你缺少的就正是那個情緒的體操！你似

24　沈從文：〈「誠實的自白」與「精巧的說謊」〉，《沈從文全集》第 17 卷第 390 頁，北嶽文藝出版社，2002 年。

乎簡直不知道這樣一個名詞，以及它對於一個作家所包含的嚴重意義。[25]

這些話在近三十多年來的沈從文研究中，常常被引用來說明他的小說之追求抒情的美學趣味，可謂備受重視，但竊以為它們在備受重視的同時卻也被泛泛觀之，而很少有人注意到它們的特定意義及其理論來源。究其實，沈從文所謂「情緒的體操」之「情緒」，在很大程度上乃是指人的「情欲」或謂「愛欲」，而文學藝術則被他視為使人在情欲或愛欲上的煩惱、哀樂、糾結等等得以變相地「排泄與彌補」的體操。在這方面最足說明問題的事例就是沈從文自己的經歷：當他苦苦追求張兆和並終於與之訂婚以至結婚之際，他卻接連感受到俞珊、高青子等摩登女性的誘惑，所以苦惱糾結，那苦惱已不是無人可愛的問題，而是在諸多的可愛裡苦於遊移不定、不知如何調處的問題。為此苦惱已極的沈從文曾有這樣的自問自答——

「情感難道不屬於我，不由我控制？」

「它屬於你，可並不如由知識經驗堆積而來的理性，能供你使喚。只能說你屬於它。它又屬於生理上無固定性的『性』，性又屬於天時陰晴所生的變化，與人事機緣上的那個偶然。總之是外來力量，外來影

25　沈從文：〈情緒的體操〉，《沈從文全集》第 17 卷第 216-218 頁，北嶽文藝出版社，2002 年。

> 響。它能使你生命如有光輝，就是它恰恰如一個星體為陽光照及時反映出那點光輝。……（中略）你能不能知道有多少生命，長得脆弱而美麗，慧敏而善懷，名字應當叫做女人，在什麼情形下就使你生命放光，情感發炎？你能不能估計有什麼在陽光下生長中的這種脆弱美麗生命，到某一時恰恰會來支配你，成就你，或者毀滅你？這一切你全不知道！」[26]

經過一段苦苦的掙扎和權衡，沈從文不無遺憾地與張兆和結了婚，但心有不甘的他隨即也欣然發現，藝術正可以作為「情感上積壓下來的東西」的中和劑，使他可以在不損害家庭生活的前提下使其餘的潛在愛欲得以揮發——

> 「我要的，已經得到了。名譽，金錢和愛情，全都到了我的身邊。我從社會和別人證實了存在的意義。可是不成。我還有另外一種幻想，即從個人工作上證實個人希望所能達到的傳奇。我準備創造一點純粹的詩，與生活不相粘附的詩。情感上積壓下來的東西，家庭生活並不能完全中和它，消蝕它。我需要一點傳奇，一種出於不巧的痛苦經驗，一分從我『過去』負責所必然發生的悲劇。換言之，即愛情生活並不能調整我的生命，還要用一種溫柔的筆調來寫各式各樣愛情，寫那種和我目前生活完全相反，然而與我過去情感又十分相近的牧歌，方可望使生命得到平

---

26 沈從文：〈水雲〉，《沈從文全集》第 12 卷第 103 頁，版次同前。

衡。這種平衡，正是新的家庭所必不可少的！」

「因此每天大清早，就在院落中一個紅木八條腿小小方桌上，放下一疊白紙，一面讓細碎陽光曬在紙上，一面也將某種受壓抑的夢寫在紙上。……（中略）這一來，我的過去痛苦的掙扎，受壓抑無可安排的鄉下人對於愛情的憧憬，在這個不幸故事上，方得到了完全排泄與彌補。」[27]

這個「將某種受壓抑的夢寫在紙上」的牧歌就是《邊城》。而細心的讀者不難發現，沈從文關於《邊城》創作緣由的自述，正可與他關於文藝是「情緒的體操」的說法相發明——

你問我關於寫作的意見，屬於方法與技術上的意見，我可說的還是勸你學習學習一點「情緒的體操」，讓它把你十年來所讀的書消化消化，把你十年來所見的人事也消化消化。你不妨試試看，把日子稍稍拉長一點，把心放靜一點。到你能隨意調用字典上的文字，自由創作一切哀樂故事時，你的作品就美了，深了，而且文字也有熱有光了。你不用害怕空虛，事實上使你充實結實還靠得是你個人能夠不怕人事上的「一切」。你不妨為任何生活現象所感動，卻不許被那個現象激發你到失去理性。你不妨揮霍文字，浪費詞藻，卻不許自己為那些華麗壯美文字臉紅

27 沈從文：〈水雲〉，《沈從文全集》第12卷第110-111頁，版次同前。

心跳。[28]

兩者的一致正可謂若合符節。這並非偶然，因為沈從文正是緊接著《邊城》的出版而寫作〈情緒的體操〉的：前者是 1934 年 10 月出版的，後者則是 1934 年 11 月 10 日發表的。時間如此相近，難怪〈情緒的體操〉幾乎可以當作《邊城》的創作經驗談來讀。按，〈情緒的體操〉原是沈從文對一個文學青年詢問創作問題的覆信，作為名作家的他並沒有敷衍了事，而是熱忱地以其最近的創作經驗現身說法、傾情傳授自己辛苦悟得的創作之道，這實屬難得。當然，在此之前沈從文已在創作中暗自摸索了好幾年，只是至此才獲得了理論上的自覺，所以經人一問即情不自禁地和盤托出，亦約略可見他獲得理論頓悟後的欣然自得之情。

其實，「情緒的體操」的創作觀也並不像沈從文所自謙復自傲地那樣「不雅相，不斯文」，倒是頗有理論來頭的——直接啟發了他的就是京派大佬周作人很久以來的文學主張及其轉介而來的英國性心理學家藹理斯的文藝觀。這種關聯事實上是昭然若揭的，可是學術界卻長期欠缺梳理，所以在此不妨略作追述。

如所周知，藹理斯是和佛洛伊德齊名的西方現代性心理學家，在二十年代介紹佛洛伊德精神分析學及其文學見解的

28 沈從文：〈情緒的體操〉，《沈從文全集》第 17 卷第 218 頁，版次同前。

大有人在，至於對藹理斯的性心理研究及其文藝觀的紹述，則幾乎是周作人一個人獨立完成的，尤其是他 1923 年前半年接連發表的〈猥褻論〉和〈文藝與道德〉兩篇文章，在新文藝界影響廣泛而且深遠。説來有趣的是，當時的新文藝界因為郁達夫的《沉淪》和汪静之的《蕙的風》的接連出版，遂展開了關於文藝與道德尤其是與性道德關係的熱烈爭論，一時議論紛紜，莫衷一是。正是有感於此，周作人發現了藹理斯理欲調和的人生觀和文藝觀的啟蒙意義，所以為文反復推介、再三致意焉。〈猥褻論〉開篇即云——

> 藹理斯（Havelock Ellis）是現代英國的有名的善種學及性的心理學者，又是文明批評家。所著的一卷《新精神》（The New Spirit），是世界著名的文藝思想評論。近來讀他的《隨感錄》（Impressions and Comments, 1914），都是關於藝術與人生的感想，範圍很廣，篇幅不長，卻含蓄著豐富深邃的思想；他的好處，在能貫通藝術與科學兩者而融合之，所以理解一切，沒有偏倚之弊。[29]

在隨後的〈文藝與道德〉一文裡，周作人更長篇摘譯了藹理斯關於文藝是「感情的操練」或「情緒的操練」的獨特見解，鄭重其事地把它介紹給熱情而不免懵懂的中國新文藝界——

29　周作人：〈猥褻論〉，《自己的園地》第 108 頁，晨報社，1923 年 12 月第四版。

淑本好耳（Schopenhauer）有一句名言，說我們無論走人生的那一條路，在我們本性內總有若干分子，須在正相反對的路上才能得到滿足；所以即使走任何道路，我們總還是有點煩躁而且不滿足的。在淑本好耳看來，這個思想是令人傾於厭世的，其實不必如此。我們愈是綿密的與實生活相調和，我們裡面的不用不滿足的地面當然愈是增大。但正是在這地方，藝術進來了。藝術的效果大抵在於調弄這些我們機體內不用的纖維，因此能使他們達到一種諧和的滿足之狀態，——就是把他們道德化了，倘若你願意這樣說。精神病醫生常述一種悲慘的風【瘋】狂病，為高潔的過著禁欲生活的老處女們所獨有的。伊們當初好像對於自己的境遇很滿意的，過了多少年後，卻漸顯出不可抑制的惱亂與色情衝動；那些生活上不用的分子，被關閉在心靈的窖裡，幾乎被忘卻了，終於反叛起來，喧擾著要求滿足。古代的狂宴——基督降誕的節臘祭，聖約翰的節中夏祭，——都證明古人很聰明的承認，日常道德的實生活的約束有時應當放鬆，使他不至於因為過緊而破裂。我們沒有那狂宴了，但我們有藝術替代了他。……（中略）藝術的道德化之力，並不在他能夠造出我們經驗的一個怯弱的模擬品，卻在於他的超過我們經驗以外的能力，能夠滿足而且調和我們本性中不曾充足的活力。藝術對於鑒賞的人應有這種效力，原也不足為奇；如我們記住在創作的人藝術正也有若干相似的影響。或評畫家瓦妥（Watteau）云蕩子精神，賢人行徑。摩訶末那樣放佚地描寫天國的黑睛仙女的時候，還很年青，是一個半老女人的品性端正的丈夫。

「唱歌是很甜美；但你要知道，

嘴唱著歌，只在他不能親吻的時候。」

曾經有人說瓦格納（Wagner），在他心裡有著一個禁欲家和一個好色家的本能，這兩種性質在使他成大藝術家上面都是一樣的重要。這是一個很古的觀察，那最不貞潔的詩是最貞潔的詩人所寫，那些寫的最清淨的人卻生活的最不清淨。在基督教徒中也正是一樣，無論新舊宗派，許多最放縱的文學都是教士所作，並不因為教士是一種墮落的階級，實在只因他們生活的嚴正更需這種感情的操練罷了。從自然的觀點說來，這種文學是壞的，這只是那猥褻之一種形式，正如許思曼所說唯有貞潔的人才會做出的；在大自然裡，欲求急速的變成行為，不留什麼痕跡在心上面，或一程度的節制——我並不單指關於性的事情，並包括其他許多人生的活動在內，——是必要的，使欲求的夢想和影象可以長育成為藝術的完成的幻景。但是社會的觀點卻與純粹的自然不同。在社會上我們不能常有容許衝動急速而自由地變成行為的餘地；為要免避被迫壓的衝動之危害起見，把這些感情移用在更高上穩和的方面卻是要緊了。正如我們需要體操以伸張和諧那機體中不用的較粗的活力一樣，我們需要美術文學以伸張和諧那較細的活力，這裡應當說明，因為情緒大抵也是一種肌肉作用，在多少停頓狀態中的動作，所以上邊所說不單是普通的一個類似。從這方面看來，藝術正是情緒的操練。[30]

從周作人的譯文中就可以看出，藹理斯所謂「情緒的操練」正是以體操來比擬藝術的伸張情欲—情緒的作用[31]，而沈從文的「情緒的體操」的文學創作觀正符合藹理斯的原意。按，〈猥褻論〉和〈文藝與道德〉二文於 1923 年前半年在《晨報副鐫》上發表後不久，即收入晨報社版的周氏文藝論集《自己的園地》中，當年連出四版，稍後又由北新書局出版改正本，至 1930 年已出至十四版之多，是新文學史上傳播最為廣泛的文藝論集。一直很關注性心理學、變態心理學及與其相關的文藝論的沈從文，對周氏的這兩篇文章及其之後的文章裡反覆推崇的藹理斯的學說當然不會不知，至此更是心領神會，以至「拿來主義」地據為己有了。

事實上，三十年代的沈從文還從周作人以及魯迅那裡，領會到了節制的抒寫和低調的抒情之好處，尤其是周作人散文之平和沖淡的抒情格調，實在潛移默化了沈從文的寫作風

---

30 轉引自周作人：〈文藝與道德〉，《自己的園地》第 115-118 頁，版次同前。

31 按，自周作人譯介之後，藹理斯關於藝術是「情緒的操練」的觀點開始傳播、並不斷有人重譯。例如直到四十年代後期，陳介白仍然重譯了藹理斯的這段語錄：「我們需要藝術與文學，以伸張和諧身體內較細的活力，正如我們需要體操，以伸張和諧身體內較粗的活力。這裡應當聲明，因為情緒根本也是一種肌肉作用，在微微停頓狀態中動作。從此看來，前面所說不僅是普通的一個類似了，這樣我們可知藝術正是情緒的操練。」——《論藝術》，愛理斯著、陳介白譯，載《文藝與生活》第 2 卷第 2 期，1946 年 9 月 1 日出刊。

格，使他的小說不再傾情宣洩、一覽無餘，而逐漸變為含蓄隱秀且略帶憂鬱和澀味了。當然，此時的沈從文不獨對周作人的文章風格佩服之至，更對其人生態度心嚮往之。所以當看到巴金諷喻周作人一類知識份子的小說〈沉落〉後，沈從文很不以為然，遂於 1935 年 12 月發表了〈給某作家〉（「某作家」指巴金）的信，批評巴金熱情義憤太過而為周作人的平和淡漠辯護說，「一個偉大的人，必需使自己靈魂在人事中有種『調和』，把哀樂愛憎看得清楚一些，能分析它，也能節制它。……（中略）他必柔和一點，寬容一點。」[32] 甚至當周作人附逆之後的 1940 年 9 月，沈從文還發表了〈從周作人魯迅作品學習抒情〉一文，對魯迅的抒情之作和雜文可謂褒貶分明，而對周作人的抒情筆調及其人情思維仍然推崇有加、對其後來的日漸頹萎則委婉回護，於是引起了一些左翼作家如聶紺弩的嚴厲批評[33]。其實左翼陣營何嘗不看重周作人，只是眼見其言不顧行且偽言欺世，遂從人文統一的立場予以譴責，誠所謂「恨鐵不成鋼」是也；而沈從文則因愛其文遂寬假其為人，堅持的乃是不因人廢言的

32 沈從文：〈給某作家〉，《沈從文全集》第 17 卷第 221 頁，版次同前。

33 參閱沈從文：〈從周作人魯迅作品學習抒情〉，載《國文月刊》第 1 卷第 2 期，1940 年 9 月 16 日出刊，見《沈從文全集》第 16 卷，北嶽文藝出版社，2002 年；又，紺弩（聶紺弩）：〈從沈從文筆下看魯迅〉，載《野草》月刊第 1 卷第 4 期，1940 年 12 月 1 日出刊。

純文學立場耳。

從苦悶的「自敘傳」到抒情的「愛欲傳奇」：沈從文二三十年代創作的「變」與「轉」

與上述文學觀念的變遷緊密相關的，乃是沈從文創作的「轉」與「變」：從二十年代追隨郁達夫發抒苦悶的「自敘傳」敘事，轉變為三十年代獨自致力於象徵性抒情的「愛欲傳奇」敘事。其中變遷明顯的是敘事題材和敘述文體，而前後接續著的仍是對愛欲問題的深切關注，只是由主觀抒情的自敘，轉喻於鄉土及都會的人與物，獲得了較為「客觀」的形態。然則這個「變」與「轉」的具體過程是怎樣的、它對沈從文具有什麼意義，都是需要重新探討的問題。

說來，自郁達夫的《沉淪》集以及《寒灰集》問世以後，以近乎「自敘傳」的主觀抒情文體來表現時代新青年「生的苦悶」尤其是「性的苦悶」之作，就成為新文壇上的一股流行創作風氣。不言而喻，對正在為這兩種「苦悶」所苦的一代「新青年」作家來說，郁達夫的頗帶主觀抒情傾向和自我暴露色調的「自敘傳」敘事，實在是特別富於啟發性和感染力的「敘事模式」，這不啻是給他們提示了發抒苦悶的不二法門，所以一時風氣之下，響應者和模仿者頗多，跨越了社團、流派的界限——從男性的青年作家王以仁、陶晶孫、許欽文、汪靜之，到女性的青年作家廬隱、馮沅君直至丁玲，都曾以近乎「自敘傳」的創作躋身于新文壇。

沈從文也是郁達夫「自敘傳」敘事的衆多響應者和模仿者中的一位。雖然自 1924 年初登文壇以來，沈從文轉益多師、雜覽博采，諸如魯迅、廢名的鄉土抒情敘事之作，周作人翻譯的希臘擬曲、日本小詩，趙元任譯介的童話《愛麗絲漫遊奇景記》，李青崖譯介的莫泊桑小說尤其是關於都市仕女的自然主義寫實之作……等等，都曾經是他模仿學習的對象，但就中最吸引他的，無疑還是郁達夫自曝其生的苦悶和性的苦悶的「自敘傳」敘事，這對年輕的沈從文來說，實在是最為傾心也最易效法的「敘事模式」：只要把自己最感苦悶的問題、遭遇、感受直抒胸臆地或者稍加變形地表現出來，就算是盡了文學的能事、符合文學的職分，試想一下，還有什麼「模式」比這更切合身心苦悶有加並且在文學上苦無門徑的文學新青年沈從文的心性實際和創作實際的呢？此所以從 1924 年直到 1929 年的五年間，自訴苦悶的「自敘傳」敘事，在早期沈從文的文學習作裡占了最大的分量、幾乎成為他屢試不爽的「敘事模式」：諸如〈一封未曾付郵的信〉（1924 年 12 月）、〈到北海去〉（1924 年 12 月）、〈遙夜〉（1924 年 12 月～1925 年 2 月）、〈公寓中〉（1925 年 1 月）、〈流光〉（1925 年 3 月）〈狂人書簡〉（1925 年 4～5 月）、〈絶食以後〉（1925 年 7 月）、〈第二個狒狒〉（1925 年 8 月）、〈用 A 字記錄下來的事〉（1925 年 8 月）、〈白丁〉（1925 年 8 月）、〈月下〉（1925 年 9 月）、〈棉鞋〉（1925 年 9 月）、〈重君〉

（1925年10月）、〈玫瑰與九妹〉（1925年11月）、〈一天〉（1925年10月）、〈生之記錄〉（1926年3月）、〈一個晚會〉（1926年8月）、〈Láomei, zuohen!〉(1926年8月)、〈此後的我〉（1926年10月）、〈松子君〉（1926年11月）、〈十四夜間〉（1927年4月）、〈看愛人去〉（1927年5月）、〈怯漢〉（1927年6月）、〈篁君日記〉（中篇，1927年7月～9月）、〈長夏〉（中篇，1927年8月）、〈一件心的罪孽〉（1927年11月）、〈老實人〉（中篇，1927年12月）、〈焕乎先生〉（中篇，1928年5月）、〈不死日記〉（中篇，1928年8月）、〈中年〉（1928年8月）、〈善鐘里的生活〉（1928年8月）、〈誘——拒〉（1928年10月）、〈第一次作男人的那個人〉（1928年11月）、〈元宵〉（中篇，1929年6月）、〈一個天才的通訊〉（中篇，1929年6～7月）、〈一日的故事〉（1929年6月）、〈冬的空間〉（中篇，1930年6月），〈知己朋友〉（中篇，1930年8月）……這些作品其實都是自敘傳或變形的自敘傳。

這裡即以最後的〈知己朋友〉一篇為例，看看沈從文的這類自敘傳到底寫了什麼、寫得怎樣。按，〈知己朋友〉寫於1930年8月的吳淞，發表在趙景深主編的《現代文學》第1卷第6期，1930年12月出刊。據趙景深在編後記裡的介紹，此時的沈從文已轉而任教武漢大學文學院，而此篇小說其實乃是他稍前在中國公學工作和生活情形的自敘。作品是以第一人稱自敘的形式敘說的，一開篇就是一番郁達夫式的自道苦楚的告白——

> 你們很多人是都知道我在生活上總是不大舒服的。我總是喜歡發一點空洞的感想。我總是有點灰色。我總是做夢，又在夢醒時節情形中，大聲的嚷，這生活如此下去不行。我脾氣很壞，非常容易動怒。這有什麼奇怪可言？天生的脾氣不大好，體質衰弱，神經過敏，過去的生活在我腦內畫了一些古怪的符號，到現在，人又上了點年紀，在女人方面得不到一點好處……，這樣那樣，就使我永遠不能如別人一般容易感到生存的幸福了。

在這樣一個開篇之後，小說的主體部分展開了對「我」當時的不愉快的生活之自敘——在××學校之無聊無奈的教書生涯，和對一個年輕女孩子之無望無奈的戀愛，尤其是後者，使「我」苦惱到買了安眠藥準備自殺。這些情景其實都折射了沈從文自己在中國公學的遭遇。而恰在「我」企圖自殺的時刻，卻意外地碰到了一對來自北京的朋友夫婦，他們新婚南來遊玩，夫婦二人也都是喜歡文學的人。從他們直呼「我」為「從文」等情況看，這對新婚夫婦當是以沈從文的知己朋友胡也頻、丁玲二人為模特兒的。看到這一對新人的幸福生活，作為「從文」的「我」既非常羨慕，又自慚形穢、自感遲暮，因而也更加敏感和感傷——

> 真是一個可愛的人！若果不是我腦中還保留得有過去在北京時代××的寒傖影子，這時的××，無論如何也不能同我這樣在一處談話了。如今的××簡直是一個最完全的少年紳士了。像他這樣子，才真是做人。像他這樣子，也才真是值得女人垂青的男子。我一面這樣的欣賞到現在溫文爾雅的××，才一面當真要記起往昔蕭【消】沉萎憊的××。把今古作一對照，人事變遷之速，使我傷心到自己身上來了。我的手，自然而然離開了女人的手，擱到自己膝上了。無意中的碰觸，究竟是為了什麼理由？是為了在對照下使××夫婦得到一點快樂，還是給我一點惆悵？時代與習慣折磨了天才，這句話仍然是空話，××的天才，在他機會上是成就了他。他的天才是在事業同女人上都顯出來他的完美無缺。……
>
> ……（中略）
>
> 在我心情上所造成的悲觀與厭世氣分，因為見到朋友夫婦的生活，更加濃重起來，我就說我有點事，非走不可了。

可是熱情的朋友不許「我」走，於是「我」只好暫時放棄回去自殺的打算，陪這對新婚夫婦在旅館住下來。期間一邊是三人的說笑，有一搭沒一搭的，顯得瑣瑣碎碎，一邊是「我」眼看著朋友的幸福生活而不斷產生的心理活動，其中充滿了對朋友戀愛有魄力的艷羨嫉妒與自感無能的感傷自卑，顯得絮絮叨叨，……最後，這對幸福的朋友轉往西湖遊玩去了——他們幸福地相伴著到來，無意中救了想要自殺的

「我」，而他們幸福地相伴著走了，留下了仍是孤獨無偶的「我」。

顯然，〈知己朋友〉延續著郁達夫開啟的自敘傳小說的主題，著力表現著新青年的「生的苦悶」和「性的苦悶」，尤其是後者，在藝術上也同樣是坦白的自我暴露和感傷的主觀抒情。推而廣之，沈從文自1924年之後五、六年間的創作，其實大都可做如是觀，它們相當完整地呈現了一個受「五四」感召的文學青年如何艱苦打拼成為一個青年作家的全過程，「層累」地展現了其所感受到的「生的苦悶」和「性的苦悶」之全部——準確點說，「生的苦悶」實際上是「性的苦悶」的原因，所謂「性的苦悶」往往是因窮苦潦倒故此欲有所愛而不得之「苦悶」。也因此，由廚川白村綜合了佛洛伊德性本能學說和柏格森生命流觀念而成的「苦悶的象徵」的新浪漫主義文學觀，就顯然因其對人生愛欲不得滿足之「苦」的張揚，更適合於引導沈從文用文字來釋放其青春期的愛欲衝動，加上郁達夫自曝青春期苦悶的創作之示範，遂使年輕的沈從文覺得只要把個人受壓抑的愛欲之苦盡情宣洩出來，就足為文學之能事、就已盡了文學之職分。這種宣洩無疑更偏於感性的和感傷的自我暴露，那時的沈從文還無法在心性上達成感性與理性的調和平衡，亦無力達致象徵表現的藝術境界。應該說，在中國現代文學史上，像沈從文這樣五、六年始終不渝地傾心於「自敘傳」的抒寫，其執著不懈的程度，大概只有廬隱差可相比了，但就其成就而言，沈從文的此類作品實屬平平，並無特別過人之處——既不能追步前輩作家郁達夫那種大膽自我暴露的衝擊力，也缺乏同時好友丁玲的〈莎菲女士的日記〉的心理深度，並且在藝術上也長期陷於隨意散漫以至粗製濫造的境地。這就難怪那時的魯迅並不喜歡沈從文的文章做派，甚至連贊助沈從文的新月社臺柱子徐志摩等，也並不讚賞他老寫這類浪漫感傷的自敘傳，而希望他能另闢蹊徑、形成自己的特色。

這其實也是近三十年來沈從文研究不斷升溫、卻一直很少有人關注其早年創作的原因。的確，沈從文的自敘傳寫作雖然持續了五、六年之久，作品數量也實在不少，但很難說有什麼過人的特色，如果他的創作僅此而已，則他在文學史上的地位也就無足輕重了。幸好沈從文並未就此止步，此後乃以獨具特色的鄉土抒情敘事，贏得了廣泛的文學聲譽和很高的文學史地位。學界如此忽視沈從文早年的寫作而格外重視其後來的創作，當然是有道理的。不過，竊以為從沈從文個人的文學成長史來看，他的並不出色的自敘傳寫作也並非浪費筆墨，而自有相當的意義：其一，對於缺乏寫作訓練而試圖自學創作的沈從文來說，自敘傳的寫作其實不失為最直接也最順手的表達形式，正是通過此類寫作，沈從文度過了一個相當漫長而又必不可少的練筆期，逐漸學會了如何更為妥帖地駕馭語言、怎樣根據具體情況抉擇敘述形式；其二，更為重要的是，正是通過「生的苦悶」與「性的苦悶」的抒寫，沈從文逐漸認識了自己，也通過自我認識形成了他對人性或生命的關心之焦點——從其「自敘傳」寫作中，可以清楚地看出沈從文的關心先是集中在「生的苦悶」與「性的苦悶」兩個方面並構成了兩相交織的表現格局，隨後則顯然因為「生的苦悶」問題逐漸獲得了改善，而「性的苦悶」問題卻依然故我，遲遲得不到釋放，甚至變得更為嚴重，於是他的關切也就逐漸偏移以至集中於後一個問題上了。此所以「性的苦悶」即愛欲的壓抑問題，也便成為沈從文持久關心之所在和傾心抒寫之偏好。就此而言，沈從文早期不成功的自敘傳寫作，對他後來更為成熟的創作事實上具有奠基的意義和導向的作用，所不同的乃是採取了別樣的題材和別樣的表現形式。

惟其有過這樣長一個練筆的奠基時期和情感的積澱過程，所以當沈從文接受了徐志摩等的勸告[34]，開始將筆觸深入到自己熟悉的鄉土題材時，他不僅驚喜地發現自己的創作進入到了一個可以從容自如抒寫的領地，而且也發現自己最為關心的男女愛欲問題，其實同樣可以在鄉土題材中得到表現，並且可以表現得更為得心應手。說來，沈從文之寓愛欲

34 沈從文在1925年11月11日《晨報副刊》上發表散文〈市集〉，徐志摩特為附加了按語〈志摩的欣賞〉，稱讚沈從文這篇描寫苗鄉市集的散文：「這是多美麗多生動的一幅鄉村畫。作者的筆真像是夢裡的一隻小艇，在波紋瘦鰜鰜的夢河裡蕩著，處處有著落，卻又處處不留痕跡。這般作品不是寫成的，是『想成』的。給這類的作者，批評是多餘的，因為他自己的想像就是最不放鬆的不出聲的批評者。獎勵也是多餘的，因為春草的發育，雲雀的

問題於鄉土抒寫的嘗試，在其 1927 年的短篇小說〈入伍後〉、〈連長〉就已初露端倪，此後逐年增多：在 1928 年創作了短篇〈柏子〉、〈雨後〉等，至1929年則初獲豐收，貢獻出了一系列表現「農人與士兵」以及重構湘西苗族愛情傳說的作品，如〈阿金〉、〈會明〉、〈牛〉、〈菜園、〈龍朱〉、〈媚金·豹子·與那羊〉、〈神巫之愛〉等等。這些作品除個別篇章如〈牛〉乃是鄉土寫實外，其餘大都是借農人士兵和苗族傳說來表達著作者的愛欲想像，既散發出清新樸野的泥土氣息，又顯現出愛欲抒情的浪漫格調，所以在當時或側重於鄉土民俗寫實（魯迅與文學研究會諸作家）或傾向於都市個人抒情（創作社及其影響下的作家）的小說創作思潮中，也便特別地獨具一格，初步展現了沈從文與衆不同的創作特色。當然，與此同時，沈從文還有另一些嘗試，如諷喻性的擬童話《阿麗思中國遊記》，但作者一肚子的不合時宜通過刻露蕪雜的敘述表現出來，在藝術上並不成功；至於縷述性的苦悶的「自敘傳」也仍在續寫，但分量明

放歌，都是用不著人們的獎勵的。」但當時的沈從文似乎並未意識到這段話之指示創作「方向」的意義，直到兩年後才有所覺悟，開始嘗試鄉土抒寫，而在徐志摩即將失事的 1931 年 11 月 13 日，已經轉向的沈從文致函徐志摩，報告自己的創作計畫：「預備兩個月寫一個短篇，預備一年中寫六個，照顧你的山友、通伯先生、浩文詩人幾個熟人所鼓勵的方向，寫苗公苗婆戀愛、流淚、唱歌、殺人的故事。」——〈致徐志摩〉，《沈從文全集》第 18 卷第 150 頁，版次同前。

顯地減弱了，上面所說 1930 年的中篇〈知己朋友〉，差不多已成了「自敘傳」抒寫的強弩之末。

而值得注意的是，恰在這個時候，沈從文對自己在創作上的何去何從，獲得了寶貴的自覺、作出了堅定的抉擇。這自覺的抉擇之表露，見於他 1930 年 4 月 24 日為《生命的沫》所寫的題記裡。在這篇題記裡，沈從文首先反省了自己以往的寫作因為追隨風氣、人云亦云而「完全沒有了自己」的教訓——

> 我總是糟蹋自己卑視自己，一切道德標準在我面前皆失去了拘束，一切尊敬皆完全無用，一切愛憎皆與人相反，所以從無一時滿意過往的世界同我的文章。在我一切作品上，因為產生的動機與結果完全沒有了自己，我總不讓那機會給自己作第二次的閱讀，（看到它們不使我紅臉就是使我生氣）。

接著，沈從文就不無自傲和激憤地表達了自己夢返鄉土以抒情寄意的創作抉擇——

> 我願意回返到「說故事的故事」那生活上去。我總是夢到坐一隻小船，在船上打點小牌，罵罵野話，過著兵士的日子。我歡喜同「會明」那種人抬一籮米到溪裡去淘，看見一個大奶肥臀婦人過橋時就唱歌。我羨慕「夫婦」們在好天氣下上山做呆事情。我極其高興把一枝筆劃出那鄉村典型人物的臉同心，如像

《道士與道場》那種據說猥褻缺少端倪【莊】的故事。我的朋友上司就是「參軍」一流人物。我的故事就是〈龍朱〉同〈菜園〉，在那上面我解釋到我生活的愛憎。我的世界完全不是文學的世界；我太與那些愚闇、粗野、新犁過的土地同冰冷的槍接近、熟習，我所懂的太與都會離遠了。……把我的世界，介紹給都會中人，使一些日裡吃肉晚上睡覺的人生出驚訝，從那驚訝裡，我正如得到許多不相稱的侮辱。用附屬於紳士意義下養成的趣味，接受了我的作品的這件事，我是時時刻刻放在心上，不能忘記的。[35]

對沈從文來說，從傾泄於「自敘傳」寫作中的自卑，到傾注於鄉土抒寫裡的自傲，乍看起來是如此的背反不容，其實乃是其人格心理的一體之兩面、自我認識的兩個階段，恰合於佛洛伊德的弟子阿德勒所謂從「自卑」到「超越」的個體心理學之發展過程。

「夢回鄉土」對沈從文的創作無疑具有至關重要的意義：一方面，這一回歸使他真正獲得了一個可以自如抒寫的創作領地、一個可以取材不盡的根據地，從而超越了他以往那些充滿自卑自憐情結的「自敘傳」，而傲然以獨具一格的鄉土抒寫自信滿滿地站立於新文壇之上；另一方面，回歸鄉

35　沈從文：〈《生命的沫》題記〉，載《現代文學》創刊號，1930年7月16日出刊。按，在該刊目錄頁上，此文作者誤署為錢歌川，但正文則署了沈從文的名字。另按，文中所謂「會明」、「夫婦」、「參軍」都是沈從文小說。

土並不意味著對「自敘傳」抒寫的簡單克服，倒是對「自敘傳」抒寫所關心的愛欲問題的推而廣之和深入開掘——惟其是「夢回鄉土」而非「鄉土寫實」，所以沈從文在都會裡備受壓抑和挫折的個人愛欲，乃正可轉喻於對樸野鄉土人事的回憶與想像，從而得以自由的釋放和象徵的抒發，且可藉此獲得一層「鄉土」的保護色，這往往使讀者一門心思地沉浸在如詩如畫的鄉野風景民俗傳奇之欣賞中，而渾然不知此類鄉土抒寫其實乃是作者隱身的自我表現也。此誠所謂一舉兩得的美事，難怪沈從文一朝醒悟之後，會那麼地欣然而且傲然於鄉土民性的抒寫，充滿了向都會人誇耀以至示威似的意味，給人「此處不愛人，自有愛人處」之感。這反映了沈從文矛盾的個人情懷——正是興起於都會的新文化喚起了他的人性的覺醒和愛欲的自覺，並且都會仕女的摩登生活也讓他羨慕不已，但是他自己的青春愛欲卻在都會裡屢受壓抑和挫折，於是「夢回鄉土」、借鄉野人事表達自己的愛欲感懷，並在回憶與想像中將鄉土社會理想化，對沈從文來說也便成為一種自我補償、自我救贖，其功能近乎自我慰藉的精神勝利法。如果說理想化的鄉土抒寫是所謂「詩」，則掩映在如詩如畫的鄉土背景之下的，乃正是現代人沈從文備受壓抑的愛欲情結。當然，愛欲在鄉土敘事裡也被詩化了，而折射出的乃是沈從文視愛欲為人性之真諦、反抗壓抑人性的不合理現實的真性情。

此所以自 1930 年以來，所謂鄉土與都會的對立，從此成為沈從文高自標置、確證自我的慣用話頭，而「夢回鄉土」的象徵性愛欲抒情，以及對等而下之的都會情色之寫實性的諷喻，以至於借重構佛經故事展開的愛欲敘事，也便在沈從文筆下源源不斷地出現了——〈蕭蕭〉（1930年1月發表）、〈燈〉（1930年2月發表）、〈紳士的太太〉（1930年3月發表）、〈丈夫〉（1930年4月發表）、〈三個男子和一個女人〉（1930年8月作、10月發表）、〈石子船〉（短篇小說集，1931年1月出版）、〈龍朱〉（短篇小說集，1931年8月出版）、〈虎雛〉（1931年5月作、10月發表）、〈三三〉（1931年9月發表）、〈泥途〉（中篇，1932年1月作、3月發表）、〈鳳子〉（中篇，1932年3月完成）、〈都市一婦人〉（1932年7月發表）、〈若墨醫生〉（1932年7月作、10月發表）、〈阿黑小史〉（系列短篇小說集，1933年3月出版）、〈月下小景〉（短篇小說集，1833年11月出版）、〈邊城〉（中篇，1934年1-4月連載）、〈大小阮〉（1935年4月作）、〈顧問官〉（1935年4月作）、〈八駿圖〉、（1935年8月發表）、〈主婦〉（1936年作、1937年3月發表）、〈貴生〉（1937年5月作）、〈王謝子弟〉（1937年5月發表）、〈神之再現〉（1937年7月發表）、〈小砦〉（長篇，未完成，1937年7-8月連載）……

這裡面寫得最出色也最為人所愛好的，當然是描寫湘西風俗民性的抒情小說了，如果加上同時寫作的系列散文〈湘行散記〉（1934年4月以後陸續發表）、回憶青少年生活的《從文自傳》（1934年7月出版），再算上稍前創作的〈入伍後〉、〈連長〉、〈柏子〉、〈雨後〉、〈阿金〉、〈會明〉、〈牛〉、〈菜園〉等小說，此類作品委實不少，質量更是出色，它們共同構成了後來學術界習稱的沈從文之散文化的「湘西抒情詩」。而問題是，沈從文的這些散文化的「湘西抒情詩」，尤其是其中的抒情小說，其所抒之情究竟為何？其文體是否因為散文化、抒情化而遠離了小說之講故事、敘傳奇的正統？抑或它們仍屬於浪漫傳奇的現代變體呢？

此處不妨從後一個問題說起。事實上，與當代學界包括我自己早年的評論——近三十年來學界基本上認定沈從文以散文化、抒情化的敘述革新了小說之講故事、敘傳奇的正統——相反，沈從文自己在當年曾特別強調說，他是有意以「講故事的故事」的方式來展開其湘西敘事的，前面所引他1930年在〈《生命的沫》題記〉宣告自己創作之轉型的話，即云「我願意回返到『說故事的故事』那生活上去。我總是夢到坐一隻小船，在船上打點小牌，罵罵野話，過著兵士的日子。……」，就是明證；當年的評論家也多認為沈從文是個「善於講故事的人」，而沈從文在四十年代回顧其創作歷程的文章《水雲》中更明確說，他當年的名作《邊城》乃「近於傳奇」、是一個「小小的是悲歡傳奇故事」[36]，李健

36 沈從文：〈水雲〉，《沈從文全集》第12卷第110-111頁，版次同前。

吾在三十和四十年代兩次論及《邊城》時，也都比擬於傳奇——一則曰：「他把湘西一個叫做茶峒的地方寫給我們，自然輕盈，那樣富有中世紀而現代化，那樣富有清中葉的傳奇小說而又風物化的開展。」[37]再則曰：「他讓我想到莊子，他讓我回到唐代，他的人物是單純的，他的氣氛是渾然的，他的字句是感覺的。他的傑作《邊城》好像唐代的傳奇，更其質樸，更其真淳。」[38]至於重構佛經故事的《月下小景》和敘說苗鄉傳說的《神巫之愛》等等，更其是浪漫的傳奇無疑了。

但是，沈從文的鄉土小說確也並非古典傳奇的簡單摹擬，因為他對之進行了現代的改造，其要訣用他自己的話來說，就是「用故事抒情作詩罷了。」[39]這是一個非常簡潔的自我揭秘，而惟其簡潔，就還需要一點解釋。正好，李健吾先生對此已有非常精闢的解說——

> 沈從文先生便是這樣一個漸漸走向自覺的藝術的小說家。有些人的作品叫我們看，想，瞭解；然而沈

37 劉西渭（李健吾）：〈《邊城》—沈從文先生作〉，《咀華集》第72頁，文化生活出版社，1936年。

38 小山（李健吾）：〈沈從文〉，《作家筆會》第29頁，春秋雜誌社和四維出版社，1945年10月出版。按，「小山」乃是李健吾在上海淪陷時期使用的筆名之一，具體考證見筆者：〈相濡以沫在戰時——現代文學互動行為及其意義例釋〉，《新文學史料》2011年第3期。按，此文已收入本書。

39 沈從文：〈水雲〉，《沈從文全集》第12卷第111頁，版次同前。

從文先生一類的小說，是叫我們感覺，想，回味；……（中略）在他藝術的製作裡，他表現一段具體的生命，而這生命是美化了的，經過他的熱情再現的。……（下略）

沈從文先生從來不分析。一個認真的熱情人，有了過多的同情給他所要創造的人物，是難以冷眼觀世的。……（中略）沈從文先生是熱情的，然而他不說教；是抒情的，然而更是詩的。（沈從文先生文章的情趣和細緻不管寫到怎樣粗野的生活，能夠有力量叫你信服他那玲瓏無比的靈魂！）《邊城》是一首詩，是二佬唱給翠翠的情歌。……（中略）在他製作之中，藝術家的自覺心是真正的統治者。詩意來自材料或者作者的本質，而調理材料的，不是詩人，卻是藝術家！

他知道怎樣調理他需要的分量。他能把醜惡的材料提煉成功一篇無瑕的玉石。他有美的感覺，可以從亂石堆發見可能的美麗。這也就是為什麼，他的小說具有一種特殊的空氣，現今中國任何作家所缺乏的一種舒適的呼吸。

在《邊城》的開端，他把湘西一個叫做茶峒的地方寫給我們，自然輕盈，那樣富有中世紀而現代化，那樣富有清中葉的傳奇小說而又風物化的開展。他不分析，他畫畫，這裡是山水，是小縣，是商業，是種種人，是風俗，是歷史而又是背景。在這真純的地方，請問，能有一個壞人嗎？在這光明的性格，請問，能留一絲陰影嗎？……（下略）

……（中略）

《邊城》便是這樣一部 idyllic 傑作。這裡一切是諧和，光與影的適度配置，什麼樣人生活在什麼樣空氣裡，一件藝術作品，正要叫人看不出是藝術的。一切准乎自然，而我們明白，在這種自然的氣勢之下，藏著一個藝術家的心力。細緻，然而絕不瑣碎；真實，然而絕不教訓；風韻，然而絕不弄姿；美麗，然而絕不做作。這不是一個大東西，然而這是一顆千古不磨的珠玉。在現代大都市病了的男女，我保險這是一付可口的良藥。

作者的人物雖說全部良善，本身卻含有悲劇的成分。唯其良善，我們才更易於感到悲哀的分量。這種悲哀，不僅僅由於情節的演進，而是自來帶在人物的氣質裡的。自然越是平靜，「自然人」越顯得悲哀：一個更大的命運影罩住他們的生存。這幾乎是自然一個永久的法則：悲哀。

這一切，作者全叫讀者自己去感覺。他不破口道出，卻無微不入地寫出。他連讀者也放在作品所需要的一種空氣裡，在這裡讀者不僅用眼睛，而且五官一齊用——靈魂微微一顫，好像水面粼粼一動，於是讀者打進作品，成為一團無間隔的諧和，或者，隨便你，一種吸引作用。[40]

應該說，「用故事抒情作詩」乃是沈從文所有湘西小說共有的特點——傳奇性的故事是一個必要的敘事骨架或者說線索，而作者用抒情的筆墨去精心點染、烘托和織繪的，則是美的自然與美的民俗、善良的民性和美好的情愫，它們以

40 劉西渭（李健吾）：《〈邊城〉——沈從文先生作》，《咀華集》第70-75頁，版次同前。

細節、背景、氛圍、情調和意境的形態，賦予作品以豐富而且富於風韻的肌質，如此一來，敘事性的骨架與抒情性的肌質之相生相長，使作品成為骨肉停勻、詩意豐沛的藝術肌體。倘借用英美「新批評」的詩學術語來說，傳統的傳奇敘事乃是「架構大於肌質」，而沈從文的湘西小說之佳作則是「骨架肌質」比較諧和般配的「抒情傳奇」，而當其偏至於「肌質大於骨架」時，也便給人抒情優美卻不免散架或散文化之感了——沈從文寫長篇常失敗，原因即在此。此誠所謂成也抒情敗也抒情了。

餘下的問題是，沈從文的「抒情傳奇」傳的究是何等之「奇」、抒的又是何樣之「情」？

以往的研究對這個問題的回答幾乎是衆口一詞，皆以湘西邊地奇特的風俗人事和特別的人情美以至自然美概之。這樣的理解，自然不能說錯，但失之籠統。其實，沈從文的湘西「抒情傳奇」之根底，乃是發自人的自然本性的愛欲——正是由於愛欲，才誘發了這樣那樣悲歡離合的奇特故事，也是由於愛欲，才激發出當事人這樣那樣難解難分的感情糾結，而潛隱在這樣那樣的愛欲敘事之中的，則是作者沈從文對人類愛欲問題的複雜感懷，而寫作這樣那樣的愛欲傳奇，在他自己乃正是借奇情夢想的愛欲故事以發抒受壓抑之情懷的「情緒的體操」。前邊已經分析過，著名的中篇小說《邊城》就是表裡雙層的愛欲「不湊巧」的抒敘：一方面，作品「借重桃源上行七百里路酉水流域一個小城小市中幾個愚夫俗子，被一件人事牽連著一處時，個人應有的一份哀樂，為人類『愛』字做一度恰如其分的說明」[41]，而另一方面，作者自己「過去痛苦的掙扎，受壓抑無可安排的鄉下人對於愛情的憧憬，在這個不幸故事上，方得到了完全排泄與彌補。」[42]而綜覽沈從文三十年代的湘西抒情小說，其所寫之事與所抒之情，其實十有八九都與「愛欲」息息相關。這在沈從文的創作，乃是個一說就穿的「奥秘」、觸目皆是的事實。就此而言，沈從文的湘西抒情小說，堪稱是抒情寄意特別專一的「愛欲傳奇」。至於《月下小景》和《神巫之愛》，更是顯而易見的「愛欲傳奇」，《月下小景》中的一篇甚至徑直以《愛欲》名篇，所以它們在愛欲的浪漫想像上與沈從文的那些抒情的「愛欲傳奇」大體相同，所不同處乃在於這兩集作品的傳奇性更強而抒情性略弱而已。當然，這一時期的沈從文還寫了不少都市小說，表面看來，它們似乎與作者的鄉土抒情小說相對立，實際上仍是相反相成的，如其都市小說的代表作〈紳士的太太〉、〈八駿圖〉等，其諷刺的矛頭就是指向都會仕女因權勢、金錢、道德的壓抑而使愛欲不能正常發抒、因而轉向病態或墮落，這正與他的抒情的湘西「愛欲傳奇」所詠歌的那種順乎自然的愛欲之美構成

---

41 沈從文：〈《習作選集代序》〉，《沈從文全集》第9卷第5頁，版次同前。

42 沈從文：〈水雲〉，《沈從文全集》第12卷第110-111頁，版次同前。

了互文與對照。

所以一言以蔽之，「愛欲」之壓抑與自由乃是沈從文三十年代創作集中表達的中心情結，至於「鄉村」、「都市」以至「古典」、「傳說」，不過是作者寄託其愛欲關懷的象徵性喻體或者說藉以抒情的載體。換言之，不論是鄉土風情之象徵性的抒寫，還是都會情色之寫實性的諷喻，以至於重構佛經傳奇故事的《月下小景》和講述苗鄉愛欲傳奇的《神巫之愛》，都鍾情於「愛欲」的自由或壓抑的情結之表現，共同反射著沈從文對人性問題的基本關切之所在。

在此也順便討論一下沈從文與海派文學的關係問題。作為首啟「京」「海」論爭、嚴判「京」「海」差別的京派文學重鎮，沈從文與「海派」之判然有別，似乎已成定論，但其實他與「海派」的關係乃是有異有同，而並非涇渭分明的；也正因為沈從文與海派藕斷絲連，所以他作為京派作家也就不是那麼十足純正了——究其實，沈從文乃是個兼容京海的作家。

追溯起來，創造社也可謂現代海派文學之先聲。蓋自郁達夫自曝苦悶的「自敘傳」小說、郭沫若的性心理分析小說、張資平的情色小說，再到年輕一代海派作家如葉靈鳳的愛欲小說、劉吶鷗的都市色情風景之宣敘、穆時英的摩登洋場男女欲望之書寫，以及施蟄存之重構古典愛欲故事與現代精神分析小說，顯然構成了一條海派文學欲望書寫之先後承繼的脈絡。而沈從文從二十年代粗陳其「生的苦悶」與「性的苦悶」的「自敘傳」，到三十年代精心撰寫的抒情性「愛欲傳奇」，實際上與海派文學的這個欲望書寫的脈絡有著斬不斷理還亂的共生關係，即使說沈從文的小說流貫著海派文學的血液，也不為過。事實上，沈從文二十年代後期一度到上海借自曝苦悶的自敘和都會情色書寫來獲得市場銷路以換取生活之資的行為，也與海派作家的作風如出一轍。就此而言，二十年代的沈從文毋寧更像個海派作家。也因此，沈從文三十年代對海派文學的批評，在派別對立的表像之下，其實暗含著自我揚棄的意味。

然則，三十年代的沈從文為何會對海派有揚有棄、而其所揚與所棄又究竟是什麼呢？

應該說，二三十年代之交的沈從文正處在人生與文學的拐點上。此時的他已成大學教師，所謂「生的苦悶」問題顯然緩解了；並且自覺已「人到中年」的沈從文，在生活上和文學上也積累起了足夠多的經驗與教訓，心性修養和文學修養也漸趨成熟；加之沈從文在高校教授的是新文學寫作，這也使他有機會仔細檢討新文學諸名家之得失，而正是通過比較鑒別，沈從文的文學趣味發生了轉變：從原先的偏好創造社一派作家之感傷叫囂的自我暴露，轉變為特別欣賞周作人、徐志摩、廢名等人優雅節制的抒情之美。稍後，沈從文艱辛的戀愛也終於苦到甘來，他甚至發現喜歡自己的摩登女性還不止一人，所以「性的苦悶」問題也得以改善。當此之際，沈從文清醒地意識到，寫作已不再是自我暴露和拼命謀生的手段了，而是如何寫得更好更美的問題，而檢點同時的海派作家如穆時英、劉吶鷗，其浮光掠影的都市情色之描寫，卻讓沈從文不能滿意，他需要另闢蹊徑；同時沈從文也感覺到自己在愛欲上所面臨的問題，亦不再是無人可愛之苦惱，而是如何在多個可愛之間權衡取捨的糾結。換言之，如何調停自己初步成功後的身心理欲衝突，達成一種更和諧的生活狀態、獲得一種更優美的藝術境界，乃是進入三十年代的沈從文所面臨的新問題。在這種情況下，周作人所介紹的藹理斯「生活的藝術」之人生觀和「情緒的體操」之藝術觀，也便成了沈從文最佩服和最需要的指南。的確，藹理斯之理欲調和的人生觀和藝術觀，對事業和愛情初獲成功後為新問題和多所欲而煩惱的沈從文來說，正好指明了一條使人生更合情合理的好辦法和使藝術更上一層樓的好途徑。正是循此而進，沈從文的生活和創作逐漸順利實現變軌，至1933-1934年間俱臻佳境。

也就在這個時候，沈從文發起了對海派文人的批評，這是人所周知的事情，但人們卻忽視了一個事實，那就是沈從文對海派文學的反思，早在這之前就已開始了，而首先被他拿來解剖的，即是海派文學的先驅、創造社的三元老郭沫若、郁達夫和張資平，時在1930年。

在1930年初發表的〈論郭沫若〉一文裡，沈從文高度讚揚了郭沫若的詩情詩才，並且認為郭沫若早年的小說集《橄欖》（1926年9月初版）「把創作當抒情詩寫，成就並不壞」，但對郭沫若後來在小說創作上的發展，沈從文卻並不看好，他坦率直言：「讓我們把郭沫若的名字位置在英雄上，詩人上，煽動者或任何名分上，加以尊敬與同情。小說方面他應當放棄了他那地位，因為那不是他發展天才的處所。」在沈從文看來，郭沫若雖然有過人的天才、思想和熱情，卻缺乏小說創作所必需的藝術之節制和客觀之觀察，以及由於節制抒情和詞藻而來的那份耐人尋味的文章親切感——

> 他不會節制。他的筆奔放到不能節制。這個天生的性格在好的一個意義上說是很容易產生那巨偉的著作。做詩，有不羈的筆，能運用舊的詞藻與能消化新的詞藻，可以做一首動人的詩。但這個如今卻成就了他做詩人，而累及了創作的成就。……（中略）郭沫若對於觀察這兩個字，是從不注意到的。他的筆是一直寫下來的。畫直線的筆，不缺少線條剛勁的美。不缺少力。但他不能把筆用到恰當一件事上。描畫與比譬，誇張失敗處與老舍君並不兩樣。他詳細的寫，卻不正確的寫。詞藻幫助了他詩的魄力，累及了文章的親切。

此處沈從文所謂「創作」特指小說創作，「文章」則指小說的藝術經營。而就在指出郭沫若的不知節制感情和文字等藝術缺點之後，沈從文立即舉了一個「用節制的文字表現一個所要表現的目的」的藝術典範——「我們可以找出一個對比，是在任何時翻呀著呀都只能用那樸訥無華的文體寫作的周作人先生，他才是我所說的不在文學上糟蹋才氣的人」[43]。這個比較品評，顯示出沈從文文學趣味的漸近成熟和藝術上的重新取捨——與海派文學先驅郭沫若的缺乏節制、藝術粗糙相比，沈從文顯然更欽慕京派文學元老周作人節制抒寫的藝術風度。

緊接著的1930年3月間，沈從文又發表了〈郁達夫張資平及其影響〉一文。在該文中沈從文敏銳地指出：郁達夫的作品「用他那所長的一套『情欲的憂鬱』行動裝到自己的靈魂上」，從而達到「表白自己，抓得著自己的心情上因時間空間而生的變化，那麼讀者也將因時間空間的距離，讀郁達夫的小說發生興味以及感興。張資平，寫的是戀愛，三角或四角，永遠維持到一個通常局面下，其中縱不缺少引起挑逗抽象的情欲感印，在那裡抓著年青人的心，但在技術的精神，思想，力，美，各方面，是很少人承認那作品是好作品的。……（中略）郁達夫作品告給我們生理的煩悶，我們卻從張資平作品取得了解決。」這真是一針見血之論。而值得

43　沈從文：〈論郭沫若〉，以上引文見《沈從文全集》第16卷第155-160頁，版次同前。按，近些年頗有人以為郭沫若後來嚴厲批評沈從文，就是因為他對沈從文此文的批評懷恨在心。這種看法恐怕有點想當然了，其實郭沫若未必那麼小氣，他後來對沈從文的批評另有原因，其緣故可參閱筆者的〈「鄉下人」的經驗與「自由派」的立場之窘困——沈從文佚文廢郵校讀劄記〉（載《中國現代文學研究叢刊》2008年第1期）一文（按，已收入本書）的最後一節。

注意的是，正是在該文中沈從文不僅初步揭示了京派文學與海派文學的差異性存在——以為從王以仁到葉靈鳳等一大批上海年輕作家的「作風與內含所間接為郁達夫或創造社影響的那一面，顯出了與以北平作根據而活動於國內的文學運動稍稍異型。趣味及文體，那區別，是一個略讀現代中國文學作品的人即可以指出的」，還進而以郁達夫和張資平為例，對海派文學做出了有褒有貶的分析。對自己早年所仰慕的郁達夫從表現性的苦悶進到「能理解性的苦悶以外的苦悶」的文學傾向，沈從文保留了相當敬意和期待，但對於張資平創作之「成功」則難以首肯，以為他不論是寫愛戀小說還是寫左翼小說，都沒有真正的嚴肅性和反抗性，只是用時興的方式復活了舊海派文學趣味的「新海派」而已——「他們說愛情，文學，電影，以及其他，製造上海的口胃，是禮拜六派的革命者」。看得出來，沈從文對張資平小說創作極力迎合讀者的低級趣味以獲得商業上的成功之做派，是頗為不屑而語含譏諷的：「張資平，一個聰明能幹的人，他將在他說故事的方向上永遠保守到『博人同意』一點上，成為行時的人去了。張資平是會給人趣味不會給人感動的。因為他的小說，差不多全是一些最適宜於安插在一個有美女照片的雜誌上面的故事。」不過，文章臨末沈從文仍表示，張資平的小說並非一無是處，男女愛欲其實是值得一寫的問題，關鍵是得有不同的精神才行——

偉大的故事的成因，自然不能排斥這人間男女的組織，我們現在應當承認張資平的小說，是還能影響到一般新興的作者，且在有意義的暗示中，產生輪廓相近精神不同的作品的。[44]

如此一褒一貶之分析，正表明了沈從文對海派文學之欲望書寫傳統的抑揚——抑止的乃是張資平極力迎合讀者的低級趣味以獲得商業上的成功之做派，而企望在新的精神基點上發揚郁達夫那種有靈魂的「情欲的憂鬱」之格調。

這種抑揚褒貶，也貫穿在沈從文隨後對一些海派後起之秀的比較品評中。比如，對名噪一時的海派新秀穆時英的創作，沈從文就很不喜歡，原因即在於穆時英的創作趨附流行的都市摩登趣味，而浮光掠影、華而不實，因之他毫不客氣地直斥之為「假藝術」——

讀過穆時英先生的近作，「假藝術」是什麼？從那作品上便發生「仿佛如此」的感覺。作者是聰明人，雖組織故事綜合故事的能力，不甚高明，惟平面描繪有本領，文字排比從《聖經》取法，輕柔而富於彈性，在一枝一節上，是懂得藝術中所謂技巧的。作者不只努力製造文字，還想製造人事，因此作品近於傳奇；（作品以都市男女為主題，可說是海上傳奇。）作者適宜於寫畫報上作品，寫裝飾雜誌作品，

44 沈從文：〈郁達夫張資平及其影響〉，以上引文見《沈從文全集》第16卷第188-194頁，版次同前。

寫婦女電影遊戲刊物作品。「都市」成就了作者，同時也就限制了作者。企圖作者那枝筆去接觸這個大千世界，掠取光與影，刻畫骨與肉，已無希望可言。[45]

這批評與對張資平的批評顯然是一致和一貫的。可是對另一位海派新秀施蟄存，沈從文就讚賞有加了，以為「在短篇方面，則施蟄存先生一本《上元燈》，最值得保留到我們的記憶裡。」並且，沈從文還注意到施蟄存的藝術風格與一些京派作家如廢名的作風頗為相似——

《上元燈》筆頭明秀，長於描繪，雖調子有時略感纖弱，卻仍然可算為一個完美的作品。這作品與稍前一年兩年的各作品較，則可知道以清麗的筆，寫這世界行將消失或已消失的農村傳奇，馮文炳、許欽文、施蟄存有何種相似又有何種不同處。[46]

按，《上元燈》乃是一集近似京派風格的抒情小說，難怪沈從文對它格外欣賞了。當然，對施蟄存稍後的愛欲精神分析小說，沈從文也同樣欣賞，因為它們寫得頗為精深而且富於藝術魅力。事實上，終其一生沈從文都和施蟄存保持著文學上的相互欣賞和生活上的相互關心。

45 沈從文：〈論穆時英〉，見《沈從文全集》第 16 卷第 234 頁，版次同前。

46 沈從文：〈論中國創作小說〉，以上引文見《沈從文全集》第 16 卷第 219-221 頁，版次同前。

所以歸攏來看，三十年代的沈從文對海派文學確是一分為二、有褒有貶、有抑有揚的：一方面，他不滿而欲加否斥的是一些海派成員之「『名士才情』與『商業競賣』」[47]的作風，以及鋪張揚厲、不知節制的藝術作風，而由於沈從文早期的寫作行為也不乏此類毛病，所以當他如此批評海派的時候，其實也包含了對自己早期寫作的自我反思；另一方面，對海派之表現情欲苦悶的自敘傳與展現都市男女愛欲之傳奇，沈從文並不否定，但希望用他心儀的京派作家如周作人的節制抒寫和廢名的鄉土抒情方式表現之，即轉化為「以清麗的筆，寫這世界行將消失或已消失的農村傳奇」。在這方面沈從文確實獲得了巨大的成功，而推原其成功之道，乃是走了一條折中京海、取長補短、綜合轉化的路——用京派優美節制的抒情筆法、如詩如畫的鄉土背景來轉達海派所關切的愛欲問題，這正是沈從文的出奇之處和出色之舉。

理想的人性樂園和愉快的抒情美學：
沈從文三十年代鄉土抒寫的得與失

正因為沈從文三十年代的創作主要是「以清麗的筆，寫這世界行將消失或已消失的農村傳奇」，這也就和魯迅等二十年代的鄉土寫實小說及三十年代左翼的農村社會分析小說可有一比。蓋自「五四」以迄三十年代，「鄉土中國」一直

---

47 沈從文：〈論「海派」〉，《沈從文全集》第17卷第54頁，版次同前。

是新文學尤其是小說的描寫重心，先後形成了三種有顯著影響的鄉村敘事範式：以魯迅、臺静農為代表的旨在對國民性進行文化批判的鄉土寫實小說，以茅盾、吳組緗為代表的著重揭示經濟—階級關係的農村社會分析小說，還有就是以廢名、沈從文為代表的抒寫自然詩意人間牧歌的鄉土抒情小說。此外，稍後還產生了蘆焚（即師陀）從「生活樣式」著眼對鄉土中國「社會生態」進行整體觀照的敘事路徑。沈從文的鄉土抒情比廢名起步晚，但後來居上，而與其他鄉土—農村敘事相比，則可謂有長有短。

最鮮明的差異，顯然存在於沈從文的鄉土抒情小說與左翼的農村社會分析小說之間。

左翼社會分析小說的特點，乃是宏大的寫實敘事與社會分析視野的結合，旨在通過對社會的經濟、階級、宗法的權力關係之揭示，和階級的典型與階級的衝突之描寫，傳達革命的意識形態、推動社會的改造。這種特點也貫穿在關於農村的社會分析小說中，其間當然也關涉到人性，但一則重點不同——如果說「食色性也」是普遍的人性，則左翼的農村社會分析小說更側重於「食」的一面，雖然它也對「色」即人的性欲望問題有所關切，如茅盾的「農村三部曲」中就寫到荷花的「不要臉」的性挑逗，吳組緗的〈菉竹山房〉更注意到鄉村社會的性壓抑問題，葉紫的中篇小說《星》在大革命的敘事中，也穿插著一個「賢德的婦人」梅春姐與革命者黃先生的私情，但相比較而言，在左翼的農村社會分析小說裡，「食」即經濟問題無疑更為重要。茅盾的「農村三部曲」分別名為〈春蠶〉、〈秋收〉、〈殘冬〉，葉紫的代表作題為〈豐收〉、吳組緗的代表作題為〈一千八百擔〉，從這些命名也可以窺見左翼的農村社會分析小說的重心之所在，這樣的側重也更符合農村社會和鄉土大衆的生活實際；二則處理的態度和方式有別——在左翼的農村社會分析小說中，不論「食」與「色」，都與特定人物的經濟地位、階級關係和宗法關係緊密相關，打上了深刻的社會烙印，並從而被納入到對社會整體的分析架構里加以適當的處理，所謂「色」的問題很少作為人的自然本性而被格外突出和渲染。也因此，左翼的農村社會分析小說往往是寫實嚴謹、分析深廣而人性情趣不足。

沈從文的鄉土抒情小說則大異其趣，他的創作旨趣，恰正是通過一個個小而美的微觀敘事，持之以恆地傳達和守望理想的人性之美——

> 這世界上或有想在沙基或水面上建造崇樓傑閣的人，那可不是我。我只想造希臘小廟，選山地作基礎，用堅硬石頭堆砌它。精緻，結實，勻稱，形體雖小而不纖巧，是我理想的建築。這神廟供奉的是「人性」。[48]

48　沈從文：〈《習作選集》代序〉，《沈從文全集》第9卷，版次同前。

這是沈從文三十年代的文學綱領。如前所述，此時沈從文所謂「人性」，仍是以男女「愛欲」為根底的，它是人所皆有的自然本性，對此，二三十年代的沈從文給予了一以貫之的深切關注，但在觀感和表現上則有城鄉之異和愛憎之別。對都市人在「愛欲」問題上的壓抑和病態，沈從文感受特別深切而且很為痛憤，並且他顯然也明白都市人愛欲的壓抑和病態，與都市社會的經濟權力結構和道德習慣等密切相關。比如，在他早年的「自敘傳」抒寫中，「生的苦悶」顯然就是造成「性的苦悶」的社會原因。後來的沈從文雖然在都市裡逐步解決了「生的苦悶」和「性的苦悶」的問題，但他對都市人在愛欲上的病態之觀感並未改觀，所以在一系列描寫都市摩登仕女愛欲病態的諷喻小說中痛下針砭，從中不難看出對造成都市愛欲之病態的原因——金錢的計較、權力的壓抑和道德的虛偽等等，沈從文也是心知肚明的。尤其對都市男性在重重「文明」的壓抑下失去愛欲活力的「閹寺性」，沈從文特別痛切並視之為民族性無活力的病源，在三十年代的都市小說中反覆給予諷喻，如〈八駿圖〉等。直至四十年代沈從文仍不遺餘力地批評「閹寺性」的都市男性病，以為「至如閹寺性的人，實無所愛，對國家，貌作熱誠，對事，馬馬虎虎，對人，毫無情感，對理想，異常嚇怕。也娶妻生子，治學問教書，做官開會，然而精神狀態上始終是個閹人。與閹人說此，當然無從瞭解。」[49]可是當轉

49 沈從文：〈生命〉，《沈從文全集》第12卷第43頁，版次同前。

向湘西鄉土世界時，沈從文顯然帶著一腔的溫愛來抒寫，傾情創造了一個美輪美奐的人性桃花源。在這個人性的桃花源裡，經濟利益、階級關係以及道德規範形同虛設，人人生活在一種自然諧和的狀態裡，男女愛欲作為基本的自然人性和生命活力，展現得格外自由奔放、無拘無束，並且愛欲也天然地具有帶動一切向善向美的力量，所以人人正直善良、豪爽熱情、敢做敢為，社會關係純樸和諧，既沒有經濟的糾紛，也無所謂階級的壓迫，即使有一些社會規範和風俗禁忌，也只是約定成習慣、習慣成自然的事情，人們無須反抗它而只需坦然接受它就行了。

比如說吧，〈三個男子和一個女人〉，寫兩個士兵和一個年青的豆腐店老闆，不約而同地對一個十五歲的美麗少女產生了愛欲，可是後來這個少女突然吞金自殺了，被埋葬在野外，至於她為什麼吞金自殺，作者幾乎一筆帶過，他關心的只是由這個少女自殺後開始的一段奇特的愛欲傳奇：那個瘸腿號兵不能接受少女已死的現實，他懷著難釋的愛心天天摸黑去那姑娘的墳上守望，以至於想把少女從墳墓中救出，卻不料已有人捷足先登——「這少女屍骸有人在去墳墓半里的石峒裡發現，赤身的安全的卧到洞中的石床上，地下身上各處撒滿了藍色野菊。」兩個士兵明白，這是那個年青的豆腐店老闆幹的。在世俗的眼中，這無疑是一個掘墓奸屍的傷風敗俗故事，但沈從文卻從人類愛欲之自然為美為善的觀點出發，給予了抒情的敘寫和禮贊。系列小說《阿黑小史》，則在苗鄉的自然風俗背景之下，悉心描寫了一對青年男女五明和阿黑的青春愛欲傳奇——他們的愛是那樣的自然奔放、欲仙欲死、如詩如夢，全然不受社會禮法的束縛。〈媚金·豹子·與那羊〉則重構了一個苗族的愛情傳說：白苗美女媚金與一個人中豹子的孔武男子，由唱情歌而相戀，相約在一個山洞中聚會成婚；媚金乃盛裝前行，卻久候豹子不至；其實豹子是為了尋找一個可與媚金相般配的純潔小白羊而耽誤了約會，等他終於帶著純潔的小羊來到洞中時，媚金卻誤以為他後悔而爽約，已先行自殺了，但還剩得一口氣，等到了豹子的來臨。於是豹子拔出愛人胸中的刀，毅然插進自己的胸，二人含笑而死。至如著名的中篇小說《邊城》，更藉由翠翠與二老「不湊巧」的愛欲傳奇故事，連帶著刻畫出邊城社會之不分等級貴賤、人人皆善良仁義、風俗淳樸優美以及自然美好如畫的人間桃花源境界，可謂集沈從文三十年代鄉土抒情、人性禮贊之大成。顯而易見，邊地邊民在愛欲上的熱情、勇敢、坦然，與城裡人在愛欲上的壓抑、扭捏和曖昧是截然不同的。在這些邊遠之地，即使飄零如水手、低賤如妓女，也不缺乏愛欲這種最基本的人性，而且表現得格外有情有義、熱烈奔放——

> 由於邊地的風俗淳樸，便是作妓女，也永遠那麼渾厚，遇不相熟主顧，做生意時得先交錢，數目弄清楚後，再關門撒野。人既相熟，錢便在可有可無之間了。妓女多靠四川商人維持生活，但恩情所結，卻多

在水手方面。感情好的，別離時互相咬著嘴唇咬著頸脖發了誓，約好了「分手後各人皆不許胡鬧」；……（中略）尤其是婦人，情感真摯癡到無可形容，……（中略）這些關於一個女人身體上的交易，由於民情的淳樸，身當其事的不覺得如何下流可恥，旁觀者也就從不用讀書人的觀念，加以指摘與輕蔑。這些人既重義輕利，又能守信自約，即便是娼妓，也常常較之知羞恥的城市中人還更可信任。[50]

如此等等由愛欲擴展至全人性之至善至美的鄉土抒情，成為沈從文自二十年代末以來直至抗戰爆發前夕這一重要創作階段的主導情調。這樣的鄉土抒情著力宣敘人性之超越一切的美與善，尤其是愛欲之沖決一切羈絆的美與力，成為那個美輪美奐的人性桃花源裡最美也最有力的存在。這不僅與左翼作家注重經濟—階級分析的農村敘事迥然有別，而且也與「五四」及二十年代魯迅等作家旨在批判國民性的鄉土寫實敘事顯著地「和而不同」。

不待說，沈從文如此傾心於優美的鄉土抒情，當然免不了一個遊子之情不自禁、美化故土的懷鄉情結，也暗含著他個人在愛欲上備受都市壓抑的補償性想像。然而，事情並不到此為止。事實上，沈從文之所以如此嘔心瀝血營造這個充滿愛欲之美和人性之善的桃花源，還有著意為民族性的改造

50 沈從文：《邊城》，《沈從文全集》第8卷第70-71頁，北嶽文藝出版社，2002年。

別樹人性典範的崇高理想。對此，三十年代的沈從文是很自覺的。在《邊城》的題記裡，他首先誠懇申明了自己對故鄉人情人性的偏愛——

> 對於農人與兵士，懷了不可言說的溫愛，這點感情在我的一切作品中，隨處都可以看出。我從不隱諱這點感情。……（中略）因為他們是正直的，誠實的，生活有些方面極其偉大，有些方面又極其平凡，性情有些方面極其美麗，有些方面又極其瑣碎，——我動手寫他們時，為了使其更有人性，更近人情，自然便老老實實的寫下去。

接著沈從文就申明，他的作品是為那些「極關心全個民族在空間與時間下的好處與壞處」的人而寫，他殷切期望讀者能夠理解他在鄉土人性抒情裡所寄託的重鑄民魂之志——

> 我的讀者應是有理性，而這點理性便基於對中國現社會變動有所關心，認識這個民族的過去偉大處與目前墮落處，各在那裡很寂寞的從事於民族復興大業的人。這作品或者只能給他們一點懷古的幽情，或者只能給他們一次苦笑，或者又將給他們一個噩夢，但同時說不定，也許尚能給他們一種勇氣同信心！[51]

51　沈從文：〈《邊城》題記〉，以上兩段引文見《沈從文全集》第8卷第57-59頁，版次同前。

在隨後的〈《習作選集》代序〉裡，沈從文又對讀者再次重申了自己想以鄉下人優美健康的人性來改造民族性的「狂妄的想像」——

> 以為在另外一時，你們少數的少數，會越過那條間隔城鄉的深溝，從一個鄉下人的作品中，發現一種燃燒的感情，對於人類智慧與美麗永遠的傾心，康健誠實的讚頌，以及對愚蠢自私極端憎惡的感情。這種感情且居然能刺激你們，引起你們對人生向上的憧憬，對當前一切的懷疑。先生，這打算在目前近於一個鄉下人的打算，是不是。然而到另外一時，我相信有這種事。[52]

這樣一種通過理想人性的文學抒寫來啟發民族性之改造的人文理想，乃正是繼承了「五四」之啟蒙的「人的文學」的正統，與魯迅的鄉土寫實小說之改造國民性的旨趣是一脈相承的——如所周知，魯迅後來曾追憶道，「說到『為什麼』做起小說來，我仍抱著十多年前的『啟蒙主義』，以為必須是『為人生』，而且要改良這人生。」[53]

可是就在這個很相似的目標之下，三十年代的沈從文與二十年代的魯迅之取徑及價值取向卻頗為不同。

---

52 沈從文：〈《習作選集》代序〉，《沈從文全集》第 9 卷第 6 頁，版次同前。

53 魯迅：〈我怎麼做起小說來〉，《魯迅全集》第 4 卷第 512 頁，人民文學出版社，1981 年。

在前期的魯迅那裡，「我的取材，多采自病態社會的不幸的人們中，意思是在揭出病苦，引起療救的注意。」[54]所以那時魯迅的側重點乃在揭露國民性之缺乏人性的種種病態，而幾乎没有展現過什麼正面的人性理想，並且在魯迅的那種來自西方的比較批判視野下，中國的國民性幾乎都是病態，根本沒有什麼可以肯定的。當然，我們必須注意，「五四」及二十年代的魯迅之嚴酷的國民性批判，「其實暗含著對文化—社會改革策略的考慮。由於舊文化、舊傳統的力量在新文化初期相當強大而且頑固，所以革新者為了打開新路，一開始不能不有意識地對舊文化、舊社會採取嚴厲的甚至過分嚴厲的批判態度。至於這種態度對舊文化、舊社會是否公正，並且是否完全表達了他們對舊文化、舊社會的真實感受，他們是無暇顧及、即使顧及也在所不惜的。此中隱衷，魯迅曾向他深為信任的日本友人內山完造吐露過。據內山完造回憶，當他在《活中國的姿態》的漫談中說了一些中國的優點的時候，魯迅坦率地說：『老闆，你的漫談太偏於寫中國的優點了，那是不行的。那麼樣，不但會滋長中國人的自負的根性，還要使革命後退，所以是不行的。老闆哪，我反對。』換言之，魯迅對舊文化的嚴厲批判和徹底否定，其實並未完全反映他對舊文化以至於舊事物的真實感受。」

54　魯迅：〈我怎麼做起小說來〉，《魯迅全集》第 4 卷第 512 頁，版次同前。

[55]不過無論如何，魯迅二十年代的小說及雜文之嚴酷的國民性批判，其「片面的深刻」畢竟是無可諱言的事實，而在積極的國民性肯定上則顯然不足——讀魯迅前期的小說和雜文，甚至給人這樣一個錯覺，那就是中國的國民性以至整個中國的歷史文化傳統，幾乎是一無可取的。這不但對國人、對中國的歷史和文化有欠公道，其實也不利於當時中國人的民族自信心之建立。

回頭來看沈從文，二三十年代之交的他不僅發現了鄉土題材之可寫，而且發現了鄉村人性之可愛，並在與西化影響甚深的都市病態人性的對照中，肯認了以自然愛欲為中心的鄉村美好人性具有重鑄民族靈魂的價值。沈從文正是以此為志趣來展開他的鄉土想像和抒情的。從這個角度來看，沈從文雖然與魯迅一樣懷抱著以文學來改造國民性或民族性的宏願，但三十年代的他乃是接著二十年代的魯迅寫的，而非照著二十年代的魯迅寫的——沈從文別具慧心地將改造國民性的問題，從魯迅等人自外而觀的否定性批判，轉換為自內而觀的積極性肯定。應該說，在三十年代方興未艾的農村社會分析敘事，和仍然不絕如縷的國民性批判的鄉土敘事之外，像沈從文這樣真誠地肯定在本民族的鄉土世界裡仍然存在著健康優美的人性、可以成為民族復興的基礎者，委實是個異數。正是這一點使沈從文的鄉土抒寫具有了超越單純愛欲抒

---

55 解志熙：〈「別有一番滋味在心頭」——新小說中的舊文化情結片論〉，《魯迅研究月刊》2002年第10期。

情的高遠寄意。這讓人不禁想起美國新左翼學者費雷德里克・傑姆遜的一個斷言——「第三世界的文學，甚至那些看起來好像是關於個人和利比多趨力的本文，總是以民族寓言的形式來折射一種政治：關於個人命運的故事包含著第三世界的大衆文化和社會受到衝擊的寓言。」[56]傑姆遜首舉之例即是魯迅的小說〈狂人日記〉、〈藥〉、〈阿Q正傳〉，竊以為沈從文的鄉土抒情之作亦足為例證。而從魯迅小說作為批判國民性的寓言，到沈從文的小說作為肯定民族性的寓言，既反映著時代思潮曲折轉進的軌跡，也折射著民族危機日益加重的跡象。

事實上，在民族危機日益加重的時代背景下，三十年代的魯迅也已意識到自己前期的國民性批判之偏頗，所以繼早年的〈補天〉和二十年代後期的〈鑄劍〉之後，又在三十年代著力撰寫了〈理水〉、〈非攻〉等正面弘揚中國偉大歷史和民族強健人格的「故事新編」，並且，魯迅也在這一時期的雜文中斷然肯定「我們有並不失掉自信力的中國人在」——

> 我們從古以來，就有埋頭苦幹的人，有拼命硬幹的人，有為民請命的人，有捨身求法的人，……雖是等於為帝王將相作家譜的所謂「正史」，也往往掩不

56　費雷德里克・傑姆遜（張京媛譯）：〈處於跨國資本主義時代中的第三世界文學〉，《當代電影》1989年第6期。

住他們的光輝，這就是中國的脊樑。

這一類人的人們，就是現在也何嘗少呢？[57]

當然，與此同時魯迅也並未放鬆對中國傳統文化和國民性弊病的批判，所以還有〈奔月〉、〈采薇〉、〈起死〉等反思傳統的「故事新編」。這表明後期魯迅對中國傳統文化和國民性採取了有肯定有否定的辯證分析的歷史態度。

與三十年代的魯迅對國民性的辯證分析相比，同時的沈從文則在城鄉二元對立的比較視野下，將都市人性的病態概之為缺乏愛欲活力的「閹寺性」，予以嚴厲的諷喻和批判，而對鄉村人性的禮贊，則由富於原始生命強力的「愛欲」之發現擴展為盡善盡美的人性桃花源之神話，並將之樹立為重鑄民族優良品性的典範。如此二元對立的區分，尤其是對鄉村人性之一面倒的禮贊，自然不免有些簡單化，然而在沈從文卻是有意為之，其中投射著一個自由主義作家之自由而復保守的人學觀念、美學趣味和意識形態，而沈從文創作之得失亦於焉顯現。

沈從文的人學觀念當然來源於「五四」新思潮對「人的發現」。這個「發現」具有多方面的內容，而最重要也最搶眼的無疑是對人的自然本能即愛欲之發現，尤其在與所謂「存天理，滅人欲」的傳統相對照之下，人的愛欲或者說人

57 魯迅：〈中國人失掉自信力了嗎〉，《魯迅全集》第 6 卷第 117-118 頁，人民文學出版社，1981 年。

的性本能之發現，委實具有石破天驚的現代意義，以至於在「五四」之後的相當長一個時期內，愛欲的自覺與自由，幾乎成了人性的自覺與自由的標誌性指標，因而也成為各派新文學作家共同喜歡的主題。如前所述，二十年代的沈從文，正是傾心於「生的苦悶」尤其是「性的苦悶」之自我表現的文學「新青年」之一，雖然因為藝術特色不足、無以自樹立，卻從此確定了他對愛欲的壓抑與自由問題之執著的關心。而當沈從文在二三十年代之交驀然回首、「夢回故鄉」之際，他欣然發現那裡才是愛欲自由的樂土和人性至善的樂園。正是這個發現，使沈從文乃轉而在鄉土世界裡盡情發揮其泛愛欲的人學理想，貢獻出一篇篇抒情的鄉土「愛欲傳奇」，「為人類『愛』字做一度恰如其分的說明」[58]，並由此擴展開來，建構了一個充滿愛欲之美和人性之善的鄉土桃花源世界。

一種頗為現代的人學理想居然在一向被認為是落後愚昧的邊遠鄉村裡得到完美的表現，這在沈從文當然不無為著寄託理想而不免把鄉土世界理想化的因素，但公平地說，沈從文筆下的湘西世界也不完全是他的想像性的建構，而自有其經驗的真實和現實的基礎。事實上，邊遠的湘西乃正是一片王道禮教的化外之地，不可與中國正宗的傳統鄉土社會等量齊觀。湘西處在湘、川、黔、鄂四省交界之地，且又是漢、

58 沈從文：〈《習作選集》代序〉，《沈從文全集》第 9 卷第 5 頁，版次同前。

苗、土等多民族雜居區，正因為僻遠而且封閉，所有就比較地遠離「王化」與「教化」，頗有點「不知有漢，無論魏晉」之遺風，人民日與自然為伍，民風樸實而強悍，民性樸野而自由，尤其在性愛關係上是相當自然和自由的。不待說，沈從文的人學理想當然反映了「五四」之後崛起的資產階級、小資產階級之人性的自覺，然而這種自覺的人性意識卻在都市里受到這樣那樣的壓抑和阻遏，以致陷於「閹寺性」的病態，而當沈從文驀然回首、「夢回故鄉」之後，他才發現較之經濟發達而人性「閹寺」的都市社會，邊遠的湘西雖然在經濟上是落後的，但生活在那裡的人們的人性和人際關係卻更合乎現代的人學標準。正因為有了這個再發現，所以此後的沈從文才特別醉心於湘西鄉土的抒情敘事，並且常常驕傲地自詡為一個「鄉下人」。而說來有趣的是，一般讀者和研究者往往因此而當真只把沈從文看成是一個單純的「鄉下人」，而不察沈從文這個「鄉下人」卻有一顆強烈的現代人的靈魂，他在鄉土抒情裡所轉喻和寄託的，恰是現代人的人學理想。換言之，在沈從文理想化的鄉土抒情裡，其實折射著「五四」後處在上升期的資產階級、小資產階級的生活趣味和意識形態。這並不奇怪也不難解。事實上，從貧窮的文學青年進到擔任大學教師以至成為學院化的京派文學之重鎮，沈從文一步步地接受了居於中國社會上層的知識精英的栽培，連他的寫作活動之轉向於鄉土抒情，也是在徐志摩等人的啟發下轉型的，而轉型後的沈從文著意在鄉土社會發掘愛欲的人性的傳奇，也恰好適合了、亦自覺迎合了徐志摩等都市知識精英的口味——1931 年 11 月沈從文致函徐志摩報告自己的創作計畫時，對此就有毫不掩飾的表白：「預備兩個月寫一個短篇，預備一年中寫六個，照顧你的山友、通伯先生、浩文詩人幾個熟人所鼓勵的方向，寫苗公苗婆戀愛、流淚、唱歌、殺人的故事。」[59]

沈從文如此從「落後」的社會形態裡發掘「先進」的人性價值之取向，頗類似於易卜生的個人主義文學之與挪威社會的特殊關係。普列漢諾夫曾經指出，易卜生個人主義文學的價值，恰在於它體現了「少數的智識分子的進步的努力，他們在一片荒涼的市儈主義的沙漠裡，仿佛是一塊肥沃的土地。」[60]而正如瞿秋白所強調的那樣，「恩格斯有一封給艾倫斯德的信，説易卜生的文學，是中小資產階級在初期的工業發展之中的意識的反映，他説：『挪威的小資產階級是自由的農民的兒子』，『挪威的農民從沒有做過農奴……這個事實就在整個的發展上留下了自己的痕跡。』」[61]這並不意味著恩格斯對挪威農民——小資產階級作為階級的先進性之

59 沈從文：〈致徐志摩〉，《沈從文全集》第 18 卷第 150 頁，版次同前。

60 普列哈諾夫（普列漢諾夫）：〈易卜生的成功〉（瞿秋白譯），見《瞿秋白文集》文學編第 4 卷第 83 頁，人民文學出版社，1986 年。

61 瞿秋白撰述：〈文藝理論家普列哈諾夫〉，見《瞿秋白文集》文學編第 4 卷第 77 頁，版次同前。

肯認，而只是指認了其不同於其他資本主義國家的農民——小資產階級的獨特性。在恩格斯看來，挪威「在自然條件上」提供了「市儈稱為『個人主義』的東西的基礎」。因為「這些地方居住的都是一些與整個世界隔絕的家庭。在這裡，即在農村裡，人們都是優美的、健強的、勇敢的、偏狹和狂熱信仰宗教的。」[62] 恩格斯甚至認為挪威、德國兩國小市民的首要區別在於「正常」和「不正常」。前者之所以「正常」，是因為「挪威的小資產者是自由農民的兒子，因而比起德國的可憐的小市民來，他們是真正的人。」[63] 一個吊詭的事實是，這些「真正的人」之人性健全的「先進」性，恰恰來自其社會發展和階級屬性的「落後」性，即他們處在一個相對蠻荒、粗獷的海洋文明中，因而具有一種落後於資本主義工業文明的新鮮氣息，這使其在主體性上遠超那些被扭曲在封建意識和資本主義市儈氣息中的德國小市民。自然，這種新鮮氣息落後於時代，並不具有階級的先進性，所以它並不能真正解決資本主義社會的墮落，它本身就像一個封閉的桃花源，不得不面臨被毀滅的命運。所以，英國左翼文化批評家雷蒙·威廉斯認為，「從歷史劇到家庭劇，易卜生的世界始終展示這一事實：個人的欲望在某種毀滅性的

62 恩格斯：〈給弗·阿左爾格的信〉，見米海伊爾·里夫希茨編（曹葆華譯）：《馬克思 恩格斯論藝術》（一）第480頁，人民文學出版社，1963年。

63 同上，第180頁。

虛偽情景中掙扎，以求得自由並瞭解自我」，然而「從最佳意義上説，這仍然是一個自由主義的世界」，但「這也是一個自由主義悲劇的世界」[64]，它反映了二十世紀的「英雄階段的自由主義」的致命傷：「它進入了那個自我封閉、充滿內疚並與人隔絕的即將崩潰的自由主義世界。」[65]前蘇聯學者傑爾查文則指出：「易卜生頑強地堅持了挪威『自由農民』歷來的道德原則，認為這些原則具有包羅萬象和超時間的意義，把它們提高到一種即使不完善，但在論斷上很頑強的哲學體系的程度。他分析了當時以及在他成長的社會環境內流行的一切真理，但是他仍然不能找到走向完整、進步的、新的世界觀的道路。這裡，妨礙他的還是那種『自由農民』，這種『自由農民』抑制著易卜生的思想向前突飛猛進。」[66]要之，挪威「小資產階級」的獨特性——這是一種「農民式」的「落後」的小資產階級，它雖然不能和現代性社會中的小資產階級相提並論，而且根本不具備階級的先進性，更談不上代表歷史的發展方向，但惟其處在「落後」的社會形態裡，那裡的農民—小資產階級倒是保持了比較健全的人性和人格，這也成了「易卜生主義」所刻意強調的獨異之「少數」的社會基礎，而所謂「易卜生主義」恰是中小資

64 雷蒙·威廉斯：《現代悲劇》（丁爾蘇譯）第 93 頁，譯林出版社，2007 年。

65 同上，第 94-96 頁。

66 傑爾查文：《易卜生論》（李相崇、王以鑄譯）第 5-6 頁，作家出版社，1956 年。

產階級在初期的工業發展之中的意識之反映，易卜生不過是其代言人而已[67]。對三十年代的沈從文及其鄉土抒情之作，亦可作如是觀——他没能在都市人身上找到值得肯定的人性，卻轉而在邊遠落後的鄉土社會裡找到了可為民族新人格典範的健全人性，諸如愛欲的自然與自由，人際關係的平等與善良，以及普遍的正直與剛健，等等，從而著力營造了一個愛欲美、人性善的桃花源。沈從文的這種人性抒寫雖然以鄉土為背景，卻寄託著新興的中國資產階級、小資產階級的人性理想，或者說，一種以人性的自由與解放為核心的自由主義意識形態。不待說，儘管沈從文藉以轉喻其人性理想的鄉土社會是落後的，但他追求人性自由與企望社會和諧的進步趨向，卻是不能否認的。

若說沈從文對理想人性的抒寫有什麼缺憾，則恰在其顯然有意識地過分理想化——從所寄託的人性理想到所以寄託其理想的鄉土社會直至藉以表現的藝術，一切都過於完美了。

自然，當一個作家傾心抒寫其人性理想時，自是難免有些浪漫化或者說理想化的。但沈從文對理想人性的抒寫，幾乎達到了完全遮蔽鄉土社會複雜的社會矛盾和不合理現實的地步，同時也淡化了人性必有的社會性、簡化了人性應有的複雜性，而將之理想化到過於完美單純的境地。這就顯然地過猶不及了。其實，即是邊遠特殊的湘西地區，也不會是一

67 以上關於易卜生的分析，節引自楊慧：《瞿秋白「文化革命」思想研究》，清華大學博士論文，2008 年。

個盡善盡美的世外桃源，而必然存在著不合人性的社會等級制度、經濟地位差異和階級矛盾糾葛以及落後的道德禮俗之制約等等因素，這些社會性因素也才是壓抑愛欲之自然、束縛人性之自由的真正原因。對此，自小生長在鄉村社會、後來又接受了新文化洗禮的沈從文，並不是不知情也不是無認識，可是他的鄉土小說卻儘量揀選一些優美、奇異、愉快的人事來盡情抒寫，幾乎把湘西寫成了一個人性盡善盡美、人人和平共處的和諧社會，而對於那些事實上存在著的醜惡、愚昧、落後、剥削、壓迫、殘殺等問題，則盡可能回避不寫，即使偶爾有所涉及，也輕描淡寫、一筆帶過。比如說，〈蕭蕭〉裡孤女蕭蕭去做一個三歲小男孩的童養媳，她與丈夫「弟弟」年齡差別那麼大，這其實是很不合理的陋習，然而沈從文卻帶著讚賞的筆調寫蕭蕭與「弟弟」多麼要好、婆家人對蕭蕭又多麼好，似乎蕭蕭生活得很幸福；至於孤兒蕭蕭與婆家在社會地位上必有的差異，在作者筆下自然也不成為問題，而當長成少女的蕭蕭在長工花狗的引誘下懷了孕，青春的愛欲似乎惹出了不小的麻煩，按習俗是不得不沉潭的，可是卻由於婆家人的一念之仁得以被緩解為發賣，而在等待買家的過程中，卻又一次很「湊巧」地由於——

> 沒有相當的人家來買，就仍然在丈夫家住下。這件事既經說明白，倒又像不什麼要緊，大家反而釋然了。先是小丈夫不能再同蕭蕭在一處，到後又仍然如月前情形，姊弟一般有說有笑的過日子了。

……（中略）

蕭蕭次年二月間，坐草生了一個兒子，團頭大眼，聲響宏壯，大家把母子二人照料得好好的，照規矩吃蒸雞同江米酒補血，燒紙謝神。一家人都歡喜那兒子。

……（中略）

這兒子名叫牛兒。牛兒十二歲時也接了親，媳婦年長六歲。媳婦年紀大，方能諸事做幫手，對家中有幫助。嗩吶吹到門前時，新娘在轎中嗚嗚的哭著，忙壞了那個祖父、曾祖父。

這一天，蕭蕭抱了自己新生的月毛毛，卻在屋前榆蠟樹籬笆看熱鬧，同十年前抱丈夫一個樣子。

生活就這樣周而復始地過著，一切都波瀾不驚、渾若無事，原因就在於人人善良，此所以孤女蕭蕭也就總是能夠逢凶化吉，直至超然地旁觀著那個嗚嗚哭的兒媳婦進門的熱鬧，但願她也能如蕭蕭一樣僥倖吧。當然，人生並不總是能夠僥倖的，生活總是難免悲劇的，這個沈從文也知道，但是他對悲劇有其獨特的解釋，那就是「偶然」的命運使然，而惟其是事出偶然，所以也就無傷於人性之美好。這種無傷於人性之美的「偶然」所引發的悲劇，最典型的例子便是《邊城》。這其實是一個灰姑娘故事的中國鄉村版，只是略帶悲劇色彩，可是造成悲劇的，並不是有什麼壞人從中搗亂，也不是男女主角或他們的家長的人性有什麼缺點，更不是由於雙方在階級地位、經濟關係或者禮教宗法上有什麼障礙，而只是由於一個又一個陰差陽錯的「誤會」、接二連三的「不湊巧」，結果便使有情人難成眷屬了。這個故事確實寫得很美——幾個天真無邪的鄉村兒女，一群正直善良的鄉村父老，人性單純樸質如童話中人，再加上美麗如畫的自然，從而建構起一個愛欲美、人情好的人間桃花源。如此美好和諧的鄉土社會圖景，既與「五四」以來批判國民性弱點的鄉土寫實小說大異其趣，更與三十年代左翼之揭示階級矛盾、經濟困局的農村社會分析小說判然有別。可以想見，當時的讀者和批評家在欣賞《邊城》等等之餘，也難免有些起疑，而人們之所以起疑，倒也並不全是因為魯迅等人的鄉土寫實小說和茅盾等人的農村社會分析小說之參照，其實也源於他們自己的鄉土經驗——現代的讀者和批評家大都與鄉土社會有著這樣那樣斬不斷的聯繫，他們只要把自己的鄉土經驗與沈從文的鄉土敘事比較一下，大概多多少少都會有些懷疑其「美而不真」吧。

正是針對人們懷疑他的鄉土小說如《邊城》等「美而不真」，沈從文在 1936 年初為《從文小說習作選》所作的序言中，特地做了這樣的辯解——

> 我要表現的本是一種「人生形式」，一種「優美，健康，自然，而又不悖乎人性的人生形式」。我主意不在領導讀者去桃源旅行，卻想借重桃源上行七百里路酉水流域一個小城小市中幾個愚夫俗子，被一件人事牽連在一處時，各人應有的一份哀樂，為人類

「愛」字作一度恰如其分的說明。文字少，故事又簡單，批評它也方便，只看它表現得對不對，合理不合理；若處置題材表現人物一切都無問題，那麼，這種世界雖消滅了，自然還能夠生存在我那故事中。這種世界即或根本沒有，也無礙於故事的真實。[68]

次年，沈從文又在一篇帶有自敘傳色彩的小說中讓男主人公——一位小說家——宣稱：「美是不固定無界限的名詞，凡事凡物對一個人能夠激起情緒引起驚訝感到舒服就是美。」[69]到了四十年代，沈從文在其創作自述〈水雲〉中回憶到三十年代的創作時，又一次重述了他當年和一個「偶然」（這個「偶然」大概是高青子）的一段美學對話——

我們從花鳥上說了些閒話，到後「偶然」方囁囁嚅嚅的問我：「你寫的可是真事情？」

我說：「什麼叫作真？我倒不大明白真和不真在文學上的區別，也不能分辨它在情感上的區別。文學藝術只有美和不美，不能說真和不真，道德的成見，更無從羼雜其間。精衛銜石，杜鵑啼血，情真事不真，並不妨事。你覺得對不對？我的意思自然不是為我故事拙劣要作辯護，只是……」

「我看你寫的小說，覺得很美，當真很美。但

68 沈從文：〈《習作選集》代序〉，《沈從文全集》第 9 卷第 5 頁，版次同前。

69 沈從文：〈主婦〉，《沈從文全集》第 8 卷第 358 頁，版次同前。

是，事情怕不真！」

這種大膽惑疑似乎已超過了文學作品的欣賞，所要理解的是作者的人生態度。

我稍稍停了一會兒：「不管是故事還是人生，一切都應當美一些！醜的東西雖不是罪惡，總不能令人愉快。我們活到這個現代社會中，已經被官僚，政客，銀行老闆和偽君子，理髮匠和成衣師傅，種族的自大與無止的貪私，共同弄得到處夠醜陋！可是人生應當還有個較理想的標準，至少容許在文學和藝術上創造那個標準。因為不管別的如何，美麗當永遠是善的一種形式，文化的向上就是追求善的象徵！」[70]

以上幾段話大體上表明了沈從文三十年代小說創作的旨趣——著意於美善人性理想的象徵性抒寫，雖然故事的背景是鄉土，但並不在意鄉土的真實與否，而意在「借重」鄉土來象徵性地轉喻其人性理想，所以便集中筆墨於美善人性之渲染，且為了讀者讀來舒服有美感，亦有意回避或少寫醜陋不快的人與事，而多寫美好愉快的情與境。職此之故，沈從文的這種美學趣味可稱為「愉快的抒情美學」。這顯然與魯迅等人批判國民性的鄉土寫實小說和左翼的農村社會分析小說所要求的「生活的真實」及其批判現實的旨趣大為不同。應該說，正是堅持這樣一種理想化的「愉快的抒情美學」，三十年代的沈從文深深地沉浸在他所構建的人性頌歌加田園

70　沈從文：〈水雲〉，《沈從文全集》第12卷第106-107頁，版次同前。

牧歌中，盡情表達了構建新的民族人格和民族主體的人文改造理想。就此而言，沈從文正是他自己所說的「浪漫派」作家，並且是一個富於積極的建設性想像的浪漫派作家——通過美善的人性文學的美育啟蒙達致「人的重造」進而實現「民族的重造」，正是他鍥而不捨的理想，這個理想別出心裁地承續和發展了「五四」之人性啟蒙的「人的文學」傳統。

當然，沈從文也為他這種理想人性的書寫及其愉快的抒情美學付出了代價。一則，由於理想化的創作旨趣，沈從文大多數鄉土抒情小說中的人性描寫，都過於美好單純以至到了簡單化的程度，缺乏人性所應有也必有的複雜性和豐富性。這一點劉永泰已著文指出，他甚至認為「沈從文的作品不是表現了人性的優美健全，恰恰相反，他的作品表現的是人性的貧困和簡陋。」[71]話雖然說得有點偏激，但並不是沒有道理——一個稍有素養的讀者面對沈從文的此類作品，倘若只看個三五篇，那一定會覺得清新優美之至，可是看得多了，就難免會覺得其中的人物性格或者說人性刻畫，大多都單純到簡單的程度，並且翻來覆去的抒寫也給人單調重複的印象，而之所以會這樣，其實就源於沈從文過於理想化的並且竭力愉快的抒情美學。二則，儘管沈從文只是「借重」鄉土來象徵性地轉喻其美善的人性理想，但他的那些小說畢竟也算是鄉土小說，而就其對鄉土社會的描寫來看，委實是過

71 劉永泰：〈人性的貧困與簡陋——重讀沈從文〉，《中國現代文學研究叢刊》2000年第2期。

於理想化或者說抒情詩化了，中國鄉土社會的複雜性、矛盾性顯然被大大地簡化或遮蔽了。說來，當年對這個缺點的比較尖銳的批評，倒不像當今學術界慣常想像的那樣來自左翼陣營，而是發自沈從文最為看重的京派批評家李健吾（劉西渭）。那是在蘆焚的第二部小說集《里門拾記》問世不久，李健吾即撰文比較了蘆焚與沈從文的鄉土抒寫之異同。他認為二人的相似處在於：「沈從文和蘆焚先生都從事於織繪。他們明瞭文章的效果，他們用心追求表現的美好」。但李健吾顯然更注意二人的差異：「沈從文先生做得那樣輕輕鬆松，……他賣了老大的力氣，修下了一條綠蔭扶疏的大道，走路的人不會想起下面原本是坎坷的崎嶇。我有時奇怪沈從文先生在做什麼。……沈從文先生的底子是一個詩人。」而蘆焚的《里門拾記》則在不無詩意的抒情筆墨之下表達了幾乎完全相反的鄉土中國性相，令人感到那個鄉里村落世界的「一切只是一種不諧和的拼湊：自然的美好，人事的醜陋，」以至於李健吾如此感歎——「讀完了之後，一個象我這樣的城市人，覺得仿佛上了當，跌進一個大泥坑，沒有法子舉步。……這像一場噩夢。但是這不是夢，老天爺！這是活脫脫的現實，那樣真實。」所以李健吾比較的結論是：「蘆焚先生和沈從文的碰頭是偶然的。如若他們有一時會在一起碰頭，碰頭之後卻會分手，各自南轅北轍，不相謀面的。」[72]

72 劉西渭（李健吾）：〈讀《里門拾記》〉，《文學雜誌》第1卷第2期，1937年6月1日出刊。

這個辨析切中肯綮、判斷明敏精到，至今讀來仍令人心折。看得出來，李健吾的話雖然圓潤周到，其實言下還是含蓄表達了對沈從文的不滿和對蘆焚的讚賞。

按說，三十年代的沈從文已是個頗有創作經驗的成熟作家了，並且他對農村的現實和農民的性格也並非沒有深切的瞭解，然則，他為什麼會如此堅持這樣一種理想化的人性加理想化的鄉土之抒寫，並配置以理想化的愉快的抒情美學呢？那原因，除了對其獨特的人學理想和美學趣味之自我固執外，恐怕也和沈從文日趨保守的自由主義意識形態以至政治傾向有關。美籍華裔學者夏志清在其《中國現代小說史》中曾經讚賞有加地指出這樣一個事實——

> 在北京苦寫了兩年後，沈從文漸露頭角，開始受到英美派胡適、徐志摩、陳源等人的注意。……表面看來，這一批英美派教授和學者跟這個連一句英文都不會說的「鄉下人」實在沒有甚麼相同的地方。……他們對沈從文感興趣的原因，不但因為他文筆流暢，最重要的還是他那種天生的保守性和對舊中國不移的信心。……胡適等人看中沈從文的，就是這種務實的保守性。他們覺得，這種保守主義跟他們所倡導的批判的自由主義，對當時激進的革命氣氛，會發生撥亂反正的作用。他們對沈從文的信心沒有白費，因為胡適後來致力於歷史研究和政治活動，徐志摩一九三一年撞機身亡，陳源退隱文壇——只剩下了沈從文一個人，卓然獨立，代表著藝術良心和知識份子不能淫不

能屈的人格。[73]

如果夏志清所說確是事實，則沈從文之「天生的保守性」加上受自由主義精英之詢喚而來的「批判的自由主義」即自由保守主義，適足以使他「對當時激進的革命氣氛」保持警惕，而不能不以自己的創作來起一點「撥亂反正的作用」——這或者就是沈從文明知農村社會的真實情況，卻還是儘量把鄉土田園寫成理想的人性樂園，竭力為「人的重造」和「民族的重造」別樹典範的潛在原因吧。準此，則沈從文與易卜生也好有一比。普列漢諾夫曾肯定易卜生用文學提倡個人主義道德的進步意義，但同時也批評易卜生的弱點「就是在道德裡找著政治的出路。」[74] 所謂「在道德裡找著政治的出路」，即指易卜生企圖用提倡個人主義的道德來達到社會改良、政治進步的目的，而不會走向社會主義。沈從文的情況與此類似——他的天生的保守性和後天習得的自由保守意識，使他不能贊同用革命的階級鬥爭來改造中國社會，而期望走人性改良以重建國族之路。就此而言，沈從文在三十年代專寄託美善人性理想於鄉土抒寫並且儘量寫得優美愉快，的確不無與左翼文學分庭抗禮的意思。此所以他的優美的鄉土抒情在不得不涉及一些不愉快的人事時，才會顯

73 夏志清：《中國現代小說史》第 165-166 頁，香港，中文大學出版社，2001 年。

74 普列哈諾夫（普列漢諾夫）：〈易卜生的成功〉（瞿秋白譯），見《瞿秋白文集》文學編第 4 卷第 86 頁，版次同前。

得那麼的小心翼翼、含糊其辭、輕描淡寫，而像〈丈夫〉那樣真切地表現農民卑屈生活與悲慘命運的作品，則不過偶一為之而已。

後來的沈從文也曾試圖有所改變，尤其是當他後來的頂頭上司——西南聯大國文系主任羅常培——因為沈從文三十年代以來的鄉土小說過於理想化而在 1944 年 4 月不點名地批評他是「靠著賣鄉土神話成名的作家」[75]，沈從文聞訊後深受刺激，從而做出了強烈而積極的回應：他既悲憤地指出了占中國人民大多數的農民的悲慘命運及其社會政治根源，也肯認了「文學的求真標準」，並反覆宣示「對於這個多數的重新認識與說明，在當前就是一個切要問題。一個作家一支筆若能忠於土地，忠於人，忠於個人對這兩者的真實感印，這支筆如何使用，自不待理論家來指點，也會有以自見的。」「一個有良心的作家，更不能不提出這個問題：關心老百姓決不能再是一句空話」[76]。如此清醒的現實批判意識和文學求真意識，使人不禁對沈從文的創作產生了新的期待。然而耐人尋味的是，就在如此激昂地為農民請命之後，沈從文在四十年代後期的整整五年間卻還是逡巡不前、欲進還退，終於悄然放棄了激昂的諾言而未能在創作上「有以自

75 羅常培：〈我與老舍——為老舍創作二十周年〉，此據《中國人與中國文》第 121 頁，開明書店，1945 年。

76 沈從文：〈《七色魔（魘）》題記〉，《自由論壇》週刊第 3 卷第 3 期，1944 年 11 月 1 日昆明出刊。

見」。事情為什麼會這樣呢？那原因就在於沈從文雖然認識到了占中國人民大多數的農民之悲慘命運及其現實根源，但他隨即就發現倘若他如實地去揭露和表現這一切，那必然會在客觀上帶來動搖現存社會秩序、呼應「人民革命」的效應，而動搖現存社會秩序乃是他的根深蒂固的「農民的保守性」所不能贊同的，「人民革命」則是他所秉持的「自由主義知識份子的保守性」所深為憂慮而且難以接受的，於是他便只好重回其鄉土愛欲傳奇的抒寫之老路，並且宣稱「我們似乎需要『人』來重新寫作『神話』」。[77]

不待說，要沈從文去為革命而寫作，那既不可能也沒有必要。可是身為「鄉下人」的他，大半生寫了那麼多謳歌鄉村美麗、人性美好的愉快抒情之作，而像〈丈夫〉那樣揭示下民「活得如何卑屈，死得如何悲慘」的不愉快之作卻寫得如此之少，這畢竟是有失平衡、過於單純了。此所以沈從文後來曾經追悔莫及地在《丈夫》書影邊上寫下這樣的題識：「我應當和這些人生命在一處，移植入人事複雜的大都市，當然毀碎於一種病的發展中。」「這應當是舉例用最合長處一例。可惜不知善用所長，轉成下墜，終沉覆於世故圍困中。」[78]這話雖然是沈從文在 1949 年初那段特殊的精神狀

77　沈從文：〈北平的印象和感想〉，《沈從文全集》第 12 卷第 284 頁，版次同前。

78　沈從文：〈題《沈從文子集》書內〉，《沈從文全集》第 14 卷第 457 頁，北嶽文藝出版社，2002 年。

況下寫的，但還是比較真實地表露了他的愧悔的心聲，包括對自己接受自由主義知識精英之詢喚而努力上進卻「不知善用所長，轉成下墜」之反省。這也提醒我們，在繼續欣賞沈從文優美的湘西小說的同時，對其「天生的保守性」與後來習得的「批判的自由主義」即自由保守主義的立場所加於他的創作活動之限制，似乎應該有所認識。換言之，特別的「鄉下人」經驗和保守性，與「自由主義」的人性理想及其政治立場之結合，在顯著地成就了沈從文的同時，也顯然限制了沈從文的發展——從人生到創作皆然。

事實上，到三十年代後期沈從文的鄉土抒寫已陷於進退兩難的困境：繼續優美愉快的理想人性加理想鄉土之抒情吧，那差不多已是寫無可寫，所以寫了也是重複——原擬寫十個《邊城》的計畫不能不擱淺，就是為此；進而按照「文學的求真標準」來開展對鄉土社會的批判性寫實麼，那又面臨著主觀上的不忍心及不善於駕馭長篇和客觀上的出版檢查之困難（這個困難是存在的，但顯然被沈從文及一些沈從文研究者誇大了，其實發表和出版總是「有機可乘」的，否則就無法解釋在四十年代的國統區何以出版了那麼多比《長河》更嚴厲批判農村社會現實的中長篇小說了），於是他只好放棄——《長河》創作的半途而廢，就是緣於這主觀和客觀的原因。

「抽象的抒情」之底色和「最後的浪漫」之背後：沈從文四十年代「新愛欲傳奇」的「詩與真」

當然，抗戰爆發以來，尤其是進入四十年代以後，沈從文的思考和創作仍在繼續，並且別有發展，但這繼續和發展卻呈現出內外有別的複雜情態和相當緊張的矛盾境況。

一方面是那個公開亮相的沈從文，他作為一個堅定的愛國者，真誠地關心著國族的命運，懇切鼓勵知識份子清貧自守、支持抗戰；同時作為一個堅定的自由主義者，沈從文也堅決反對「作家從政」而宣導「文運重建」，極力要求文學脫離政治與商業的羈絆，重新與教育結盟，企望通過文學的美育作用為「人的重造」、「國家的重造」、「民族的重造」貢獻力量。正是為著國家民族著想，沈從文在抗戰勝利之初即率先反對內戰、呼籲國共兩黨為國家民族放下分歧，而當國民黨於1946年6月正式發動內戰之後，沈從文又以「適之先生嘗試的第二集」自居，積極接受採訪、發表文章、直言不諱，表現得頗為活躍和堅定，甚至不惜亮出反對革命的立場，號召作家們堅持「『自由主義』在文學運動中的健康發展」、「從各種挫折困難中用一個素樸態度守住自己。」[79]……這些都具見於沈從文這一時期的散文和雜文

---

79 沈從文：〈從現實學習〉，連載於1946年11月3日、10日天津《大公報·星期文藝》第4-5期，該文也在上海《大公報》刊載，此處引文據《沈從文全集》第13卷第394-396頁，北嶽文藝出版社，2002年。

中，乃是不可諱言也無須諱言的事實，讀者從中既可以看出他一以貫之的愛國熱情，也可以發現他確實繼續並發揚了三十年代自由主義的文學和政治立場。這一切在今天看來都無可非議。

然而另一方面，又同時並存著一個非常內向而且特別敏感的浪漫文人沈從文，他日漸孤獨地咀嚼著個人生命的悲歡和寂寞，常常為倏然而來的生命幻念和愛欲衝動而欣然忘形亦復黯然傷神，有時甚至到了身心崩毀、跡近瘋狂的境地。正是為了排解和化解這種內在的緊張和壓抑，沈從文離群索居、看虹看雲；也是為了抒發和自解，沈從文乃嘗試對自己的幻念、衝動和思考等等進行自我分析或自我轉喻，而將之寫入到一種融合了夢想與真實因而亦小說亦散文亦戲劇獨白等等相雜糅的文體中，於是有了《七色魘》和《看虹摘星錄》這樣試驗性的新作之問世。這兩部作品上承沈從文二十年代的「自敘傳」及二三十年代之際諷喻都市仕女之情色壓抑的寫作風格，而又有進一步的發展和創新，其中較為明顯地吸取了西方現代主義的思想與藝術如精神分析學、性心理學、生命哲學以及意識流和心理獨白等，但本質上並非現代主義的，而是將現代主義浪漫化了——沈從文自謂要借此「保留最後一個浪漫派在二十世紀生命揮霍的形式，也結束了這個時代這種感情發炎的症候。」[80] 應該說，沈從文在這

80　沈從文：〈水雲〉，《沈從文全集》第 12 卷第 127 頁，版次同前。按，〈水雲〉初載於《文學創作》第 1 卷第 4 期（1943 年 1

些作品中確實程度不同地注入了相當私密的情感和想像，而寫法也異乎尋常的越軌和大膽，帶有很濃厚的生命沉思和欲望抒發的成分，尤其是《看虹摘星錄》所敘情事之新和所用形式之新，無疑稱得上是較前更為複雜也更為現代的「新愛欲傳奇」。

把上述兩個在四十年代同時並存的沈從文對照一下，難免讓人產生矛盾以至分裂之感。事實上，當時就有人批評沈從文是「人格破裂，精神分家」、甚至是「二重人格」。最早提出這種批評的是老作家許傑。按，許傑先曾在王西彥主編的桂林《力報·新墾地》副刊（1944 年 2 月 11 日）上發表〈現代小說過眼錄（下）——上官碧的〈看虹錄〉〉一文，批評沈從文這篇新作有色情傾向，沈從文則在隨後的一封「廢郵存底」中做出了不是回應的回應——

> 所說許傑先生批評可惜這裡不易見到，但想想那作家指責處，一定說得很對，極合當前黨國需要。……（中略）關於批評，弟覺得不甚值得注意，因作家執筆較久，寫作動力實在內不在外。弟寫作目的，

月 15 日出刊）和第 5 期（1943 年 2 月 15 日出刊），上引「保留最後一個浪漫派在二十世紀生命揮霍的形式」一句在《文學創作》第 1 卷第 5 期作「最後一個浪漫派在二十世紀生命取予的形式」，該文在收入 1947 年開明書店版《王謝子弟》集時，「最後一個浪漫派在二十世紀生命取予的形式」改為「最後一個浪漫派在二十世紀生命揮霍的形式」，《沈從文全集》第 12 卷據《王謝子弟》1947 年 8 月校訂稿收入。

> 只在用文字處理一種人事過程，一種關係在此一人或彼一人引起的反應與必然的變化，加以處理，加以剪裁，從何種形式即可保留什麼印象。一切工作等於用人性人生作試驗，寫出來的等於數學的演草，因此不僅對於批評者毀譽不相干，其實對讀者有無也不相干。若只關心流俗社會間的毀譽，當早已擱筆，另尋其它又省事又有出路的事業去了。

而在差不多同時的另一封「廢郵存底」中，沈從文卻又強調——

> 我想從各方面來寫「湘西人與地」，保留此五十年來在這一片土地上生活人情與生活歷史，希望可用它作更年青一輩朋友打打氣，增加他們一點自信，為明日掙扎有所準備、增加一點耐性，來慢慢的戰勝環境，力圖自強！若能作到「地方一切長處可保留，弱點知修正，值得學習的進步知識都樂意拼命學習，舉凡一切進步觀念勇於接受」，這工作就不無意義了。

鑒於沈從文這兩封信的說法顯然有些脫節以至矛盾，所以許傑接著又寫了〈沈從文論寫作目的〉一文，發表在福建永安出版的《民主報》附刊《十日談》第7期（1944年8月14日）。在該文中許傑引用了沈從文的上述兩封信，指出他所申述的兩種主張是自相矛盾的，並堅持認為沈從文「人性試驗」的新作〈看虹錄〉、〈摘星錄〉「只是色情，無關宏旨」。應該說，許傑是個嚴肅誠懇的老作家，他的批評並無黨派偏見，其實倒是很為沈從文惋惜的——

只是，我們非常替沈從文可惜，因為他也吃飯，他也教書寫文章，他雖然有他的精神生活，有他的超然的理想，但他也有一個肉體，要生活，要呼吸，要在這個社會裡做人。他的理想要他那樣，但他的肉體卻叫他這樣，而在一時之間，他的靈魂又不能超然出殼、馳騁太空，無可奈何，恐也發生苦悶，或至無可如何，以致人格破裂，精神分家，（不是破產）實屬無可奈何的事。

所以許傑在文末特別強調說——

我們說這兩種不同的態度，都是真的沈從文，都是出於同一的沈從文，這話並不挖苦，也不奇怪。在近代的文學史上，此種精神分裂的作家，也不能說沒有。……（下略）

這種自陷於矛盾而又不知自己的矛盾的精神狀態，便是心理學上所謂人格破裂。沈從文的前後的矛盾，自己的理論的主張的不一致，而且自己不知其所以不一致，便該屬於這樣的一類。但是，沈從文畢竟是國內文藝界中的一個有希望的作家，他那二十餘年來的嚴正的創作經驗與創作實踐，是可能使他把這種矛盾克服過來的。只要他能夠虛心，不要固執，不要「硬頭頸」更不要撒嬌和依【倚】老賣老，克服這種矛盾是可能的。

我們在批判了沈從文的寫作目的的矛盾，並且指出了他的目的之所以發生矛盾的來源以後，我們不禁發出這樣誠懇的期望。[81]

許傑大概是第一個指出四十年代的沈從文有兩面性的人，他雖然使用了精神分裂、二重人格等病態心理學的術語，但批評態度誠懇有分寸，所以他的觀察是值得研究者注意的。

大體說來，迄今學術界對四十年代那個公開亮相的沈從文之研究，開展得比較充分、成果層出不窮，我自己在前幾年也發表了〈「鄉下人」的經驗與「自由派」的立場之窘困——沈從文佚文廢郵校讀箚記〉一文，基於新發現的文獻並參照已有的相關文獻，對四十年代沈從文在社會關懷和鄉土抒寫上的困境給出了新的解釋，所以此處不再討論這方面的問題。這裡想集中探討一下後一方面的問題——那個在四十年代日趨孤獨內向、寂寞地沉湎於生命幻念和愛欲想像中的沈從文，及其比較內省的、私密的因而也更為個人化的實驗性文本《燭虛》、《七色魘》和《看虹摘星錄》。對這個內

81 許傑：〈論沈從文的寫作目的〉——按，該文原題〈沈從文論寫作目的〉、原載福建永安出版的《民主報》附刊《十日談》第 7 期（1944 年 8 月 14 日出刊），後改題為〈論沈從文的寫作目的〉，收入許傑的評論集《文藝，批評與人生》，江西上饒戰地圖書出版社，1945 年。以上引許文及沈從文的兩封「廢郵存底」片段，均據《文藝，批評與人生》——見該書第 162-168 頁。

向化的沈從文，學術界雖有所涉及，但探討顯然不足。這一來可能是出於為尊者諱的心理，二來也受限於文獻的匱乏和殘缺。好在新世紀之初，北嶽文藝出版社出版了《沈從文全集》，全書煌煌 32 卷、總計逾千萬言，使作者一生的文學和學術心血第一次得到了集中的展現，為沈從文研究的深入開展提供了比較完備的文獻。與此同時，拾遺補缺的文獻輯佚工作也穩步開展，有些新發現相當重要。比如沈從文「文革」期間創作的小說殘篇〈來的是誰〉之發現和刊佈，等等。作為沈從文作品的愛好者，我和兩位研究生裴春芳、陳越同學近年也陸續整理重刊了 30 篇沈從文佚文廢郵[82]，其中比較重要的是完整復原了沈從文四十年代的兩部重要創作《七色魘》和《看虹摘星錄》。把這些佚文廢郵與《沈從文全集》的有關文獻相校讀，可以發現許多有意味的「問題」之關聯，而循此以進，則有可能對沈從文的生活、思想和創作達致不同於既往的新認識。譬如，其間的許多線索都牽涉到四十年代沈從文其人其文之「常與變」、「進與退」之困

82 參閱解志熙輯校：〈沈從文佚文廢郵鉤沉〉，裴春芳輯校：〈沈從文集外詩文四篇〉，並載《中國現代文學研究叢刊》，2008 年第 1 期；裴春芳輯校：〈沈從文小說拾遺——《夢與現實》、《摘星錄》〉，載《十月》2009 年第 2 期；解志熙、裴春芳、陳越輯校：〈沈從文佚文廢郵再拾〉，載《中國現代文學研究叢刊》2010 年第 3 期；解志熙輯校：〈沈從文佚文輯補〉，載《長沙理工大學學報》2011 年第 2 期；又解志熙：〈相濡以沫在戰時——現代文學互動行為及其意義例釋〉（載《新文學史料》2011 年第 3 期），也輯錄了沈從文的一封佚簡。

局，尤其是他在創作上以至生活上都特別焦慮的「性與愛」和「瘋與死」等問題，而追根尋源，這些令沈從文焦慮的問題其實都是其來有自、別有懷抱，而其原因也並非流行的解釋那麼簡單。對此，我和裴春芳在此前也曾有過初步的探究，但限於能力和文獻的不足，我們當時的探究未能深入且不無疏漏[83]。不待說，這些新發現的文獻有助於我們進一步逼近問題，但要真正弄清問題的癥結，無疑還需要在更大的範圍裡校讀相關文獻、在更大的視野裡梳理問題的來龍與去脈，並且需要更仔細地傾聽作家話裡話外的心聲，才有可能。只是由於問題相當複雜而且長期被遮蔽，所以想「弄清楚」四十年代的沈從文何以日趨內向和緊張等問題，在我也許是個難以完成的奢望。不過，「拋磚」而「引玉」也未始沒有可能，然則，我之姑妄言之亦或無妨吧？

這確乎是個比較困難的問題。本來，一個人、更勿論一個作家，對其隱秘的內在的幻念和想像、歡情與悲苦，往往是掩飾之不遑——所謂寂寞自甘、冷暖自知是也，縱使偶爾有所流露，也不過乍現其一點一滴、一鬢一爪而已，並且多

83 參閱解志熙：〈「鄉下人」的經驗與「自由派」的立場之窘困——沈從文佚文廢郵校讀劄記〉，裴春芳：〈「看虹摘星復論政」——沈從文集外詩文四篇校讀劄記〉，以上並載《中國現代文學研究叢刊》2008年第1期；又，裴春芳：〈虹影星光或可證——沈從文四十年代小說的愛欲內涵發微〉，載《十月》2009年第2期；解志熙：〈「最後一個浪漫派」的理想之重申——沈從文佚文輯校劄記〉，載《長沙理工大學學報》2011年第2期。按以上兩注所提解志熙各文均收入本書。

半會採取比較隱晦曲折的話語方式，所以也就不免給人似有若無、無法捉摸之感。所幸沈從文不是這樣——由於在其文學起步階段的二十年代深受浪漫感傷的「自敘傳」寫作風氣的影響，沈從文養成了自我表現、自我分析以至自我暴露的文學趣味，這種趣味在其三十年代的創作裡雖然暫告一段落，但在三四十年代之交卻得以復活並有新的發展。事實上，沈從文在 1938 年 9 月至 1940 年 8 月之間，寫了不少自析自剖的文字，其中比較重要的乃是散文文論集《燭虛》，尤其是其中的〈燭虛〉、〈潛淵〉、〈長庚〉、〈生命〉諸篇，此外還有一些性質類同而散佚在外的或被誤置於別集的文章，如〈潛淵〉（第二節，現已被附錄在《沈從文全集》第 12 卷的《燭虛》之後）、〈談家庭〉（雜文，收入《沈從文全集》第 14 卷）、〈蓮花〉（散文，收入《沈從文全集》第 15 卷詩歌部分，其實當屬〈生命〉的刊落部分）、〈讀書隨筆〉（新發現的沈從文佚文，性質與《燭虛》諸篇近似），以及詩作如〈看虹〉（收入《沈從文全集》第 15 卷詩歌部分）、〈文字〉、〈一種境界〉（以上兩篇為新發現的沈從文佚詩）等等。校讀這些時間相近、內容相關的文字，再參證以其他材料，則大體可以肯定：在三四十年代之交，沈從文個人的感情生活確曾深陷危機之中，並且他也再次將自己的體驗與想像寫入到其創作之中，其代表性的作品便是他四十年代最重要的兩個創作集——《七色魘》和《看虹摘星錄》。這兩集作品在 1944 年由作者分別編了集、寫了序，準備交付出版，可惜後來都未能如願，但兩集作品大都在刊物上發表過。因此，當年的沈從文究竟陷入怎樣的情感危機及其危機的程度如何，則不僅在上述兩部創作集裡有變形的表現，而且首先可從《燭虛》集及其他相關的自剖自析的文字裡看出一些端倪。

應該說明的是，當沈從文 1941 年把他寫於 1938 年至 1940 年間的那些自剖自析的文字集中編入《燭虛》一集時，不僅有所刪削和刊落，而且對入集的文字也做了倒置的編排——那些寫作在後的比較外向的文字編在前頭，而那些寫作在前的比較內向的文字則編在後邊，並且對各篇的寫作時間之交代也很含糊。正惟如此，讀者如果「順著」作者的編排往後看，則不免會有錯覺和誤解，即如比較重要的〈生命〉一篇，研究者常常引用，但多循著作者「抽象的抒情」之「抽象」思路，解說得越來越玄乎，這反而啟人疑竇——沈從文的思想真有那麼玄乎麼？他的抒情當真是那麼「抽象」麼？其實，只要按文章發表的時間順序來看，並參讀同時相關的其他文字，也就有可能還「抽象」於「具體」，而沈從文當年焦慮的問題之眉目也會逐漸顯露出來。鑒於多年來玄乎之論太多，越說越抽象，所以此處只得從頭說起。

最早顯示了某種端倪的，是沈從文用筆名「朱張」發表在 1938 年 9 月 26 日香港《星島日報‧星座》第 57 期上的〈讀書隨筆〉，就其性質而言，該篇也屬於《燭虛》第一輯的自剖自析散文系列，尤其與〈生命〉一篇很相近，可是卻被作者刊落於《燭虛》集外，長期不為人知，其實〈讀書隨筆〉對理解沈從文當年的心態和創作具有很重要的意義。在這篇散文裡，沈從文表達了自己對來自「某種有教養的中產階級女子，對於具有鄉下老【佬】精神之男子」的誘惑以及由此引發的男女「戰爭」之感懷。在文章的一開篇，沈從文就說自己最近正在讀東亞病夫譯左拉小說〈乃雄夫人〉（〈Madam Nolgoon〉），內容是寫一「鄉下老」青年與兩個巴黎社交名媛的情色糾葛，然後沈從文便發感慨道——

> 故事雖是法國人寫給法國人看的，其實放在當前中國場所，倒有許多相合。貴婦人的荒淫無恥處，事情極多，難於記載。某種有教養的中產階級女子，對於具有鄉下老【佬】精神之男子，用「老巴黎」方式賣弄風情時，更多極相似地方。
>
> 具有乃雄夫人（羅薏）風格的女子既隨處可見，鄉下老吃虧之事，因此書不勝書。間或有一二人不肯吃虧，自然也有可惱及中國產的乃雄夫人。此即所謂「戰爭」。人世中無處無時無戰爭。可惜的是大多數人都注意到另外一種戰爭去了，這種戰爭極少注意。

這裡尤其值得注意的，是沈從文對發生在男女兩性之間的風情「戰爭」的特別關注。接著沈從文又述說了自己讀法郎士的愛欲小說《紅百合》的感想道——

> 讀法郎士《紅百合》，儼然看到一些法郎士所說

> 的「開花似的微笑，燃燒似的眼光」女子。這些女子且真「潔淨如同水【冰】壺」。這裡那裡，無處不存在。肉體的造形，豔麗與完整，精妙之處，不勝形容。然而這些肉體中的靈魂，卻很少是有光輝的。大多數所有的是一百磅左右的一具肉體罷了。因為中國的社會，適宜於生產這種女子。

對這種來自「有教養的中產階級女子，對於具有鄉下老【佬】精神之男子」之誘惑，沈從文這個「鄉下佬」大概有點感同身受吧，而他對此類女子的態度則似乎是又愛又恨，原因據說是因為她們「即屬娼婦型，卻偽作貞潔，如不可干犯。雖做過許多不顧羞恥之事，卻並不認識情欲之美」。於此我們看到了沈從文對「有教養的中產階級女子」之關注和對「情欲之美」之重視，而作者的這種感慨也並不抽象，是一看就明白的表白。

當然，〈讀書隨筆〉裡表達的這些感想也可以說是沈從文客觀的觀察和批評。然而，文本不是孤立的存在——把〈讀書隨筆〉與三天后發表的〈夢和囈〉參讀，就可知作者確是別有懷抱了。按，〈夢和囈〉也以「朱張」的筆名發表在 1938 年 9 月 29 日的香港《大公報．文藝》第 417 期，隨後又被作者編入《燭虛》一集的〈生命〉一篇裡，但有所刪節並更動了原文次序，所以下面的引文就以《大公報．文藝》本為據，原文誤植處則參考《燭虛》初版以夾註更正之。很有意趣的是，沈從文在〈夢和囈〉的前半篇敘述了自己的一個奇美淒艷的夢境，和夢醒後悵然若失、乃以文筆描摹，而又寫了復毀、毀了又想以小説轉喻的過程——

夜夢極可怪。見一淡綠白【百】合花，頸弱而花柔，花身略有斑點清漬，倚立門邊動搖。好像有什麼人說：

「你看看好，應當有一粒星子在花中。仔細看看。」

於是伸手觸之。花微抖，如有所怯，上【亦】復微歎，如有所恃。因輕輕搖觸那個花柄，花蒂，花瓣。近花處幾片葉子全落了。

…………

雷雨剛過。醒來後聞遠處有狗吠。吠聲如豹。若真將這個白【百】合花折來，人間一定會多有一隻咬人瘋狗，和無數吠人瘋狗。半迷胡【糊】中臥床子所想，十分可歎。因白【百】合花在門邊動搖，被觸時微抖或微笑，事實上均不可能！狗類雖多，瘋的並不多。

起身時因將經過記下，用半浮雕手法，琢刻割磨，完成時猶如一壁爐上小裝飾。精美如瓷器，素樸如竹器。

一般人喜用教育、身分，來測量這個人道德程度。尤其是有關乎性的道德。事實上這方面的事情，正復難言。有些人我們應當嘲笑的，社會卻常常給以尊敬（如閹寺）。有些人我們應當讚美的，社會卻認為罪惡（如誠實）。多數人所表現的觀念，照例是與真理相反的。多數人都樂於在一種虛偽中保持安全或自足心境，因此我焚了那個稿件。我並不畏懼社會，我厭惡社會，厭惡偽君子，不想將這個完美詩篇，被偽君子與無性感的女子眼目所污瀆。

白【百】合花極靜。在意象中尤靜。

山谷中應當有白中微帶淺藍色的白【百】合花，弱頸長蒂，無語如語，香清而淡，軀幹秀拔。花粉作黃色，小葉如翠璫。

法郎士曾寫一《紅白【百】合》故事，述愛欲在生命中所占地位，所有形式，以及其細微變化。我想寫一《綠白【百】合》，用形式表現意象。

看得出來，沈從文的這場奇夢其實是一次愛欲行為的象徵性表現。這不僅因為「花」和「折花」在中國文學傳統裡，乃是美好的女子和及時行樂的男女愛欲之象徵，如杜秋娘〈金縷衣〉所謂「勸君莫惜金縷衣，勸君惜取少年時。花開堪折直須折，莫待無花空折枝」，而且因為沈從文在文章裡其實已經說得很明白——他的這個「折花」之舉乃是關乎「性的道德」之舉，並且正因為忌諱一般社會性道德的保守性，他不得不將記錄此次「折花」經過的文稿焚毀，然而又實在難以忘懷，於是又想仿法郎士的愛欲小說《紅白【百】合》而「寫一《綠白【百】合》，用形式表現意象」，以「述愛欲在生命中所占地位，所有形式，以及其細微變化。」值得注意的是，上述引文中「若真將這個白【百】合花折來，人間一定會多有一隻咬人瘋狗，和無數吠人瘋狗。

……狗類雖多，瘋的並不多」這幾句，在《燭虛》初版和《沈從文全集》裡都被刪去了，而正是這幾句話暗示出，沈從文的這次「折花」之舉委實是非同尋常、很難為世俗社會所接受，但問題是沈從文又愛得很「瘋」、陷得很深，所以他在〈夢和囈〉的下半篇便用極華美的文字形容那個女子，而深深地感歎自己對她的愛已到了「與死為鄰」的地步——

> 門前石板路上有一個斜坡，坡上有綠樹成行，長幹弱枝，翠葉積疊，如翠翣，如羽葆，如旗幟。常有山靈，秀腰白齒，往來其間。遇之者即喑啞。愛能使人喑啞——一種語言歌呼之死亡。「愛與死為鄰」。

不過，也許有人會爭辯說，〈夢和囈〉所記不過是一場夢、頂多是一場綺夢而已，而文人多綺夢，想像較發達，又怎能一一當真呢？何況沈從文在這些文字中也反覆強調他只是「抽象的愛」、「抽象的抒情」呀！這話自有道理，然而具體情況還得具體分析，不可一概而論——也許沈從文所謂「抽象」只是他既想暗示又欲掩飾其「具體」的一種修辭才略。事實上，「折花」到一位極美麗出色的女子，確讓人感到中年的沈從文非常自豪和驕傲，以至於情不自禁地想表露一下，可又因為這種愛之非同尋常的特殊性很難被社會所容，所以他又不能不掩飾一下，於是乃托詞於「抽象的愛」、「抽象的抒情」——如此矛盾的情態，也是其情難免的。

發表於1940年8月17日香港《大公報．文藝》第905期的短文〈生命〉，後來被編為《燭虛》之〈生命〉篇的開頭，其言說乍看起來就頗為抽象——

> 我好像為什麼事情很悲哀，我想起「生命」。
>
> 每個活人都像是有一個生命，生命是什麼，居多【人】是不曾想起的，就是「生活」也不常想起。我說的是離開自己生活來檢視自己生活這樣事情，活人中就很少那麼作。因為這麼作不是一個哲人，便是一個傻子了。「哲人」不是生物中的人的本性，與生物本性那點獸性離得太遠了，數目稀少正見出自然的巧妙與莊嚴。因為自然需要的是人不離動物，方能傳種。雖有苦樂，多由生活小小得失而來，也可望從小小得失得到補償與調整。一個人若盡向抽象追究，結果縱不至於違反自然，亦不可免疏忽自然，觀念將痛苦自己，混亂社會。因為追究生命「意義」時，即不可免與一切習慣秩序衝突。在同樣情形下，這個人腦與手能相互為用，或可成為一思想家、藝術家，腦與行為能相互為用，或可成為一革命者。若不能相互為用，引起分裂現象，末了這個人就變成瘋子。其實哲人或瘋子，在違反生物原則，否認自然秩序上，將腦子向抽象思索，意義完全相同。
>
> 我正在發瘋，為抽象而發瘋。我看到一些符號，一片形，一把線，一種無聲的音樂，無文字的詩歌。我看到生命一種最完美的形式，這一切都在抽象中好好存在，在事實前反而消滅。

這些話在沉痛表白的同時又含糊其辭、隱約其意——沉痛表白的是他「很悲哀」而且悲哀到了近乎「發瘋」和精神「分裂」的程度，含糊其辭、隱約其意的乃是那「悲哀」和「發瘋」的原因。乍一看，沈從文似乎在為追究的「生命」的「抽象」的「意義」而悲哀而發瘋，這很有點「哲人」之氣，他自己也肯認「哲人」是人類中的異數，原因是他們脱離實際的生活而傾心於抽象的生命沉思，並承認這其實是違反人的自然本性，包括作為人的生物本性的那點獸性的，但他説自己就是禁不住要為「抽象」而發瘋。可是如所周知，肯定人的自然本性或者説生物本性，一向是沈從文之人性觀的基本點，怎麼他如今變了、變成了一個傾心於抽象的哲人呢？並且一個哲人的抽象沉思和美麗幻想，怎麼就至於「與一切習慣秩序衝突」、「痛苦自己，混亂社會」呢？何況像沈從文這樣純粹的個人沉思和幻想，竟至於引發那麼大的危險麼？然則，沈從文究竟在擔心什麼而又為何擔心呢？於是細心點的讀者也就不禁要問：沈從文這些「抽象」的話到底是他的真意，還是故意含糊其辭、隱約其意以至於反話正説呢？

好在緊接著的自剖文字就露出了抽象感懷的底色。與〈生命〉相隔僅兩天，沈從文又以「雍羽」之名在 1940 年 8 月 19 日香港《大公報 · 文藝》第 907 期發表了〈蓮花〉一文——

湖面一片綠，綠中有紫，淺淺的，成球成串，這裡那裡。誰知道是去年還是今天，天空碧藍如水。一雙濕瑩瑩的眼睛，卻有火焰在燃燒。不是火焰應當是春天，眼裡有這種春天，笑裡也同樣有這種春天。一雙斑鳩啼著，在屋脊走著，同時飛去了，春天也去了。唉，上帝。

來了另外一種春天的象徵，兩條長長的腿子，秀雅而稚弱，神與道德都可從那種完整、精巧以及淨白中見出。正是神的本體，道德的原【元】素。白得希奇。應當牽引妄念向上，向上即接近天堂。然而也遠了，還來不及讓妄想上前，人已走遠了。多輕盈的步履！向道德低首與神傾心，是犯罪還是必需？收容這妄念應當是一個人，還是一種抽象？

豬耳蓮還靜靜的開放，單純而誠實，在無望無助中生活，沉默如一朵花，一朵知道沉默是一種高貴品德的花。很可憐的事，我們得承認，日常所見的幾種花，就像是不知沉默為一種品德的。我也應當沉默？不，我想呼喊，想大聲呼號。我在愛中，我需要愛。

我愛抽象，一片豬耳蓮所能引起我的妄念和幻想。

一切虛無，我看到的只是個人生命中的一點藍色的火。

火熄了，剩一堆灰。妄念和幻想消滅時，並灰燼也無剩餘。

這顯然是一篇自我剖白、自我抒發其愛欲真情的散文，就其性質而言，應同屬於《燭虛》集中的〈生命〉篇之列，但很可能也正是因為它將此前隱隱約約、含糊其辭的隱情說破了，所以稍後從感情危機中恢復過來的沈從文在編輯《燭虛》集時，便將〈蓮花〉一篇刊落在外，而《沈從文全集》雖然輯錄了這篇散佚的文字，卻將之編置於《沈從文全集》第15卷，並且不知出於什麼考慮，將它改為分行排列的詩歌。這個改動在客觀上是難免誤導讀者的——作為一篇分行的詩，〈蓮花〉並不怎麼出色，粗心的讀者未必會注意，即使注意到了，也會以為那不過是詩的想像而已，卻不知它原是當年的沈從文鼓足勇氣、剖白隱情的散文！「我也應當沉默？不，我想呼喊，想大聲呼號。我在愛中，我需要愛」——對年近四十、成名成家而且身為人師的沈從文來說，發出這樣一聲愛之苦悶的絕叫，委實不是一件容易的事，那不僅需要一種不計名利得失、不怕得罪名教道德的精神，而且也需要一種「不怕羞」地說出來、喊出來的勇氣。此所以沈從文在與〈蓮花〉同刊於同日同報之同一副刊上的另一篇散文〈燭虛〉中，才會特別地討論到「人之師」的「生活觀重造」問題，並特別指出「怕」與「羞」兩個字的意義——

> 「怕」與「羞」兩個字的意義，在過去時代，或因鬼神迷信與性的禁忌，在年青人情緒上占有一個重要位置。三千年民族生存與之不無關係。目下這兩字意義卻已大部分失去了。所以使讀書人感覺某種行為可怕或可羞，在迷信、禁忌以及法律以外產生這種感覺，實在是一件艱難偉大的工作，要許多有心人共同

努力，方有結果。文學藝術，都得由此出發。[84]

不難看出，沈從文的這段話，其實是周作人所介紹的英國性心理學家藹理斯所謂理性與感性、禁欲與縱欲相反相成的「生活的藝術」觀，和用文藝來調和平衡身心的「情緒的體操」之藝術觀的折射，而沈從文做出這種反應也並不奇怪——從〈蓮花〉可以感知，到1940年的7、8月間，沈從文的這場愛欲奇遇可能已從高潮趨於落潮，所以悵然若失的他便決意用「情緒的體操」之創作來處理自己這次的「情感發炎」（這是沈從文對其愛欲奇遇的一個新說法，見〈水雲〉和《看虹摘星錄》後記等[85]），以求身心平衡之恢復。其實，沈從文對此早有計劃——在發表於1938年9月29日的〈夢和囈〉裡，他就說自己想仿照法郎士的愛欲小說《紅百合》，也寫一篇愛欲小說《綠百合》以「述愛欲在生命中所占地位，所有形式，以及其細微變化。」只是那時沈從文的此番愛欲奇遇或者說「情感發炎」大概才開始不久，到了發表〈蓮花〉的1940年8月則已有花自飄然水自流之勢，黯然神傷的他也就定下神來，著手把自己的這次愛欲奇遇撰為

84 上官碧（沈從文）：〈燭虛〉，載1940年8月19日香港《大公報·文藝》第907期，參見《沈從文全集》第12卷第20頁，版次同前。

85 沈從文甚至想像應該有一本病理學的書，題目就叫《情感發炎及其治療》——參見〈水雲〉，《沈從文全集》第12卷第115頁，版次同前。

小說以自排遣，自然，當此之際也可能還融入了此前的其他愛欲體驗和想像，其結晶便是系列性的新愛欲傳奇《看虹摘星錄》：最初一篇正完成於 1940 年 7 月，最末一篇則完稿於 1941 年 7 月，其中一篇多次以百合花喻女主角，如「低下頭，（一朵百合花的低垂）」，另一篇則徑直以「綠的夢」作為副題，而該篇也恰如〈夢和囈〉所謂「用半浮雕手法，琢刻割磨」，將女主角的色相之美刻畫得無遺無憾。這些情況表明，沈從文的文學行為和人生行為確乎緊密相連、前後相繼，所謂「詩與真」近乎打成一片了。

既說到《看虹摘星錄》，就不能不首先提及它的版本問題——從某種意義上說，它的版本之雲遮霧罩的神秘性，已超出純然的版本學範圍，而成為沈從文的文學行為以至人生行為的繼續，並折射出此書內容的特殊性，所以在此做一點正本清源的梳理工作，似乎也有必要。

按，在迄今藏存的現代出版物中，人們是既看不到《看虹摘星錄》原書也找不到其出版記錄的。於是一位研究者邵華強（他是《沈從文全集》的主要編者兼《沈從文研究資料》的編者）只好去問沈從文自己——「據沈從文先生回憶，此書約抗戰後期在西南出版。另據上海師範大學歷史系程應鏐教授回憶，抗戰勝利後不久，沈從文曾贈他此書。程教授記得是江西某書店在 1945 年出版的。」[86] 的確，沈從

86 邵華強：〈沈從文總書目〉之《看虹摘星錄》題目下的說明，見《沈從文研究資料》第 1029 頁，廣州花城出版社與三聯書店香港分店聯合出版，1991 年。

文那時確有出版此書的打算，並為此寫了〈《看虹摘星錄》後記〉，但這篇後記在 1944 年 5 月 21 日桂林版《大公報》「文藝」周刊第 29 期及 1945 年 12 月 8 日和 10 日天津版《大公報》上反覆發表，按那時的慣例，這正說明《看虹摘星錄》在「抗戰後期」或「1945 年」尚未出版。何況此書各篇的特殊內容早已傳在人口，正惟如此，倘若它確曾結集出版了，則不難想像好奇的讀者一定會競相爭購，其流傳的範圍也就不會很小，即使經過戰亂和動亂，也總會倖存個一本兩本的，然則何以近三十年來大家找來找去，居然連一本也找不到，彷彿在人間蒸發了似的？這在現代出版史上和文學傳播史上幾乎是絕無僅有的事例。也因此，就不能不讓人懷疑沈從文和程應鏐兩位老先生晚年的記憶有誤——或許他們是把散文雜文集《雲南看雲集》誤記為《看虹摘星錄》了，也未可知。然而問題又來了：作為讀者的程應鏐先生在晚年誠然有可能出於誤記而張冠李戴，但作為作者的沈從文先生會把自己的心血之作之出版和書名都記錯，那也太匪夷所思了點吧？

暫且放下這個疑問不談，姑且承認《看虹摘星錄》「抗戰後期在西南出版」過，但一個不得不慎思明辨的問題是，這本「抗戰後期在西南出版」過的《看虹摘星錄》，當真就是它曾經發表過的那個原樣嗎？自然，像許多現代作家一樣，沈從文的不少作品在反覆刊發過程中，有不少文字上的修改，體現了作家對藝術的精益求精，這是完全正常、無須奇怪的事情。可是，《看虹摘星錄》的情況與衆不同、非常特殊。如所周知，由於此書的一些篇什之內容的特殊性及其同樣特殊的遭遇——主要是被人批評為「色情」，尤其是四十年代末被郭沫若判為「桃紅色」文藝的代表作，指斥作者「作文字上的裸體畫，甚至寫文字上的春宮，如沈從文的〈摘星錄〉、〈看雲錄〉（當作〈看虹錄〉——引者）」[87]，所以近三十年來研究者們一直苦苦尋找，想看個究竟。結果是，雖然苦覓原書不得，卻也逐漸地找到了當年在刊物上發表的〈《看虹摘星錄》後記〉、〈摘星錄〉（亦作〈新摘星錄〉）和〈看虹錄〉，前兩篇曾經收入花城出版社與香港三聯書店聯合出版的《沈從文文集》，至2002年北嶽文藝出版社出版的《沈從文全集》始三篇全部收入，只是在編排上沒有沿用作者原定的集名《看虹摘星錄》，卻另擬新名作《虹橋集》，編入全集的第10卷，其中除了〈看虹錄〉、〈摘星錄〉，還收入了另一篇不屬於《看虹摘星錄》集的小說〈虹橋〉，至於〈《看虹摘星錄》後記〉則編入作為「文論」集的全集第16卷。如此編排雖然有些不妥，但無論如何，〈看虹錄〉找到了，〈摘星錄〉找到了，甚至連〈《看虹摘星錄》後記〉也找到了，終於使苦覓不得的小說集《看虹摘星錄》得以復原，而且文本都用當日刊物上的原本，也堪慰人意了。應該說，這個從原刊複製過來的《看虹摘星

87　郭沫若：〈斥反動文藝〉，《大眾文藝叢刊》第一輯《文藝的新方向》，香港1948年3月1日出刊。

錄》，也就相當於沈從文預備或業已於「抗戰後期在西南出版」的那個《看虹摘星錄》——設想沈從文在抗戰後期或者說 1945 年出版《看虹摘星錄》，也就是而且只能是這個樣子了。這樣看來，似乎一切圓滿解決，沒有什麼遺憾和問題了。然而不然，問題其實正隱藏於這個圓滿之中：第一，《看虹摘星錄》的全部其實並未找全，第二，已經找到的〈摘星錄〉也不是原本的〈摘星錄〉，真正的〈摘星錄〉其實另有其文，但它卻被移花接木地取代了。

如此不圓滿的圓滿之問題，其實並非《沈從文全集》的編者之疏誤，他們只不過在不知情中接受了一個業已成型的事實而已，而真正的實情乃是，《看虹摘星錄》原本包括三個系列性的新愛欲傳奇〈夢與現實〉、〈看虹錄〉和〈摘星錄〉，但現在收入《沈從文全集》第 10 卷的〈摘星錄〉，並不是本真的〈摘星錄〉，而是〈夢與現實〉，真正的〈摘星錄〉依然遺漏在集外，幸好裴春芳同學在 2008 年找到了它，連帶著也找到了〈夢與現實〉的初刊本，遂使《看虹摘星錄》成為真正珠聯璧合的完璧，而整個事情之實情和過程之曲折也於焉顯現。

誠然，由於戰亂和動亂頻仍，現代作家的一些作品散佚在集外，原本是平常習見之事。就此而言，〈摘星錄〉的長期失收似乎也在情理之中，因為它原本連載於 1941 年 6 月 20 日、7 月 5 日、7 月 20 日香港出版的《大風》雜誌第 92 期、第 93 期和第 94 期上，作者署名又是沈從文很罕用故而長期不為人知的筆名「李綦周」，加上不久的1941年年末太平洋戰爭爆發，所以自此漸漸散佚，似乎就在所難免了。然而，事情其實沒有這麼簡單。因為，一則即使一般讀者和研究者不易見到這篇小說，作者自己手頭卻未必沒有存留，二則為讀者計，作者其實也可以在內地重刊這篇小說——比如，同樣連載於1940年8月20日、9月5日、9月20日、10月5日香港出版的《大風》雜誌第73期、第74期、第75期和76期上的〈夢與現實〉（作者同樣署名「李綦周」）一篇，就曾被作者兩次安排重刊於內地的雜誌上。可是，令人納悶的恰恰是這兩次重刊行為，一則這兩次重刊都沒有用原題〈夢與現實〉——這其實還可以理解，因為作家重刊作品時修改題目也是常事——二則重新刊發的〈夢與現實〉所改換的新題目，先是題作〈新摘星錄〉，連載於1941年11月22日、29日和12月6日、13日、20日昆明出版的《當代評論》雜誌第3卷第2期、第3期、第4期、第5期和第6期上，接著更徑直改題為〈摘星錄〉，再次重刊於1944年1月1日桂林出版的《新文學》第1卷第2期上，現在收入《沈從文全集》第10卷的〈摘星錄〉，依據的就是《新文學》上刊發的這個改頭換面了的文本。作者如此有意識地一再用一篇作品代替另一篇作品的行為，實在是非同尋常、令人費解也引人思索。仔細想想看，沈從文的這種行為大概也只有兩種解釋：一、他的反覆用〈夢與現實〉代替〈摘星錄〉，表明他特別鍾愛〈夢與現實〉，並試圖以這種引人注目的反覆發表姿態來加強讀者的印象；二、他的反覆用〈夢與現實〉代替〈摘星錄〉，乃是移花接木之策，表明他後來對〈摘星錄〉心有忌諱，因而怕人知道和記住〈摘星錄〉。

應該說，這兩種可能性並不是相互排斥的，倒可能是同時共存、並行不悖的。

沈從文為什麼特別鍾愛〈夢與現實〉即後來的〈新摘星錄〉、〈摘星錄〉，這個留待以後再說。此處先說說他為什麼特別忌諱初刊的〈摘星錄〉被人知道和記住。事實是，沈從文一直保存著〈摘星錄〉的初刊本，只在「文革」中一度被收繳了，但萬幸並沒有引起特別的注意，並且可以肯定的是，到了「文革」後期，〈摘星錄〉的這個初刊本又平安無事地回到了他的手中，那證據見於他當時的一則題跋——〈題舊書元稹《贈雙文》詩〉。據《沈從文全集》的編者估計，這則題跋大概題寫於 1975 年，有意思的是沈從文在這個題跋裡記述了一則非常奇特的情事：原來〈元稹《贈雙文》詩〉乃是沈從文在 1939 年元旦應「某兄」之囑而書寫的——這位「某兄」先生「為記其一生重要遭遇，指明為寫一和鶯鶯有關的詩文」，而元稹的《贈雙文》正是一首寫男女愛欲的艷體詩。那位「某兄」之所以要求沈從文為他寫「和鶯鶯有關的詩文」，就是因為那正可以借喻自己與某個女性的愛欲關係，這個要求當然已非尋常，而更可怪的是，「某兄」特意送來「清初舊紙」請沈從文為之書寫，但沈從文在 1939 年元旦寫好後，卻沒有送給對方，而是一直保存在自己手裡；更讓人詫異的是這位「某兄」的情人雖然後來嫁給了別人並且育有二女，卻心心念念難忘舊情人，在病逝前再三囑咐兩個女兒，將來一定要去拜訪沈從文伯伯，「敘敘舊事，也問問舊事」，據說這關乎她們之所以來到這個世界的秘密，並說所有的秘密在三十年前還被「某伯伯」（指沈從文）寫進了一篇小說，所以她又特別囑咐女兒說——

> 「最好是能從某伯伯處，得到一篇小說，卅年前發表過，可不曾在集子裡找得到。去北京也未必還有希望能得到，但這是唯一的希望。估計到將是唯一的，還相信必然留得有在手邊。」

沈從文在題跋中接著說，自己得知這些情況及那對孤女即將來京的消息，不禁感慨萬千，於是——

> 回到家裡，我試從沒收已十年新近始退還的，特別經過整理，另紙列有目錄一大包已發表未曾集印的稿件中，發現了幾頁用綠色土紙某年某月文學刊物上，果然發現了個題名〈摘星錄〉的故事。[88]

這個被沈從文精心保存的〈摘星錄〉應該就是原本的〈摘星錄〉，因為從沈從文所書元稹的艷體詩和他所加的題跋裡可以看出，當年那對情人的關係已非止於眉目傳情、說

88　沈從文：〈題舊書元稹《贈雙文》詩〉，上引文字見《沈從文全集》第 14 卷第 509-510 頁，版次同前。

説情話階段，而業已臻於肌膚之親、肉體之愛的程度，而在《看虹摘星錄》的三篇小説中，〈看虹錄〉和原本的〈摘星錄〉都寫了肌膚之親、肉體之愛，而尤以〈摘星錄〉寫得最為刻露。應該説，沈從文在〈題舊書元稹《贈雙文》詩〉裡敘述的乃是一件真實的情事，卻不得不加一點「小説家言」——所謂寫給「某兄」不過是託辭，其實沈從文是寫給自己作紀念的，所以他才一直珍藏著所寫元稹艷體詩的手跡，而某女士臨終前再三囑咐女兒去看他，説是只有他才知道一切秘密、並且將之寫進了一篇小説。這些此地無銀三百兩的筆墨煞費周章，但在沈從文也是事出無奈、情非得已之詞。究其實，正因為〈摘星錄〉描寫肌膚之親、肉體之愛非常刻露而又關乎作者自己的愛欲體驗，所以沈從文後來才對此篇那麼諱莫如深而又如此念念不忘。

如今回頭綜合各種跡象來看，沈從文在 1938 年到 1940 年間的戀愛，可能在浪漫的新愛中也夾雜著難忘的舊情。所謂舊情即指沈從文三十年代與高青子的情事，此事算是尋常的婚外戀，且自三十年代中期以來就已在京派文人圈中流傳開了，對別人既無秘密可言，對沈從文自己也無甚新鮮可説。自然，這種關係在沈從文到達昆明後可能有所復燃，但也可能只限於顧念舊情、對她有所照拂而已。如 1939 年 6 月，西南聯大聘沈從文為該校師範學院國文學系的講師，而高青子也因沈從文的推薦在該月就職於西南聯大圖書館，所以現在一些論者大都認為《看虹摘星錄》所寫即是沈從文與高青子的「風流韻事」[89]。這誠然但也不儘然。「誠然」，乃是因為原本的〈摘星錄〉所寫故事就發生在抗戰前的北平，大體可說是與高青子情事的紀錄，但其中似乎也夾雜著對其他更高貴的「偶然」的性想像——從女主人氣度風韻之成熟和居室陳設之奢華，例如家有冰箱，而那時即使在北平高級知識份子家庭能配備冰箱者，也恐怕稀罕之至，顯非家庭女教師高青子所能有，所以〈摘星錄〉也是有「真」有「詩」的，也因此，女主角雖然主要以高青子為原型，但所寫情事也綜合了對其他「偶然」的愛欲體驗和想像。「不儘然」，則一來因為據考高青子到達昆明是 1939 年 5 月以後的事，而上述《燭虛》諸篇則顯示沈從文在抗戰時期的那次戀情，至遲在 1938 年 9 月就已經陷得很深了；二來因為《看虹摘星錄》系列中最初寫出的一篇乃是〈夢與現實〉，其中所寫情事基本上可以判定與高青子無關，而顯然是別有所愛或者說又有新愛——有人說其中的女主角與沈從文的妹妹沈岳萌「接近」[90]，這種極端特別的說法似乎不大可能，反倒遮蔽了真正的特殊性；其實只要看看〈夢與現實〉中女主角的年齡、氣質、修養，就可知另有其人、別有新愛也。的

89　參閱劉洪濤：〈沈從文小說中的幾個人物原型考證〉，《沈從文小說新論》第 235-240 頁，北京師範大學出版社，2005 年。又，蔡登山：〈沈從文的一次婚外情〉，2011 年 9 月 4 日《濟南時報》。

90　劉洪濤：〈沈從文小說中的幾個人物原型考證〉，《沈從文小說新論》第 249 頁，版次同前。

確，從《燭虛》及其相關文獻中可以看出，1938 年至 1940 年間沈從文的新戀情委實很特殊，所以讓他非常的激動、相當的癡狂，而又給人別有隱情、非常忌諱之感，這也正是他特別苦惱的原因。而不論是新愛的激情也罷，還是舊情的回憶也罷，對沈從文來說當然都是值得驕傲和銘記的，所以他在 1938 年 9 月就計畫著追步法郎士、撰寫自己的愛欲小說，首先寫出的即是〈夢與現實〉，隨後又寫出了〈摘星錄——綠的夢〉和〈看虹錄〉，再後來又將〈夢與現實〉改題〈新摘星錄〉和〈摘星錄〉，則所謂「摘星」、「看虹」乃各有所喻、一新一舊是也。

不難想像，對自己的這種帶有自敘傳特色的寫作行為，沈從文自不免擔心熟人和熟悉他的讀者從中看出他自己來，然而有趣的是，沈從文又似乎但怕別人不知道那是他在寫自己，所以間或也對讀者有所提醒，如〈看虹錄〉中即云：「我靜靜的從這些乾枯焦黑的殘餘，向虛空深處看，便見到另一個人在悅樂中瘋狂中的種種行為。也依稀看到自己的影子，如何反映在他人悅樂瘋狂中，和愛憎取予之際的徘徊遊移中」。然則，怎樣才能既忠實地表達自己又盡可能地掩藏自己呢？為此，沈從文在小說敘述形式上做了一些試驗和改造，那就是把過於明顯地主觀宣洩、自曝苦悶的「自敘傳」，改為看來比較客觀的他敘形式和比較戲劇化的角色表演，特別加強了角色的性心理獨白和男女主角之間的性心理博弈，並嘗試運用了音樂主題逐次展開與反覆變奏的作曲法。經過這樣別出心裁的客觀化、戲劇化以及音樂化的處理，於是也就有了在形式上雖非自敘傳、卻暗藏著作家自我愛欲經驗和想像的「新愛欲傳奇」《看虹摘星錄》，其中的三篇作品共同構成了一個新愛夾雜著舊情的愛欲傳奇抒情序列。

這樣一種新的敘述形式，顯然給了沈從文一種自覺安全的客觀保護色，可是他似乎還是有點不放心，所以在〈《虹摘星錄》後記〉的開頭，沈從文就著意強調小說是美的虛構，以此「預作注解，免得好事讀者從我作品中去努力找尋本來缺少的人事背景，強充解事。」可是，就讓讀者只把《看虹摘星錄》當作虛構的愛欲傳奇來讀吧，沈從文又似乎有點不甘心、不滿足，於是他又情不自禁地提醒讀者注意作品裡的角色與作者是有關係的——

> 這其間沒有鄉願的「教訓」，沒有腐儒的「思想」，有的只是一點屬於人性的真誠情感，浸透了矜持的憂鬱和輕微瘋狂，由此而發生種種衝突，這衝突表面平靜內部卻十分激烈，因之裝飾人性的禮貌與文雅，和平或蘊藉，即如何在衝突中鬆弛其束縛，逐漸失去平衡，必在完全失去平衡之後，方可望重新得到平衡。時間流注，生命亦隨之而動而變，作者與書中角色，二而一，或在想像的繼續中，或在事件的繼續中，由極端紛亂終於得到完全寧靜。科學家用「熱力均衡」一名詞來說明宇宙某一時節「意義之失去意義」現象或境界，我即借用老年人認為平常而在年青

生命中永遠若有光輝的幾個小故事，用作曲方法為這晦澀名詞重作詮注。[91]

所謂「作者與書中角色，二而一」，豈不是對讀者如何理解這個作品的啟發和召喚？這其實也就意味著《看虹摘星錄》帶有作者的自敘傳色彩，融入了作者的切身經驗和基於經驗的想像——自然，此時業已成熟的沈從文，是不會幼稚地仍用二十年代那種過於明顯自我暴露的自敘傳形式的，而是經過了更充分的藝術加工，如前面所說的他敘化、戲劇化等等。

然而，也正由於《看虹摘星錄》都是些寫愛欲、寫性的苦悶與發洩的作品，並且帶有自敘的色彩，所以沈從文還是不免擔心讀者會從道德的態度來看待這些作品，以至於把「作者與書中角色，二而一」的關係理解得過於狹窄，所以他又不得不反覆提醒讀者須從科學的性心理分析的角度、從生命的苦悶的象徵的高度，來理解這些作品的人性底蘊和生命內涵。為此，沈從文在創作了〈夢與現實〉的不到一月之時，就發表了一次關於〈小說作者和讀者〉的講演，這可以看作是他對自己何以寫作這些小說以及他希望讀者如何理解這些小說的一個提示。在〈小說作者和讀者〉裡，沈從文先申說了小說創作的關鍵是「必需把『現實』和『夢』兩種成

91 沈從文：〈《看虹摘星錄》後記〉，以上引文見《沈從文全集》第16卷第342-344頁，版次同前。

分相混合，用語言文字來好好裝飾、剪裁，處理得極其得當，方可望成為一個小說」。這話還有點籠統，因為「現實」和「夢」包括極廣泛的內容，而究其實沈從文認為作家真正關切的「現實」和「夢」，乃是性的欲望、體驗和想像，這才是一個小說家創作的動力——

> 他的創作動力，可說是從性本能分出，加上一種想像的貪心而成的。比生孩子還更進一步，即將生命的理想從肉體分離，用一種更堅固材料和一種更完美形式保留下來。生命個體雖不免死亡，保留下來的東西卻可望百年長青(這永生願望，本不是文學作家所獨具，一切偉大藝術品就無不由同一動力而產生)。

自然，作家的這種欲望和理想總難免受到社會的制約和排斥，所以沈從文特別強調作家的寫作行為其實包含著超越生殖欲望和現實束縛而重造生命的永生願望——

> 生活中竟只能有一點回憶，或竟只能作一點極可憐的白日夢，一個作者觸著這類問題時，自然是很痛苦的！然而活下來是一種事實，不能否認。自殺又違反生物的原則，除非神經衰弱到極端，照例不易見諸實行。人既得怪寂寞痛苦的勉強活下來，綜合要娛樂要表現的兩種意識，與性本能結合為一，所以說，寫作是一種永生願望。

也因此，沈從文期望讀者能「從更深處加以注意，便自然會理解作者那點為人生而痛苦的情形」。當然，這對讀者來說是一個比較高的要求，一般讀者是不易達到的，但沈從文仍然期望有「那種少數解味的讀者」存在——

> 所以一個誠實的作者若需要讀者，需要的或許倒是那種少數解味的讀者。作者感情觀念的永生，便靠的是那在各個時代中少數讀者的存在，實證那個永生的可能的夢。[92]

緊接著，就在〈摘星錄〉初刊的時候，沈從文又在該篇的後記裡強調——

> 這作品的讀者，應當是一個醫生，一個性心理分析專科醫生，因為這或許可以作為他要知道的一分報告。可哀的欲念，轉成夢境，也正是生命一種型式；且即生命一部分。能嚴峻而誠實來處理它時，自然可望成為一個藝術品。[93]

隨後，當沈從文準備結集出版《看虹摘星錄》集的時候，他又一次在後記中強調說——

---

92 沈從文：〈小說作者和讀者〉，以上引文見《沈從文全集》第12卷第65-73頁，版次同前。

93 據裴春芳輯校：〈沈從文小說拾遺——《夢與現實》、《摘星錄》〉，《十月》2009年第2期。

> 另外合乎理想的讀者，當是一位醫生，一個性心理分析專家，或一個教授，如陳雪屏先生，因為也許可以作為他要「知道」或「得到」的一分【份】「情感發炎」的過程紀錄。吾人的生命力，是在一個無形無質的「社會」壓抑下，常常變成為各種方式，浸潤氾濫於一切社會制度，政治思想，和文學藝術組織上，形成歷史過去而又決定人生未來。這種生命力到某種情形下，無可歸納挹注時，直接游離成為可哀的欲念，轉入夢境，找尋排泄，因之天堂地獄，無不在望，從挫折消耗過程中，一個人或發狂而自殺，或又因之重新得到調整，見出穩定。[94]

在諸如此類自道創作初衷與理想追求的文字裡，沈從文總是從「性」說到「人性」和「生命」，尤其是「生命」，乃是四十年代的沈從文特別喜歡的概念，他反覆申說自己的創作意在對「生命」作「抽象的抒情」，這個被「抽象的抒情」的「生命」，也就成為近年來一些研究者特別喜歡發揮的東西，並且似有發揮得愈益玄深之勢。其實，與三十年代的沈從文慣用的「人性」概念一樣，四十年代的沈從文所謂「生命」觀念，也著重指富於力和美的愛欲及其被壓抑的痛苦，並不像乍一看那麼「抽象」。應該說，對曾經流行於二十年代的「生命力受到壓抑而生的苦悶懊惱乃是文藝的根

94　沈從文：〈《看虹摘星錄》後記〉，《沈從文全集》第16卷第344頁，版次同前。

柢，而其表現法乃是廣義的象徵主義」[95] 的生命觀和文藝觀，四十年代的沈從文仍然非常鍾愛，以至執著到了現身說法的地步。前面也說過，沈從文在二十年代即受「苦悶的象徵」觀念的影響，偏愛郁達夫式的傾訴「生的苦悶」和「性的苦悶」的自敘傳，其個人的感情生活也備受壓抑而偏枯，到了三十年代他接受周作人所介紹的英國性心理學家藹理斯所謂感性與理性、縱欲與禁欲調和制約的「生活的藝術」觀和「情緒的體操」的文藝觀之啟發，度過了一段比較平靜的個人生活和創獲頗豐的文學生涯。可是到了三四十年代之交，新愛舊情相交織，卻使沈從文的個人生活又一次失去了平衡、陷入了危機，其生命觀和文學觀也打上了濃重的泛性論色彩，創作也因而呈現為螺旋式地向二十年代之回歸，貢獻出了《七色魘》那樣更深切的新自敘傳和《看虹摘星錄》這樣更現代的新愛欲傳奇，沈從文自視之為「最後一個浪漫派在二十世紀生命揮霍的形式」[96]，而為了使讀者和公衆理解其浪漫的真諦和創作的苦心，他便不斷地強調和強化其抽象的生命意義與浪漫的抒情詩意。上面已引了他寫給讀者的幾篇文字，下面就再引一段他說給公衆的告白吧——

明智者若善用其明智，即可從此雲空中，讀示一

95 廚川白村（魯迅譯）：《苦悶的象徵　出了象牙之塔》第25頁，人民文學出版社，1988年。

96 沈從文：〈水雲〉，《沈從文全集》第12卷第127頁，版次同前。

小文，文中有微歎與沉默，色與香，愛和怨。無著者姓名。無年月。無故事。無……。然而內容極美。虛空靜寂，讀者靈魂中如有音樂。虛空明藍，讀者靈魂上卻光明淨潔。……（中略）

然抽象的愛，亦可使人超生。愛國也需要生命，生命力充溢者方能愛國。至為閹寺性的人，實無所愛，對國家，貌作熱誠，對事，媽媽【馬馬】虎虎，對人，毫無情感，對理想，異常嚇怕。也娶妻生子，治學問教書，做官開會，然而精神狀態上始終是個閹人。與閹人說此，當然無從瞭解。[97]

這話聽來頗為浪漫自信而又似乎有點信心不足。的確，對讀者和公衆的反應，沈從文當真是既充滿期待而又不無擔心的。

沈從文的擔心並非過慮。儘管他已殫心竭慮地將其愛欲的「『現實』和『夢』」即經驗與想像，「用語言文字來好好裝飾、剪裁，處理得極其得當」，成就了一部出色的系列性愛欲傳奇《看虹摘星錄》，並期望它「脱離肉體」而成為「用一種更堅固材料和一種更完美形式保留下來」的「生命的理想」，但當年的一些比較高級的讀者——另一些作家們——似乎都不大看好這部作品，嚴厲的批評倒是不少，並且那些批評也從文而及於人。前面已經引過許傑和郭沫若的批

97 朱張（沈從文）：〈夢和囈〉，1938年9月29日香港《大公報·文藝》第417期。

評，他們都認為這部作品頗為色情、趣味不高，下面就再舉幾個人的批評，他們的批評雖然都是後來的回憶，但口氣與態度之嚴厲，也反證出當年閱讀感受的不愉快。

一個批評來自沈從文當年的朋友孫陵 1960 年的回憶。按，孫陵於 1939 年冬天到昆明後，與沈從文等《戰國策》派文人交往頗多，成了幾乎無話不談的好朋友，孫陵覺得那時的沈從文「一定是醉心於佛洛伊特的學說」，因為「當時沈從文曾一再認為吳宓需要性欲的大解放，那時他的戀愛病便自然好了。」這話倒也不是誇張，只要看看沈從文當時在《戰國策》上發表的〈燭虛〉和〈談家庭〉等文，坦然把「性的解放」視為解決男女問題、家庭問題的靈丹妙藥，就知孫陵所言非虛。但孫陵卻不能認同沈從文的觀點——「當時我深深感覺沈從文不真懂愛情，並且把吳宓的價值大為降低了。」由此，孫陵便談起了他對沈從文當年的愛欲觀、愛欲追求及其愛欲傳奇《看虹摘星錄》的看法——

> 沈從文在愛情上不是一個專一的人，他追求過的女人總有幾個人，而且，他有他的觀點，他一再對我說：
>
> 「打獵要打獅子，摘要摘天上的星子，追求要追求漂亮的女人。」他又說：「女子都喜歡虛情假意，不能說真話。」
>
> 他對於女人有些經驗，他對我說的是善意的，我複述也並無惡意，雖然我並不同意。這時他還發表了

> 一篇小說，《看虹摘星錄》，完全是摹擬勞倫斯的，文字再美又有何用？幾位對他要好的朋友，都為了這篇小說向他表示關心的譴責。他誠懇地接受，沒有再寫第二篇類似的東西。[98]

孫陵的話，除了「《看虹摘星錄》，完全是摹擬勞倫斯的」這個判斷略有不妥（其實，《看虹摘星錄》與勞倫斯的作品在情趣上是不同的，這且不談）外，其餘大抵都是實情。即如「打獵要打獅子，摘要摘天上的星子，追求要追求漂亮的女人」，沈從文就確實說過類似的話——在稍後發表的〈水雲〉裡，沈從文就曾感歎道：「什麼人能在我生命中如一條虹，一粒星子，記憶中永遠忘不了？世界上應當有那麼一個人。」[99]此中所謂「人」即指女人，因為〈水雲〉乃是沈從文自述其二十多年愛欲歷險的自敘傳，其中詳細說及的「偶然」即進入他生命中的女性，就有四個，尤以第四個也即最後一個「偶然」最讓沈從文銘心刻骨，這個「偶然」其實也就是《看虹摘星錄》一些篇章的女主角之所本。順便說一句，沈從文在三四十年代之交，多次為文說「花」、說「星」、說「虹」，直至用「看虹」、「摘星」名篇，其實都是女性和愛欲的隱喻。顯然，孫陵等幾位要好的朋友，並

---

98 孫陵：〈沈從文看虹摘星〉，上引文字見《浮世小品》第 55-56 頁，臺灣正中書局，1961 年。

99 沈從文：〈水雲〉，《沈從文全集》第 12 卷第 96 頁，版次同前。

不能理解沈從文的愛欲觀和愛欲傳奇《看虹摘星錄》，對此，沈從文「誠懇地接受」的態度之真誠自無可疑，但私意以為那未必就意味著他當真接受了他們的批評意見，倒更可能是出於不被理解而只好不予置辯的無奈之舉。

再說另一個人的批評，那個人即是著名小說家吳組緗先生，他的批評更嚴酷。按，吳組緗先生並沒有留下親筆的文字，但他晚年曾與一位現代文學研究者談及自己對《看虹摘星錄》的觀感。談話是從老舍說起的——吳組緗是老舍的好友，當年目睹老舍苦心支持「文協」，而又看到沈從文對老舍的工作採取不甚友好的諷刺態度——回憶到這些情況，吳組緗不禁生氣地數說沈從文道：「他自己更差勁，就寫些〈看虹〉、〈摘星〉之類烏七八糟的小說，什麼『看虹』、『摘星』啊，就是寫他跟他小姨子扯不清的事！」並說其中的一篇抒寫之露骨達到了「采葑采菲，及於下體」的程度，「創作趣味多低下啊。」[100] 由於是私下的談話，吳組緗先生說的比較坦率，用語也比較率直，這是可以諒解的，而他的話也折射出自己與沈從文的生活態度和文學趣味的差異。

---

100 以上所引吳組緗先生的回憶，據筆者 2009 年 12 月 30 日對方錫德先生的電話採訪記錄稿。方錫德先生是吳組緗先生晚年的助手，也是其研究者和文集的編者，他是在上世紀 80 年代中期的一天與吳組緗先生聊到老舍時，聽到吳先生這麼說的。需要說明的是，由於是即席的談天，所以吳先生說及《看虹摘星錄》中的「一篇抒寫之露骨」，用語更為直截了當，不便在此引用，故以「采葑采菲，及於下體」代之。感謝方錫德先生同意筆者引用這個電話採訪記錄稿。

吳組緗是支持老舍及「文協」團結作家、宣傳抗戰的立場的，沈從文當然也支持抗戰，但他對三十年代直至抗戰以來的文運頗為不滿，以為前與「商場」後與「官場」相混，有違純文學的自由主義精神，所以在 1940 年提出「文運的重建」的命題，多次不點名地把老舍、郭沫若當作「作家從政」、不務正業的典型，而力主作家應該埋頭創作能夠浸透「人生崇高理想，與求真的勇敢」[101] 的作品，並且隱然以自己那些表現「抽象的愛」、「抽象的抒情」而實即抒寫愛欲之作作為「人生崇高理想，與求真的勇敢」之範型。吳組緗對沈從文的這種態度顯然是不以為然的。其實在性愛問題上，吳組緗並不是一個保守的人，他的小說名作〈菉竹山房〉，就飽含同情地描寫了一個農村婦女的性壓抑和性饑渴，但是沈從文的《看虹摘星錄》，特別是〈看虹錄〉、〈摘星錄〉兩篇「及於下體」之露骨，還是讓吳組緗難以接受，以至於批評作者「什麼『看虹』、『摘星』啊，就是寫他跟他小姨子扯不清的事」。這樣的理解自然不免狹窄了點、局限了些。其實《看虹摘星錄》，尤其是〈摘星錄〉，顯然也融合了沈從文對三十年代和高青子的愛欲記憶——這件舊情事在文藝圈中早已是「公開的秘密」，而吳組緗所說則是沈從文的新浪漫，這說法也並非空穴來風。事實上對沈從文來說，與高青子的關係乃是藕斷絲連的舊情，而他在三

101 沈從文：〈文運的重建〉，《沈從文全集》第 12 卷第 83 頁，版次同前。

四十年代之際的新浪漫則可能別有所愛——倘若他當真是迷戀上了自己的小姨妹子，那無疑是非常浪漫也非常忌諱的事情了。

撇開往日的道德褒貶不談，從純學術的立場來看，如果四十年代初的沈從文確曾將自己的舊情新愛寫入小說，那無疑有助於解開他四十年代的生活、思想和創作的一些疑難問題。的確，對沈從文這樣浪漫的作家來說，愛情的體驗實在不是可以忽略不論的小事，何況是不思量自難忘的舊情繼之以癡迷到近乎瘋癲的新浪漫呢。關於沈從文在三十年代與高青子的情事，已有學者考證過，學界並無不同意見，此處不贅述。需要略加說明的乃是沈從文三四十年代之際的新浪漫——倘若此次新戀情屬實，那必然深刻影響他四十年代的生活與創作，此所以就學術而言，這次新戀情就成了沈從文研究所無法回避也不應回避的問題。而事到如今，沈從文先生及其夫人張兆和也都去世多年了，則談談這些往事，不僅有必要，應該也無妨。

按，吳組緗所說《看虹摘星錄》與作者小姨妹子的關係，應該是得之於當年的傳聞，而既然是傳聞，則在當年昆明和重慶的文藝界中，聽到這個傳聞的應該不止吳組緗一個人。那麼，還有沒有人聽聞過此事呢？有的，即如朱自清先生在其 1939 年 10 月 23 日的日記中，就特地記載了這樣一句：「從文有戀愛故事」[102]。那時的朱自清曾與沈從文一塊編教材，又為沈從文來西南聯大任教事宜多所費心，二人的相互交往是比較密切的，所以他應該是知道一些真實情況的，而朱自清先生為人一向誠篤，日記也只是寫給自己看的，並無造假的動機和必要，所以當他記載「從文有戀愛故事」，那就一定是有「故事」無疑了，問題只是沈從文的這次新戀愛究竟是愛上了誰？這個朱自清沒有記述，而吳組緗說是沈從文愛上了其小姨妹子即張充和女士。這有沒有可能呢？按說，像沈從文這樣性情浪漫的文人，長期與一個漂亮的小姨妹子在一起生活和工作，情不自禁地愛上她，倒也不是沒有可能，尤其是前述沈從文自剖其愛欲體驗的〈生命〉一類文字，就寫於1938年以來的幾年間，而這一時期恰好是他和張充和交往甚為密切的時期——抗戰爆發後，沈從文參加楊振聲負責的教科書編纂工作，稍後他就推薦張充和也參與了此項工作——1938年4月末沈從文抵達昆明，大概不久張充和也從成都來到昆明參與工作[103]，二人成為朝夕相處的同事，而張兆和則直至1938年11月才抵達昆明；1939年3月教科書編撰工作基本結束，5月沈從文一家遷居呈貢的楊家大院，張充和亦與比鄰而居，大概一直住到1940年

102 朱自清：〈日記（下）〉，《朱自清全集》第10卷第55頁，江蘇教育出版社，1997年。

103 目前通行的一個籠統說法是，張充和是1939年赴昆明參加教科書編纂的，其實不確，因為教科書編撰工作到1939年3月就基本結束了，她遲遲去了又幹什麼？只有〈張充和事略年表〉將她到昆明參與教科書編纂事系在1938年，這就比較合乎實情了——參閱《曲人鴻爪》第269頁，廣西師範大學出版社，2010年。

秋冬之際，然後張充和赴重慶就職於教育部音樂教育委員會。如果說沈從文對張充和產生過戀情，那大概就發生在1938年到1940年之間吧。然則，究竟有沒有這回事呢？應該說是有的——在沈從文一方可以肯定是熱戀，至於張充和一方的情況如何，不可得而知之，不過她的離開昆明遠赴重慶，似與避嫌有關。因為據可靠資訊，當張充和到重慶以後，沈從文還給她寫了熱情的情書，其中有「我不僅愛你的靈魂，更愛你的肉體」之類情話；可能由於此事在當時的重慶頗有傳聞，所以據說張充和在收到此信後，曾特地把它拿給一位德高望重的女作家看，表白了自己的清白和無奈。直到八十年代的一天，那位資深女作家在和一對作家夫婦——其中的男士同時是那位資深女作家和沈從文的好友——說起此事時，還不能諒解沈從文當年的行為，仍然耿耿於懷地說，倘若當年寫信的那位先生去世了，我既不會寫信去弔唁，也不會寫文章悼念他。後來她果然如此。[104]

這樣看來，事情確乎是真的，並且由於此次所愛的對象之特殊，所以在沈從文心中引起的激動和苦悶也就特別的強烈。明白了這一點，回頭再看沈從文寫於1938年9月—1940年8月間的《燭虛》集及其他相關的自剖自析的散文，那些

104 這則材料及所引那位資深女作家的話，請恕我不加引號並暫不注明出處，但所引所記均有原文可按，並且原作者在不止一篇文章裡說及此事，只是隱去了沈從文的名字，而我偶然看到這些文章，覺得當年那個寫信人可能就是沈從文先生，乃於2008年8月2日下午訪問了原文作者，得以證實，我手頭也有訪問記錄。

宣敘抽象的生命情懷和美愛理想的象徵性文字，也都有了具體的意味。其中既表達了如詩如夢、如醉如癡的愛之激情——「『如中毒，如受電，當之者必喑啞萎悴，動彈不得，失其所信所守。』美之所以為美，恰恰如此」[105]、「這顆心也同樣如焚如燒。……唉，上帝。生命之火燃了又熄了，一點藍焰，一堆灰。誰看到？誰明白？誰相信？」[106]；也折射出為情所困的痛苦掙扎和自覺難以解脫的無奈情懷——

> 夜已深靜，我尚依然坐在桌邊，不知何事必須如此有意挫折自己肉體，求得另外一種解脫。解脫不得，自然困縛轉加。直到四點，聞雞叫聲，方把燈一扭熄，眼已濕潤。看看窗間橫格已有微白。如聞一極熟習語音，帶著自得其樂的神氣說：「荷葉田田，露似銀珠。」不知何意，但聲音十分柔美，因此又如有秀腰白齒，往來於一巨大梧桐樹下。桐莢如小船，中有梧子。思接手牽引，既不可及，忽爾一笑，翻成愁苦。[107]

「吾喪吾」，我恰如在找尋中。生命或靈魂，都已破破碎碎，得重新用一種帶膠性觀念把它粘合起

105 沈從文：〈燭虛〉，《沈從文全集》第 12 卷第 24 頁，版次同前。

106 沈從文：〈燭虛〉，《沈從文全集》第 12 卷第 25-26 頁，版次同前。

107 沈從文：〈燭虛〉，《沈從文全集》第 12 卷第 26 頁，版次同前。

來，或用別一種人格的光和熱照耀烘炙，方能有一個新生的我。[108]

一國家養兵至一百萬，一月中即告滅亡，何況一人心中所信所守，能有幾許力量，抵抗某種勢力侵入？一九三九年之九月，實一值得記憶的月份。

讀《人與技術》、《紅百合》二書各數章。小樓上陽光甚美，心中茫然，如一戰敗武士，受傷後獨臥荒草間，武器與武力已全失。午後秋陽照銅甲上炙熱。手邊有小小甲蟲爬行，耳畔聞遠處尚有落荒戰馬狂奔，不覺眼濕。心中實充滿作戰雄心，又似乎一切已成過去，生命中僅殘餘一種幻念，一種陳跡的溫習。[109]

同時，沈從文也反覆暗示說他確是「看了不許看的事蹟」即愛了不該愛之人因而必然面臨世俗道德的壓力，但深愛中的他也堅定地表達了對世俗所謂「不應該」的不屈抗辯，以及把愛神話化的泛神論愛情觀，以至表現出「愛與死為鄰」即為愛而發瘋自殺的不祥預感——

人生實在是一本大書，內容複雜，分量沉重，值

108 沈從文：〈燭虛〉，《沈從文全集》第 12 卷第 27 頁，版次同前。

109 沈從文：〈潛淵〉，《沈從文全集》第12卷第30-31頁，版次同前。

得翻到個人所能翻到的最後一頁，而且必須慢慢的翻。我只是翻得太快，看了些不許看的事蹟。我得稍稍休息，緩一口氣！我過於愛有生一切。愛與死為鄰，我因此常常想到死。在有生中我發現了「美」，那本身形與線即代表一種最高的德性，使人樂於受它的統制，受它的處治。[110]

多數人所需要的是「生活」，並非對於「生命」具有何種特殊理解，故亦不必追尋生命如何使用，方覺更有意思。因此若有一人，超越習慣的心與眼，對於美特具敏感，自然即被稱為癡漢。此癡漢行為，若與多數人庸俗利害觀念相衝突，且成為犯罪，為惡徒，為叛逆。換言之，即一切不吉名詞無一不可加諸其身，對此符號，消極意思為「沾惹不得」，積極企圖為「與眾棄之」。然一切文學美術以及人類思想組織上巨大成就，常惟癡漢有分，與多數無涉，事情顯明而易見。[111]

美固無所不在，凡屬造形，如用泛神感情去接近，即無不可以見出其精巧處和完整處。生命之最大意義，能用於對自然或人工巧妙完美而傾心，人之所同，惟宗教與金錢，或歸納，或消滅。因此令多數人

110 沈從文：〈燭虛〉，《沈從文全集》第 12 卷第 23 頁，版次同前。

111 沈從文：〈潛淵〉，《沈從文全集》第12卷第31-32頁，版次同前。

生活下來都庸俗呆笨，了無趣味。某種人情感或被世務所閹割，淡漠如一僵屍，或欲扮道學，充紳士，作君子，深深懼怕被任何一種美所襲擊，支撐不住，必致誤事。又或受佛教「不淨觀」影響，默會《訶欲經》本意，以愛與欲不可分，惶恐逃避，唯恐不及。像這些人，對於「美」，對於一切美物、美行、美事、美觀念，無不漠然處之，竟若毫無意義。[112]

我目前儼然因一切官能都十分疲勞，心智神經失去靈明與彈性，只想休息。或如所規避，即逃脫彼噬心嚼知之「抽象」。由無數造物空間同時間綜合而成之一種美的抽象。然而生命與抽象固不可分，真欲逃避，惟有死亡。是的，我的休息，便是多數人說的死。[113]

可是任何時代一個人用腦子若從人事上作較深思索，理想同事實對面，神經張力逾限，穩定不住自己，當然會發瘋，會自殺！再不然，他這種思索的方式，也會被人當作瘋子，或被人殺頭的。[114]

再對照著前面已經引用過的同屬於《燭虛》集之〈生

112 沈從文：〈潛淵〉，《沈從文全集》第12卷第32-33頁，版次同前。

113 沈從文：〈潛淵〉，《沈從文全集》第 12 卷第 34 頁，版次同前。

114 沈從文：〈長庚〉，《沈從文全集》第 12 卷第 37 頁，版次同前。

命〉篇的自剖自析散文〈夢和囈〉所謂「雷雨剛過。醒來後聞遠處有狗吠。吠聲如豹。若真將這個白【百】合花折來，人間一定會多有一隻咬人瘋狗，和無數吠人瘋狗。……（中略）一般人喜用教育、身分，來測量這個人道德程度。尤其是有關乎性的道德。事實上這方面的事情，正複難言。有些人我們應當嘲笑的，社會卻常常給以尊敬（如閹寺）。有些人我們應當讚美的，社會卻認為罪惡（如誠實）。……（中略）因此我焚了那個稿件。我並不畏懼社會，我厭惡社會，厭惡偽君子，不想將這個完美詩篇，被偽君子與無性感的女子眼目所污瀆」，以及在〈蓮花〉裡發出「我也應當沉默？不，我想呼喊，想大聲呼號。我在愛中，我需要愛」之絕叫，足見此次新戀愛之特殊及其在沈從文內在生命中所引起的風暴之強烈。

在這種情況下，用「情緒的體操」的文學來平衡和平復自己的感情，也便成了沈從文順手的選擇。事實上，還在愛情的風暴之當中，沈從文就用上述文字記述著自己的愛欲體驗和苦惱，而在風暴漸漸平靜之際，他也定下了撰寫愛欲傳奇的寫作計畫，並將之提升到有助於「民族自信心」之生長的「經典重造」的地位，且以為「經典的重造，在體裁上更覺用小説形式為便利。」[115]這便有了「作者與書中角色，二而一」的《看虹摘星錄》，也因此，書中的人物大都有所

115 沈從文：〈長庚〉，《沈從文全集》第 12 卷第 40 頁，版次同前。

本，當然，各個人物及其關係在寫入小說之後也都有所變形，那是自不待說的。

正惟有所變形，所以「詩化」的小說就不可能與生活的「真實」完全一致，而只能是大體仿佛吧。好在沈從文對其生命中屢有「偶然」即美麗的女性之闖入是頗為自豪、頗多記述的——「我真近於用人教育我，陸續讀了些人類荒唐艷麗傳奇。……（中略）這些偶然為證明這些長處的是否真實，稍稍帶點好奇來發現我，我因之能翻閱這些奇書的」，但是這最後一次的「偶然」實在非同尋常，所以沈從文說到她時就不得不遮遮掩掩，而又禁不住特別地自豪，所以也不能不有所言說。即如在其創作與生平自述〈水雲〉中，說到這個進入自己生命中的最後一個美麗女性——即所謂「第四個『偶然』」，沈從文便故意賣關子道：「第四個是……說及時，或許會使一些人因嫉妒而瘋狂，不提它也好。」可是又禁不住暗示道：「至於家中的那一個呢……」，這實在有趣地像煞「此地無銀三百兩」了，所以後文還是忍不住敘述了這最後一個「偶然」的大致情況及其在「我」的家庭所引起的矛盾：「一個聰明善懷的女孩子，年紀大了點時，到了二十五六歲以後」，她雖然與「我」保持著多年的友誼，然而友誼漸漸地摻和了愛情，而「我儼若可以任意收受摘取」，因為她就近在「我」的身邊，其時正是戰爭年月，「我」住在鄉下，「耳目所及都若有神跡存乎其間，且從這一切都可發現有『偶然』友誼的笑語和愛情的芬芳。這在另一方面說來，人事上彼此之間自然也就生長了些看不見的輕微的嫉妒」。換言之，這最後一個「偶然」與「我」的妻子產生了矛盾，卻又不鬧破，最後，這最後一個「偶然」竟然為了保全「我」的「幸福完美的家庭」而「當真就走去了。」[116] 這其實也就是說，這最後一次浪漫關聯著張氏兩姐妹。雖然現在已難以知悉張兆和作何反應，但看來並非巧合的是，就在沈從文於1940年8月19日發表了「我也應當沉默？不，我想呼喊，想大聲呼號。我在愛中，我需要愛」的愛情宣言書〈蓮花〉不到十天的8月28日，就有張兆和「還住在鐵路飯店」、進而要帶著兩個孩子離開昆明到昭通國立西南師範中學部任教的消息，而這些消息卻來自沈從文8月28日寫給張充和的一封信（1940年沈從文的書信存量極少，這是僅存的三封信之一，也是唯一存留的沈從文三四十年代致張充和的信）。與姐姐姐夫就近相住的妹妹竟然不知道姐姐出走的消息，卻勞沈從文特地寫信告訴她，這些都意味著什麼呢？一個比較合情合理的推測是，大概身為姐姐的張兆和不願再糾纏於與親人的矛盾，只得帶著孩子離開，可是隨後張兆和卻又回來了，據有人的解釋，那是「後因卡車司機出於安全考慮，拒絕張兆和與孩子同坐載貨卡車頂部，張兆和多日搭不上車而返回龍街。」[117] 這恐怕不是真正的原因，

---

116 沈從文：〈水雲〉，以上引文見《沈從文全集》第12卷第116-118頁，版次同前。

117 吳世勇：《沈從文年譜》第232頁，天津人民出版社，2006年。

或者只是次要的原因，主要原因倒可能是張充和離開了昆明、去了重慶。關於張充和離開昆明的具體日期，現在難得其詳，但公認她是「1940 年」離開的，則不應早於收到沈從文那封信的 1940 年 8 月末——或者就在 9 月之後吧，而她的去重慶，一個標準的說法是，「一九四〇年間，重慶政府又給了她一份工作，這次是為教育部新建立的禮樂館服務」[118]。這恐怕也有誤，其實國立禮樂館是 1943 年才建立的。所以，在昆明住得好好的張充和之去重慶，應該別有原因。無論如何，隨著她的離去，「一個幸福完美的家庭」確實得以保全。而恢復了理智的沈從文，後來也曾寫了第二篇以〈主婦〉命名的小說來安慰妻子，就像在三十年代與高青子出軌之後，寫了第一篇〈主婦〉來安慰妻子一樣。

與上述情況大致相同的三人情結糾葛，具見於〈看虹摘星錄〉中的〈夢與現實〉即後來收入〈沈從文全集〉裡的假〈摘星錄〉之中，因為這個緣故，所以下面就以原本的〈夢與現實〉為據。作品並不複雜，三個人物的關係是這樣的：作為女主角的「她」，一個已二十五六歲卻仍然獨身的美麗知識女性，長期寄居在一個同性「老同學」家裡，並與一位年紀較大的男性「老朋友」保持著友誼，至於「老同學」和

118 金安平（淩雲嵐、楊早譯）：《合肥四姊妹》第 304 頁，三聯書店，2007 年。據沈從文 1941 年 2 月 3 日致施蟄存函，「四小姐已去四川」（《沈從文全集》第 18 卷第 389 頁），至於張充和赴渝的具體時間，尚不清楚，根據各種情況推測，當在 1940 年冬季和 1941 年春季之間，就職的單位乃是教育部音樂教育委員會。

「老朋友」到底是什麼關係，則寫得影影綽綽，似乎像夫妻，可是又沒有說他倆是一家人，總之呢，「她」與「老朋友」之間日漸親密的關係，不僅引起了傳言，而且也引起了「老同學」的嫉妒、吵鬧以至離家出走——

> 更重要的是那個十年相處的老同學，在一種也常見也不常有情緒中，個人受盡了折磨，也痛苦夠了她，對於新的情況實在不能習慣。雖好像凡事極力讓步，勉強適應，終於還是因為獨佔情緒受了太大打擊，只想遠遠一走，方能挽救自己情感的崩潰，從新生活中得到平衡。到把一切近於歇思的裡的表現，一一都反應到日常生活後，於是懷了一腦子愛與恨，當真有一天就忽然走開了。

三人都為此而痛苦，於是為了解脫困局，「她」想自己走開，但是否走得開，不得而知。應該說，〈夢與現實〉中三位角色的關係大體上類似於沈從文與張氏兩姐妹的關係，而沈從文完成這個作品的時間是1940年7月18日，其時張兆和尚未出走，張充和也還沒有離開，但沈從文似乎預感到她們倆遲早總會有人離去似的，而他到底是希望妻子走開還是妻妹走開，或者是希望二人能夠和睦相處，不得而知，也無需細究了。特別值得注意的倒是作品裡的一個「錯誤」：本來「她」與「老同學」乃是同學關係，「她」只是長住於「老同學」的家中，算是特別要好的「閨蜜」吧，但是在作品的敘述中，卻突然地冒出了姐妹關係的跡象。那是在「老朋友」鼓勵「她」說，「人並不可怕。倘若自己情緒同生活兩方面都站得住，友誼或愛情都並無什麼可怕處」，而「老同學」卻提醒「她」自尊自愛，不該有那麼多追求者比如一個苦苦追求的大學生、自己卻還心猿意馬的時候，「她」於是轉向「老朋友」申訴道——

> 「這不能怪我，我是個女人，你明白女人是有的天生弱點，要人愛她。那怕是做作的熱情，無價值極庸俗的傾心，總不能無動於衷：總不忍過而不問！姐姐不明白。總以為我會嫁給那一個平平常常的大學生。就是你，你不是有時也還不明白，不相信嗎？我其實永遠是真實的，無負於人的！」[119]

「她」這樣熟絡地改稱「老同學」為「姐姐」，這看似突兀而且莫名其妙的一筆，或許恰如佛洛伊德所言，「口誤」或「筆誤」正曲折地折射著縈回在作家潛意識中的真情或真相吧，甚至可以說，寫出「她」的這個「口誤」，其實並非作者的「筆誤」，而是有意為之的筆墨。

比較而言，〈夢與現實〉算是《看虹摘星錄》中寫人物性心理較為深入而且文字也較為含蓄有分寸的一篇，讀來亦不無浪漫詩化之美，至於〈看虹錄〉和〈摘星錄〉二篇，則

119 以上所引〈夢與現實〉的文字，均據裴春芳輯校：〈沈從文小說拾遺——《夢與現實》、《摘星錄》〉，載《十月》2009年第2期。

率性直寫男女的性挑逗以至更親密的性行為，展現出難忘的愛欲記憶和無忌的愛欲想像，筆墨非常刻露，甚至連古典情色小說寫女體的濫調套語都用上了，於是也便詩意無多了。這或許就是許傑、郭沫若、吳組緗和孫陵等並不保守的現代作家對之特別反感的原因吧。當然，這些現代作家的看法也不一定就是的評或定論。在文學的性描寫尺度已大大放大的今天，像〈摘星錄〉和〈看虹錄〉這樣的小說，或許也可被追認為「身體寫作」的先鋒或先驅，亦未可知。

總之，事情大概也就是這麼個事情，文本則確實就是這麼個文本，至於今天應該怎麼評價這些個事情和這些個文本，那自然是可以也可能見仁見智的。

「餘響」費猜詳：
關於沈從文四十年代末的「瘋與死」

就事論事，當年的事情似乎並沒有那麼快就結束，也還有一些或輕或重的餘響，這裡也順便說說，而由於文獻不足，下面所說不無推測之詞，那就聊備一說、聊供參考和批評吧。

說來，從 1940 年 7 月到 1941 年 7 月，沈從文完成了《看虹摘星錄》三篇系列性愛欲傳奇的寫作，算是用「情緒的體操」的寫作行為基本上治癒了自己的「情感發炎」症，甚至可說是把自己從瘋狂與自殺的精神危機中拯救了出來。此後，沈從文又多次修改、重刊〈夢與現實〉和〈看虹錄〉，並先後將〈夢與現實〉兩次改題為〈新摘星錄〉和〈摘星錄〉，悄然代替了真正的〈摘星錄〉。這種修改和替代行為，正說明曾經面臨深刻情感—心理危機的作者，漸漸恢復到正常狀態了。如此看來，似乎沒有什麼可以擔心的了。並且就在抗戰即將勝利之際，沈從文準備結集出版《看虹摘星錄》，這也很正常。但問題是沈從文在 1944 年 5 月和 1945 年 12 月反覆發表的〈《看虹摘星錄》後記〉裡，卻於回顧往日情事之後另有話說——

> 時間流注，生命亦隨之而動而變，作者與書中角色，二而一，或在想像的繼續中，或在事件的繼續中，由極端紛亂終於得到完全寧靜。

值得注意的就是這個「或在想像的繼續中，或在事件的繼續中」兩句話，它們究竟是什麼意思呢？尤其是「或在事件的繼續中」一語，似乎隱含著餘情未了、有望再續之意，若然如此，則沈從文所謂「由極端紛亂終於得到完全寧靜」，也許就會前功盡棄了。

事實上，高青子早就離開了沈從文而另嫁他人，但張充和卻在抗戰勝利後又一次來到了沈從文的家，又一次進入了沈從文的眼簾。至於沈從文是否在張充和到來之前就知道她會來、或者期望她會來，這些情況，今日都已難得其詳，但至少可以肯定，張充和的到來是得到了沈從文的同意的。然則，張充和的重來會不會引起沈從文新的幻念？或者說，沈從文是否已有足夠的理性和定力來抵抗美的魅力？這些問題都有待回答而暫無答案。只是，就在張充和於 1947 年春夏之間來到北平的沈從文家中的差不多同時——4 月 16 日，沈從文就又著文大談人類的「一切與性有關」，不僅文學為然，甚至連政治也是如此[120]。不過這也許只是巧合吧。至少在沈從文的家裡，從 1947 年春夏之交到 1948 年 3 月的將近一年，看來也還平安無事，並且 1948 年 3 月沈從文認識了北大美籍教師傅漢思，傅漢思從此常來沈從文家中，稍後傅漢思便與張充和相戀、1948 年 11 月結婚，12 月新婚夫婦便離開北平赴上海。這當然是件遲來的好事，沈從文夫婦大概都如釋重負吧。加之在 1948 年 3 月以後，由於香港《大衆文藝叢刊》上郭沫若的批判文章，沈從文的政治壓力陡然增加、心情不佳，遂於該年 7-8 月間接受老友楊振聲的邀請，住進頤和園的霽清軒休養身心。1949 年 1 月，張充和、傅漢思夫婦乘船去了美國，而沈從文則於該月出現了比較嚴重的精神問題，但這同樣也許是巧合——因為衆所周知的事實是，沈從文的精神問題乃是政治壓力所致，以致 3 月 28 日自殺未遂。沈從文自己這麼說，迄今的學界也都這麼說，我也一直相信這是事實。

可是，最近發現的兩則資料，卻多少動搖了這個一直被確信無疑的答案。

---

120 參閱沈從文：〈性與政治〉，《沈從文全集》第 14 卷，版次同前。

一則資料是資深女作家方令孺1949年「五月廿日」寫給遠在美國的張充和的一封信（發現者說「五月廿日」可能是筆誤，實際應該是「四月廿日」），信的主要內容是報告中國的新氣象、敦促張充和回國。這是一封私信，方令孺說的都是真心話，並沒有政府或政黨指派她這麼寫，這且不談，真正讓我感到驚訝莫名的，乃是這封給張充和的信中有這麼幾句話——

> 聽說卞之琳回到北平了，還是那樣以自我為中心。聽說很恨從文，說從文對不起他，而他竟忘了從文對他的好處。從文在生病，你大約知道了。這人也可憐，吃了自己糊塗的苦。[121]

如所周知，沈從文曾經熱心扶持卞之琳走上文學道路，並且曾經熱心玉成卞之琳和張充和的感情。就此而言，沈從文對卞之琳不僅有好處，而且是有恩德的，所以多年來從未聽說卞之琳對沈從文有什麼意見。不料如今突然冒出這麼一封信，而且是從張充和那裡返回來的方令孺當年的親筆信，信中卻說卞之琳「很恨從文，說從文對不起他」，這究竟是怎麼回事呢？方令孺似乎不能理解，所以她指責卞之琳忘恩

---

121 轉引自章潔思：〈寫在一張紙正反面上的兩封信〉，2010年12月17日《文匯讀書週報》。據章潔思文，方令孺以及章靳以當年給張充和的兩封舊信的影印件，乃是張充和托1980年訪美的卞之琳帶回來的。

負義，而為沈從文抱不平，這也在情理之中。可是，問題恐怕沒有方令孺所認為的那麼簡單——如果一向為人厚道的卞之琳居然指責自己的前輩恩友沈從文「對不住他」，那一定有點問題，而且不是小問題。

於是，突然想起了我去年年初發現的一封佚簡〈給一個出國的朋友〉。這封佚簡先用「章翥」的筆名發表在 1945 年 10 月 20 日出版的《自由導報》週刊第 3 期上，其中也沒有說明收信人的姓名，但從各種情況來看，應該是沈從文寫給即將赴英國做訪問學者的卞之琳的，今年我又在 1946 年 7 月 15 日《世界晨報》上看到了沈從文用本名重新發表的這封信，證明此前的考證無誤。按，沈從文的這封信寫於 1945 年 9 月 25 日，內容是很有趣的——它其實是沈從文寫給卞之琳的一封談愛情和促遠行的長信。所謂「談愛情」主要是分析卞之琳戀愛失敗的教訓。卞之琳追求張充和十多年迄無成功，原因何在？據沈從文的觀察，那就是卞之琳「生命中包含有十九世紀中國人情的傳統，與廿世紀中國詩人的抒情，兩種氣質的融會，加上個機緣二字，本性的必然或命運的必然都可見出悲劇的無可避免。」這話說白了，也就是卞之琳雖有柔情去愛卻缺乏足夠的勇敢去抓也——這裡面顯然也包含了沈從文自己戀愛成功的經驗。正是有鑒於卞之琳性格上的優柔寡斷、徒自苦惱，沈從文便勸卞之琳索性瀟灑放手、浩然遠行，並激勵他到了國外正好可用文學來轉化其被壓抑的愛欲——

> 你正不妨將寫詩的筆重用，用到這個更壯麗的題目上，一面可使這些行將消失淨盡而又無秩序的生命推廣，能重新得到一個應有的位置，一面也可以消耗你一部分被壓抑無可使用的熱情，將一個「愛」字重作解釋，重作運用。

這也是沈從文的經驗之談，所以他便以壯懷賦遠遊、創作抒愛欲來鼓勵卞之琳，此即「促遠行」是也。其時，卞之琳已收到英國文化委員會發來的正式邀請函，但對張充和還有些戀戀不捨，沈從文是他最信任的前輩，所以大概有所商量，沈從文便寫了這封信，於是卞之琳便促裝遠遊英倫，直至1949年初歸國，4月任教於北大西語系，又與沈從文成了同事。

當卞之琳遠遊返國、任教北大之時，也正是沈從文精神危機之際。按照常情常理，尤其考慮到卞之琳與沈從文多年深厚的交誼，則卞之琳對正在掙扎中的沈從文應該伸出援手才是，至少也應不出惡聲才對。可是卻傳出了卞之琳「很恨從文，說從文對不起他」的傳言，以至連遠在上海、消息並不怎麼靈通的方令孺都聽說了，這就有點非同尋常了。然則，卞之琳究竟因為什麼問題才會「很恨從文，說從文對不起他」？這應該無關政治問題、經濟問題以及文學問題，而恐怕只能是個人感情問題。如上所述，1949年1月，新婚的張充和、傅漢思夫婦乘船去了美國，難不成卞之琳是因為這個在生沈從文的氣？可是，在這個問題上沈從文並無過錯

——張充和要嫁給一個美國人，沈從文怎麼能去阻攔？而且這件事對沈從文和卞之琳來說，恐怕都是出乎意料之外，所以問題應該不在這裡。於是，剩下的一個癥結，也就差不多成了唯一的選項，那就是此時的卞之琳已經發現了沈從文對張充和的愛，而由於這個發現，卞之琳甚至有可能覺得沈從文 1945 年 9 月 25 日寫給他的那封談愛情和促遠行的長信，其實暗含著把他支開以便於自己的意思吧——應該說，只有這個發現才能引發卞之琳「很恨從文，說從文對不起他」的反應。只是此中曲折，已難得其詳了。但可以肯定的是，至遲到 1949 年春天，卞之琳確已發現了沈從文曾經迷戀張充和卻把自己蒙在鼓裡的秘密，此所以一向寬厚的卞之琳才不能原諒沈從文。可以理解，這個發現對卞之琳的打擊有多麼大，因為一個是自己多年深愛的女友，一個是自己多年交心的好友，而其情如此，那真是——情何以堪。

尤其讓卞之琳難堪的是，自 1941 年起他放下了詩筆，轉而寫作一部「大作」——長篇小說《山山水水》，其中的男女主人公就是以詩人自己和張充和為模特兒的，而卞之琳寫作這部長篇巨制本身就是追求張充和的一個行為，所以他用心多年、念茲在茲，把它從中國帶到英國，一邊仔細修改，一邊自譯為英文。如今他回來了，卻發現女友遠嫁了，而自己最信任的前輩朋友，卻對自己的女友別有關心，這讓卞之琳如何對待自己的心血之作《山山水水》呢？卞之琳的處置是一把火燒了，但為何要燒，卞之琳給出的公開解釋是這樣的——

> 回到解放後不久的北平，我在自己也捲入其中的熱潮裡，首先根本忘記了我曾寫過的這部小說稿子。過了年把，原留在國內的上編中文初稿的發現，促使我想起了還有下編稿子在身邊，就找出來一併付諸一炬，儼然落得個六根清淨。原因就在於我悔恨蹉跎了歲月，竟在那裡主要寫了一群知識份子且在戰爭的風雲裡穿織了一些「兒女情長」！[122]

這是一個很政治也很可愛的解釋，符合新中國之初的那種讓人頭腦發熱的氣氛，所以不由人不信，也因此我是一直相信卞之琳的這個解釋的。可是，讀了上述方令孺所謂卞之琳「很恨從文，說從文對不起他」的信，並且對相關情況有所瞭解，我有點懷疑卞之琳的這個解釋很可能是以政治的說辭來掩飾難言的苦衷。不難想像，在知悉了一切隱情之後卞之琳怎麼還能淡若無事地出版那本長篇小說——事實證明，那本書的寫作對卞之琳來說可謂白費心血，倘使出版了豈不成了文藝圈的笑柄？所以他也就只能把它一把火燒了，「落得個六根清淨」，而燒書的苦衷又不能直白道出，所以卞之琳也就只好給出這麼一個堂而皇之的政治化解釋。

對卞之琳燒書苦衷的這個小小的發現，促使我不禁要重新思考一下沈從文四十年代末的「瘋與死」問題——除了顯

122 卞之琳：〈山山水水·卷頭贅語〉，《卞之琳文集》上卷 270 頁，安徽教育出版社，2002 年。

然的政治因素之外，其中還有沒有被忽視了的原因以至於隱衷？

學術界對沈從文四十年代末的「瘋與死」問題，向來的解釋是由於政治壓力，尤其是郭沫若的批判，北大學生的大字報，等等，都無不與四十年代末的政治鬥爭緊密相關。於是，沈從文的「瘋與死」也就成了一個不言而喻的政治悲劇。沈從文自己這麼說，大家也都這麼說，我也一直這麼相信無疑。不待說，政治的壓力確實存在，然而現在看來，政治壓力未必是唯一的原因，甚至有可能不是主要的原因。一則，對於來自左翼文人的批判，沈從文原是有所準備的。並且追溯起來，在那次交鋒中沈從文實際上是先主動發起批判和進攻的一方——自抗戰勝利以來，尤其是被胡適聘為北大教授之後，沈從文即以胡適的《嘗試集》第二集自居，勇敢地挑起了自由主義的大旗，頻頻接受採訪、多次發表文章，聲明反對革命、反對政治干預文學的立場，表現出當仁不讓的勇氣，並現身說法、熱情鼓勵同道者「從各種挫折困難中用一個素樸態度守住自己」[123]——這話是在1946年11月說的，它表明沈從文對左翼的批判確有足夠的準備。遲到一年多之後，才有郭沫若等人的批判，而沈從文直至1949年2月接受北平《新民報》記者採訪回應郭沫若的批判時，仍然

123 沈從文：〈從現實學習〉，連載於1946年11月3日、10日天津《大公報・星期文藝》第4-5期，該文也在上海《大公報》刊載，此處引文據《沈從文全集》第13卷第396頁，版面同前。

表現得從容如常，看不出有什麼緊張。二則，沈從文與左翼文人之間的相互爭論，不過是文化思想之爭，這種論爭自三十年代以來，就經常發生、司空見慣，捲入的人很多，沈從文並不是最早一個，也不是最後一個，更不是最受批判的一個，並且批判也是針對思想而言，而不是要消滅一個人，這個沈從文也不是不知道，所以與他同時挨批的朱光潛、蕭乾等等也都沒有怎麼驚慌，然則沈從文又何必驚慌失措、惶惶不可終日？事實上，沈從文也不驚慌，1949年1月31日解放軍進城，威嚴而和氣，沈從文看得高興，覺得早知如此，自己就該當一名隨軍記者，可見他的自信還在；並且在這前後，一些地下黨人、革命幹部，以至中共的高級幹部陳沂等，都去看望過沈從文、安慰過沈從文，他又有什麼好驚慌的？然而實際情況是，沈從文的內心確是很苦悶、很焦灼，幾乎可以說是掙扎在死亡線上。尤其是1949年3月20日左右東北野戰軍後勤部政委陳沂來看過他之後，沈從文的危機顯然加重了，在不到十天的3月28日便有自殺之舉。然則，難道是陳沂給沈從文施加了政治壓力麼？似乎沒有。事實上，陳沂也曾是中國公學的學生、張兆和的同學，他來看望老師沈從文、鼓勵沈從文學習、進步，這些都沒有什麼惡意。問題或許是陳沂在鼓勵沈從文的同時，還鼓勵張兆和儘快走出家門、參加革命工作，而張兆和也接受了這個鼓勵，這本來也沒有什麼問題，卻可能在無意中觸動了沈從文敏感的神經。

此時的沈從文最擔心的是什麼？那無疑是張兆和的離開。現有的資料，不足以讓我們判斷張兆和在 1948 年後半年和 1949 年初是否有意離開沈從文，但從沈從文在 1949 年前三個月情緒不穩，尤其是住在梁思成、林徽因家寫給妻子的信和話，多少可以窺見一點蛛絲馬跡：一方面，沈從文絶望而又懇切地寫信給妻子，把活下去的希望寄託在妻子身上——「我用什麼來感謝你？我很累，實在想休息了，只是為了你，在掙扎下去，我能掙扎到多久，自己也難知道！」[124]——這可說是悲哀的陳情書；另一方面又對妻子發牢騷說：「衣洗不洗有什麼關係？再清潔一點，對我就相宜了？我應當離婚了。」[125]——這又像是小孩子賭氣，而突然冒出的「離婚」二字顯然並非空穴來風，但真正要「離婚」的也許並非沈從文，所以他雖然說「我應當離婚了」，可聽起來倒像是在對「離婚」表示抗議。這就間接地暗示出此前的張兆和或有離婚之議。倘使張兆和當真有這樣的想法，也很能夠理解——沈從文是個好小說家，也是個善良的好人，但未必是個好丈夫，結婚以來總是難改浪漫習性，不斷出軌，以至於愛上自己的小姨妹子也即張兆和的妹妹，作為一個妻子而且是個受過現代教育的妻子，張兆和寬容忍讓、辛苦堅持了

124 沈從文：〈覆張兆和〉，《沈從文全集》第 19 卷第 7 頁，北嶽文藝出版社，2002 年。

125 這是沈從文寫在張兆和 1949 年 1 月 13 日信上的批語，見《沈從文全集》第 18 卷第 10 頁，版次同前。

十幾年，如今孩子大了，妹妹也終於出嫁有望，作為主婦的她有點「倦勤」之意以至離婚之念，不也在情理之中嗎？但沈從文很顯然是不想離婚的，這從他 1948 年 7-8 月間從頤和園霽清軒寫給張兆和的多封情書裡可以看出。其時正值暑假，楊振聲邀沈從文一家去頤和園小住，正在與傅漢思相戀的張充和似乎也跟著去了，如此一家人一塊去休假，是很難得的，可是張兆和很快就回城裡去了，留住在那裡的沈從文也不受用，於是不斷給張兆和寫情書，情意綿綿猶如當年，這不論對沈從文還是張兆和來說，都算是久違了的事——

> 不知為什麼總不滿意，似乎是一個象徵！……（中略）尤以情緒上負重不受用，而這負重又只有我們自己明白。……（中略）而寫這個信時，完全是像情書（著重號為原有，下同不另說明——引者按）那麼高興中充滿了慈愛而瑣瑣碎碎的來寫的！你可不明白，我一定要單獨時，才會把你一切加以消化，成為一種信仰，一種人格，一種力量！……（下略）
>
> 我回到中老胡同，半夜睡不著，想起許多事情：第一是你太使我感動，一切都如此，我這一生怎麼來謝謝你呢？第二是我們工作得要重新安排一番，別的金錢名位我不會經營，可是兩人生命精力要在工作上有點計畫來處理處理了。我不僅要恢復在青島時工作能力和興趣，且必需為你而如此作，加倍作了。……（下略）
>
> ……（前略）讓我們把「聖母」的青春活力好好

保護下去，在困難來時用幽默，在小小失望時用笑臉，在被他人所「倦」時用我們自己所習慣的解除方式，而更加上個一點信心，對於工作前途的信心，來好好過一陣日子吧。……（中略）

……（前略）這是一種新的起始，讓我們把生命好好追究一下，來重新安排，一定要把這愛和人格擴大到工作上去。我要寫一個〈主婦〉來紀念這種更新的起始！[126]

在經過了那麼多年那麼多事之後，沈從文終於認識到了妻子人格的偉大，這雖然是一個遲到的認識，但應該是發自衷心的感動，而問題是沈從文為什麼在這樣的時刻如此情意綿綿、連篇累牘地向妻子傾訴衷腸？這不會是沒有緣故的，那緣故應該有兩個：一是沈從文自覺到了這些年對妻子的忽視和委屈，二是他也感覺到了妻子對他的疏遠——沈從文在頤和園休假和隨後在清華園發瘋鬧自殺期間，張兆和都缺席不在場，這似乎暗示出張兆和已經倦勤於這個難為而且難堪的「主婦」的位置了，而她實在也可說是受夠了。意識到、感覺到這些，沈從文無疑是遇到了最大的危機——所有的「偶然」都可以走，但妻子是不能走的，她一走，沈從文就失去了最忠實的支持，而家也就完了。這或許就是沈從文在1949 年 3 月 20 日左右聽陳沂鼓勵張兆和出去工作而張兆和

126 沈從文：〈致張兆和〉，《沈從文全集》第 18 卷第 496-500 頁，版次同前。

也樂意這麼做，他隨後便決意實施自殺的真正原因。換言之，沈從文的自殺很可能是一次絕望的掙扎——既因為過度敏感於妻子的要「出去」而絕望自殺，也試圖掙扎著用自殺來表達對妻子之深切的愛以挽回妻子的去意。至於對人說，自然只能說是因為政治的壓力而發瘋欲自殺，這其實同卞之琳說自己燒掉《山山水水》是因為政治一樣，或許都是個托詞。並且不巧的一個湊巧是，恰在這個時候，沈從文又面臨著失去卞之琳友誼的壓力：據張兆和 1949 年 1 月 28 日給沈從文的信，王遜轉來「之琳劃我們的十五塊美元，當時我沒有留下，我想既然之琳快回來，他一定需要錢用」[127]，然而隨後卻傳出卞之琳「很恨從文，說從文對不起他」的傳言。這個傳言可能也由王遜帶給了張兆和，因為緊接著的 2 月 1 日張兆和覆沈從文的信中就說，再次復來的「王遜提起另一個人，你一向認為是朋友而不把你當朋友的，想到這正是叫你心傷的地方。」[128] 這個被沈從文一向認為是朋友而今卻不把他當朋友的人，似乎就是卞之琳。顯然，正在氣頭上的卞之琳不來看沈從文，當然不知沈從文的精神狀況；而最好的朋友卞之琳的責難並且這個責難已經傳開，這無疑讓沈從文更加難堪。如此等等因緣於感情問題而來的內在壓力，恐

---

127 見〈張兆和致沈從文〉，《沈從文全集》第 19 卷第 5 頁，版次同前。

128 見〈張兆和覆沈從文〉，《沈從文全集》第 19 卷第 14 頁，版次同前。按，有人說此信中所謂「朋友」指丁玲，恐屬妄斷。

怕就成了沈從文 3 月 28 日自殺的導火索。

這並不是漠視政治壓力的存在，但如前所說，沈從文對來自政治的壓力其實是有足夠的準備的，並且政治壓力也實在沒有大到讓人非自殺不可的地步，所以它也就不可能是導致沈從文發瘋鬧自殺的真正原因，至少不是主要原因，而大概只是一個看得見的也比較適合讓人看見的外因，真正的內因可能是緣於感情糾葛的累積而來的精神危機和家庭危機。不幸而又湊巧的是，外在的政治壓力和內在的家庭—情感危機同時俱來，於是外來的政治壓力便成了掩飾內在的家庭—情感危機的恰當說法。這只要看看沈從文在發瘋鬧自殺期間寫給張兆和的那些信，以及寫在張兆和信上的批語，表面上看來在訴說著政治的不公，但字裡行間的真意卻是在強調「我現在怎麼樣，那可全看你了」，就可以明白個八九分。這當然不是說沈從文的發瘋鬧自殺是假的，他委實是當真的——事實上除此之外，沈從文也沒有別的辦法可以挽回張兆和，但他對人以至於對妻子，卻只能以政治壓力為辭，這也是情非得已之言——想想看，沈從文總不能直說是因為張兆和要走，而張兆和之所以要走，乃是因為我的反覆出軌吧，或者說是因為老朋友恨我，而他之所以恨我，則是因為我對不住他吧。張兆和當然也明白這一點，而她實在是個忠厚善良的女性，還是心疼，還是有情，心裡還是珍重著沈從文，所以也就默默地承受著過去和現在的一切，忠誠地陪伴著沈從文，直至走完生命的全程；而在度過了這次危機之後，沈從文也確實一改多年來浪漫多情的舊習，成了一個忠實的好丈夫。然而，如此一來，中國似乎就失掉了一個才情浪漫的優秀作家沈從文，雖然同時也多了一個優秀的學者沈從文。這一得一失之得失利弊，具有耐人尋味的多重意義：對沈從文的家庭來說，這未嘗不是「塞翁失馬，焉知非福」的事；對愛好沈從文作品的讀者和研究者來說，那當然會覺是得不償失、難以彌補的損失；而對於沈從文自己來說，這一轉身倒可能是順勢而為、未必遺憾的選擇——其實，作為一個作家，沈從文已經寫出了也寫完了他想寫和能寫的一切。

說了歸齊，「述愛欲在生命中所占地位，所有形式，以及其細微變化」[129]，無疑是沈從文從二十年代到四十年代文學行為的中心情結，這個中心情結同時也體現於他的人生行為中，此所以沈從文的愛欲抒寫既基於他切身的經驗和體驗，也寄託著他由衷的想像和理想——這也是他所理想的「人性」和所抽象的「生命」的基本內涵，不論用什麼概念術語，其精神一以貫之；至其在文學上的表現形態，也同樣地「變」而不失其「常」，有時偏於真實體驗的自敘抒寫，有時偏於象徵轉喻的詩化抒寫。就此而言，沈從文委實如他自己所說是一個典型的浪漫派作家——準確點說，乃是一個經過了現代心理學和現代生命觀念洗禮的「新浪漫派」作家，但與理想幻滅了的「後浪漫派」即現代主義文學還有不

129 朱張（沈從文）：〈夢和囈〉，1938年9月29日香港《大公報·文藝》第417期。

小的距離。從這個自認為「最後一個浪漫派」[130]的作家對其人性—生命理想的特別執著與自信，也可看出沈從文是多麼的浪漫可愛。事實上，縱使在上世紀六七十年代日漸政治化的語境中，沈從文也不改其在文學上的浪漫本色和浪漫理想。即如寫於 1961 年的重要文論〈抽象的抒情〉，一開篇就申說——

> 生命在發展中，變化是常態，矛盾是常態，毀滅是常態。生命本身不能凝固，凝固即近於死亡或真正死亡。惟轉化為文字，為形象，為音符，為節奏，可望將生命某一種形式，某一種狀態，凝固下來，形成生命另外一種存在和延續，通過長長的時間，通過遙遙的空間，讓另外一時另一地生存的人，彼此生命流注，無有阻隔。文學藝術的可貴在此。文學藝術的形成，本身也可說即充滿了一種生命延長擴大的願望。至少人類數千年來，這種掙扎方式已經成為一種習慣，得到認可。凡是人類對於生命青春的頌歌，向上的理想，追求生活完美的努力，以及一切文化出於勞動的認識，種種意識形態，通過各種材料、各種形式，產生創造的東東西西，都在社會發展（同時也是人類生命發展）過程中，得到認可、證實，甚至於得到鼓舞。因此，凡是有健康生命所在處，和求個體及群體生存一樣，都必然有偉大文學藝術產生存在，反

130 沈從文：〈水雲〉，《沈從文全集》第 12 卷第 127 頁，版次同前。

> 映生命的發展、變化、矛盾，以及無可奈何的毀滅（對這種成熟良好生命毀滅的不屈、感慨或分析）。文學藝術本身也因之不斷的在發展，變化，矛盾和毀滅。但是也必然有人的想像以內或想像以外的新生，也即是藝術家生命願望最基本的希望，或下意識的追求。……（下略）[131]

看得出來，沈從文雖然在努力運用新習得的唯物辯證法和社會發展史來說話，但真正要表達的其實仍然是他所謂創作即在於表現生命欲望以求獲得永生的舊觀點，只是由於此文大概準備在那個短暫的文藝鬆綁時期公開發表吧，所以還是帶著些曲折的修辭，說得不是那麼顯豁而已。而在寫於1975年的一則私下題跋裡，沈從文的中心思想就說得非常坦白了——

> 即從這個永遠成為文學藝術的基本動力，同時又受社會舊意識制約的限制，永遠不許可更真實的反映的兩性關係而言，我們所處的時代，即大大不同於新社會。在種種制約中的不同意義的開明解放，即容許或包含了引人生命向上升舉的抒情氣氛，浸透到生命中，以至於於行動中，把財物權勢放在一個不足道的位置上。我生命動力大部分，可說[是在]這種熱忱、敏感、智慧、知識在社會中的位置，大大超過了權

131 沈從文：〈抽象的抒情〉，《沈從文全集》第16卷第527-528頁，版次同前。

勢、財富的風氣中形成、生長，得到應有的發展的。這既是文學藝術的動力，同時也是革命動力的基礎。這種超越現實的抒情，恰恰是取得目下社會現實的源泉。年青一代是無從理解的。[132]

的確，理解一個作家，尤其是像沈從文這樣經歷豐富、情感複雜、創作繁複的作家，殊非易事。此所以沈從文在〈抽象的抒情〉一文前邊感慨系之地寫下這樣的題辭：「照我思索，能理解『我』。照我思索，可認識『人』。」[133]這則題辭表明，沈從文其實也渴望著人們能更準確也更人性地理解他的複雜性。余不敏，雖然已盡可能地這麼做了，但究竟符合與否，豈敢自必如是，只不過所見所識確乎如此，也就只能如此實感實說了。那麼，就暫且說到這裡吧。

2011 年 2-3 月草成前二節、11-12 月草成後四節，上距 1981 年後半年以沈從文小說為題作本科畢業論文，已整整三十年矣。
——2011 年 12 月 29 日謹誌於清華園北之聊寄堂。

132 沈從文：〈題舊書元稹《贈雙文》詩〉，《沈從文全集》的 14 卷第 512 頁，版次同前。[是在]為原書所有。

133 沈從文：〈抽象的抒情〉，《沈從文全集》第 16 卷第 527 頁，版次同前。

沈從文佚文廢郵鉤沉

〈三秋草〉[1]

近來很有些人能寫變體文字的詩歌，用纖細的感情，也可以說是病的感情，倦眼微睗似的去看這世界上萬匯百物，感覺錯綜，寫得出很多具有新的光輝的詩歌。譬如說憂鬱幸福，則常寫作「白色的憂鬱」，「青色的幸福」，說黃昏已不寫作「病的黃昏」，必需[2]寫作「傷寒病的黃昏」。或在提琴聲音中聽出顏色，或在光度上看出寒温。作者既多大都市中小有產者，平時為一個大都市的物質文明皮膚生活所刺激，神經感到一分騷亂，寫出這種新的詩歌，原本極其自然的

1　此文原載 1933 年 6 月 1 日杭州出版的《西湖文苑》第 1 卷第 2 期。按，《三秋草》是卞之琳 1933 年 5 月在北平自印的一部詩集。

2　沈從文習慣在「必須」的意義上用「必需」。

一件事。雖大多數的名詞，仿佛還多數得由四萬五千噸的海舶[3]運來，一到了中國後，就成為「來路貨領帶」[4]似的，以一個超乎它應當得到的價格，流行於上等紳士隊伍裡，初初看來好像眩目驚人，其實還是平平常常。

但我們中國人能夠規撫[5]那麼一條領帶的花樣與色彩，自作自用，這人至少是很聰敏的。一切過去的便應當使我們遺忘，但它還不過去呢，它也應有它的地位。這類詩歌如今的地位，便使我們不能不承認。我歡喜這類詩歌，不過還不見到有多少我所歡喜的詩歌印行。因為詩人在近代似乎皆常常忙到不能好好的作一首詩。恰恰是這樣，做這樣華麗生澀的詩就絕不能草草作去，又要感情，又要文字，這兩樣東西細細想來，就又正是許多「詩人」所沒有的東西。故在這方面有人提到時，我們想舉一點例，提出的不是「一首詩」，卻常常只是「一句詩」。

我也愛樸素的詩。它不眩目。它不使人驚訝。它常常用最簡單的線，為一個飄然而逝的微笑，畫出一個輪廓。或又用同樣的單純的線，畫出別一樣人事。由於作者的手腕，所

---

3 「海舶」是沈從文的習慣用法，義同「海船」，如他在〈窄而黴齋閒話〉一開篇即說：「中國詩歌趣味是帶著一個類乎宗教的傾心可以用海舶運輸而流行的」（見《沈從文全集》第17卷第37頁，北嶽文藝出版社，2002年，版次下同不另注）。

4 「來路貨」，上海方言，指「進口貨」。沈從文在〈窄而黴齋閒話〉中即說：「我要學上海人的口吻，不避採用更富市儈氣的名詞，『來路貨』」（見《沈從文全集》第17卷第38頁）。

5 「規撫」即仿效之意。

畫出的一切，有時是異常鮮明美麗的。它顯得不造作，不矜張。作者用字那麼貧儉，有時真到使人吃驚地步。由於文字過簡，失去一首詩外形所必需的華腴時，它不能使大多數人從諷讀上得到音調鏗鏘的快樂。用某種體裁來作詩的型範時，它比起來又常不像詩。但它常有一個境界。這境界不依賴外表的華美來達到。（這分[6]長處就夠足抵補各種短處而有餘了。）它所寫的常常是一個作者的「心境」。作者用各樣官能去接近這個世界時，常是樣麼[7]安靜，就由於安靜，要說什麼，他便輕輕的說。遇到可笑的事在文字上他作[8]得是微笑，悲戚的他只是沉默。它不誇張。它常常仿佛十分溫和，同時也十分安詳。（世界上日月星宿的光，在作者眼睛中皆好像正確一些。）它仿佛同宇宙更接近許多。它教給我們的不是血脈奮興。它不給我們感情騷亂，卻只使我們感情澄清透明。別的詩多在我們的口上熟習，這類詩卻常常在我們心中十分熟習。

卞之琳君的《三秋草》，就是我所說的一本簡樸的詩。

6　「分」通作「份」。

7　「樣麼」似應作「這樣」或「這麼」，原刊排印有誤。

8　「作」通作「做」。

覆王誌之函[9]

王誌之先生：

您那個信我已見到。您應當先寫一個信給《國聞週報》負責者馬季廉先生，問問您那文章的情形，他若告訴您文章全由我處置，再寫信給我也不遲。他若告訴您他不認識我，從不見面，不通信，不發關係，你寫給我的長信，説的一大片話，不覺得太鹵莽了嗎？一個人若非發瘋醉酒，總願意把

9 此信輯自含沙的文章〈廢郵存底——借用於《大公報．文藝副刊》〉，該文原載 1936 年 8 月 20 日天津出版的《北調》月刊第 4 卷第 2 期。含沙（1905-？）四川眉山人，本名王誌之或簡作王志之，又名王思遠，筆名有「刺之」、「含沙」、「寒沙」、「楚囚」等，北平「左聯」成員。據「含沙」即王誌之在〈廢郵存底——借用於《大公報．文藝副刊》〉一文中交代，他曾經向沈從文擔任文學編輯的《國聞週報》投稿，後來接替沈從文給《國聞週報》看稿的蕭乾沒有發表他的文章，他找沈從文說情，沈雖然督促了蕭乾，但王文仍未見發表，他便覺得沈從文和他的「嘍羅」把持文壇、壓制了自己，所以故意模仿沈從文在《大公報．文藝副刊》上發表的「廢郵存底」，在《北調》上發表了這篇文章，其中既有他多封攻擊沈從文的信，也夾載了沈從文的這封回信。含沙文發表在 1936 年 8 月，推測起來，沈從文回信的「十二月四日」可能是 1935 年 12 月 4 日——這封信乃是對含沙「十二月三日」致沈從文信的答覆。因為含沙致沈從文的信都自署「王誌之」，沈從文的這封回信也逕稱「王誌之」，所以此處即將沈的這封回信擬題為〈覆王誌之函〉。另，含沙的文章在一般用引號的地方都用書名號，沈從文覆函中的引號也被他統統改為書名號，此處一律復原為引號；為免繁瑣，校錄中一般標點符號的改動不出校。

事實弄清楚些，照您信上說的話看來，實在全不是問事實的糊塗話[10]。一個刊物有一個刊物的態度，一個編輯有一個編輯的責任，您文章他們覺得好，用了，很平常；覺得不好，不用，也極自然。即或是我作《週報》編輯，從編輯立場說，前人用您的文章，我不用，您是個明白道理的人，也就不會用「打破飯碗」一類話寫信給我。正因為照習慣一個編輯有他自己的意見和主張，他有權力處置他分內的一切，若存心把刊物辦好，不當作慈善機構，他當然找尋能增加刊物信用的文章，去掉些不合用的文章。（假若人人全像您那麼不講道理，那卸任的編輯，無事可作，就會找現任編輯拼命了。）如今文章被另一個編輯擱下了，卻聽信一二類乎文壇消息的下流謠言，寫信給我，表示您的憤慨，先生，這太沒有道理了。

過去一時您拏[11]著一年前×××的介紹信來找我，說道生活困難，文章需要發表，我自己是個寫文章的人，明白這事甘苦，當時還很關心為您寫了一封信去把一個人，問他是不是為您載出。在我意思總以為同是一個「人」，同活在這世界上，凡人用的著我幫忙時，我能盡力當然得盡力。正因我作這種事太多，也就覺得太平常，辦到了不為恩，辦不到更不應當結怨。想不到您還用這種理由，寫得出信來對我埋

10　從上下文看，「實在全不是問事實的糊塗話」似應作「實在全是不問事實的糊塗話」。

11　「拏」是「拿」的異體字。

怨。您的來信在您不明白事實以前，也許還不覺得如何無聊。看了這種信，老實説，我卻替您難受。

我接到這種信很多了，接這種信的原因不外乎：第一，我是一個編輯，能夠處置一點稿子，朋友又還相信我的為人，間或也托我轉稿子要稿子。第二，我太愛朋友，自己過去得到朋友好處太多，因此對人不拘生熟，總很隨便，要我出力，我出力。第三，正因為我有這種性格，找我的人太多，力量到底有限，大家又把我的能力估計得太大，因此稍稍失望，便生怨心。這種信且大多數在下面一個公式衍變：張三李四從文壇消息一類謠言上以為我能夠這樣那樣，便來找我，同我相熟，於是把文章送來，要我設法。法雖設了，無如文章不好，或另一方面存稿太多，或又有別的原因，文章安排不下，於是就以為我壓下了他的稿件，妨礙了他的文學事業，憑衝動寫信來罵我。再過一陣，理性稍稍恢復了，多明白一點各方面的事實，多用腦子想想，間或還有機會多知道我一點，明白我正因為轉稿，還稿，改稿，以及雜七夾八的事弄得個精疲力竭，精力，金錢，大部分已花到這些勞而無功的空事上，覺得寫信罵我是可羞愧的事了，又來向我承認錯誤，表示一點歉意。先生，您想想，這又何苦來。難道所謂作家就全得那麼同我發生關係？對這件事我實在有點厭煩了。今天又忽然接到您的信。您一時節或因負氣或因護短不要「事實」，也就不會給我寫什麼自承錯誤的信。——我實在希望少來那麼一次老戲法——可是你若還願意作一個愛真理有理性的人，一切能放客觀一點，想想你寫了一個什麼信給我，您應當覺得害羞！

貧者士之常，一個人在這個社會裡生活困難原很自然，作家文章無出路，多得很，多得很！不論從那方面説起，似乎都不應當派給一個與您不相干的人來負責。您若只為的是「求心裡舒暢」就不問事實胡亂寫信給人，實在不是一個作家應有的態度。

沈從文　十二月四日

給小瑩的信[12]

小瑩：

真了不起，你的信寫得那麼好！我和我的黑臉太太看過後，都笑了。（是佩服的笑！）

這個信使我們有機會談起許多舊事，我本想不回你信，只寫個「想像中的小瑩」，在你們看得到的刊物上發表。寫的一面是黑而俏，一面是健康活潑的在一株花樹下做捉間諜的夢，就在這個情形中，你媽媽上街回來了，間諜也乘此逃

12　此信原載1944年8月11日重慶出版的《文化先鋒》第4卷第1期「文藝」欄。信前有題記云：「這是沈從文伯伯給我的一封很有趣味的長信，他信的內容不僅是寫個人方面，而且也説了現在昆明文化界朋友們的生活狀況，我念時簡直沒有停過笑。其中講到雲南的出產，也是很有趣味的。我想這一定有不少人會像我這樣感覺有趣的，所以特意抄下來，寄與《文藝先鋒》，從文伯伯一定不會因我沒有徵求他同意便發表而生氣吧?! 因為他一向對

脱了。怎麼媽媽回來間諜反而逃脱，而且很可能是從瓦上逃去的？你想想看，這間諜是什麼——一隻花貓兒好不好？除了一支[13]貓，簡直想不出更像間諜的東西！

你說你不是「摩登女郎」，這個名詞雲南四川用法似不大相同。我們這裡說的是健康，活潑，聰明而乖，不是指會穿衣敷粉，這個叫「時髦女郎」！你這時儘管不黑而俏，到我下次看見你時，保定是被陽光曬得黑而俏了。

我還記得第一回見你，是在武昌一個什麼人家洋樓中（很美觀的洋房），文華學校附近，你在搖籃中用橘子水和奶粉當中飯，臉瘦得像個橘子，桃子，李子？——唉，真不好形容，可是眼睛大而黑，實在很動人！

第二回是在北平東城你家中，大熱天，徐志摩伯伯還在世界上和金伯伯[14]用手掌相推比本領，你那件小花衫子，我將來寫小說時，還得借用到故事中！

第三回在珞珈山，你每天總到小學校車站旁邊去找那位

小孩子是多麼的好脾氣！我至今都很清楚的記得他是這麼樣的一個人。 陳小瑩附誌。」從信中可以看出，陳小瑩是一個中學生，她的父母在武漢大學，與沈從文是很熟悉的老朋友。從這些情況推想，則陳小瑩可能是任教於武漢大學的陳西瀅和淩叔華的女兒，沈信中提及的劉秉麟、「周先生」（可能指周鯁生）、袁先生（可能指袁昌英）也都是武漢大學教授，而武漢大學當時遷移到四川嘉定（樂山），與陳小瑩生活的地方正合；但查陳西瀅和淩叔華的女兒名陳小瀅——或者陳小瀅曾名陳小瑩？待考。

13 此處「支」當作「隻」，可能是作者筆誤或刊物排印錯誤。

14 此處「金伯伯」可能指哲學家金岳霖，信的下文有說明。

員警朋友，天晴落雨，通不在意！吃飯時，和你媽媽相吵，就傍近爸爸，和你爸爸鼓小氣，又倚靠近媽媽；嗨，這個作風，假如保留到廿五歲時，可就真厲害！

第四回……你想想看，在什麼情形下看見你最好？照我希望最好是帶點禮物來參加你和什麼人××，因為如果那時要來賓演說，我不必預備，也可以說說這個故事，讓大家開開心。可是到那時，我也許像電影上的老頭子一樣，笑話想說說不下去，只感動快樂得流眼淚。因為那時節國家也轉好了，你們長大了，一晃廿年，很可能你媽媽看到那個禮物也要流點快樂眼淚！這禮物原來是你一張一歲多點的相片，上面還有我妹妹寫的幾個字，「眼睛大，名小瑩」。這相片有個動人歷史，隨我到過青島，住過北平蒙古王府——卅一年昆明轟炸學校時，同我家中幾個人的相片放在一處，擱在九妹宿舍小箱子中，約四十磅大小一枚炸彈，正中房子，一切東西都埋在土中了，第二天九妹去找尋行李時，所有東西全已被人檢去，只剩廢柱上放了一個小信封，幾個相片好好擱在裡邊。原來別的人已將東西拿盡，看看相片無用處，且知道我們還有用處，就留下來，豈不是比小說還巧！你想想，事情巧不巧？若當真到你××，把相片裝個小小銀架送來，這份禮物真不輕！不過假若真有這麼一回事，我估想得到，相片過一會兒還是會擱到什麼不打眼地方，因為那時節你一定會被同學們圍住作別的玩意兒，我也將帶[15]起大近視眼鏡

15　「帶」通作「戴」。

看你媽媽收藏的古董去了。

你歡喜吃糖，四川出白糖，空吃一定不什麼[16]好，寄來[17]的一包小玩意兒，一次用飯粒大小一點兒，放在糖水中，或放在紅茶中，檸檬味兒就香噴噴的到鼻子邊了。

還有別的好吃的，如像澳洲來的乳酪，本地出產的乳餅，乳扇（餅是羊乳作的，扇是藏邊雪山犛牛奶油作的），不容易捎來，只好說說，引起你想來聯大升學的幻想了。

四川可吃的一定也很多，可是我們這裡吃過的你們必嘗不到。如大雪山下的鹿脯，小說上還只有史湘雲吃過一次，我就不止吃一次！暹羅緬甸的象鼻子，雖無福氣領略，多少總看過了，熊掌同妖精手掌一樣，幹幹的滿是黑毛，如掛在牆上，晚上睡覺真擔心它會從牆上蹦下摑我一下。黃桃子如芒果，有飯碗大，是中國最特別的種子。蕈子據說有百多種，佛掌，牛肝，雞踵，北風……數學家恐怕也數不清楚！有些生長粉紅色細枝，真像珊瑚。所有蕈子味道都很好；洋白菜有廿斤一棵的，青菜有十多斤一棵的。桃子可吃四個月，梨子吃半年（有廿來種，木瓜梨極奇怪）。五月能吃石榴，大的一枚有一斤重。

16　「什麼」或當作「怎麼」。

17　細察上下文，此處「寄來」實乃沈從文「寄去」之意。按，以「來」當「去」乃是沈從文的習慣用法，如上文「帶點禮物來參加你和什麼人××」實際是說「去參加」，下文「不容易捎來」實際是說「捎去」。當然，也並非截然如此，例如下文「你想來聯大升學」的「來」，就是「來」而非「去」。

金伯伯（即金岳霖）在北平時玩蟋蟀和蟈蟈，到長沙買了百十方石頭章，到了昆明，無可玩的，就各處買大水果，一斤重的梨子和石榴，買來放在桌上，張奚若、楊金甫伯伯的孩子來時，金伯伯照例就和他們打賭，凡找得到更大的拿來比賽，就請客上館子。你想想看，你如在這裡，用捉間諜耐心去找找石榴梨子，還愁無人做東？金伯伯還養過一些大母雞公雞，養到我住的北門街，走路慢慢的，如天津警察，十來斤重，同偉人一樣，見了它小狗也得讓路，好威風！可惜！到後我們要搬下鄉時，他送人也無處送，害得他親自抱下鄉去，交給陶伯母，總算有人承受。你若在這裡，縱口饞量大，宰一隻時，恐怕也得吃個一星期！現在我們作杏子醬，還是七八斤一壇，實在吃不完，不免委屈了它，想捎三五斤來，可不知那[18]一年才有這個方便。我們先約好，總還有些少分量的玩意兒來，並且一定是你不大容易見到的。你等著吧。

你可會不會燒飯做菜？我做的「羅宋湯」是夠得上請羅斯福的，因為這裡番茄極好（大的有一斤重一個）！做出的湯似乎比文章還得人賞識，真奇怪！總有一天會請你們嘗嘗的。很可惜是，廿七年你和媽媽不曾向湘西走，如到我沅陵家中住半個月，才真是口福！我的哥哥作的菜，沅水流域軍官全都翹大拇指——不說了好，再說下去，我倒想回家了。

你可猜想得出我一星期在昆明每天吃些什麼？原來只能

18　「那」今通作「哪」。

吃點米線（米粉條）當早晚飯！

這裡花生也得兩百元一斤！你這時節來，若在鄉下，可以請你吃許多東西，若在城中——，保留保留，且俟當真來時看吧。

你看些什麼書？看巴金的小說一定有意思，巴金五月八號已結婚，太太也是個相當能吃的很可愛的小姐。

我有個七歲小孩胖胖的，專歡喜吃肥肉，會畫畫，間或也爬上樹去摘摘生桃子吃。

我們住的地方，是出果子地方，上市時每天有三百石果子進城，滿火車是各樣水果。大致那麼熱鬧，兩個多月方逐漸減少，你試閉眼睛想想是個什麼樣情景。

袁先生的小姐已能寫那麼好的文章了，你一定也快了，我倒羨慕嗓子好會唱歌，以為比寫文章有意思。你可會唱歌？釣不釣魚？四川的魚，一定狡滑[19]得多。

沅水釣魚只需用線捆個小肉骨，放下去一拉，即可得一斤重一尾的魚。

聽朋友說現在降落傘的設備，有手掌大的蔻蔻糖，可救七天命，有幾包香煙，一把刀，一條繩，另外還有個釣魚鉤，為的是恐怕掉下來在無人處寂寞，釣釣魚消遣，可是我有個熟人，卻掉到印度森林裡，坐在樹頂上，整整四天，方得救！在那個地方釣魚鉤好像不曾用。

現在去美國，只加爾各達到錫蘭一段路，坐船要護航，

19　「滑」當作「猾」，原刊可能因形近而致誤排。

此外太平洋軍船行駛，安全之至，這是一禮拜前小朋友回國經驗。如你和媽媽有機會出去，儘管放心坐船去，不會有問題。

你可是個運動員？將來學什麼？嘉定的間諜恐怕不多，你真是英雄無用武之地，想捉一個吧，也不容易。我們在這裡呢，只想捉蠱，都說極厲害，事實上不過是一種大的怪蝴蝶罷了。本地人叫做「蠱」，且傳說能吃人心肝，完全荒唐的事！這些蝶蛾有身上起太極圖的，有作虎斑的，有全黑卻加上紅殷殷花紋的，有一色碧綠絨，頭是烏黑的。大的約六寸長，貼在壁上，不動時，完全如一幅新派畫，實在又美麗又奇怪，碰機會若得到，寄個來讓你看看。這種蝶蛾在大理清碧溪，點蒼山上面，多懸掛在溪邊樹上，如小風箏，間或有一尺大的，完全如假造的。我親眼見過六寸大的很多，就總還以為是通[20]草作的。

我最不敢回信，一寫就是八張，有一半說的是吃東西。因此我才想起今天還不曾吃晚飯，得下樓到對門小館子去了。

我這裡住的地方，附近約有廿個小館子，全是聯大教師學生照顧。教師中最出色的要數吳宓。這個人生平最崇拜賈寶玉，到處講演《紅樓夢》，照例聽衆滿座，隔壁有個飯館，名「瀟湘館」，他看到就生氣，以為侮辱了林黛玉，提出抗議（當真抗議）！館子中人算尊重教授，便改名為「瀟

20　原刊此處一字漫漶難以辨識，疑似「通」字，錄以待考。

湘」。你想想看這人多有趣！你問問媽媽，她會告訴你這人故事的。

小茶館全是學生，當做圖書館，和咖啡館，也讀書，也玩撲克牌。間或有一輛小汽車馳過，美國洋人吃得飽飽的，笑迷迷的，和街上的頑童翹起大拇指叫「頂好」，表示中美友善。開小鋪子的，賣點心的，提茶[21]壺的，凡是女的，手上必有二三金戒指，或一個金手鐲，因為他們都發了財。教師和學生，可大多數破破爛爛。鞋子最破的或者數曾昭掄，腳踵暈地，一眼看來真夠悽愴。可是大家精神都很好，因為總想著到你們長大時，一定可以不必如此困難，活得不但幸福，也可望來尊貴得多了，我們這一代是應分吃點苦的。

劉秉麟先生那個梳大髮辮的圓臉小姐，一定也大了。周先生家我記得還有個大眼睛如黑人神氣的小周先生，在上海施高塔路住時，我每回去看他姐姐，他就要我說故事，想不到這位姐姐從英國戴了副大近視眼鏡回來，已做了博士，真如小說上說起的「女博士」。那位小周先生大概也從大學畢業了，周伯母可還敢不敢在嘉陵江游泳，蘇伯母可還如在珞珈山時那麼騎自行車，頭髮不長不短如女兵？避空襲可還有人藏在方桌下，方桌上放個木盆裝上一盆水？

從文六月十五夜

21　原刊此處一字漫漶難以辨識，疑是「茶」字，錄以待考。

《七色魘（魘）》題記[22]

這是我一九四四年完成的一個集子。內容說它是小說，實缺少小說所必需的中心故事。說它是散文，又缺少散文敘事論世的一致性。就使用文字範圍看來，完全近於抒情詩，一種人生觀照，將經驗與聯想混揉，透過熱情的興奮和理性的爬梳，因而寫成的。就調處人事景物場面看來，又不如說是和戲劇摘要相近，尤其是和那個「錯綜現實與過去，部分與全體」的電影劇本相近。事實上，對於文體的分類我並不發生興趣。我正企圖突過習慣上的拘束，有所試驗。這個集字[23]的各個篇章，可說是這種試驗的第一次成果。

我已經將近八個月不使用這支筆。在這個短期沉默中，家住鄉下，茅屋三間，破書一堆，日常生活一半消耗於擔水燒火磨刀挖土瑣瑣事務裡，一半即消耗到書桌邊。生活雖儼若與世隔絕，卻有個特別機會，接近好些人，可以聽到在朝在野對於國家明日表示的憂慮，同時更容易明白目前正在進行蔓延中的腐爛與分解。這種腐爛與分解，如何因政治上的外戚閹寺作風而形成，並奠基於一個廣泛的無知民族性弱點上，是極顯明的。面對這個觸目驚心的事實，負責者還在為

22　此文原載 1944 年 11 月 1 日昆明出版的《自由論壇》週刊第 3 卷第 3 期。按，「魔」當作「魘」，《七色魘》是沈從文完成待出的一部小說集；原刊目錄和正文標題均作《七色魔》，可能因「魘」、「魔」形似而誤排。

23　「集字」當作「集子」，指的是《七色魘》。

明日得失鉤心鬥角玩把戲，毫無勇氣坦白的承認過失而從一個新的觀點下企圖補救。都市中知識階級則照樣是或就知識所及，作作國際預言，為遠方別國事情猜謎，或就見聞所及，從事檢討小範圍內貪污與囤積。在「人」之可能如何渺小，與「事」之必然如何氾濫兩種情形對照下，自然更增加我一種痛苦感覺。

到我絕對單獨時，國家明日種種，目前種種，和近三十年種種，便重新來到我的心上，咬住我這顆衰弱的心。其時常常有二三淺栗色小耗子，從我腳前悄悄的走來走去。望著這小小生物聰明自足神氣，敏，目睛如豆[24]，一生雖無大作為，實長於鑽垣窺隙找出路。先還對我帶著三分畏懼，一分諂媚，見我對它的存在毫不在意時，就把我的書册亂啃起來了，當我感覺到這種攪擾的厭煩，照房東所說的，試把幾個刺栗球塞杜穴邊，表示不歡迎後，這精神和身體同是流線型的准紳士，就正合了「小人難養遠之則怨」兩句陳言，從牆角僻處發出一種瑣碎單調的切齒聲音，好像說：

24　此處疑有誤，似有兩種可能：一是沈從文原稿將「敏敏」寫作「敏々」，而替代標誌「々」又寫得簡略似逗號，所以被誤排，致使句子不通；二是原刊每頁分上下兩欄、豎排，「望著這小小生物聰明自足神氣」是上欄之末，「敏，目睛如豆」是下欄之首，或許在拼版時不慎在上下欄間造成缺文。並且，原刊該頁下欄末句「你說得真對。總是思索些永遠不會侵入你頭腦的問題，荒謬」缺了後半個引號，似乎語意未完，與次頁首句文氣不接。從原刊首頁上下欄末句都不完整這一點來看，拼版時不慎造成缺文的可能性是比較大的。

「你輕視我？我要檢討你，從你思想起始。我劃定你已落伍！」

「仁兄，你怎麼會覺得我輕視你？我想起的問題太遠時，自然不大注意到你的行動。可是目前我倒正在研究你健康活潑的原因，有所發現，主要的就是願望合理而切於實際，手邊常常有點小儲蓄，不亂做夢恐怖自己。至於任何事不向深處思索，似得力於佛的不癡，有悟於道的不沾滯。你性歡喜熱鬧，因此熱鬧場中常有分。當你看明白了人多處的安全性時，於是，你前進了。你自覺有了信仰。你這點信仰的健全性，不待證明我也承認的！」

「你還在諷刺我。」

「嗳，上帝，我就從不想到過對你用得著諷刺。這恐怕是你內有所不足的感覺，正和許多人一樣，生存在世界上自己缺少自尊自信時，就容易覺得被諷刺。其實最深刻的諷刺還是你自己。試反省反省看，就明白我說的意思了。你不應當擔心一個落了伍的人沉默。他其所以沉默，說不定正是讓開路看你和你的同伴在歡樂中前進！」

「你的思想陳腐而空洞。表現在你一切作品中，都只能給人這個印象。」

「你說得真對。我總是思索些永遠不會侵入你頭腦的問題，荒謬[25]

25　這是原刊該文首頁下欄末句，引號殘缺，語意似未完，可能漏排了一行，參閱「敏，目睛如豆」處校注。

「所以你落了伍，眼前什麼事情都不知道。」

在習慣形容詞中，或者這就叫作「批評」，也說不定。但過不多久，這個細小詛咒，終於在牆角邊消失了。記得一個生物學家曾說過：「耗子機會若湊巧，也會長大如貓兒。澳洲的大袋鼠，還龐大如一頭驢子！」可惜常見的耗子，照例都只希望從宣傳活動方式上變成一隻貓兒，結果呢，還是和原來同樣大小一隻耗子。

人既住鄉下，因此如這位仁兄所說，城中發生的許多熱鬧事情，當真便不大知道。兩個月以前，有一次進城時，朋友××就問我說：「你興致真好，家中人飯也吃不飽，還為人拜生做壽！」話說得很奇怪。我做的事怎麼連我自己也不知道？雖認真分辨：「我生平從不想到為人拜生做壽問題，恐怕是名姓弄錯了。」可是有物為證，朋友並不錯。我的名字和卞之琳先生的名字，果然同時都已上了報，被人派到為某某先生慶祝寫作二十年消息上[26]，登載出來了。其時我家中有個親戚，因病失業，神經不大健全，起初還疑心莫非是這個親戚作的。再去注意一下當天本市報紙，才知道這次盛會，是由聯大國文系主任羅莘田先生主席的。還有一篇演說文章發表，說到有個什麼販賣鄉土神話的作家，想打倒他的老朋友，老朋友那麼活躍，那裡打得倒！[27]這倒真是新鮮事情，因為羅先生治音韻語言，與近二十年文學運動雖渺不相

26　「某某先生」指的可能是老舍；查1944年4月16日昆明文藝界曾經舉辦茶會慶祝老舍從事創作二十周年。

關，可是人在北方極久，一定明白從五四以來，國內所保留的一種寫作風氣，即拏[28]筆的從不會辦[29]黨做官口氣説準備「打倒」誰或「擁護」誰。作家的義務，是素樸老實低頭努力寫文章，永遠保持對於工作的熱忱和忠實，慢慢的求取進步。作家的權利是在一個公平自由競爭制度下，有機會陸續將作品和讀者對面，不論他寫的是神話或是人話，是革命還是戀愛，總之一定要有像樣作品方能得到讀者。作家與作家彼此之間，或陌生，或相熟，凡能保持這個素樸寫作態度的，必充滿尊敬，若相反，照例不算同行。一個作家和社會發生關係，是作品，不是人。很少無作品的作家，能濫用作家名分作政客活動，或用社會方式支持作家地位。這個風氣是有目共睹，而且特別值得推薦給準備執筆年青朋友，當成一種工作榜樣的。用這種態度從事寫作，自然寂寞些，沉悶些，一時之間難投機取巧，成功成名。可是由於作者寫作態度的莊嚴，万能[30]有優秀作品產生，不至於作空頭文學家。讀者看待一個作品，雖不免有隨社會風氣轉移傾向，一時流行的崇拜電影體育明星簽字習慣，也將會能到一個文學作家

---

27 此處所謂「演說文章」指的可能是羅常培的〈我與老舍——為老舍創作二十周年〉，該文發表在 1944 年 4 月 19 日昆明《掃蕩報》。

28 「拏」是「拿」的異體字。

29 原刊此處一字漫漶不清，疑似「辦」字，錄以待考。

30 「万能」當作「方能」，原刊把「方」誤排為「万」，上文「總之一定要有像樣作品方能得到讀者」可證。

頭上來，走到任何一處，都有簽字小本子送到面前的機會。作家照例還是樂意用作品和讀者對面。讀者對於作家表示的誠懇愛敬，不是虛文，實重在能從作品中接受一個做人所必須的誠懇坦白健康熱忱的人生態度。社會風氣既在變動中，別的作家有因為不能忍受寂寞，發明用宣傳方式，為同道聯歡，並吸引社會注意，亦即名為推進文藝運動，無妨邀集三五十個趣味相同的人，排定秩序每星期輪流舉行，輪流主席，人數不足時，即臨時隨便拉扯幾個在野政客軍人，或有名人物，湊足數目，總之這是個人的興趣，並沒有什麼希奇。不過風氣即使已進步到這個程度，據我想，也應當還容許另外一種人，另外一種態度，即不運用宣傳，不參加社交，能低頭寫作，期望將作品更切實的影響讀者的單純態度，這種人不能逢場作戲，應景湊趣，和「打倒」、「擁護」全無關係。他販賣點「鄉土神話」，也許只是因為所見到的「身邊神話」，實充滿了鄉愿猥瑣油滑氣息，同時他又已經學得忠恕待人，不好意思要身邊人物在他筆下受難，倒並非不能畫蟲畫鬼的！

近兩年來，在任何一種刊物上，都常常可看到要求民主與自由的字樣，在官方文件中，也就隨時隨處不忘記把這個名詞[31]加入。因此一來，儼然就是民主自由已在望中。可是我們試仔細看看便會發現社會中若干運用這個名詞的人物，

31　「這個名詞」當指上文所謂「民主與自由」，所以「這」後可能漏掉了「兩」字。

精神傾向有時或不免是一條相反的道路，而且能迂回努力達到目的。即以文學運動言，這種偽民主形式也可見出。有形的某種限制，猶可望廢除，而無形的用民主自由名分作的成[32]幫夥圈套，則不免與日俱增。對於彰明較著的整齊畫一要求，出自統治者一方時，我們尚能找出若干理由作證明，以為與民主自由理想不合。然對於文學思想受近代政治功利主義的影響，使一切作者與作品，附屬於一種政策，成為宣傳點綴物的趨勢，卻無人能指出情形也相當可怕。一個作者若承認它，便隨時隨事都不免見出與官僚政客合流的用心，離開了對工作本身成功最高的要求，不是轉而從阿諛當前實力取得信託，即是用頌揚未來權貴換回尊敬，否認它，則除擱筆改業無從否認。承認或否認，都與我從事這個工作本意違反。黨派幫夥的包庇性，與文學的求真標準，實兩件事情。我得好好思索一番，是愛好真理還是尊重現實？

個人為社會墮落與分解，任何人都得承認，已發展到一個可怕程度，若徒然爭奪一下民主自由名詞，實絲毫無補於轉機的獲得。三十年民主政治的失敗，問題雖不簡單，然而各層統治者對於農民的殘忍毫無認識，毫無同情，唯當成一個聚斂剥削的對象，則系一種事實。在這個關係中，執刀弄棒強有力的，即成為軍閥，才氣縱橫善於依附軍閥的，即成為政客。以下於是望[33]官僚，有土匪，有土豪劣紳，有買辦

32　「作的成」疑當作「作成的」。

33　「望」似應作「有」，「有官僚」與下文「有土匪」等句式相類。

經理，……這一切雖各有其因緣依存的意義，然而又無不直接間接寄食於二萬萬沉默無言農民的勞作生產上。

可是近三十年來，這個「多數」的農民，在中國這麼一大片土地上，活得如何卑屈，死得如何悲慘，有一個人能注意到没有？除了攏統[34]的承認他們的貧和愚[35]，是一種普遍現象，可是這現象從何而起？由誰負責？是否有人能夠詳詳細細的來解釋過？…………對於這個多數的重新認識與說明，在當前就是一個切要問題。一個作家一支筆若能忠於土地，忠於人，忠於個人對這兩者的真實感印，這支筆如何使用，自不待理論家來指點，也會有以自見的。若不缺少這點對土地人民的忠誠與愛，這個人儘管毫無政治信仰，所有作品也必然有助於將來真正民主政治的實現。若根本就缺少這點忠誠與愛，任何有勢力的政治主張，實上[36]無助於作者有何真正成就。國家待改造，待重造的問題，由一個政治家說來，或者只是一些原則。因為原則的認可，他就有機會從一

34 「攏統」通作「籠統」，沈從文在〈濫用名詞的商榷〉等文中也曾在「籠統」的意義上用過「攏統」。

35 沈從文在1938年6月14日撰寫的〈談保守〉一文中指出：「孫中山先生明白貧弱與愚是中國民族的病根，想把這個民族振作起來，在應付人事道德上固然有條件保留些舊有東西，在謀生存技術上卻極力講求進步」。1946年雙十節他又發表了〈窮與愚〉（後修訂為〈從開發頭腦說起〉）一文，讚譽孫中山「在三十年前即明白，中國問題在『窮』和『愚』。社會的腐敗和退化，無不由之而生，因此言建國，即針對此兩大病根下手。」

36 「實上」似應作「實際上」，原刊可能漏排了「際」字。

個新的局面下，成為國家負責者。上了台，再從這個原則伸縮中作種種解釋，來運用一國人力與財力，施行一些有關生聚教訓具體或抽象計畫，如此或如彼，能穩定這個政體，得到人民對於政府的信託，即可說第一步已告成功。至於一個作家，若覺得國家憂患所自來，實由於一堆事實為人所忽略，若事實不明白，單憑抽象原則終無從得救，他會覺得必需從這個多數的生命深處，發掘愛和恨，變與不變，即由此出發，坦白痛切來說明他們如何活在這片土地上，又如何自願或被迫而沉默死去。即以當前情形說，多數拖混的生存，與悲慘的死亡，就決不是他們本身命定如此，還是出於[37]一切負責者的傳統態度而形成，態度若稍稍不同，情形也就不會如此無望的。在這種不可抗的廣大災禍下，若容許他們屈於「氣運」以外，還追究到「責任」方面，則近三十年的一切上層分子，對於他們的缺少認識和同情，都將成為他們的控訴對象。他們的沉默，只證明這個多數品質優良的另一面，與他們的良善，勤儉，習性，還應當有機會能夠在明日活得更像一個人。然而一切不耕而食的人，對之卻應當愧悔，一個有良心的作家，更不能不提出這個問題：關心老百姓決不能再是一句空話，任何高尚的政治理論和政治設計，若不奠基於對這個多數沉默者的重新認識，以及對於他們的真愛，都不免成為空泛，只能延長這個民族的苦難，增加這

37　「出於」似應作「由於」，用同上文「實由於一堆事實為人所忽略」；此處可能因「由」、「出」手寫近似而誤排。

個民族的墮落。這種新的情感的產生，顯然不是單憑現代政治標榜的主義所能見功，實有待於重新找尋辦法。在這種情形下，我們自會覺得，一個文學作家所應負的責任，遠比目前一般政治理論所要求於作家的責任還更艱巨。一個作家對於工作所需要的持久熱忱，和坦白單純超越功利勇往直前的求真態度，都不是拿一定薪給的「宣傳員」可比擬。必發自本人一種對人生深刻的認識，以及對人類的愛，方有希望。而且這若真有所謂運動，最先就得注意，防止作家與官僚合流，並不讓官僚或不相干野心者混入作家中，毀壞組織上的健全性。

二十年前由於偶然的機會，在我這個鄉下人單純頭腦中，忽然進[38]入一種新的憧憬，為接受一種抽象原則，學做現代人，我來到了新的社會中。於是一面讓手中這支筆支持了我十餘年的簡單生活，一面就用全個生命來學習，來適應，希望有些新的發明，即除普通上層社會的相關禮貌與生活習慣以外，發現做一個人更沉重結實深刻有力的因數。當初總還以為由於知識增多理性增強，這個發現是必然的。但在一切經驗綜合上，卻見出這個社會有思想有知識的分子，有不少還只是活在一種猥瑣事實中，與平庸願望中。「思想」或「信仰」，落到這些人頭上時，都被小小恩怨得失，弄成為一個毫無內容的名詞。情感的貧乏，更見出對國家問題怕負責，怕深思，難於有何健全勇敢的表現。這些人既大

38　原刊此處一字漫漶不清，疑似「進」字，錄以待考。

多數都出身於中上層階級，近代教育的薰陶，目的又只是完成一個有充分教養的專業者，教育對於這些人的本身，並不算失敗。惟把這個少數優秀公民源源注入到一個二萬萬之農民低頭耕田、三五十大小野心軍閥割據爭雄新陳代謝局勢中時，這些人所學所知，便不免失去了應有意義，成為一種純粹奢侈品了。學術進步系事實，提起這點值得我們對於若干人特別表示敬重。惟就中一部分和國計民生實際問題有關的專業者，尚可望因社會發展而得到聯絡，也促進了這部門的進步。至若較抽象部門專業者，談哲學思想或政治制度的學者的生活理想與生活事實，對於古今中外學術比證用力雖極勤，所得雖極多，對於數萬萬人民，則因毫無接觸，亦無理會，所有見解自然即容易見出與這個多數作無可奈何的游離。社會在分解，在這個過程中，負責者面對事實，固不免望到束手，惟以支吾拖混為計。然而用來重造民族觀念的思想家，或重鑄民族情感的文學家，有所表現時，與問題實相去一間，且事到頭來將依然不免茫然失措，無可為力。

在這個小小集子中，正如同在這個題記中一樣，檢討歷史時，我所有的讚美或詛咒，和並世的價值標準不易符合，將是必然的。我還要保留這個讚美或詛咒形式到一堆新的故事中。這個工作若絲毫無補於當前，或可望稍稍有益於未來。從我這支筆所觸及的種種，一個有心的讀者，必可看出我根深蒂固的農民的保守性：對於土地的愛好，與自然景物的親匿[39]。至於現代政治所容許的虛偽性與功利性，以及文學運動受這個政治風氣影響，作家中所流行的活動新花樣，實不免感到絕望。然而同時或亦可看出一個來自鄉下的純粹農民，充滿誠意準備作大社會一員時，儘管生活式樣已完全適應，由於基本情緒的相差相左，有多少無可免避的挫折與困難！以小觀大，也正說明這個衝突的根本存在，若出於個人，尚不妨事；若出於代表某種多數集團，觀念情感的凝固，自然即形成政治上的分張，使國力從這個對立中消耗復消耗，毫無方法可以調處。譬如當前西北情形，即可作例。目前交涉的停頓，而在停頓中只增加國力的耗損，是極顯明的[40]。這問題，說不定就得有一些有藝術良心的作家，來從一堆作品中，疏理出個頭緒且希望更多方面負責者，對國家問題重新有個態度來關心，方有真正解決的一天！

卅三年雙十節

我們用什麼來迎接勝利[41]

戰爭急轉直下，忽然得到一個結束，但在一片迎接勝利呼聲中，我們卻似乎隱隱聽到一種回音，即儘管是偉人滿朝

---

39 「親匿」通作「親昵」。

40 此處所謂西北的「交涉」云云，指的可能是1944年國共兩黨關於中共、邊區及各根據地地位問題的談判。

41 本文原載1945年11月3日昆明出版的《自由導報》第5期，而登載此文的該刊第5頁上端用花邊方框插入了這樣一段文字：「支持挨渡八年苦難的勇氣和信心，是由深遠的遠景的矚望中得來的；可是到現在，凡是沒有為勝利的裝點搞得頭昡眼花的人，

市，志士滿天下，不知用什麼來迎接勝利？就近三十天見聞所及，到收復區廣大面去接收公家機構，人還不夠用，接收鐵路，接收工廠，人更不夠用，甚至去各地接收敵人繳下來的武裝軍器，機械材料，以及回國盟友所留下的一切，無事不免有人才難得之歎！

我們的偉人，我們的政治家，我們的由知識份子專家轉而成入幕之賓點綴政治的高級官僚，近二十年來的縱橫捭闔，小團體小組織經營運用，爭奪權勢，不可謂不處心積慮，精細而周詳。然而面對這突然來臨的現實，才證明如何少見識，無意義，心力白用！如今事實上，一面是事事待人作，少人作，許多問題逼來，弄得個束手無計，顧此失彼；一面是有關於局面獨佔轉而為勢力平分的國是談判，直到如今卻還無從明朗化，具體化。多數國民在不知究竟中等待，而所等待的，戳穿說來，也還是一種勢力消長的新的平衡，再由這個新的均勢下期待所謂走上民主政治第一步。第一步路尚在期待中，且誰也說不明白第二步將如何走，實不能不使人為勝利二字感到一點茫然，為建國前途抱點杞憂。

近二十年國內混沌不安，以及近八年對外戰爭所受的挫折，竟像是不僅不能給多數人一種較好教訓，反而只作成少數人二種信念：一是武力武器自足自持的王霸觀念的擴大，一是填塞於國內一切機構中的職業官僚的敷衍拖混態度的繼

全覺得堅忍的勇氣和信心已超過飽和點而洩了氣！」這段文字不知是沈從文所寫抑或編者所加按語，錄以待考。

續。兩者結而為一，即支持著當前的局面，也控制著當前局面的發展。任何高尚原則如合理見解[42]，專門知識或有用熱情，一和這個現實接觸，都不免完全失去作用。整個民族就共同坐在這只有戰士，無槳手，有羅盤，不用海圖，大而且破的船上，通過無邊際的時間大海，向歷史的彼岸駛去。我們若不能如某種人一般，為隨同「勝利」二字而來的紙面宣傳，與爭權分割而得的種種實際權利，摧眠[43]到陶醉忘我境界，則在茫然和杞憂之外，還將深深感到一種痛苦。

對於過去的內戰，我們尚能用超然態度，形成一種游離狀態，繼續個人的工作，團體的發展。所以在廿年軍閥內戰中，國內著名大學如北大，清華，燕京，金陵，交大，研究機構如地質調查所，静生生物調查所，協和醫學院，居然還能為國內學術研究打個基礎，同時為國家在發展中準備了一批有用人才。對於過去的抗日戰爭，也能發揮民族共同德性，即在遭受挫折受試驗時的抵抗性和適應性。儘管是到處見出國家組織上的弱點，弄得個社會亂糟糟，農村則老弱轉乎溝壑，壯者散之四方，真是非千言萬語所能盡。兵士則萬千有用壯士，病餓而死的比戰死還多數倍。更由於財富集中到少數有權勢者手中，政府無能力調處，使得國內萬千正當

---

42 「高尚原則如合理意見」中之「如」字疑似「和」字之誤排，因為從上下文義看，此句中的「高尚原則」和「合理意見」之間不是統屬關係，而近似下句「專門知識或有用熱情」之用「或」字表示的並列關係。

43 「摧眠」當作「催眠」。

公務員八年中長久在饑餓線上掙扎。然而尚總以為試向深處遠處看，這個國家民族總當有個轉機。民族中所保有的理性和熱情，可望在戰事好轉結束後，重新結合而抬頭。也因之在任何困難犧牲中，大部分國人——尤其是社會機構各部門負責人和智識分子[44]，始終尚保持一種勇氣和信心。

但是這種勇氣和信心，八年艱苦生活，雖未摧毀，近數十天「迎接勝利」口號下的耳目見聞，實在已經毀去了一大半，此後超然與游離，既無可望，此後的忍受，亦近於無意義。很可能的將是一種分解：變質的承受一個「現代政治」所鼓勵的職業人生觀，承認現實，在現實中滾下去，混下去，除職業外，不能看，不敢想，不願追究，不知另有所為。凝固的則由信念的崩潰，而生命熱忱逐漸消沉，由變質者的混和同處，而孤立成一更小單位。民族品德在另一方面既無力作有計劃的提高，這方面則將在無可奈何情形中下落。說痛苦，一個有心人不管他是習什麼，做什麼，明日還將有的是痛苦，實明明白白！這一切，我們若稍加分析，便可知還有個原因，即智識分子在近三十年國家發展中，始終即居於被動地位。就所表現爭原則的肯定或否定方式看來，也永遠還是從一個被動地位出發。爭原則，本來需要的是一種「持久態度」、「絕對氣概」即可成功的，到頭來，卻不免從所否定的對方「實力」之一種，作無意義妥協，企圖利

44 「智識分子」通作「知識份子」，本文兼用「知識份子」和「智識分子」。

用機會實證原則的合理實現。結果是反為之同化，一切原則的高尚與意義，因之消失而無餘。從這點也可看出，明日的國是會議，若只是從局面獨佔到勢力平分的空氣下進行，凡所謂無黨無派的被派參加，或小黨小派的熱中競爭參加，點綴兩大之間，則這種人的工作，將只能作成一件事：即認可不合理現實，並熱心支持，而換來個人一種抽象身份，一點地位。對國家進步，民主運動，實毫無貢獻可言。這種人若即依違於兩大之間，利用其矛盾而逐漸抬頭，所能達到的民主，與真正的民主理想，距離也實在很遠很遠。

因此迎接勝利固多方，我們卻希望知識份子對現實能有更多理解，更深刻認識，以及更充分否定勇氣：爭原則，甯失敗，莫協妥[45]！現代政治的包庇性和種種不健康習氣，已把國力糟塌[46]夠了。若青年熱誠尚可以看作國力一部分，保養它，培育它，不從他在生命發展中所需要的知識加以注意，所謂領導者卻只想照目下風氣，把他們這種無皈依的熱忱，用作政治投機的賭注，這件事，對他個人言也許是成功，對國家言實在是作孽！

卅四年十月十五日

新廢郵存底·四十二·經驗不同隔絕了理解[47]

××先生：

45　「協妥」當作「妥協」，上文「作無意義妥協」可證。

46　「糟塌」通作「糟蹋」。

謝謝你的來信，談及的問題，引起我一些回憶，一點聯想。你歡喜讀我的作品，我想良友公司出的那一本《從文習作選》[48]比較完整，可見出我對這個工作的態度和試驗處理問題的方式，另外有本《湘西》、《湘行散記》，商務出版，似乎也值得讀讀。這工作對我說實在還只是一種學習，一種試驗，說不上成就的，真的成就應當是同時有上千作家，素樸誠懇的每個人來寫個三十年，也許始可望從其中挑出三五種作品示例，代表這一時代一種傾向一種成果！

你說的「如第五空間……」是在《綠魘》上末一段，我從常識上與你從專門知識得到相同的結論，即這句話近於不詞，因為用第五度空間在習慣上也不常有自然而我就正為的是「不可思議」意思而用它，我指的是太太用神情猜測我的心中所想所夢，她的方式比如從第五度空間捉住比星雲更遼遠的玩意兒！一切都只是象徵，我在許多作品上，常常因為注意這些相關處，情緒錯綜重疊處，歡喜使用些別的專門術語，名詞誤用不可免，得此則失彼，亦自然之理也。平時讀者即不多，如你那麼細心讀者尤不多，但我的本意，卻以為作品無望於並世讀者的多數理解欣賞，並無妨礙，同時異代有少數解味讀者，就很夠了。你提到××和××兩位的成

47 此信原載1947年2月15日天津出版的《人民世紀》第1卷第8期。

48 全名當作《從文小說習作選》，上海良友圖書公司，1936年5月初版，1945年6月再版。

就，我也覺得值得尊重，惟兩人似乎都想用一支筆面對多數的群衆，所以我們的不同，不僅是文體和傾向，寫作根本態度即大不相同。

你來信說，湘西是不是真如你寫的？很明顯這點詢問是由於你耳目接觸經驗實在保留另外一種印象，所以懷疑我寫到未必是實有的，為的是你用一個外鄉人就當前所見，想證實一個本地人三十年前所接觸，這個距離當然形成種種問題。你說住過辰谿數年，據我私意估想，一定從來將我寫到湘西風景方面與實際經驗互證。因為一作比證，你即將覺得寫景物一點不為過分（如果你是個畫家，或且覺得我一支筆還不曾將景物風光最動人部分寫出），景物易見你還見不出，屬於人事哀樂愛憎式樣，不能理解自更顯然，經驗不同隔絕了理解，所以不說《邊城》中人的情感你不能相信，即短篇中《丈夫》、《柏子》小表子[49]在船上岸邊如何作生意（在《從文集子》內，《習作選》內[50]），你儘管住在辰河邊，每天看到這種賣煙草的小船來往上下，且可能即看到這種小表子眉毛細彎彎的穿上花洋布褲子，在船頭船尾蕩槳，你還是不熟習[51]他們，不明白他們想作什麼，曾經作過什

49　「表子」通作「婊子」。

50　《從文集子》當作《從文子集》，全稱《沈從文子集》，新月書店，1931年5月初版，《丈夫》一篇即收在該集中；《習作選》即《從文小說習作選》，該集選錄了《丈夫》和《柏子》。

51　沈從文喜歡在「熟悉」的意義上用「熟習」，此處及以下幾句中的「熟習」均為「熟悉」之意。

麼。至於我呢，我可和他們太相熟了，我不僅熟習極美麗的一面，也熟習最粗俗的一面（如柏子一進房那[52]相鬧，以及胡鬧方法，我全熟習）！正因為從兩面認識，才寫成那些東西，你若充滿抒情氣質去讀我那些作品，又用同樣感情去發現人，你將得不到什麼，而且這也無意義，正如同一個人看定一幅好山水畫，即想搬家到那小亭子中去住一樣。你得分別一下，能分別，才可望從經驗上來發現人，證實我寫的是否架空。你說寫到的你都不曾遇到，我的經驗卻是寫到屬於人性的善與女子的慧敏忠厚種種好品德，筆下的總還不及所見到的更完整；我的文字屬對話部分，事實上還不夠表現得比真實更完美。我是從這環境中培養大的，假若真如你或其他批評家說的「一支筆相當聰明」，我卻想說這一切是因為我從這麼一個環境中受過情感教育，我的對於寫作棄撲[53]單

---

52 從上下文義看，此處「那」似應作「即」，原刊可能因「即」、「那」形近而誤排。

53 「棄撲」或許當作「素樸」，原刊可能因「素樸」與「棄撲」形近而誤排。按，在本文的開頭，沈從文就強調：「真的成就應當是同時有上千作家，素樸誠懇的每個人來寫個三十年」。這是沈從文一以貫之的創作態度，它集中表現在其鄉土敘事上。因為沈從文是「對於農人與士兵，懷了不可言說的溫愛」來從事其鄉土敘事的，所以他曾經強調說：「我動手寫他們時，為了使其更有人性，更近人情，自然便老老實實的寫下去」（語出《〈邊城〉題記》）。如此「老老實實的寫下去」正是一種「素樸單純」的創作態度，這種態度在沈從文確是持之以恆的，30年代如此，到了40年代他仍然在《〈七色魘〉題記》裡反覆申說要「素樸老實低頭努力寫文章」、「保持這個素樸寫作態度」。事實

純態度，也是從這個環境影響成的。時代雖然不同了，但我想你若真想證實一下「人」善良，隨意跳上一支麻陽船，語言感情若不太隔閡，你將保留一種印象，即一個現代麻陽船舵把子，和我《長河》寫的舵把子，外表儘管大不相同，靈魂性情可還是相去不遠的！你懷疑湘西是否還有翠翠，可從不懷疑沈從文是否真有其人，但事實上你若真是個解味讀者，是應當從「我」的存在，相信湘西還有更多我寫不到的人和事，才有意義的。這並不是湘西的特點，中國任何一處，任何一種人，都有它最善良的一面，不過一般作者不大對於它有興趣，因之筆下亦可觸及這種人哀樂罷了。你可歡喜從上河沿流下駛大油船上搖櫓人的歌聲！你也許每天可聽到它，可無從引起任何動人感印，由於經驗還缺少些相關事物，比如說，假若你坐了上千次的船，在各種景物下，以及不同情感下，聽過那種歌聲，說不定還有一二次是住在那種大船後艙尾艙上又恰好有個十八歲大辮子黑眼睛的船老闆大姑娘，又有若干次是在雨後，雪裡，早晨，這種經驗的堆積，於是這一聲在你靈魂中，將完全引起不同作用，你對於它也完全不同了。

上，沈從文對並世的一些海派作家和京派作家的最大不滿，即是因為他們或者競尚時髦、追逐新奇或者賣弄趣味、走入邪僻，都失去了「樸素」或者說「素樸」（參閱沈從文的〈論穆時英〉、〈論馮文炳〉等文）。

兩般現象一個問題[54]

大凡政治謠言過多地方，××必加多，禁忌亦必加多。若干人心情狀態，經過長時期的「迫害狂」和不健全的情況中折磨著的神經越來越弄得窄狹，若干人表現於行為言語上，亦必時懷戒懼「沉默」，於是成為一般人求安全的方法，「阿諛」亦即成為另一部分在位者求發展的政術。從這麼一種變態現實中，希望國家由理解，分析，商討，計畫，導入常軌，自無可盼望！其次即自由過多的地方對於國家明日的憧憬，亦當視人而定。於此天然溫良的氣候下自然生長奇花珍果，亦能繁殖帶刺無益的仙人掌，以及寄身於刺叢間綠色班[55]駁的有毒蜘蛛，自由民主思想在此氣候下雖能滋長繁榮，然稍一注意，即可知另外一種由於財富集中法幣過多而來的腐敗墮落。其中或且不乏藉自由民主之名，投機取巧，而增加其繁榮性的，我們可以聽到若干人對國事表現單純坦白的「熱忱」，然而也將碰到不折不扣的「世故」；其中有終年玩牌的大師，拜師信鬼的先知，無錢不找的專家以及哈哈哼哼的經理：這些人在某一時節又照例即可因其身分地地[56]成為「先驅」、「同志」。在親友中也能發現一兩位年紀不到二十歲的摩登青年，剛離中學一年半載，一面胡花

54 此文原載1947年3月1日天津出版的《人民世紀》第1卷第9期。
55 此處「班」當作「斑」。
56 「身分」通作「身份」，「地地」疑當作「地位」。

家中來源不明的造孽錢，購買高價自來水筆，最新式手錶，著嶄新洋服，吸駱駝牌紙煙，毫不覺得羞恥，然而到表現思想傾向時，卻又常常前進得使家中人害怕。更多的還是時時隨處可以見到的年齡不大不小地位可輕可重的中層分子，懶散，因循，自私，無能，都早已成定型。平時有責可負，即[57]從不見其肯認真負責，就個人能力所及，來為國家做做事，為自己做做人，為家庭子女做做表率。事實上活下來，就只是「拖混」，從拖混人生觀胡亂找錢，又從拖混人生觀中把這個錢胡亂花去，生命的空虛，已到不可想像程度。然而時逢其會，活動起來時「民主」、「自由」不去口，並作成十分關心國家人民的姿態，因而加入這個，組織那個，或稱要角，或撐後臺，……從深處看，這種現實，當然不免令人反而感到空虛的空虛，問題亦即在此，一面是如彼如此的現實，一面是寄身於此現實中生長於此現實中的一群，熱忱信仰無所歸寄，無所消耗，單純坦白的將它傾注於一個抽象原則上，以及有勢力的政治主張上。現實與抽象，兩者本來完全對立，不相關聯，卻由於某種特殊原因，作成種種矛盾的結合。社會上若干人即從這個現存關係上，以及關係發展趨勢上，寄託明日轉機的熱望。可是人之所以為人，雖相似而不同，普通習慣將形成一種相反傾向，大家目前極力學習不思索，且裝作有堅固信仰，雖陶醉於一種表面作成的活潑空氣中，正若唯恐一檢討事實，則青年人的「熱忱」、壯年

57 此處「即」當作「卻」，原刊可能因兩字形近而誤排。

人的「興奮」、中年人的「幻夢」恐即不免失去其依據幻夢[58]，本身若無從作更堅強的粘合，即無希望形成偉大的發展，目前粘合既不牢固，一旦與更多寒暑不同人事氣候接觸，則游離分解，竟若無可免避的夙命。

所以個人認為國家重造，應從「人」的重造開始。人若不結實中用，任何高尚原則到運用時，都無從證實其效用。人若站得起，走得直，活得硬朗扎實，把握生命，莊嚴而認真，工作做的有效果，有成就，任何困難亦終可望由人來克服。

或問曰：「重造從何處起？」曰：「君子自重從本身作起，君子固窮，窮則觀其所取，從小處作起。」

58 此句至「依據」語義已足，句末的「幻夢」當屬下句，連讀為「幻夢本身若無從作更堅強的粘合」。

「鄉下人」的經驗與「自由派」的立場之窘困

——沈從文佚文廢郵校讀劄記

在近年整理出版的現代作家全集中，北嶽文藝出版社於 2002 年推出的《沈從文全集》（以下簡稱《全集》）無疑是頗為出色的一部，它不僅印刷精美，而且收文相當完備，加上編者認真的校注，遂成為廣大讀者可以放心閱讀的讀本和和諸多研究者足以憑依的文本。

自然，作為現代最為多產的作家，沈從文大半生在衆多的現代報刊上發表的文字堪稱巨量，指望一次輯錄就網羅無遺，那其實是任誰也無法做到的。所以，在《全集》之外仍有遺珠，也就在所難免了。輯錄在這裡的七篇沈從文佚文與廢郵，即是筆者隨意翻檢舊刊物時偶然發現的。它們雖然並非重要的創作，但其中透露的若干信息，對研究者來說或許不無意義，故此略加校理，重刊於此，以廣知聞。竊以為，沈從文借評論《三秋草》之機揭示出「現代派」詩潮的京海差異，確乎別具慧眼，足以糾正當今學界不加分析地看待三十年代「現代派」詩潮的籠統模糊之論；中間兩篇廢郵則於不經意間表露了沈從文在文學編輯和教學活動中的某些苦樂，也折射出三、四十年代文壇和學界的境況，有裨於知人論世；隨後四篇文字，尤其是〈《七色魔[魘]》題記〉一篇，不僅透露了關於《七色魘》本身的創作旨趣，而且事關沈從文40年代思想和創作之「思變」而又「復舊」之困局，確乎頗多以往研究所不知，足補近年議論之片面。所以，筆者在校讀過程中，參考相關文獻，順手箚記若干感想，現在一併錄呈如次，聊供研究者參考。

從〈三秋草〉說開去：
沈從文關於「現代派詩」的京海差異觀

沈從文雖然不以詩人著稱，但三、四十年代的他無疑是最關心新詩發展的人士之一，而卞之琳則是他最為欣賞和器重的新詩人。早在1930年冬天，時在上海的沈從文偶然從寒假南歸的徐志摩那裡第一次看到了卞之琳的二十幾首新詩，激賞不置，主動給卞之琳「寫了一封不短的信，說是他和徐先生都認為可以印一個小册子。」[1]他們倆並代卞之琳為那個「小册子」擬名《群鴉集》，交付新月書店出版，沈從文還自告奮勇地寫了〈《群鴉集》附記〉，發表在1931

1　卞之琳：〈我的「印詩小記」〉，《我與文學》第145頁，生活書店，1934年。

年5月出版的《創作月刊》創刊號上，熱情洋溢地向讀者推薦道：「棄絕一切新舊詞藻擯除一切新舊形式，把詩仍然安置到最先一時期文學革命的主張上，自由的而且用口語寫詩，寫得居然極好，如今卻有卞之琳君這本新詩。」[2]可惜的是，由於「九一八」和「一二八」事變接連發生，出版業受到影響，加上徐志摩的意外去世，《群鴉集》終於未能出版。這件事似乎成了沈從文的一塊心病。據卞之琳回憶，當他1933年春假到青島找孫大雨、沈從文玩的時候，「談起印詩事，從文說他出錢給我印一本，雖然我曾見到他抽屜裡有幾張當票，他終於做了一本小書的老闆了。回北平後，經當時《清華週刊》編輯馬玉銘兄介紹到某印刷局印我在二十一年秋天三個月內寫成的十八首詩，即《三秋草》。」[3]《三秋草》因此得以於1933年5月在北平印刷問世，成了卞之琳出版的第一部個人詩集，而促成其出版的出資人乃正是沈從文。並且，沈從文還很快為《三秋草》寫了評論文章，6月間就發表了——按照當年書評的慣例，這篇評論也題作〈三秋草〉，刊載於《西湖文苑》第1卷第2期上。這就是輯錄在此的這篇詩評〈三秋草〉。可能由於《西湖文苑》是杭州出版的一本小刊物，當年的傳播很有限，而沈從文也未

---

2 沈從文：〈《群鴉集》附記〉，原載1931年5月出版的《創作月刊》創刊號，此據《沈從文全集》第16卷第310頁，北嶽文藝出版社，2002年。

3 卞之琳：〈我的「印詩小記」〉，《我與文學》第145頁，生活書店，1934年。

能及時地把它收入集中，所以這篇詩評遂長期散佚在外，久已不為人知。

如今回過頭來把詩評〈三秋草〉和此前的〈《群鴉集》附記〉等相關文獻略加校讀，給人深刻印象的倒不是沈從文在這些文章中熱情不減地向讀者推薦了一位傑出的新詩人卞之琳，而是他借評論卞之琳之機反覆表達了自己對三十年代新詩發展趨向的一些獨到觀察和深入思考。我們不難發現，在沈從文的觀察和思考中，既有對縱向的新詩史脈絡的獨特把握，更暗含著對正在形成中的南北京海文學差異格局之敏感，這差異也表現在「現代派」詩潮中。

按，自上世紀八十年代「現代派」詩潮重新「浮出歷史地表」以來，一直是現代詩歌研究的熱點，而幾乎所有的研究都不加分析地把三十年代的「現代派」詩潮描述為無間南北、一道同風的整體，即使其間有所區別，至多也不過如柯可（金克木）當年的評論所說，有主知和主情兩種不同的風格而已。可在當年的沈從文看來，事情並非如此單純，差異近乎不可通融。早在1931年所寫的〈《群鴉集》附記〉中，沈從文即對當時新詩壇上正在形成的南北京海不同詩風表明了自己的評判。一方面，他認為南方一些新詩人走的是以「好奇邪僻」的趣味來達到「入時熱鬧」的詩路，並將這種詩風稱為「上海趣味」；另一方面，他指出北方一些詩人——從馮至到卞之琳等——雖然人數不多，卻一直沿著新詩的先驅者所開創的注重「去華求實」、「口語白描」的平淡樸實詩路，不斷有所推進。顯然，沈從文更欣賞這後一條詩路，所以他強調，「當我把詩的趣味，放在新詩最初提出那一個方向上去時，我以為之琳有幾首詩，達到了一個另外的高點，使我覺得更喜歡了。運用平常的文字，寫出平常人的情，因為手段的高，寫出難言的美。」[4] 沈從文並不吝褒貶地強調，「要熱鬧一點的詩歌，似乎已成為上海趣味所陶冶的讀者們一項權利，這權利在北方讀者看來是很淡然的。之琳的詩不是熱鬧的詩，卻可以代表北方年輕人一種生活觀念，大漠的塵土，寒國的嚴冬，如何使人眼目凝靜，生活沉默，一個從北地風光生活過來的年輕人，那種黃昏襲來的寂寞，那種血欲凝固的靜鎮，用幽幽的口氣，訴說一切，之琳的詩，已從容的與藝術接近了。詩裡動人處，由平淡所成就的高點，每一個住過北方，經歷過故京公寓生活的年輕人，一定能夠理解得到，會覺得所表現的境界技術超拔的。」[5]

如果說〈《群鴉集》附記〉對南北不同詩風之比較，或許還兼指左翼詩潮而言，那麼到評《三秋草》時，沈從文的辨析與評判就完全是專對所謂京海合流的「現代派」詩潮而論了。在文章的開篇，他就描述了自己對一類詩的印象，此類詩以「變體文字」、「病的感情」和「感覺錯綜」的修辭

4 沈從文：〈《群鴉集》附記〉，此據《沈從文全集》第 16 卷第 310 頁，北嶽文藝出版社，2002 年。

5 沈從文：〈《群鴉集》附記〉，此據《沈從文全集》第 16 卷第 312-313 頁，版次同前。

為特點，這無疑指的是上海的「現代派」詩風。沈從文認為這些上海詩人的作品就像「來路貨領帶」一樣是舶來品，乍看華麗生澀、眩目驚人而其實平平常常。所以他雖然客氣地說「我歡喜這類詩歌，」但心中其實是很不以為然的。而對以卞之琳的《三秋草》為代表的北方「現代派」詩，沈從文可謂讚美有加、歎賞不置——

> 我也愛樸素的詩。它不眩目。它不使人驚訝。它常常用最簡單的線，為一個飄然而逝的微笑，畫出一個輪廓。或又用同樣的單純的線，畫出別一樣人事。由於作者的手腕，所畫出的一切，有時是異常鮮明美麗的。它顯得不造作，不矜張。作者用字那麼貧儉，有時真到使人吃驚地步。由於文字過簡，失去一首詩外形所必需的華腴時，它不能使大多數人從諷讀上得到音調鏗鏘的快樂。用某種體裁來作詩的型範時，它比起來又常不像詩。但它常有一個境界。這境界不依賴外表的華美來達到。（這分長處就夠足抵補各種短處而有餘了。）它所寫的常常是一個作者的「心境」。作者用各樣官能去接近這個世界時，常是樣麼【這麼】安靜，就由於安靜，要說什麼，他便輕輕的說。遇到可笑的事在文字上他作得是微笑，悲戚的他只是沉默。它不誇張。它常常仿佛十分溫和，同時也十分安詳。（世界上日月星宿的光，在作者眼睛中皆好像正確一些。）它仿佛同宇宙更接近許多。它教給我們的不是血脈奮興。它不給我們感情騷亂，卻只使我們感情澄清透明。

兩相比較，顯然有褒貶之別。按，1934年伊始新文壇上就爆發了「京海之爭」，而沈從文不僅是那場論爭的發起者，而且被公認為「京派文學」的重鎮。從〈《群鴉集》附記〉到這篇評《三秋草》的文字，以及在此前後的〈現代中國文學的小感想〉（1930年）、〈窄而霉齋閒話〉（1931年）、〈上海作家〉（1932年）、〈文學者的態度〉（1933年）、〈論穆時英〉（1935年）等文來看，沈從文對京海文學差異的觀感和褒貶不僅其來有自而且相當堅持。由於沈從文乃是論爭一方的代表，所以他的觀感和評判自然難免當事者的偏見，這是我們應該有所警惕的，但其觀感和評判也不完全是偏見，而包含著一些可貴的文學洞見，那無疑是值得我們參考的，何況沈從文對他所在的京派文學陣營也並非一意回護、沒有批評。事實上差不多同時，沈從文即直言不諱地批評一些京派文學元老如周作人和俞平伯等人滑向了畸形的「趣味自由主義」、更指斥沾沾自喜的廢名其實已經墮入「趣味的惡化」[6]，這些意見就曾給我深刻的啟發。可惜的是，我們對作為「批評家」的沈從文還缺乏應有的注意。誠然，沈從文的文學批評不夠學理化，而多屬印象式的觀感，但他的印象與觀感卻不乏真知灼見。即如上述他對三十年代「現代派」詩潮內在差異的辨析就相當敏銳和準確，足以提醒我們注意這樣一個文學史事實：所謂「現代派」詩潮並非

6　沈從文：〈論馮文炳〉，《沈從文全集》第16卷第148頁，版次同前。

像我們慣常想像的那樣一道同風，而是有著不可忽視的南北京海之別，而他對造成差異的原由之提示，也啟發我們進一步去探索和思考文學史上的一些重要文學現象的同中之異或異中之同。

這種同中之異或異中之同的辨析，對三四十年代的文學研究是特別重要的工作。因為三十年代以來，新文學進入了一個分合錯綜的發展時期。所謂「分」的顯著事例有左翼文學與自由主義文學的分道揚鑣，並且不論在左翼文學陣營還是在自由主義文學圈子裡，事實上還存在著內在的分歧，即如自由主義文學就有所謂京派與海派的分張。而所謂「合」也同時存在，即使尖銳對立的左翼文學與自由主義文學其實也共用著某些文學理念如文學的真實性等等，而南北分張的京派與海派文學亦不無聲氣相通之處，如「現代派」詩潮和趣味主義文學思潮其實都是京海合流而成的，但即使在南北京海合流中仍然存在著不容忽視的分歧。面對如此分合錯綜的情形，我們特別需要注意異中之同和同中之異的辨析，才可使我們的文學史敘述免於籠統模糊之談，而做出準確到位的判斷。

與「流氓左派」的遭遇及其他：
關於沈從文沒有存底的兩封「廢郵」

〈覆王誌之函〉和〈給小瑩的信〉都是收信人在未經沈從文同意的情況下發表的，所以它們乃是沈從文自己也沒有

「存底」的兩封「廢郵」。

〈覆王誌之函〉是從王誌之以筆名「含沙」發表的一篇聲討沈從文的雜文〈廢郵存底——借用於《大公報·文藝副刊》〉中輯錄出來的。按，王誌之自20年代末以來，雖然曾以各種筆名出版有長篇小說《愛的犧牲》（1929年）、戲劇集《革命的前夜》（1930年）、中篇小說《風平浪靜》（1933年），但直到30年代中期仍然默默無聞。據其在上述雜文中的申訴，他為了維持生活，大約在1935年間曾經兩度向沈從文擔任文學編輯的《國聞週報》投稿，一篇得以發表，另一篇則留置在接替沈從文擔任《國聞週報》文學編輯的蕭乾手中，遲遲未見發表，他「不得不另找們[門]徑來活動一吓[下]」——帶著某人的介紹信去拜訪沈從文，受到熱情接待，介紹他前去與蕭乾見面，沈並答應寫信向蕭乾催問。沈從文隨後確實寫信催問了，然而王誌之的稿子仍然未能刊出。此時的沈從文已度過艱苦的歲月，成為著名小說家和京派文壇重鎮的他雖然不吝於扶助無名的文學青年，可在他看來，接任的編輯對前任留下的稿子自有決定權，不論採用或不採用都是正常的事情。然而王誌之卻覺得蕭乾不用他的稿子沒有任何理由，他聽信一些傳言再加上自己的想像，便認定沈從文的「嘍羅」蕭乾之所以滯壓他的稿子、打破他的「飯碗」，乃是由於沈從文的背後指使——「根據我所得到的消息，我之所以有今日，可以說是由於你一手造成的！」於是王誌之便在1935年12月3日致函指斥沈從文把持文壇，並揚言：「假如你要花言巧語地在你們那一幫人把持著的地盤上來興風作浪，我是絕不示弱的！假如你還要更進一步，做出什麼卑污毒辣的手段，則我仍然可以用相同的禮物敬奉的！」受到如此攻擊的沈從文還是很理智地在次日復函王誌之，說明事情的原委和自己的態度，那便是輯錄在此的這封〈覆王誌之函〉。在函末，沈從文也批評了王誌之幾句：「你若還願意作一個愛真理有理性的人，一切能放客觀一點，想想你寫了一個什麼信給我，您應當覺得害羞！」並委婉地規勸他：「貧者士之常，一個人在這個社會裡生活困難原很自然，作家文章無出路，多得很，多得很！不論從那方面說起，似乎都不應當派給一個與您不相干的人來負責。您若只為的是『求心裡舒暢』就不問事實胡亂寫信給人，實在不是一個作家應有的態度。」然則王誌之並不感到害羞，即使有所羞，也是惱羞，所以他惱羞成怒地於 12 月 5 日再次致函攻擊沈從文。這一次王誌之真如他自己所說的「一不做，二不休，撕下臉皮不要，直截了當地」「吐出心中的不平」，仿佛他和沈從文有著不共戴天的階級仇恨。一方面，他把自己的稿子未被採用這樣一件小事提升為文壇幫派的打壓以至於階級壓迫的大事，從階級論的高度上綱上線地教訓人性論者沈從文：「你缺乏認識，在先把事情看得太『平常』，在這兒又把『人』和『世界』看得太簡單了！同是一個『人』，有主子與奴才的分別，有完人與壞蛋的不同；同是一個『世界』，有黑暗與光明的差異，還有所謂

『文明』和『野蠻』的懸殊。」另一方面，由於自以為是個一無所有的無產者、一個受迫害的左翼文學青年，王誌之似乎覺得自己因此就具有一種可以「窮凶極惡」的革命精神和肆意漫罵的權力，於是他便肆無忌憚地對沈從文進行嬉笑怒罵和人身攻擊：「譬如我要派定你是胡適的乾兒子，而不拿出事實來證明，未必就可以使別人相信。假如你是有『理性』的，就應該把我那封信看清楚，指出我這人或在行動上或是在我寫出來的東西有那一點會使你們那一幫人的『印象』很不好？」「假如我要向你『承認錯誤』呢，哎呀，你又不願意。啊喲，怎麼才好呢？總而言之，只有悔之晚矣了！在這兒，我有一個相同的問題來向你提出：『我說你是個混蛋，要不承認就是個混蛋，試問你到底承認不承認？』先生，這只是個比譬，千萬不要認真！」……如此等等，不一而足。面對王誌之這些近乎下流的嬉笑怒罵，沈從文保持沉默，不再理會。但樹欲靜而風不止，王誌之仍無意就此甘休。後來，他又在1936年8月20日天津出版的《北調》月刊第4卷第2期上發表了雜文〈廢郵存底——借用於《大公報．文藝副刊》〉，借此將他和沈從文的私信公佈於衆，並聲稱自己之所以「敢於公開者，用意在於打狗，使那一批狗像相同者，稍知斂跡而已。」發表這篇雜文的《北調》月刊編輯顯然是王誌之的同調，他在署名「編輯室」的編後記中特意強調：「〈廢郵存底〉，是一篇如實地暴露所謂（作）家門[們]底把持文壇的真象[相]；也許有人以為在當前正用國防文學這一口號來號召作者群大團結起來的時候，像這種揭人之病的東西不該發表，但我以為愈是要團結，愈應該把文壇的黑幕揭開，使一些充分表示著bur[7]性格的人們，知有所懼，而後團結才會鞏固。」事情鬧到這個份上，似乎演變成了年輕的左翼作家之群與把持著文壇的為統治階級幫忙幫閒的走狗文人集團之間的鬥爭。

文壇有派別、有分歧、有矛盾，甚至有鬥爭，這原本是自然而且正常的事，只要那矛盾和鬥爭是嚴肅的是非之爭而非發洩私怨，則論爭雙方都足以讓人敬重。就此而言，王誌之對沈從文的攻擊就難說是嚴肅的了，因為究其實他的所作所為只是泄私憤而已。從王誌之的言行來看，他其實並沒有什麼非要堅持的政治和文學的嚴正立場，一切只是混碗飯吃，所以凡事只看對自己有利與否。不錯，當王誌之走上文壇之初，曾經追隨過新興的左翼文學思潮——他是北平「左聯」成員，與魯迅有些通訊聯繫——學會了一些階級分析和文化鬥爭的方法，但在創作和理論上都無獨到貢獻，生活甚且難以維持，於是便轉而向自由主義的京派文學陣地投稿，

7 按，bur看似是英語等西語語詞，其實可能是漢字拉丁化新文字，大概指的是「巴兒」狗。因為《北調》是一份帶有左翼傾向的刊物，該刊從2卷1期開始開設了「中國語寫法拉丁化及方言土話的研究」專欄，自3卷1期又分為「漢字之部」和Sin Wenzzh Bu（新文字之部），積極推動漢字 Latinxua Yndung（拉丁化運動），自3卷6期又自標為「新文字・文藝・世界語綜合月刊」，所以此處的bur很有可能是漢字拉丁化新文字。

求援於沈從文、蕭乾。為此王誌之不惜謙卑請托走門路，而一旦所求不遂，便前恭而後倨，將一腔私憤發向沈從文，其立論又回到對自己有利的左翼批判立場，其方法則是將一己的私憤變換為堂皇的公仇，誇張地把自己投稿失敗的小事情渲染成所謂為統治階級幫忙幫閒的走狗文人集團沈從文幫派勢力如何壓制左翼文學青年的大「事件」。如此行事，連王誌之自己也覺得難免「假公濟私」之譏，所以他不得不承認「這是一篇私人的舊賬，說起來，有人認為太無聊，我自己也覺得没有發表的必要」，並且連他自己也坦白「我過去為了騙稿費也放了些屁，假如這樣也被稱為『家』，則阿貓阿狗也無往而不『家』了！」既然如此，被拒不發表不也在情理之中嗎？還有什麼冤憤可訴！然而王誌之顯然有些自我中心主義和迫害狂心理，故此他認定這一切歸根到底還是由於「對方相逼太甚」——他們為什麼就不給自己發表呢？這不是有意要打碎自己的飯碗麼？……他「整個的心思」為此而糾結著，「實在是不痛快」，而且「已經忍受了幾個月了」，只有發洩一下，他方能「心裡得以舒暢一點。」所以他便「舒暢」地發洩了一通，而且是覺得怎麼「痛快」就怎麼發洩。於是「狗」、「乾兒子」、「混蛋」等等「國罵」加「革命罵」便一股腦兒傾瀉到沈從文頭上了。王誌之的「罵」顯然繼承和發揚了一些歪斜的左翼文人之「辱罵與恐嚇」的傳統，並且有意效法魯迅筆法。如前引「假如我要向你『承認錯誤』呢，哎呀，你又不願意。啊喲，怎麼才好呢？總而言之，只有悔之晚矣了！……」就顯然是在模仿魯迅嘲諷陳西瀅、章士釗及顧頡剛等人的口吻[8]，可是他「畫虎不成反類犬」。因為魯迅的「罵」乃是為了公仇和社會正義，他從不為泄私憤而罵，並且魯迅堅決反對把人身攻擊、流氓口吻的「辱罵與恐嚇」帶入文壇論爭和文化鬥爭之中。而王誌之只學到魯迅雜文文字的表面刻毒來達成其假公濟私、公報私仇之目的。「在當前正用國防文學這一口號來號召作者群大團結起來的時候，……愈應該把文壇的黑幕揭開，使一些充分表示著bur性格的人們，知有所懼，而後團結才會鞏固」，這是他和他的同調的堂皇藉口，卻正是魯迅深惡痛絕而以為首先應該掃蕩的「惡劣的傾向」——

> ……首先應該掃蕩的，倒是拉大旗作為虎皮，包著自己，去嚇呼別人；小不如意，就倚勢（！）定人罪名，而且重得可怕的橫暴者。自然，戰線是會成立的，不過這嚇成的戰線，作不得戰。[9]

究其實，像王誌之這樣自以為投身革命的左翼文人，不過是投機革命的「革命小販」和利用左翼的「流氓左派」而已。這樣的人，在三十年代文壇上為數不少，成了一個值得

---

8 參閱《華蓋集》、《華蓋集續編》、《而已集》，例如《而已集》中的〈通信〉、〈辭「大義」〉等篇。

9 魯迅：〈答徐懋庸並關於抗日統一戰線問題〉，《魯迅全集》第6卷第537頁，人民文學出版社，1981年。

研究的典型現象。對此，魯迅曾經有過深刻而且痛切的分析：「在左聯結成的前後，有些所謂革命作家，其實是破落户的飄零子弟。他也有不平，有反抗，而往往不過是將敗落家族的婦姑勃谿，叔嫂鬥法的手段，移到文壇上。嘁嘁嚓嚓，招是生非，搬弄口舌，決不在大處著眼。這衣缽流傳不絕」[10]，並一針見血地指斥他們「表面上扮著『革命』的面孔，……大半不是正路人；因為他們巧妙地格殺革命的民族的力量，不顧革命的大衆的利益，而只借革命以營私。」[11] 而其最惡劣處即是「抓到一面旗幟，就自以為出人頭地，」所以擺出一副唯我獨革的「革命總管」而其實是「奴隸總管」的架勢，肆無忌憚地攻擊、誣陷那些不聽他們指揮或者讓他們覺得不自在的人。被攻擊、被誣陷者若答理他們，則「不但毫無用處，而且還有害的」——對國家、民族、革命和文學都有害，而攻擊者反會因此獲利，因為那正好讓他們「可作為『文章』，取點稿費，靠此為生」[12]。當時的這類帶著流氓氣、行幫氣的左派文人之典型，便是打著「國防文學」旗幟來聲討魯迅兼以誣陷巴金、黃源、胡風等人的徐懋庸。所以魯迅曾以徐懋庸的攻擊函為例，懇切地告誡巴金、黃源、胡風等：「因為這信中有攻擊他們的話，就也報答以牙眼，那恰中了他的詭計。……我們決不要把筆鋒去專對幾

10　同上書第 537 頁。

11　同上書第 529-530 頁。

12　同上書第 534 頁。

個個人，『先安內而後攘外』，不是我們的辦法。」[13]王誌之可說是「流氓左派」的另一個典型，只是「名氣」比徐懋庸小多了，加上文獻湮没，知之者更少，故略作介紹如上。而令人尊敬的是，儘管王誌之對沈從文的攻擊持續了半年多，從私信發展到公開漫罵，不但無聊而且無恥，但被攻擊的沈從文卻嚴守沉默，不予置辯，採取了近似於魯迅所主張的態度。的確，對王誌之之類「流氓左派」，正如有人——魯迅？——已經正確地指出的那樣，連看他們一眼都嫌多餘。

順便說一下，所謂三十年代文壇上的「惡劣的傾向」，在我看來至少有兩種：一種即是沈從文曾經批評過的海派「商業競賣作風」，另一種便是魯迅所謂「心術的不正當」[14]的一些左翼文人的流氓行幫作風。文壇的流品不齊，原本是難免的事，而「流氓左派」的玷污左派、敗壞文壇，則尤其不可不察，因為即使嚴肅的作家——不管他們是嚴肅的左翼作家還是嚴肅的自由主義作家——也生活和工作在他們所製造的「惡劣的傾向」的環境與語境中，那就難免受到一些消極影響了。即如晚年魯迅心情之糟糕，三十年代沈從文、老舍對左翼的反感，其實都與一些「流氓左派」的行事作風有關。對這些事實，治文學史的人應該注意，更應該有所分析，而切忌把「流氓左派」就當成真正的左派，切忌把一些

13　同上書第 528-529 頁。

14　同上書第 530 頁。

嚴肅作家對「流氓左派」的反感完全等同於對整個左翼文學的合理評判——倘若那樣，則會造成雙重的遮蔽和誤解。

與〈覆王誌之函〉所應對的「流氓左派」不同，〈給小瑩的信〉要回答的是一個老友的女兒，一個天真的中學生的問候，所以沈從文的覆信寫得親切生動，趣味盎然，其中關於戰時西南聯大諸教授們艱苦守望而且「苦中作樂」的性情趣味，固然令讀者如見其人、如在目前，而沈從文殷切的家國情懷和寂寞的個人心境也不難體會，所以在此也就無須多解釋了。

需要解釋的是另外一個問題：除了顯而易見的外部壓力，四十年代的沈從文自己究竟有哪些難以解決的矛盾和難以突破的限制，以致使他在其最為擅長的鄉土敘事上既無法作出新的突破也難以重復昔日的輝煌，而陷入進退維谷的兩難困境？把輯錄在此的其他幾篇佚文及廢郵與他的相關文字聯繫起來校讀，那就多少可以看出問題的一些眉目來。

沈從文的「常」與「變」：〈《七色魔（魘）》題記〉的訊息

〈《七色魔（魘）》題記〉（以下稱〈《七色魘》題記〉）原載1944年11月1日昆明出版的《自由論壇》週刊第3卷第3期，由於《七色魘》未能按預期完整出版，而揭載〈《七色魘》題話〉的《自由論壇》乃是昆明的一份小週刊，當時即流傳不廣，戰後也存留無多，所以這篇題記也便淹没不聞了。按，在1944年1月1日出版的《自由論壇》第2卷第1期上還發表過沈從文的另一篇文章〈一種新的文學觀〉，該文後來又重刊於1946年9月1日出版的《文潮》第1卷第5期，《全集》雖然收錄了這篇文章，但依據的是《文潮》本。據此估計，《全集》的編者可能没有注意到《自由論壇》，否則，發表於同一刊物上的這篇題記就不會被遺漏了。此外，1992年嶽麓書社版和2005年江蘇教育出版社版的《七色魘》集也都失收了這篇題記。

在〈《七色魘》題記〉中，沈從文披露了不少重要訊息。

有些訊息是關於《七色魘》本身的，如《七色魘》的創作、結集、題名和文體。按，《七色魘》包括七篇作品，即〈水雲〉、〈綠魘〉、〈黑魘〉、〈白魘〉、〈赤魘〉、〈青色魘〉、〈橙魘〉七篇，因為各篇篇名多帶「魘」字，故總名《七色魘》。最早的一篇〈水雲〉1943年1月就在刊物上發表了，在1944年1月和8月又發表了〈綠魘〉、〈黑魘〉，其餘各篇後來也陸續在報刊上發表，有的篇章如〈赤魘〉和〈橙魘〉又分別演化成小說〈雪晴〉和〈鳳子〉的一部分。這是後話。據〈《七色魘》題記〉，到1944年雙十節，上述七篇作品均已完成，作者並將它們編為一集，題為《七色魘》，自稱是「一九四四年完成的一個集子」，但《七色魘》集顯然没有能夠及時出版；抗戰勝利後，上海出版公司發佈的一則出版廣告，又列入了沈從文的一部集子

《魘》[15]，那很有可能是《七色魘》集的改名。准此，則《全集》編者斷言「1949年初，作者曾以《七色魘集》為書名，編成一作品集」，所說編集時間和題名都不甚準確。關於《七色魘》的文體，作者在這篇題記中自謂：「說它是小說，實缺少小說所必需的中心故事。說它是散文，又缺少散文敘事論世的一致性。就使用文字範圍看來，完全近於抒情詩，一種人生觀照，將經驗與聯想混揉，透過熱情的興奮和理性的爬梳，因而寫成的。就調處人事景物場面看來，又不如說是和戲劇摘要相近，尤其是和那個『錯綜現實與過去，部分與全體』的電影劇本相近。」並強調說「對於文體的分類我並不發生興趣。我正企圖突過習慣上的拘束，有所實驗。這個集字[子]的各個篇章，可說是這種實驗的第一次成果。」這意味著《七色魘》乃是作者的跨文體實驗的結晶。不待說，像沈從文這樣一個業已成名而且成熟的作家，卻在其鄉土抒情敘事寫得駕輕就熟之際，如此自覺地避熟就生，轉而從事一種新的藝術實驗，這是頗為難能可貴的。自然，既是實驗，也就未必篤定的成功。這且不談——不論人們怎樣看待這些作品的文體實驗及其得失，至少有一點是可以肯定的，那就是作者確曾將這七篇作品視為同一實驗的結晶而編為一集，所以在收入《全集》時，其實是應該按照梁啟超所謂「原書篇第有可整理者，極力整理，求還其本來面目」

15 這則廣告刊登在施蟄存、周煦良主編的《活時代》半月刊創刊號上，1946年4月，上海出版公司。

16的原則，盡可能遵循作者的原意，將這七篇作品收集在一起為好。《全集》的編者既已知道作者有《七色魘》集之編，卻還是把這七篇作品分拆為兩部分，分別收入散文和小說集中，這種處理是不大妥當的。

不過，〈《七色魘》題記〉最重要的訊息卻與《七色魘》無關。事實上，在這篇題記中沈從文用了更大的篇幅來剖白其整個思想和創作的「常」與「變」。所謂「常」的一面是再次強調了其反政治功利主義的創作態度、用文學來重鑄民族感情的創作旨趣，及其既自謙而又自傲的「農民的保守性」，這些都是沈從文一以貫之且為人所周知的東西。所謂「變」的一面是沈從文在其中充分而且明確地表達了他對其鄉土小說的反省和對中國農民問題實際的再認識，較之過去，這些反省和再認識確實有很大的進展，所以特別值得注意和重視。

說來有趣的是，促動沈從文做出反省和再認識的觸媒，乃是 1944 年夏天大後方文壇上慶祝「某某先生」創作二十周年的活動，其中西南聯大國文系主任羅莘田（羅常培）關於那位作家的講演短文裡的幾句話，尤其引起了沈從文的敏感，甚至成了他這篇題記所要回答的主要「問題」。據沈從文在題記中所述，他 1944 年 10 月前的大半年都住在昆明郊外的鄉下，埋頭讀書寫作，偶爾進城一次，卻發現在自己不

16　梁啟超：《中國近三百年學術史》，見《梁啟超論清學史二種》第 405 頁，復旦大學出版社，1985 年。

知情的情況下，他的名字「被人派到為某某先生慶祝寫作二十年消息上，登載出來了」。這「某某先生」是誰，沈從文故意按下不表，或許當時的讀者不難猜出，今天的我們卻需要一點考證。好在到 1944 年從事創作正好二十年並且舉辦了慶祝活動的，不會有許多人，而有一位作家恰好符合這兩項條件，他就是老舍。查 1944 年 4 月 16 日昆明文藝界曾經舉行茶會，紀念老舍從事創作二十周年，4 月 18 日陪都重慶文藝界人士為紀念老舍從事創作二十周年，也曾舉行茶會祝賀。這些消息在當時重慶的《新華日報》和昆明的《掃蕩報》等媒體上都有報導，還有多篇祝賀詩文發表。讓沈從文敏感的，正是昆明那次慶祝活動的主席羅莘田「還有一篇演説文章發表，説到有個什麼販賣鄉土神話的作家，想打倒他的老朋友，老朋友那麼活躍，那裡打得倒！」。按，沈從文所説羅莘田的「演講文章」，應即是〈我與老舍——為老舍創作二十周年〉一文，該文就發表在 1944 年 4 月 19 日的昆明《掃蕩報》副刊上。由於沈從文蟄居鄉下，沒有及時看到這篇文章，直到他寫這篇題記的「兩個月以前，有一次進城時」經人提醒，才注意到羅莘田的文章，其時大約在 1944 年 8 月，已是那次紀念活動和羅莘田文章發表的數月之後了。沈從文所引述的那幾句話只是大意，原話在〈我與老舍——為老舍創作二十周年〉中是這樣説的——

假如，讓我這三十多年的老友説幾句話，那麼，

> 老舍自有他「不廢江河萬古流」的地方，既不是靠著賣鄉土神話成名的作家所能打倒，也不是反對他到昆明講演的學者所能詆諆。然而，我們卻不能不希望他有更偉大的成就以塞悠悠之口。[17]

雖然羅莘田所謂「靠著賣鄉土神話成名的作家」並未指名道姓，但沈從文顯然認為那影射的就是他自己。從某種意義上說，沈從文如此對號入座並非多疑的誤認。因為他不僅是三十年代以來新文壇上最著名的鄉土小說家，而且他的鄉土小說也確是以對湘西農村自然美、人性美的理想化抒敘著稱的，這給他贏得了大量讀者和諸多好評，也招致過不少批評和非議，譽之者贊為盡善盡美的田園牧歌，而批評者則恰恰認為那些田園牧歌掩蓋了中國農村社會落後、黑暗和矛盾的真相，其如詩如畫的抒寫誤導了讀者對鄉村社會現實的認知。

按照近年學術界的流行說法，當年對沈從文鄉土小說的批評主要來自意識形態化的左翼批評，這誠然但也不儘然。羅莘田就是正宗的京派學者而非左翼人士，可他的批評口氣是相當重的。並且，在羅莘田之前，一些非左翼的京派批評家和京派學人已有類似的批評，只是口氣委婉含蓄一些，所以常常被研究者們忽視了。例如，李健吾在 1937 年就把沈從文的鄉土小說與蘆焚剛問世的鄉土小說集《里門拾記》進

17 羅常培：〈我與老舍——為老舍創作二十周年〉，此據《中國人與中國文》第 121 頁，開明書店，1945 年。

行了比較評價，他雖然肯認「沈從文和蘆焚先生都從事於織繪。他們明瞭文章的效果，他們用心追求表現的美好」等共同點，但重點實在二人差異的辨析，以為「沈從文先生做得那樣輕輕鬆鬆，……他賣了老大的力氣，修下了一條綠蔭扶疏的大道，走路的人不會想起下面原本是坎坷的崎嶇。我有時奇怪沈從文先生在做什麼。……沈從文先生的底子是一個詩人。」而蘆焚的《里門拾記》則在不無詩意的抒情筆墨之下表達了幾乎完全相反的鄉土中國性相，令人感到那個鄉里村落世界的「一切只是一種不諧和的拼湊：自然的美好，人事的醜陋，」以至於李健吾如此感歎：「讀完了之後，一個像我這樣的城市人，覺得彷佛上了當，跌進一個大泥坑，沒有法子舉步。……這像一場噩夢。但是這不是夢，老天爺！這是活脫脫的現實，那樣真實。」所以李健吾比較的結論是：「蘆焚先生和沈從文先生的碰頭是偶然的。如若他們有一時會在一起碰頭，碰頭之後卻會分手，各自南轅北轍，不相謀面的。」[18] 儘管李健吾的話圓潤周到，似乎不加軒輊，但其實暗含著褒貶：比起蘆焚的作品來，沈從文的鄉土小說如詩如夢，美輪美奐，但不真實，對讀者不無誤導。這和羅莘田的批評——「靠著賣鄉土神話成名」——差不多是一個意思，只是羅莘田說得更不客氣。順便說一句，羅莘田所謂老舍「不是靠著賣鄉土神話成名的作家所能打倒」云云，似

18　劉西渭（李健吾）：〈讀《里門拾記》〉，《文學雜誌》第 1 卷第 2 期，1937 年 6 月 1 日出版。

乎也暗示沈從文對老舍有所批評。這話也並非空穴來風，只要翻翻沈從文關於抗戰「文藝運動」的諸多批評，時常隱然把老舍視為他所反對的「從政」的空頭文學家之典型（另一個常被沈從文暗諷的「從政」文人是郭沫若），並不體諒老舍在重重困難中主持「中華全國文藝界抗敵協會」的苦心和勞績。這在老舍的老友羅莘田看來，當然是不公平的，所以他在為老舍鳴不平之餘，也特意鼓勵老舍加強創作「以塞悠悠之口」。老舍在四十年代後期之專注於《四世同堂》等長篇小說的寫作，可能與所謂「悠悠之口」的譏刺及羅莘田的激勵有關。

當然，羅莘田所謂「靠著賣鄉土神話成名」的譏刺也深深地刺激了沈從文。事實上，正因為羅莘田的批評那麼重而又在那樣一個場合說出，加上他的聯大國文系主任的身份，沈從文就不能不正視、不能不做出回應，這回應就成了〈《七色魘》題記〉借題發揮的主要內容。

沈從文的回應自然難免有一些反唇相譏之詞，但更多的是嚴肅的文學反思和社會思考。

就文學的反思來看，沈從文一方面繼續譏嘲一些人「濫用作家名分作政客活動，或用社會方式支持作家地位」，繼續指責「文學思想受近代政治功利主義的影響，使一切作者與作品，附屬於一種政策，成為宣傳點綴物的趨勢」，但另一方面，當他說「某某作家」之所以「販賣點『鄉土神話』，也許只是因為所見到的『身邊神話』，實充滿了鄉愿猥瑣油滑氣息，同時他又已經學得忠恕待人，不好意思要身邊人物在他筆下受難，倒並非不能畫蟲畫鬼的」，這實際上是承認他過去的鄉土小說確有「販賣點『鄉土神話』」之嫌；並且當沈從文分辨說「黨派幫夥的包庇性，與文學的求真標準，實兩件事情」的時候，他其實還是肯認了「文學的求真標準」的正當性。承認和肯認這兩點，在沈從文是頗不容易的。如所周知，1936年沈從文在其《從文小說習作選》的序言中，曾針對人們說他的鄉土小說如《邊城》「美而不真」，而頗為振振有辭地反駁說——

> 我要表現的本是一種「人生形式」，一種「優美，健康，自然，而又不悖乎人性的人生形式」。我主意不在領導讀者去桃源旅行，卻想借重桃源上行七百里路酉水流域一個小城小市中幾個愚夫俗子，被一件人事牽連在一處時，各人應有的一份哀樂，為人類「愛」字作一度恰如其分的說明。文字少，故事又簡單，批評它也方便，只看他表現得對不對，合理不合理；若處置題材表現人物一切都無問題，那麼，這種世界雖消滅了，自然還能夠生存在我那故事中。這種世界即或根本沒有，也無礙於故事的真實。[19]

次年，沈從文又在一篇帶有自敘傳色彩的小說中讓男主人公——一位小說家——宣稱：「美是不固定無界限的名

19　沈從文：〈《習作選集》代序〉，《沈從文全集》第9卷第5頁，北嶽文藝出版社，2002年。

詞，凡事凡物對一個人能夠激起情緒引起驚訝感到舒服就是美。」[20]上述兩段話大體上代表了沈從文三十年代的小說美學觀念，因為它強調為了美感可以不在乎真實、為了讀來舒服可以回避苦難，所以不妨簡稱之為「愉快的抒情美學」。應該說，正是堅持這樣一種美學信念，那時的沈從文深深地沉浸在他所構建的田園牧歌和人性頌歌中，像〈丈夫〉那樣的關涉農民卑屈生活與悲慘命運的作品不過偶一為之，愉快抒情的他對左翼及其他批評家所要求的「生活的真實」和「文學的寫實」是不屑一顧的。而現在，沈從文終於承認了自己的鄉土小說確有點販賣「鄉土神話」之嫌，並進而肯認了「文學的求真標準」。這種反省表明沈從文對自己既往小說創作和文學觀念的不足有所認識，從而也就暗含著新變的可能。

正是循此而進，沈從文在〈《七色魘》題記〉中進而對中國的社會問題進行了較為深入的反思，尤其對農民的悲慘命運問題及其根源，有了更為接近真實的認識。他痛切地責問——

> 三十年民主政治的失敗，問題雖不簡單，然而各層統治者對於農民的殘忍毫無認識，毫無同情，唯當成一個聚斂剝削的對象，則系一種事實。在這個關係中，執刀弄棒強有力的，即成為軍閥，才氣縱橫善於

20　沈從文：《主婦》，《沈從文全集》第8卷第358頁，北嶽文藝出版社，2002年。

> 依附軍閥的，即成為政客。以下於是望[有？]官僚，有土匪，有土豪劣紳，有買辦經理，……這一切雖各有其因緣依存的意義，然而又無不直接間接寄食於二萬萬沉默無言農民的勞作生產上。
>
> 可是近三十年來，這個「多數」的農民，在中國這麼一大片土地上，活得如何卑屈，死得如何悲慘，有一個人能注意到沒有？除了攏[籠]統的承認他們的貧和愚，是一種普遍現象，可是這現象從何而起？由誰負責？是否有人能夠詳詳細細的來解釋過？…………

在此時的沈從文眼中，農民不再是在充滿自然美、人性美的田園中和諧生活的一群，他們的悲慘命運也不再是什麼不可琢磨的命運使然，而是各層統治者剥削壓榨的結果——

> 即以當前情形說，多數拖混的生存，與悲慘的死亡，就決不是他們本身命定如此，還是出[由]於一切負責者的傳統態度而形成，態度若稍稍不同，情形也就不會如此無望的。在這種不可抗的廣大災禍下，若容許他們屈於「氣運」以外，還追究到「責任」方面，則近三十年的一切上層分子，對於他們的缺少認識和同情，都將成為他們的控訴對象。他們的沉默，只證明這個多數品質優良的另一面，與他們的良善，勤儉，習性，還應當有機會能夠在明日活得更像一個人。然而一切不耕而食的人，對之卻應當愧悔，……（中略）任何高尚的政治理論和政治設計，若不奠基

> 於對這個多數沉默者的重新認識，以及對於他們的真愛，都不免成為空泛，只能延長這個民族的苦難，增加這個民族的墮落。

深感痛憤的沈從文因此反覆表白說：「對於這個多數的重新認識與說明，在當前就是一個切要問題。一個作家一支筆若能忠於土地，忠於人，忠於個人對這兩者的真實感印，這支筆如何使用，自不待理論家來指點，也會有以自見的。」「一個有良心的作家，更不能不提出這個問題：關心老百姓決不能再是一句空話」。沈從文的這些表白，事實上宣告了他結束其「鄉土神話」式的鄉土敘事和「情感錯綜」的心理敘事試驗如《七色魘》之類，而決心開始一種更注重揭示農民苦難現實境遇的新鄉土敘事之路。這無疑是一個值得讚賞的新變。當然，這種轉念並不意味著沈從文對其過去的鄉土敘事的徹底否定，而是他自覺到自己過去那些過於理想化的鄉土敘事畢竟遮蔽了農村社會的陰暗面和農民命運的悲慘真實之後，所做的自我修正。再往前回溯，早在 1934 年寫出美麗的傑作《邊城》時，沈從文就有過樸素的意識：「我並不即此而止，還預備給他們一種對照的機會，將在另外一個作品裡，來提到二十年來的內戰，使一些首當其衝的農民，性格靈魂被大力所壓，失去原來的樸質，勤儉，和平，正直的型範以後，成了一個什麼樣子的新東西。他們受橫徵暴斂以及鴉片煙的毒害，變成了如何窮困與懶惰！我將把這個民族為歷史所帶走向一個不可知的命運中前進時，一些小人物在變動中的憂患，與由於營養不足所產生的『活下去』以及『怎樣活下去』的觀念和欲望，來作樸素的敘述。」[21] 可惜這「樸素的敘述」遲遲未見，直到 1938 年創作《長河》時才有所變化，不再是單純的田園牧歌了，只是變化還不那麼自覺。就此而言，應該感謝羅莘田的那句批評——「靠著賣鄉土神話成名的作家」，話雖然難聽了些，卻格外有力地促成了沈從文的反省和改變。

的確，即使為沈從文計，愉快的抒情再美也已經足夠了，該有點變化了，而作家自身也似乎讓人們對他的進一步發展持樂觀的態度。因為就在次年的 10 月，當大多數精英知識份子還沉浸在抗戰勝利、光榮復員的歡喜之中時，沈從文卻特意寫了〈我們用什麼來迎接勝利〉一文，表達了他對社會現實的清醒認識。按，〈我們用什麼來迎接勝利〉也是一篇相當重要而迄未入集的沈從文佚文。在該文中，沈從文沒有像其他人那樣暢發勝利感想，而是歷數八年抗戰積累的種種社會問題：「到處見出國家組織上的弱點，弄得個社會亂糟糟，農村則老弱轉乎溝壑，壯者散之四方，真是非千言萬語所能盡。兵士則萬千有用壯士，病餓而死的比戰死還多數倍。更由於財富集中到少數有權勢者手中，政府無能力調處，使得國內萬千正當公務員八年中長久在饑餓線上掙扎。」在文末他發出了這樣的號召和告戒：「因此迎接勝利

21 沈從文：〈《邊城》題記〉，《沈從文全集》第 8 卷第 59 頁，北嶽文藝出版社，2002 年。

固多方，我們卻希望知識份子對現實能有更多理解，更深刻認識，以及更充分否定勇氣」。如此清醒的現實批判意識在當時是殊為難得的，所以它自然使人們更有理由對沈從文的思想和創作之發展產生更大的期待。

「寄語上官碧，可憂下民紅」：
「鄉下人」的經驗與「自由派」的立場之窘困

按說，從寫作〈《七色魘》題記〉的 1944 年 10 月到新中國成立的 1949 年 10 月，沈從文應有足夠的時間如他所宣告的那樣在鄉土敘事上貢獻出「有以自見」的創新，但事實是他在這期間的創作，除了寥寥數篇囉囉嗦嗦、了無新意的鄉村傳奇與抒情之作外，並無真正進展，後來甚至重新為其既往的田園牧歌式的鄉土敘事辯護，給人原地踏步、欲進反退之感。

事情為什麼會是這樣？輯錄在此的另外兩篇沈從文佚文及其他相關文字，或多或少地傳達了一些耐人尋味的訊息。〈新廢郵存底．四十二．經驗不同隔絕了理解〉和〈兩般現象一個問題〉是《沈從文全集》失收的兩篇文字，它們接連發表在 1947 年 2 月 15 日出版的《人民世紀》第 1 卷第 8 期和同年 3 月 1 日出版的《人民世紀》第 1 卷第 9 期上。順便說一句，這份《人民世紀》週刊是在天津出版的；而在此前的 1946 年，上海也有一份《人民世紀》週刊出版。前一種《人民世紀》的撰稿人是京津的文人學者，大多屬於自由主義知識份子，後一種《人民世紀》的撰稿人是上海的文人學者，多是中間偏左的知識份子。在四十年代後期差不多同時，一南一北出現了兩份同名為《人民世紀》的刊物，不約而同地把自己的言論訴著於「人民」，可見「人民革命」的大勢所趨，真是形勢比人強；然而如此不約而同地以「人民」相號召，並不一定就意味著兩刊論者「英雄所見略同」，實際上倒可能是南轅北轍的。

這種「似而不同」尤其表現在對占中國「人民」大多數的農民問題的理解上。如所周知，這其實是中國共產黨及其屬下的左翼作家等知識份子最關心的問題，並且他們多年來一直在為此而艱苦奮鬥著；而從〈《七色魘》題記〉來看，四十年代中期的沈從文終於突破了他以往的「美與善」的靜觀，而看到了中國農民的現實處境及其悲苦命運的根源，並且深切地體認到如何解決這個「大多數」的問題，對重建「民族」和「國家」至關重要。可是，這個難得的「所見略同」在看似接近的表像之下，卻包含著巨大到不可通融的分歧。那分歧，既可能源於沈從文所謂雙方「經驗不同隔絕了理解」，更可能由於二者立場的不同而難以溝通。

立場的分歧，影響到的將不僅是「看法」，而且關係到「辦法」。誠如沈從文在〈《七色魘》題記〉中所說，「關心老百姓決不能再是一句空話，任何高尚的政治理論和政治設計，若不奠基於對這個多數沉默者的重新認識，以及對於他們的真愛，都不免成為空泛，只能延長這個民族的苦難，增加這個民族的墮落。這種新的情感的產生，顯然不是單憑現代政治標榜的主義所能見功，實有待於重新找尋辦法。」關鍵就在如何解決農民苦難處境的「辦法」上，因為立場的不同，解決的辦法就不同。沈從文正確地看到國民黨及其所代表的各層統治者是「没辦法的」，因為他們是靠剥削農民而生存的既得利益者，正是問題的根源；他也敏感到共產黨是「有辦法的」，但共產黨的那種階級鬥爭的「革命」辦法，又是他所自認的「農民的保守性」和他未明言的「自由主義知識份子的保守性」所無論如何也不贊成的。事實上，早在1944年沈從文就開始擔心國共雙方因此而產生的衝突，「這個衝突的根本存在，若出於個人，尚不妨事；若出於代表某種多數集團，觀念情感的凝固，自然即形成政治上的分張，使國力從這個對立中消耗復消耗，毫無方法可以調處。譬如當前西北情形，即可作例。目前交涉的停頓，而在停頓中只增加國力的耗損，是極顯明的。」抗戰勝利後果然內戰再度爆發，沈從文對國民黨的統治固然失望以至絕望，而對共產黨領導的革命更感不解而且恐懼。所以，他對內戰的兩派——保守腐敗的國民黨和激進革命的共產黨，都持反對態度，在四十年代後期的不少雜文中對內戰雙方各打五十大板，以為「任何民族，決無將人民用饑餓與殺戮兩種方式加以收拾，剩下一群有錢有勢偉人，而能立足於世界也」[22]。

22 沈從文：〈試談藝術與文化——北平通訊之四〉，《沈從文全集》第14卷第389頁，版次同前。

但相比較而言，沈從文更懼怕也更反對革命。這一點往往被當今的研究者有意無意地掩飾掉了，那當然是出於維護沈從文清白無辜的好意。如此一來，沈從文自四十年代後期以來思想上日益加重的痛苦、心理上愈來愈嚴重的恐懼，以及創作上的欲進還退直至擱筆不作，也就只有一個解釋——來自「主流」即共產黨和左翼文人無端的政治迫害。這種在目前很流行的解釋當然不無道理，但它只注意到了革命的政治及其文化人對沈從文的不理解和批判，卻完全無視沈從文對革命的不理解以至反對，並且對沈從文的「農民」概念不加分析，彷彿那就代表了廣大的下層農民的利益和要求，其結果是在我們的文學史敘述中又多了一個可以大加聲討的大冤案，卻無助於解釋上世紀四五十年代中國社會大變動之交政治與文學的複雜糾結。

事實是，這種複雜的糾結在四十年代後期的沈從文那裡有頗富意味的表現。如上所述，就在1947年2月15日出版的《人民世紀》第1卷第8期上，沈從文發表了他的〈新廢郵存底·四十二·經驗不同隔絕了理解〉，重新肯定了他過去的鄉土敘事和農民的善良，並抱怨別人因為「經驗不同」不能理解他過去的鄉土敘事作品。而在緊接著的第1卷第9期《人民世紀》上沈從文又發表了雜文〈兩般現象一個問題〉，重新揭出了「國家重造，應從『人』的重造開始」的救國救民之道。這一信一文對他1944年曾經痛心疾首的農民「卑屈」與「悲慘」的命運問題，都不再提了。可恰巧就在此時而且就在沈從文的朋友中間，卻有人憂心忡忡地拿「下民」的悲慘命運及其有可能走向革命的問題來詢問沈從文。提問的是一個署名「友松」[23]的人，他在第1卷第9期《人民世紀》所載沈從文文章的同一頁之下半欄上發表了一首紀行的古體詩〈述行踪——孟實從文〉，該詩寫於1947年2月7日天津旅次，表達了作者「蕭蕭出燕市」之後一路看到「道旁多新鬼，驛舍有廢墟」的觀感，而後出現了這樣兩句：「寄語上官碧，可憂下民紅？」如所周知，「上官碧」乃是沈從文的筆名，「友松」亦夾註說明是「從文筆名」。聯繫那個「人民革命」的歷史語境，說「下民紅」之「紅」隱喻著「革命」，大概不算牽強的解釋吧。儘管此時的「國軍」仍然佔據軍事上的優勢，而《人民世紀》的主編張才中在同期發表的打頭文章仍然題為《請珍重自己的歷史吧！——今日國是仍期待國民黨的努力》，但「友松」卻沒有張才中那麼樂觀，他「蕭蕭出燕市」，從民不聊生的現實中敏感到「下民紅」的危險，充滿憂慮地寫詩詢問常以「鄉下人」自居的上官碧即沈從文：「可憂下民紅？」這一問可

23 按，有兩個「友松」可能與沈從文有關：一是陳友松，湖北京山人，留美博士，教育學家，曾為西南聯大教授、北京大學教授，他在40年代經常同沈從文在同一報刊上發表文章，有些刊物就是沈從文編輯或參與編輯的；二是張友松，湖南醴陵人，出版家兼翻譯家，1927年北京大學英文系肄業，先後創辦春潮書局、晨光書局，兩書局都出版過沈從文的作品。此處的「友松」究竟是哪一個，待考。

謂意味深長——「友松」所謂「憂」其實兼有「憂懼」的雙重意味。

然則沈從文究竟憂也不憂？作為一個自由主義知識份子，沈從文對共產黨領導的革命自然有憂懼而且表示反對，見於他四十年代後期的多篇文章，這是無須諱言的也是可以理解的。至於對「下民」和農民，沈從文則是有憂有不憂、前憂後不憂。這需要具體分析，不可一概而論。如前所述，他 1944 年在〈《七色魘》題記〉裡確曾深為憂憤地指斥：「近三十年來，這個『多數』的農民，在中國這麼一大片土地上，活得如何卑屈，死得如何悲慘，有一個人能注意到沒有？」並且正是有激於此，他曾經發願說自己的筆將會對此「有以自見」。然而，沈從文的這種憂憤似乎並沒有保持下來、發揮出來。從他當時和此後所寫的小說和散文來看，農民的生活看來並不錯而且似乎相當安穩。例如就在他的《七色魘》之一的〈綠魘〉裡，寫一個來自昆明的大學教授「我」（這個「我」顯然帶有沈從文的身影）來到呈貢縣鄉下找房子，很幸運的是「我」不僅找到了一所好房子，而且還攤上了一個好環境和好房東，於是作者情不自禁地抒情道——

> 「房子好，環境好，更難得的也許還是這個主人。一個本世紀行將消失、前一世紀的正直農民範本」。

從下文的敘述，我們知道這個「農民」好生了得，他的房子建設了整整十二年，不但龐大堅實，非比尋常，而且雕花石鼓，富麗堂皇，全呈貢縣裡數第一！至於能夠造起這樣一所大房子的那個農民如何正直，作者沒有描寫，讀者自然難得其詳。而查有關資料，沈從文1939年5月11日曾經為了尋租房子而來到呈貢縣楊家大院，「楊家大院為當地一大鹽商所有，建築很是講究。後來沈從文一家即住在前樓兩間正房裡，從房中可把附近滇池和西山的風光盡收眼底。楊家大院背靠一片山坡，沈從文閒暇時常躺在草地上看浮雲變化，思索人生，……」[24]這或許就是〈綠魘〉裡那個「正直農民範本」的家之範本吧。這樣一個大鹽商的家院和家業，大概是《邊城》裡的船總父子所無法比擬的，而與著名晉商喬致庸在山西祁縣的宅第喬家大院相仿佛吧。不過，在沈從文的家鄉也不能說沒有近似的，例如芷江縣的熊公館就未必遜色多少。所謂「熊公館」乃前清進士、民初國務總理熊希齡（字秉三）在芷江縣的老家。如所周知，1947年末沈從文曾為此寫過一篇散文〈芷江縣的熊公館〉，那正是「友松」問他「可憂下民紅」之後。其時熊希齡已經去世十年，身後不免寥落，然而縱使如此，老瘦的駱駝比馬大，其老家仍然架子未倒，儼然《紅樓夢》中的榮寧二府一般。沈從文在文中雖然稱熊家為「地主人家」，但他的「地主」並不是一個階級分析的概念，在他這個「鄉下人」眼裡，地主和佃户都

24 吳在勇：《沈從文年譜》第216頁，天津人民出版社，2006年。

是農民，只不過一有田，一無田而已，而只要相關的雙方都能出以正直善良、忠恕淳厚，加上樂天知命，那就不會造成彼此的矛盾；所以他的這篇散文的一個顯著特點便是，一邊描繪著熊公館的闊大風雅，一邊表現著主人的老母等如何忠厚寬和，始終營造出一種尊卑有序而又主僕一家的和諧關係。作者不厭其煩表現的尤其是後一點——

> 兩側長廊簷楹下，掛著無數臘魚風雞鹹肉。當地規矩，佃戶每年照例都要按收成送給地主一點田中附產物，此外野雞、鵪鶉、時新瓜果，也會按時令送到，有三五百租的地主人家，吃來吃去可吃大半年的。老太太心慈，照老輩禮尚往來方式，凡遇佃戶來時，必回送一點糖食，一些舊衣舊料，以及一點應用藥茶，總不虧人。老太太離開家鄉上北京後，七太太管家，還是凡事照例。所以這種禮物已轉成一種負擔，還常得寫信到北京去買藥。第三進房子算正屋，敬神祭祖親友慶吊禮節全在這裡。除堂屋外有大房五間，偏房四間，歸秉三先生幼弟七老爺住。七老爺為人忠恕淳厚，樂天知命，為侍奉老太太不肯離開身邊，竟辭去了第一屆國會議員。可是熊老太太和幾個孫兒女親戚，隨後都接過北京去了，七老爺就和體弱吃素的七太太，及兩個小兒女，在家中納福。在當地紳士中作領袖，專為同鄉大小地主抵抗過路軍隊的額外攤派（這個地方原來從民三以後，就成為內戰部隊移動來往必經之路，直到抗戰時期才變一變地位，人民是在攤派捐款中活下來的。）遇年成饑荒時，即用

> 老太太名分，捐出大量谷米拯饑。加以勤儉治生，自奉極薄，待下復忠厚寬和，所以人緣甚好。凡事用老太太名分，守老太太作風，尤為地方稱道。第三院在後邊，空地相當大，是土地，有幾間堆柴炭用房屋，還有一個中等倉庫。倉庫分成兩部分：一儲糧食，一貯雜物；雜物部分頂有趣味，其中關於外來禮物，似乎應有盡有，記得有一次參加清理時，曾發現過金華的火腿，廣東的鴨肝香腸，美國的牛奶，山西汾酒，日本小泥人，雲南冬蟲草，……一共約百十種均不相同。還有毛毛胡胡的熊掌，幹不牢焦的什麼玩意兒。

這頗有點現代榮國府的氣息，然而饒是曹雪芹筆下有情，他在《紅樓夢》裡也用烏進孝收租、劉姥姥進大觀園等情節略加平衡並寓反諷，而沈從文對「芷江縣的熊公館」主人們富而有仁幾乎可說是津津樂道、備極推崇。自然，沈從文是為一位去世的鄉前輩寫紀念文章，按所謂「歸美逝者」的慣例，多所美言是可以理解的，但即是如此，把一位在現代政治上並無什麼建樹的舊官僚兼大地主及其家人美化到如此程度，也殊為少見——這樣的文章縱使在古代也難免美而近諛之譏的。而倘使沈從文對「熊公館」主人忠厚寬和及由此形成的尊卑有序、主僕一家的和諧關係之描寫是由衷之言，那更提醒人們對他一貫表白的「鄉下人」身份和「農民的保守性」，還是應該有所分析，而不要一味聽任輕鬆愉快的美感，想當然把他理解成「下民」的代言人。其實緊接著，沈從文就在1948年初顯然既反內戰也反革命的長文〈新黨中一個湖南鄉下人和一個湖南人的朋友〉中，極盡恭維地禮贊熊希齡「終其一生，性格上的博大與悲憫，卻多少可看出一點消息。這是一個真正的湖南鄉下人，唯其為鄉下人，才能把偉大與素樸，一同溶接於全人格中，見出明朗溫静的光輝」，並贊揚他有攬轡中原澄清天下之壯懷大志[25]，幾乎揄揚到無以復加的地步。沈從文未必意識到，但事實上出身於軍官世家的他原本就不是個單純的下層「鄉下人」，而他所謂的「農民」或「鄉下人」在不少時候乃是「地主」，當然是他想像中的正直善良、仁義待下的「地主」。由於這種特別的「鄉下人」情意結在沈從文是如此的根深蒂固，以致他一下筆就情不自禁地流露出來，此所以沈從文四十年代中後期所寫的一些關於湘西的「鄉村傳奇」或鄉土抒情之作，仍然承續著他的湘西小說的一貫旨趣，其筆下的人物無論是「上民」還是「下民」，無不隨性任命或隨情任性地生活著，既有詩性又有傳奇性，而惟獨少見所謂「卑屈」與「悲慘」及因此而應有的造反的「蠻性」。是啊，既然一切看來都是一個和諧社會，沈從文又何憂之有？

然則包括「下民」在內的農民當真是生活在那麼一個和諧社會麼？那其實是未必的。仍以沈從文的家鄉湘西為例吧，差不多同時的另一位作家就提供了幾乎完全不同的湘西觀感——

---

25 沈從文：〈新黨中一個湖南鄉下人和一個湖南人的朋友〉，《沈從文全集》第14卷第293頁，版次同前。

正和許多旅行者常有的懷抱一樣，我希望在旅途中遇到甚麼人生的奇跡，甚至於帶了一本新出的歌集，準備在被土匪捉了的時候，請他們不加殺害，我教他們唱歌。但在實際生活中，平凡往往多於奇異。我沒有聽到不平常的事，只看見了豪紳地主掌權的地方慣有的人民大眾的愁苦。

這裡所說的人民大眾，包括著漢苗。湘西永綏、乾城和鳳凰一帶，是漢苗雜居的地域。……（中略）

……（中略）

在乾城、箄子坪和得勝營，我都遇到了場期（「場期」指趕集的日子——引者），但沒有看見苗女的盛裝，也沒有聽到男女之間優雅的情歌。朋友告訴我，近年因為時世不甯，苗女的盛裝不常見了。幾斤重的富豪們的銀飾，大都埋藏在地下。好的衣服也都收著不穿了。苗歌也不常唱，生活太艱難，唱的和聽的，都沒有心情。

自然嘉惠於湘西人民的恩澤，非常的微薄。湘西和貴州一樣，不毛的山嶺，多於肥美的平地，「地無三尺平」，是描寫這裡的恰當的成語。苗民和漢民的貧民，終年吃不到大米和小麥。……（中略）刻苦的人家，酸菜都不吃，只啣一小塊鹽巴，就這樣咽飯。

和人民生活的簡陋相對照，政府的捐稅卻非常的繁複。豪紳地主的官兒們，對於捐稅名目的創造，很有天才，想像力非常的豐富。湘西的雜稅，不下幾十種。……（中略）

除了繳納苛雜外，農民還有屯租的重負。到了民國，因為苗民久不反抗，屯田制度廢弛了。那些屯田，由湖南省當局分給苗民耕種，收取百分之五十以上的田租。農民總是舊欠未清，雜租又起。「八一三」事變以前，苗民不堪其苦，作過一次大規模的抗屯運動。這次運動被奸人所賣，又失敗了。苗民依然在苛雜和屯租雙重的軛下，悲愁的過活。下面是一首敘述屯租之苦的苗歌：

朝荷鋤，夕荷鋤，年年月月欠屯租，
男耕田，女耕田，子子孫孫欠餉錢。
一年到頭替人鋤，苗家沒有一塊土，
終生勞碌替人耕，苗家沒有地安身。
……（中略）

湘西的濃霧，籠罩著群山，也籠罩了群山之間這些人間的悲慘和黑暗。

湘西，你到什麼時候，才能看得見太陽？
高山哪有長長霧？
雲霧收了見太陽。

在夜晚，在所裡一間小房子裡，老石有些憂愁，卻也不無信賴的唱著這個他所愛唱的苗歌。[26]

這篇文章發表在四十年代的延安刊物上，作者署名「立波」，應即沈從文的湖南老鄉周立波。把周立波對湘西的描寫和沈從文筆下優美和諧的湘西相對照，顯然是迴不相侔的兩個世界。如此懸殊的差異，如果像沈從文所說的那樣，只是由於各人「經驗不同隔絕了理解」所致，那自然無話可

26 立波：〈霧裡的湘西〉，載 1940 年 4 月 5 日延安出版的《中國青年》第 2 卷第 6 期。

說。可是對周立波所說的一切，沈從文是真的不知情嗎？從〈《七色魘》題記〉中那些悲憤地為農民請命的話來看，沈從文其實是瞭解實情的，並曾因此發願說自己的「這支筆如何使用，自不待理論家來指點，也會有以自見的」，這可見他也不是無動於衷。既然如此，沈從文後來的創作又為什麼沒有按照他已經肯認了的「文學的求真標準」去如實揭示農村社會的黑暗現實和農民的悲慘命運，反倒在四十年代後期再次為其過去的那種「神話」般美麗的鄉土敘事辯護，並且宣稱「我們似乎需要『人』來重新寫作『神話』」呢[27]？

這的確是一個耐人尋味而又並不費解的問題。耐人尋味，是因為沈從文逡巡不前、欲進還退的表現，顯露出進退失據的窘相；並不費解，是因為把他的這種看似奇怪的表現放在他的思想實際中來看，原本就在情理之中。究其實，沈從文不是不知、不憂下民之苦，而是更憂「下民紅」即怕他們起來鬧革命。就此而言，他的「經驗不同隔絕了理解」的自我辯解還不夠中肯，因為與經驗不同相關的，更有立場的不同。他之所以逡巡不前、欲進還退，即在於他雖然認識到了占中國人民大多數的農民的悲慘命運及其現實根源，但他隨即就發現倘若他如實地去揭露和表現這一切，那必然會在客觀上帶來動搖現存社會秩序、呼應「人民革命」的效應，而動搖現存社會秩序乃是他的根深蒂固的「農民的保守性」

27 沈從文：〈北平的印象和感想〉，《沈從文全集》第12卷第286頁，北嶽文藝出版社，2002年。

所不能贊同的，「人民革命」則是他所秉持的「自由主義知識份子的保守性」所深為憂慮而且難以接受的。所以，說了歸齊，沈從文在激昂地為農民請命之後，卻終於悄然放棄了激昂的諾言而未能在創作上「有以自見」，歸根結底就是為此。

不待說，要沈從文去為革命而寫作，那是不可能的，也沒有必要苛求他；可是身為「鄉下人」的他，大半生寫了那麼多謳歌鄉村社會美麗和諧的愉快抒情之作，而像〈丈夫〉那樣揭示下民「活得如何卑屈，死得如何悲慘」的不愉快之作卻寫得那麼少，這畢竟是有失平衡、過於單純了。所以，沈從文後來曾經追悔莫及地在《丈夫》書影邊上寫下這樣的題識：「我應當和這些人生命在一處，移植入人事複雜的大都市，當然毀碎於一種病的發展中。」「這應當是舉例用最合長處一例。可惜不知善用所長，轉成下墜，終沉覆於世故圍困中。」[28] 這些話雖然是沈從文在 1949 年初的那段特殊的精神狀況下寫的，但還是比較真實地表露了他的愧悔的心聲。這也提醒我們，在繼續欣賞沈從文優美的湘西抒情敘事的同時，對他的「鄉下人」的經驗與「自由派」的立場之限度，應該有所認識。

夏志清在其《中國現代小說史》中對沈從文的評價影響廣泛，他特別強調說——

28　沈從文：〈題《沈從文子集》書內〉，《沈從文全集》第 14 卷第 457 頁，北嶽文藝出版社，2002 年。

> 在北京苦寫了兩年後，沈從文漸露頭角，開始受到英美派胡適、徐志摩、陳源等人的注意。……表面看來，這一批英美派教授和學者跟這個連一句英文都不會說的「鄉下人」實在沒有甚麼相同的地方。……他們對沈從文感興趣的原因，不但因為他文筆流暢，最重要的還是他那種天生的保守性和對舊中國不移的信心。……胡適等人看中沈從文的，就是這種務實的保守性。他們覺得，這種保守主義跟他們所倡導的批判的自由主義，對當時激進的革命氣氛，會發生撥亂反正的作用。他們對沈從文的信心沒有白費，因為胡適後來致力於歷史研究和政治活動，徐志摩一九三一年撞機身亡，陳源退隱文壇——只剩下了沈從文一個人，卓然獨立，代表著藝術良心和知識份子不能淫不能屈的人格。[29]

同樣影響廣泛的是，郭沫若在 1948 年 3 月也曾把沈從文視為自由主義文人的首領，並特別強調說沈從文「一直是有意識的作為反動派而活動著」[30]。把夏志清和郭沫若的話兩相對照，他們其實不約而同地指證了同樣的事實，所不同的只是夏欲褒而郭欲貶而已。由於顯然地心存褒貶，所以夏志清和郭沫若的話都難免誇大之嫌，然而所謂誇大仍然是對

---

29 夏志清：《中國現代小說史》第 165-166 頁，香港，中文大學出版社，2001 年。

30 郭沫若：〈斥反動文藝〉，《大眾文藝叢刊》第 1 期《文藝的新方向》，香港，1948 年 3 月 1 日。

事實的誇大，並不意味著夏志清和郭沫若的話都是捕風捉影之談。人們只要稍做耙梳即不難發現，沈從文對鄉土中國之自然狀態與禮俗傳統之迷戀，及其反對社會革命的自由主義立場之保守，確是不可諱言的事實，並且這一切在郭沫若的批判之前就多所表現了。尤其是 1946 年 8 月重回北平和北大後，沈從文頻頻接受採訪、不斷發表言論，反覆重申其「鄉下人」的經驗和京派的自由主義立場，而對非自由主義的文藝以及革命運動則頗多譏刺與批評。最突出的事是他在該年 11 月初發表長文〈從現實學習〉，獨標京派文學為正道，而在京派文學中又不客氣地以他自己的生活經驗和文學經驗作為健康的典範，至於三四十年代的其他文學——從左翼文學、海派文學直至抗戰文學運動，則差不多統統被他視為文學的病態或歧途，連帶著被嘲諷和否斥的還有方興未艾的學生民主運動和革命政治實踐。記得 20 年前在舊報上初讀此文，曾讓我頗感意外，不解沈從文如此不留餘地地貶損異己、高自標置，究竟所為何來？直至讀到文章的末尾部分，才明白他這樣做乃是出於文學與政治上強烈的使命感，而那使命感恰與夏志清所謂胡適等人的期望相呼應——

> ……二十五年前我來這個大城中想讀點書，結果用文字寫成的好書，我讀得並不多，所閱覽的依舊是那本用人事寫成的大書。現在又派到我來教書了。說真話，若書本只限於用文字寫成的一種，我的職業實近於對尊嚴學術的嘲諷。因國家人才即再缺少，也不

> 宜於讓一個不學之人，用文字以外寫成的書來胡說八道。然而到這裡來我倒並不為褻瀆學術而難受。因為第一次送我到學校去的，就是北大主持者胡適之先生。民十八年左右，他在中國公學作校長時，就給了我這種難得的機會。這個大膽的嘗試，也可說是適之先生嘗試的第二集，因為不特影響到我此後的工作，更重要的還是影響我對工作的態度，以及這個態度推廣到國內相熟或陌生師友同道方面去時，慢慢所引起的作用。這個作用便是「自由主義」在文學運動中的健康發展，及其成就。這一點如還必需擴大，值得擴大，讓我來北大作個小事，必有其意義，個人得失實不足道，更新的嘗試，還會從這個方式上有個好的未來。[31]

從這些話語裡不難看出，時當民族抗戰慘勝之後、國家玄黃未定之秋、文學何去何從之際，沈從文顯然充分地自覺到胡適等當年栽培他的苦心和今日讓他重回北平、北大的用心，所以他才自告奮勇地表示要繼承胡適的自由主義衣缽，努力在文壇上發揮撥亂反正的獨特作用。如此當仁不讓的擔當，在那個時刻當然並不完全是個純文學的行為，無疑包含著用文學來抵抗政治革命、為自由主義收拾人心的意圖。對

---

31 〈從現實學習〉連載於1946年11月3日、10日天津《大公報·星期文藝》第4-5期，該文也在上海《大公報》刊載，此處引文據《沈從文全集》第13卷第394-395頁，北嶽文藝出版社，2002年。

此，沈從文也不諱言——

> ……在目前局勢中，在政治高於一切的情況中，凡用武力推銷主義寄食於上層統治的人物，都說是為人民，事實上在朝在野卻都毫無對人民的愛與同情。在企圖化干戈為玉帛調停聲中，凡為此而奔走的各黨各派，也都說是代表群眾，仔細分析，卻除了知道他們目前在奔走，將來可能作部長、國府委員，有幾個人在近三十年，真正為群眾做了些什麼事？當在人民印象中。又曾經用他的工作，在社會上有以自見？在習慣上，在事實上，真正豐富了人民的情感，提高了人民的覺悟，就還是國內幾個有思想，有熱情，有成就的作家。在對現實瀕於絕望情形中，作家因之也就特別取得群眾真實的敬愛與信託。然而一個作家若對於國家存在與發展有個認識，卻必然會覺得工作即有影響，個人實不值得受群眾特別重視。且需要努力使多數希望，轉移到那個多數在課堂，在實驗室，在工作場，在一切方面，彷佛默默無聞，從各種挫折困難中用一個素樸態度守住自己，……[32]

顯而易見，沈從文的話是守中有攻的，並且凡所攻守都既是文學的也是政治的，所以比起蕭乾稍早些時候那篇吞吞吐吐的文章——1946年5月5日上海《大公報》社評〈中國文藝往哪裡走〉，沈從文的〈從現實學習〉把自由主義者的

32　同上書第395-396頁。

立場表現得格外分明而且義正詞嚴。應該說，〈從現實學習〉既是沈從文個人保守的「鄉下人」經驗和保守的自由主義立場之集中的宣示，也是他對自由主義的同道文人的積極召喚。在文章的結尾之結尾，沈從文就特別鄭重地提示說——

> 我希望用這個結論，和一切為信仰和理想而執筆的朋友互學互勉。從這結論上，也就可以看出一個鄉下人如何從現實學習，而終於彷彿與現實脫節，更深一層的意義和原因！[33]

隨後的事實表明，不論是自由主義文學陣營還是革命文學陣營，都及時地並且準確地看明白了沈從文的意思。此所以自 1946 年歲末以後，對於沈從文的呼應和針對他的批判也就並非偶然地一併增多了，而不論呼應還是批判，也都是文學而帶政治的。事實上，四十年代後期革命文學陣營和自由主義文學陣營的那場攻戰，就是由此真正開場並且迅速升溫的。

今天的我們重新檢討那場論爭，並不難體會論爭雙方各自主張的合理性及其片面性，但當年陷入論爭中的雙方卻都不但不能接受、並且不願理解對方的立場：一方面，革命——不論它後來有什麼樣的消極後果——在當年確已是民心

33　同上書第 396 頁。

之所向、中國之所需、大勢之所趨，所以不但蔣介石無法阻止它，恐怕連「最偉大的湖南人」即沈從文的老鄉毛澤東也無法使它停下來，因而與之相伴的革命文藝也便理直氣壯、勢不可擋，並且革命文人對人民大衆的關愛也確乎出自真誠的感情而並非只是階級邏輯的簡單推演。對此，沈從文從其自足的「鄉下人」的經驗和既定的自由主義立場出發表示難以理解、不能接受、甚至表示反對，這原也在情理之中，因為他敏感到這個革命和革命文學必然把他珍愛的「鄉土社會」連根拔起、必然傷害他所珍重的個人自由和文藝自由。這敏感並非多慮。另一方面，不論沈從文自己覺得他的宣言是多麼的真誠和合理，並且不論他的「鄉土」敘事以及「看虹摘星」之類的創作具有多麼純正的文化和文學意義，但在郭沫若等革命文人看來都難以掩飾其反對社會政治革命、維護既成社會秩序、固執精英趣味的底蘊。革命文人的這種判斷也不能說是看走了眼的誤斷和沒有根據的污蔑。當然，雙方這樣的矛盾和對立最好不要發生。然而，沈從文不能理解革命及革命文學的必然性和合理性，革命文人也不能理解沈從文的不理解，更反感於他以為民請命、維護自由之名來反對革命和革命文學，雙方如此這般互不理解、各是其是、彼此衝撞的矛盾，或許正是那個空前絕後的大革命時代必有的悲劇性衝突，所以它發生了也不奇怪——如果攻戰的雙方在當年就能夠相互理解、和諧共處，那倒是有點讓人難以理解了。說到底，不論以郭沫若為代表的革命文學陣營還是以沈從文為代表的自由主義文學陣營，都在為各自的理想和信仰而戰，但哪一方都沒有絕對地佔有真理，只是當時時代的首要課題是建立一個統一的現代民族國家、一個以人民為主體的共和國，而革命政治及其文藝無疑更準確地抓住了當時中國社會的現實需要、更切合人民群衆的迫切要求，因而一時大行其道，終至於在獨霸中走向反面；自由主義的政治與文藝主張則只反映了精英知識份子的願望而並不能「取得群衆真實的敬愛與信託」，所以也便難免暫時受挫了。

回頭再看沈從文，他在革命風暴過後堅決地放棄了文學，而轉行搞文物研究了，直至終老，留給人們的則是一個似乎經久不息的憾問：假如沈從文仍然保守他的鄉土經驗並且仍然堅守他的自由主義立場，而時代又容許他比較自由的繼續寫作，他的鄉土敘事或許還會有比《邊城》更出色的收穫吧？我知道，這個憾問乃是許多愛好和研究沈從文的人所共有的，我自己就是這樣的愛好者之一，也曾經這樣憾問過，所以也頗能理解大家如此憾問中所預設的答案和批判的意向之所指。然而，同情歸同情，事實歸事實，如今拜讀新編的《全集》、重理過去的問題，卻覺得即使時代容許沈從文那樣做，他其實也很難給自己和讀者一個滿意的結果。因為，一則在真切明瞭農民「活得如何卑屈，死得如何悲慘」的現實之後，一個有良知的作家委實難有好心情再去寫些充滿詩情畫意的田園牧歌了，二則即使沈從文有那份好心情，可要想重複寫出如《邊城》那樣的田園牧歌傑作，也是不大可能的事。事實上，沈從文在四十年代中後期也確曾「欲進還退」地試圖重新寫些關於鄉土中國的美麗「神話」和「傳奇」，但成就平平，了無起色。這也印證了一個老掉牙的文學原理——創作之所以為創作，就在於它不可重複，連作家自己也難以重複自己。

如此看來，夏志清的判斷也有可補充的餘地，那就是「鄉下人」的經驗和「自由主義者」的立場，在顯著地成就了沈從文的同時，也顯然限制了沈從文的發展——從人生到創作皆然。就此而言，沈從文的轉行委實有些「塞翁失馬焉知非福」的意味，晚年的他就曾坦承：「我的轉業卻是有益而不是什麼損失」[34]。一個老人在其聲名重振之際，卻能如此明達其過往生命轉折之得失，真令人肅然起敬。

2007 年 10 月下旬草於西北師大旅次，
2008 年 1 月上旬再訂於清華園寓所。

34　沈從文：〈從新文學轉到歷史文物〉，《沈從文全集》第 12 卷第 386-389 頁，北嶽文藝出版社，2002 年。

沈從文佚文廢郵再拾

廢郵存底．致丁玲[1]

××：

你的信我見到了。你說一切問題都應由專門的研究者來解決和討論，談到婦女問題時，你自己便感到一種責任。你不是「婦女問題研究者」，但你是一個「婦女」，所以從責任或權利

1 此函載《西湖文苑》第1卷第3期，杭州，1933年7月1日出版，原題《廢郵存底》，目錄頁署名「甲辰編」，正文裡作者署名「甲辰」，「甲辰」是沈從文的筆名之一，函末並有他的附識：「這是我一九三〇年在武昌時寫給最近失蹤的丁玲女士若干信中的一封信　從文識」。查沈從文1930年9月16日到達武漢大學任教，12 月下旬離開武漢回到上海，據此則此函當寫於1930年9-12月間。為示區別以便引用，此處將題目酌改為《廢郵存底．致丁玲》。為免校記的繁瑣，個別顯然不妥的標點符號則徑改不出校。下同不另說明。

各方面著想，你都有資格說你對於這問題的一切意見。××，我同意你這個提議。你是個寫小說的人，所以你打量在你的創作上容納你整個的見解，不必問措辭能否得體，但我相信你一定可以說到一些男子疏忽了或誤解了的地方，那是毫無可疑的。你自然能夠使一些人對於你這個工作十分同意，你自然不會把你這個工作放到空虛意義上努力。現在關心這個問題的大有其人，另外還有更多的人，即或不怎樣關心到這件事上，但你得相信，他們對這問題仍然感到「趣味」。不要小看這個「趣味」。懶惰的中國人，對於一件事情能夠使他們從懶惰的積習裡發生趣味，也就很不容易了！

××，你問我對這個問題有麼[2]意見，我很為難。我是一個男子，我的性格又不什麼[3]同你們女人談得來，凡是你們歡喜的我常常覺得可笑，凡是另外男子注意的，我也覺得好笑。一個生活仿佛同人離得很遠的人，他的見解自然也不會與人相近的。我想說，我没有什麼好見解。我有的只是「偏見」。我對於女人措辭永遠是不甚得體的。我將說：女子由我看來只是一樣「東西」。我說這個時，凡是你們以為男子應給你們的「尊敬」處，我並不缺少，你們以為男子應給你們的「寬容」處，我也不因此失去。雖然有許多男子，他們卻常常既不要人尊敬，也不要人寬容，還仍然能夠老虎

2　此處「麼」前似漏卻了「什」字，但就口語而言，單作「麼」也可通。

3　此處「什麼」似應作「怎麼」。

一樣驕傲雄強的活到這世界上，我認為是人的女子，她就應當如此計算她過日子的方法。可是若女子以為這只是「屬於男子的品德」，我也應承認這解釋有些理由。

女子若有了這種「個性」，使自己單獨無所依恃的活下來，既不要社會的特權，又不承認自然派給她的一分，她只要做一個「人」，那許多男子活到這世界上，一定感到生活没有趣味，另外還有一些男子，又一定感到十分威脅恐怖了。前一種男子是預備作好丈夫的人，後一種男子是正在作好丈夫的人，兩種人生活觀念常常有不同處，他們對於女人，這兩種男子卻有同一的見解，就是並不想到女子會從「女子」的身分上離開，來取到一個「人」的身分。輕視女子或尊重女子，同樣卻皆在無形中把女子看成「東西」，已不當作一個人了。

「人」是不應當有多少特權活下的。一切社會制度的恩惠，一個好男子，他決不會注意到它。一切社會制度的恩惠，只頒給那些儼然遵守秩序的公民。這世界，女子為了作母親的原因，所得的社會地位，是全在一種恩惠意義下取到的。一個明事女子，她便知道她所得到的社會特權，常常超越了男子若干倍以上。若果她聰明一點，她還可以取到更多的權利。若放棄了這些特權，有許多名為受過高等教育的女子，是即刻就得挨餓的。她們學了許多，學會的還是不外乎承認特權與享受特權。她們是「家庭」的，不是「社會」的。別在名辭上分辯以為家庭並不在社會以外。我懂那個意思。我說的是女子不適宜於到普遍社會裡來同「一切生活」作戰，她因此更不能同「習慣」作戰。習慣不利於女子很多，性道德是其中之一種。關於這個偏見，我在給××的信的一段裡稍稍提到一下，我没有在某一種女子的生活調查裡，找尋到那些統計上的數目，作為我承認女子自覺的證明，我没有從什麼作品裡，看到一般人對這問題的正確意見。大體這個問題是為人所注意到卻從無人願說到的。一個男子若能考量一下他自己的家庭生活，他會發生可笑的結論，以為「太太」是一個「太太」，不十分像一個人。一個女子若能注意一下自己，她先得到的困難就可以使她倒下，無從重新爬起。

許多女人都以為自己是解放了，因為在一般事業裡，我們都已見到女人的白臉同衣裙了。許多事業裡都有了女子的地位，甚至於在世界上任何一國家還没有女子一分的軍人事業，我們的國內，凡是稍稍明白二十年來政治的，就不敢否認女子在這方面進行調解或增加糾紛的能力。但這能力，不問是小小職業如女招待一類，或大……，是出於女子的競爭，還是出於女子的「呼籲」？既不競爭又不呼籲的女子，一點點所得，其實就多數只是在一種「賞賜」與「恩惠」意義下得到。名為最進步的一簇女作家，她們所得的一切，也還是由於儼然女子的特殊便宜，就不是平等的競爭的結果。她們不否認這個特權的獨佔，甚至於忘卻了這其間有些不是自己應當得到的東西。她們不能努力做人，就不下於一個平常家庭中的少奶奶。所不同的是後一種人知道一切權力操之於男子手中，不敢多事，前一種人知道男子給了她一些權力，引起了她們的貪欲，更需要這種賞賜較多一點罷了。小小的做作，換取大量的阿諛，有些女作家是那麼活著下來的。她們從不拒絕過任何優待，同時在這優遇情形中，女子就算是得到解放了。其實不行的。她們應當明白這是件可羞的事情，但無一個人願意明白它。

××，原諒女子，別太苛責到她們，我知道，我們得原諒她們的。一個女子她不能同我們競走，這是自然的。我們不適宜於用一個健康的男子的一切能力，期待一個女子。我們可以保留這個希望，等候一個長長的年份，幫助她們堅實長成。不過，說到了這些，我的偏見得到了一個結論，這結論，很可以作為你所關心的一種問題參考，我希望你別忘記女子還是一種「東西」的意見。在一切事業裡，並不缺少那種以為「女子是人」的觀念的人，可是我卻不見到一個女子願意忘掉了由於歷史所給的（等於性的購買）所給的[4]優待，來同男子作一切生活競爭，具一切男子獨立的觀念，而活著打發日子。××，倘若你寫創作，你要在作品中有一個理想女子，就寫那麼一個新的女子罷。這女子，別的什麼技能都沒有也不怎麼重要，她至少應有「自己的見解」，這見解，卻不是為男子方便的打算，只為自己尊嚴而打算的。

4　此句中「所給的」重複使用，第二個「所給的」當為衍文，疑是作者筆誤或原刊誤排失校。

應當寫一個真能自私的女子。她不庸不懦，她自私可以使她偉大。她不必如菩薩以善心待人，她應作英雄同一切抗議。女子中要這樣女子，在現在似乎不道德，然而因為有這種女子，另一時才能有另一種新的人的道德產生。

…………

別以為我是罵了你們，我實在同你太熟了一點，才說到這些話。若是我這個信你覺得傷害了你們女子時，也別生氣，因為一生氣，就更見得你們無希望了。一個值得我們注意的男子，照例他是孤孤單單做他的事業，用不著世人的讚美作他的生活糧食的。他自己建築他的事業基礎，自己選取材料，著手工作，作錯了，自己重新修正，作成了，他還自己欣賞……一切都由於他自己的選擇結果，他就疏忽了別人對這件事的評價。女子從事文學的有許多人，全不是她歡喜的，她常常因為無意中的一唱，為一群男子或一群朋友過分的獎勵了一下，因此她就滿意自己的行為，以為自己應這樣作下去了。她是為一些掌聲慫恿而工作的。你若也願意作這樣的女子，我什麼話也不必說了。我希望你有你自己，既不是為多數的朋友而努力，也不是為多數的仇敵而努力。你的讀者並不能使你偉大，你的敵人並不是那些比你有名一點的人。你若忘不了你的成功，你還是不必寫那麼重要的問題，你的朋友只要你寫一個仿佛本身寫照的浪漫故事，你就成功了，同時你還可用這個成功打倒別人的成功，這全是極方便的事情（其實你如今已可以說是成功了）但你不是還可以做些更艱難更偉大的工作嗎？

…………

我早告訴你過了，關於女人你要問到我的意見時，是只有這樣遍見[5]來說明的。同時我得說，女子只只[6]是一樣東西，許多男子還不配說是東西。因為我所見到不是東西的男子可太多了。……

不談這件事，我的信一定就温柔了一些。我最尊敬崇拜你們女子，不過這尊敬崇拜不是像對於男子那種情形，因為你們與男子相差實在太遠了。學做個男子，你以為怎麼樣？

讓我們想到過去的友誼快樂一點。

×××

這是我一九三〇年在武昌時寫給最近失蹤的丁玲女士若干信中的一封信　從文識。[7]

廢郵存底・辛・第廿九號[8]

辛・第廿九號・從一個海邊寄到另一個海邊。一個三十歲的女人，寄給一個十九歲的男子。她不是基

5　此處「遍見」應作「偏見」。

6　此處第二個「只」字為衍文。

7　這段附識在原刊用小一號字體排在函末。

8　此函載《西湖文苑》第 1 卷第 4 期，杭州，1933 年 8 月 1 日出版，原題《廢郵存底》，署名「甲辰編」，信前並有編者「甲辰」的一段題識云：「辛・第廿九號・從一個海邊寄到另一個海邊。……」信後注明的寫作時間是「二十年、十一月」即 1931 年 11 月。為示區別以便引用，此處將題目酌改為《廢郵存底・

督徒，卻信仰了一次上帝。[9]

××：

寄來[10]一點石頭，放入一個小小碟子裡用水泡濕，你就可以來想像它們在海邊時躺到水中的情形。這邊的海水永遠透明，不像你那邊昏濁，所以石子也非常乾淨。它們是曬了無數太陽，過了無數寂寞日子，如今在一種意想不到的命運裡，又才休息到你的桌子上來的。中間有種放光的螺螄，名字叫真珠[11]螺，××妹一個人在海灘上尋找了多久日子才得到。有種黑水晶，不從海邊得來，（它們是鄉巴老[12]，）它的生長地方，在有仙人來去的勞山[13]。

這些東西分量徒重，價值很輕，同這個世界上有些人的愛情差不多。不討厭它時，你不妨放到讀書的桌子上，讓它仿佛同你很接近，玩厭了時，就扔掉它得了。你想想，我們

辛・第廿九號》。按，從各種情況看，這封信很可能是沈從文從青島寫給在吳淞的戀人張兆和的情書。考證見另文。

9 這是編者「甲辰」即沈從文發表這封信時加在信前的一段題識。按，此所謂「一個三十歲的女人，寄給一個十九歲的男子」，以及在信中所謂「一個上了點年紀的女人」和「一個男子」，這些說法和稱呼可能是沈從文有意設置的一種障眼法，目的是保護戀人張兆和不被暴露。詳見考證文。

10 此處「寄來」實乃「寄去」之意，沈從文常常在「去」的意義上用「來」。

11 「真珠」通作「珍珠」。

12 「鄉巴老」今通作「鄉巴佬」。

13 「勞山」是「嶗山」的舊稱，位於青島市區東部。

一天活著，在學校裡，在別的地方，一面雖像是匆匆忙忙的在那裡拾取知慧[14]，一面不是把日子在一種無可奈何的情形中向身後扔去嗎？我們每個日子的生命，差不多就常常是像很任性很隨便扔去的，（雖然我們總不大容易忘記那些好的過去，但總不能使那些值得注意的現在不成過去，）我自然不敢希望這些石頭或愛情，是你應當特別看重的東西。

丁玲女士你見到了沒有？我希望你們成為一個朋友，你們值得互相尊敬。

這裡天氣忽然變了，近日來冷了許多，上帝意思，派各處樹木的葉子全脫盡了，（好像這就可以使許多無衣可穿的人，從自然中看得他同另外一件東西平等一點，）可是另外有一種人卻多穿了許多衣服。這裡雖在冬天，若出太陽時，太陽是使人身上很暖和的；但能夠使我心上暖和，卻是你「隨隨便便」一個信。你是一個男子，你有理由注意到比向一個上了點年紀的女人來敷衍的行為還重要的事情可作。你是不是還高興把你那個昂起的英雄的頭向腳下看看，是不是還能從一種小小惠施中，給人以一點最大感謝的幸福？我自己很顯然是無從幫助我自己，使我的信寫得稍好一點，使我這愛你的心，表現得稍有條理、稍完美、稍值得你關心值得你顧盼一下。如今我只希望上帝幫助我的忍耐，使我不斷的盼望到生活中有一個人事上的春天，事實上，卻能始終在冬天的日子裡支持。

14　「知慧」今通作「智慧」。

我知道我老了，若是我聰明一點，就是我在這時能有一種決然的打算。我死了比我活下還好。我可並不想死。我將盡這件事成為一個傳奇，一個悲劇，把我這種荒唐的熱情，作為對這個新舊不接榫的時代，集揉湊成的文明，投給一種極深的諷刺。讓我求你許可把這種信每次送到你身邊的日子，由兩個月改成一個月的期限。海潮每天來去兩次，天上的月是四個禮拜圓一回的，我只求你間或昂頭看天上的圓月，並不逼你時時俯首注意腳下的海水。

××

二十年、十一月。

旱的來臨 [15]

石磚蒼頹的古城，

　　貼著幾塊乾枯的苔，

包子岩的河壩上，

　　發閃著太陽的強光。

黃焦焦樹巔的葉子，

　　根株蒸起如火的熱；

小鳥們的音調啞嘶，

15 此詩載《西湖文苑》第2卷第6期，杭州，1934年10月15日出版，作者署名「岳煥」。按，沈從文原名「沈岳煥」，「岳煥」也是他的筆名之一。

婉囀的歌喉就澀塞。

赭色的田土裂裂深口，

標出白線的禾苗萎瘦；

像這鷄也令渴死的天氣，

準兒是今年又没了秋收！

讀書隨筆[16]

讀左拉小説〈Madam Nolgoon〉，東亞病夫譯〈乃雄夫人〉，寫一「鄉下老」[17]青年，對巴黎社會毫無經驗，心懷幻想，初初接近社交時，就碰著幾個女人。對佩德德與羅薏尤傾心。兩女人視之為小雛兒，各利用其青年人對於女子情感上的弱點，代為丈夫運動議員。於是處處給以小便宜，獎勵其向前，煽發其心中火燄。羅薏丈夫當選議員後，這鄉下老不明輕重，對羅薏有所表示，卻被所傾心之巴黎婦人，貌作莊重，加以拒絕，加以拒絕，並好好教訓一頓。正所謂「鄉下老」與「老巴黎」對面，一場自然悲劇是也。

故事雖是法國人寫給法國人看的，其實放在當前中國場所，倒有許多相合。貴婦人的荒淫無恥處，事情極多，難於

16 本文載1938年9月26日香港《星島日報·星座》第57期，作者署名「朱張」。按，「朱張」當是沈從文的筆名，考證見另文。

17 「鄉下老」今通作「鄉下佬」。下同不另出校。

記載。某種有教養的中產階級女子，對於具有鄉下老精神之男子，用「老巴黎」方式賣弄風情時，更多極相似地方。

具有乃雄夫人（羅薏）風格的女子既隨處可見，鄉下老吃虧之事，因此書不勝書。間或有一二人不肯吃虧，自然也有可惱及中國產的乃雄夫人。此即所謂「戰爭」。人世中無處無時無戰爭。可惜的是大多數人都注意到另外一種戰爭去了，這種戰爭極少注意。

讀法郎士《紅百合》，儼然看到一些法郎士所說的「開花似的微笑，燃燒似的眼光」女子。這些女子且真「潔淨如同水[18]壺」。這裡那裡，無處不存在。肉體的造形，艷麗與完整，精妙之處，不勝形容。然而這些肉體中的靈魂，卻很少是有光輝的。大多數所有的是一百磅左右的一具肉體罷了。因為中國的社會，適宜於生產這種女子。

分量一百磅左右的一具肉體，此外，加上一件褻衣，一件襯衣，一件罩衣，一個錢篋，一雙鞋子，一枚約指，合攏

---

18 此處「水」字疑當作「冰」字，可能是原報排印之誤。按，漢代已有以冰比擬人格的說法，如司馬遷《與摯伯陵書》：「伏唯伯陵材能絕人，高尚其志，以善厥身，冰清玉潔，不以細行。」六朝劉宋時期的詩人鮑照用「清如玉壺冰」（《代白頭吟》）來比喻高潔清白的品格，唐開元時期的宰相姚崇因作《冰壺誡》，此後盛唐詩人王維、崔顥、李白、王昌齡等都曾以「冰壺」自喻喻人。如王昌齡《芙蓉樓送辛漸》裡的「一片冰心在玉壺」，就是傳誦千古的名句。但本文以「冰壺」喻女性，乃是諷刺她們的「冰清玉潔」是徒有其表。

來就是一個名媛。不拘屬誰，從言笑中與呻吟中，靈魂終是黯然無光的。不拘有如何教養，表[19]有多少不同，內容是一樣的。

肉體也依然極可珍貴，造形的完整即可崇拜與讚賞。精美的肉體，猶如芳春及時的花，新從樹枝上採摘的果。大多數時髦婦女，卻什麼都說不上。肉體照例是不完整的，有毛病的，歪的，扁的，不成形的。

這種婦人能夠在社會中稱為「名媛」，只為的是父親或丈夫在社會上有錢或有權。《舊約》上《耶米利書》中，詛詈這種名媛的話語，極有意思：

> 你雖穿上朱紅衣服，佩帶黃金裝飾，用顏料修飾眼目，這樣標緻，是枉然的。
>
> 你還是有娼妓之臉，不顧羞恥。
>
> 並且你的衣襟上有無辜的窮人的血，你殺他們，並不是遇見他們挖窟窿，乃是因這一切事。

許多名媛若將上述詛咒相加，轉而成為頌歌。因為這些名媛縱極端修飾，卻並不標緻。即屬娼婦型，卻偽作貞潔，如不可干犯。雖做過許多不顧羞恥之事，卻並不認識情欲之美，如《紅百合》一書中女主角海德司其人。

---

19 此處「表」字後或許漏排了「面」字。

夢和囈[20]

夜夢極可怪。見一淡綠白合[21]花，頸弱而花柔，花身略有斑點清漬，倚立門邊[22]動搖。好像有什麼人說[23]：

「你看看好，應當有一粒星子在花中。仔細看看。」

於是伸手觸之。花微抖，如有所怯，上[24]復微歎，如有所恃。因輕輕搖觸那個花柄，花蒂，花瓣。近花處幾片葉子全落了。[25]

…………

雷雨剛過。醒來後聞遠處有狗吠。吠聲如豹。若真將這個白合花折來，人間一定會多有一隻咬人瘋狗，和無數吠人

20 本文載1938年9月29日香港《大公報．文藝》第417期，作者署名「朱張」。「朱張」當是沈從文的筆名。按此文已納入《燭虛》（文化生活出版社，1941年8月初版）裡的〈生命〉一文中，但該集對此文的段落次序有較大調整，並對字句有若干重要的增刪，《沈從文全集》第12卷即據作者校訂的《燭虛》初版收入。為便研究者比較參考，仍將這個刊發本輯校於此。

21 此處「白合」原報排印有誤，當作「百合」。《燭虛》初版仍誤作「白合」，《沈從文全集》第12卷（以下簡稱《全集》）改為「百合」。下同不另出校。

22 《燭虛》初版及《全集》此處有「輕輕」二字。

23 《燭虛》初版及《全集》將此句改為：「在不可知地方好像有極熟習的聲音在招呼」。

24 「上」不可通，當為排印錯誤，《燭虛》初版及《全集》改正為「亦」。

25 《燭虛》初版及《全集》以下另起行有「如聞歎息，低而分明」一句。

瘋狗[26]。半迷胡[27]中臥床子所想，十分可歎。因白合花在門邊動搖，被觸時微抖或微笑，事實上均不可能！狗類雖多，瘋的並不多[28]。

起身時因將經過記下，用半浮雕手法[29]，琢刻割磨，完成時猶如一壁爐上小裝飾。精美如瓷器，素樸如竹器。

一般人喜用教育、身分，來測量這個人道德程度。尤其是有關乎性的道德。事實上這方面的事情，正復難言。有些人我們應當嘲笑的，社會卻常常給以尊敬（如閹寺）[30]。有些人我們應當讚美的，社會卻認為罪惡（如誠實）。多數人所表現的觀念，照例是與真理相反的。多數人都樂於在一種虛偽中保持安全或自足心境，因此我焚了那個稿件。我並不畏懼社會，我厭惡社會，厭惡偽君子，不想將這個完美詩篇，被偽君子與無性感的女子眼目所污瀆。

白合花極靜。在意象中尤靜。

山谷中應當有白中微帶淺藍色的白合花，弱頸長蒂，無語如語，香清而淡，軀幹秀拔。花粉作黃色，小葉如翠璫。

---

26 《燭虛》初版及《全集》刪去了「若真將這個白合花折來，人間一定會多有一隻咬人瘋狗，和無數吠人瘋狗」數句。

27 《全集》改「迷胡」為「迷糊」。

28 《燭虛》初版及《全集》刪去了「狗類雖多，瘋的並不多」二句。

29 《燭虛》初版及《全集》此處有「如玉工處理一片玉石」。

30 「（如閹寺）」，《燭虛》初版及《全集》去掉了括弧、前加逗號。下面的「（如誠實）」亦作同樣處理。

法郎士曾寫一《紅白合》[31]故事，述愛欲在生命中所占地位，所有形式，以及其細微變化。我想寫一《綠白合》[32]，用形式表現意象。

有什麼人能用綠竹作弓矢[33]，射入雲空，永不落下[34]。人想像猶如長箭[35]，向雲空射去，去即不返。長箭所注，在碧藍而明淨之廣大虛空。

明智者若善用其明智，即可從此雲空中，讀示一小文，文中有微歎與沉默，色與香，愛和怨。無著者姓名。無年月。無故事。無……。然而內容極美[36]。虛空静寂，讀者靈魂中如有音樂。虛空明藍，讀者靈魂上卻光明淨潔。

---

31 《紅白合》當作《紅百合》，參見〈讀書隨筆〉。下文《綠白合》也當作《綠百合》。

32 沈從文的這一創作設想，實現於他稍後寫作的愛欲傳奇《摘星錄》，其副題即作「綠的夢」，1941 年 6 月 20 日、7 月 5 日與 7 月 20 日連載於香港《大風》雜誌第 92-94 期，作者署名李綦周。按，載於《大風》的是《摘星錄》原本，《沈從文全集》第 10 卷《虹橋集》中的《摘星錄》其實是沈從文的另一篇愛欲傳奇《夢與現實》，也首載於《大風》。參閱裴春芳：《沈從文小說拾遺──〈夢與現實〉、〈摘星錄〉》，《十月》雜誌 2009 年第 2 期。

33 自此句以下部分，在《燭虛》初版及《全集》中被改置於上文之前。

34 《燭虛》初版及《全集》改「。」號為「？」號。

35 《燭虛》初版及《全集》改此句為：「我之想像，猶如長箭」。

36 「極美」，《燭虛》初版及《全集》改為「極柔美」。

門前石板路上[37]有一個斜坡，坡上有綠樹成行，長幹弱枝，翠葉積疊，如翠翣，如羽葆，如旗幟。常有山靈，秀腰白齒，往來其間。遇之者即喑啞。愛能使人喑啞——一種語言歌呼之死亡。「愛與死為鄰」。

然抽象的愛，亦可使人超生。愛國也需要生命，生命力充溢者方能愛國。至為[38]閹寺性的人，實無所愛，對國家，貌作熱誠，對事，媽媽虎虎[39]，對人，毫無情感，對理想，異常嚇怕。也娶妻生子，治學問教書，做官開會，然而精神狀態上始終是個閹人。與閹人說此，當然無從瞭解。

文字[40]

人生脆弱如一支蘆葦
在秋風中一陣搖就「完事」
也許比蘆葦不大「像」
日月流注，蘆葦年年「長」
相同的春天不易得
美在風光中難「靜止」

---

37 此句《燭虛》初版及《全集》改為「大門前石板路」

38 「為」當作「如」，可能因為「如」、「為」草體近似而誤排，《燭虛》初版及《全集》改為「如」。

39 《燭虛》初版亦作「媽媽虎虎」，今通作「馬馬虎虎」，《全集》已改為「馬馬虎虎」。

40 此詩載1939年12月9日昆明《中央日報．平明》第140期「詩之頁」，作者署名「雍羽」，沈從文的筆名。

生命雖這般脆弱這般嬌
卻能夠做夢能夠「想」
（萬里長城由雙手造成
百丈崇樓還靠同樣兩隻手）
用力量堆積石頭和鋼鐵
這事情平常又「平常」
一彎虹一簇星光「一個夢」
美麗的原來全在「虛空」
三五十個小小符號
幾句隨隨便便的家常話
令你感到生死的「莊嚴」
刻骨銘心的愛和「怨」
你不相信試「想一想」
試另外來説個更美麗的「謊」。

敵與我[41]

今年是民國三十年，若就個體的年齡説來，正是一個人精神與肉體同時發育完成，準備從社會學與生物學兩種意義

41 本文載 1941 年 1 月 5 日昆明出版的《民族思潮》第 1 卷第 1 期，作者署名「沈從文」。按，沈從文曾在 1940 年 12 月 30 日香港《大公報》上發表〈廢郵存底．給一個廣東朋友〉，本篇即據該信改寫而頗有增刪，已另成一文，所以特為輯出，並與〈廢郵存底．給一個廣東朋友〉（《沈從文全集》第 17 卷，北嶽文藝出版社，2002 年）參校。

上負責盡職的年齡。古人說「三十而立」，稱為「壯年」，就是這個意思。「大可有為」是這個年齡用於個人的讚頌，其實也適於用作國家的讚頌。

中國現在是戰時，是集中全個民族人力與財富，智巧與勇氣，來與一個橫強殘忍而又狡詐陰狠的惡鄰周旋拼命時。三年半的經驗，證明了一件極其重要的事情，即惡鄰所加於我們的憂患，分量雖然並不輕，然而近二十年來（從五四運動以來），我們這個民族所產生的一點民族自信心和自尊心，用戰爭來做試驗，實在擔當得起這分[42]憂患。戰爭去結束時期尚遠，除了少數精神不健全的份子[43]，向敵人投降，大多數中國人，即在淪陷區內，都無不對這件事認識得極其明白；承認任何犧牲來臨，還將繼續沉默忍受下去，在忍受中並且相信：勝利屬於我。中華民族決不是做奴隸的民族，不特要在惡劣環境中求生存，同時還要在這個環境中求發展！

在前方，目下敵人軍事上已感到束手，無可為力了，因此即用一種卑劣戰術，與小島民族性相稱的戰術，向中國後方不設防城市作著普遍轟炸。一面屠殺中國平民，一面還用無線電廣播，或散荒謬傳單，作種種可笑宣傳，向中國平民說謊，企圖引起一點作用。這種又下流又糊塗的手段，正和在淪陷區殘殺中國人後，再送點小糖果給那些無父母中國小

42 此處「分」通作「份」。

43 「份子」通作「分子」。

孩甜甜口，就以為即可同中國人講親善情形一樣。一切努力除增加中國民衆的切齒，則無意義。使他們這麼作，正證明近衛[44]以次，敵人的支那通，實在完全不明白現代中國抗戰為何事。

一個朋友對於日本的支那通，批評得極有意思，以為這些自命支那通的人物，照例只懂中國唐宋時代的文化，清末民初時代的政治，此外中國較遠一點的文學藝術，所表現這個民族的偉大感情偉大思想，照例不大明白。較近一點的文學藝術，如五四以來的白話文運動，由於這個運動所煽起的愛國熱情，以及對於民族復興國家重建的信心，尤其十分隔閡。不懂古代中國，至多還只是附庸風雅時，見出一點小家子相，玩瓷器只知買均窯，玩字畫只知買夏圭牧谿，雖不免寒傖，還不算大失敗。至於不明白現代中國，到處理中日事件時，見武力不能征服，就只是用他本國流氓來勾搭中國流氓，流氓和流氓混在一起，這裡來個委員會，那裡來個偽組織，即以為可由分割而成功。其實這種拙劣方式，在政治上還絕對會失敗。失敗原因簡單，即敵人把現代中國的能力完全估錯了。別的不說，即以文學革命而言，將文字當成工具，從各方面運用，在中國讀書人方面，近二十年來保有若干潛力，遠在東京派兵百萬到中國，用戰爭賭國運的近衛，就根本不明白的！

44　「近衛」當指近衛文麿（1891-1945），1937 年及 1941 年兩度出任日本首相，積極推進侵華戰爭，戰敗後畏罪自殺。

這件事即從當前本地情形說來，也可看出一二。敵人總以為在雲南方面，雖不宜作軍事冒險，卻無妨作政治投資。用謠言挑撥離間，可以分化上層分子。用濫施轟炸以及封鎖滇越貨運，聽物價高漲，可以搖動下層分子。至於中層分子，卻聽其神經受前者影響，生活受後者影響。此等情形挨到一年半載，軍事方面縱無結果，政治方面必會有很大收穫。其實支那通的白日夢到頭來還是毫無作用。挑撥離間的方法，可一不可再，玩久了只成為笑話。濫施轟炸毫不害怕，物價上漲則反而好了有業下層，就中情緒不大安定，生活相當困難的，是中層分子，嚴格一點說來還只限於薪水階級的教書先生。然而，在心理上反日與敵人絕無妥協思想的，也就正是這部分中層分子。物價越漲大家生活越加簡單，把戰爭亦看得單純而自然，「打下去，忍受一切，在任何情形下決不投降！」這只看看在幾個大學校服務的同人生活狀況，也可明白。一個優秀圖書館員的薪給，不如某某委員的門役，他忍受。一個學有專長的教授薪給，不如昆明市的理髮師和洋車夫，他同樣忍受。使這些讀書人能忍受的理由，是大家都透徹瞭解這次戰爭的意義，對於民族存亡問題實太嚴重。戰爭既是爭國格，爭民族人格，並為世界民主制度爭取人類生存一個不可少的莊嚴名辭，即「正義」。這事從有知識的中層分子看來，當然是要無條件的長期忍受下去的。

忍受不是最終目的。在中層分子中，必更能看出這個民族未來的命運，凡事值得樂觀。目前我們正在犧牲中抵抗敵人所加於我們的憂患，明天還得從努力中想法摧毀敵人的武力。我們不僅在焦土抗戰，還要從瓦礫中建國！

不過目前抗戰要人力和物力，智巧和勇氣，我們從各方面取證[45]雖都不缺少，明日建國卻似乎更需要作較多的準備。提到準備，使我們想起一件事，即不管幸運還是不幸，事實上這點責任已落到當前二十歲到三十歲左右的中國讀書人頭上！建國不特需要知識，還需要比知識更多的做人做事的勇氣。三十歲左右的人不用說了，即目下在大學校念書的二十來歲的大學生，十年二十年後，也就必然是這個民族歷史上的悲壯場面負責者。這些人在負責「做事」以前，如何來養成「做人」的氣概，這件事在當前實在是值得特別關心的一個問題！

做人問題很多，要緊的應當把生命看得異常莊嚴，凡事臨之以誠與敬，思索向深處走，充滿熱情與勇敢，來從書本與人事兩方面，追究瞭解人之所以為人，究竟特點何在。就生物學說來，人比較上是個如何複雜的動物。雖複雜依舊脫不了受自然的限制，因新陳代謝，只有一個短短的時期活到陽光下。（願望永生，肉體終不免要死亡。）然而從人類文化史上看來，這生物也就相當古怪，近萬年來知識觀念的堆積，而且傳繼不絕，即是一種奇蹟。近百年來種種知識因工具便利而運用得法，更產生多少奇蹟！我們如能明白人之所

45 原刊此處一字漫漶不清，疑似「證」字，錄以待考。

以為人，獸性與神性如何同時並存，就一定會承認，如果處理得法，世界會有個較好明天的。使這個較好明天實現的方式，必需許多正在活著的人，活下來，像個「人」，且肯努力貼近「神」，方有希望可言。做一個中國人尤其任大而責重。想戰勝強悍敵人，還先得從征服個人的弱點起始。青年運動若值得再來一回，「重新做人」是這個運動最合理的口號。

這「做人」意見說來雖很淺顯，作來倒也相當費事。正因為人與猿猴本來有一點遠親，雖相去已百十萬年，這個世界卻照例到處可以發現獸性的遺留。即以中國讀書人而論，明分際知自重能愛國的固不少，活下來所作、所為、所思、所願，都顯得懶惰而小氣、平凡而自私的數量似乎也就相當多！這些人對於舉凡一切表示人類向上的理想與事實，照例是不大關心的。舉凡一切表示人類偉大處，崇高處，深刻處，也都不怎麼需要的。過日子儼然只是吃喝生殖與死亡，然而即屬於吃喝生死問題，便依然不能向深處思索，只是在一種極端庸俗打算中浮沉。一生所讀的書雖極多，亦不能幫助他把人生看得較深刻。這些人情緒上竟像是與猴子相差並不十分多，都甘心樂意一生在地上爬行，還以為手足能同時貼地，走動時又穩當又便利，並且姿式非常瀟灑而美觀！但另外自然也尚有一種人，明白人類之所以進步原因，主要的事是在多少萬年前，即已能夠挺直脊樑骨，抽出兩隻手來供頭腦指揮，充滿好奇的興趣，發明的欲望，更抱著一種戰勝一切的雄心與遠志，來從事各種工作各種試驗，方有今日的成就！我們這個民族今後命運的榮枯，實決定在這兩種人生型式的消長。一個現代中國人，如能對於這兩種人生型式的美惡，認識得清清楚楚，知道有所取捨，學做人的事就不成問題了。

民國三十年一月七日昆明

新廢郵存底·關於《長河》問題，答覆一個生長於呂家坪的軍官（殘）[46]

石如先生：

[……]我想從各方面來寫「湘西人與地」，保留此五十年來在這一片土地上生活人情與生活歷史，希望可用它作更年青一輩朋友打打氣，增加他們一點自信，為明日掙扎有所準備、增加一點耐性，來慢慢的戰勝環境，力圖自強！若能作到「地方一切長處可保留，弱點知修正，值得學習的進步知識都樂意拼命學習，舉凡一切進步觀念勇於接受」，這工

46 此函輯自許傑的〈論沈從文的寫作目的〉一文，許文原載福建永安出版的《民主報》附刊《十日談》第 7 期（1944 年 8 月 14 日），原題〈沈從文論寫作目的〉，後改為〈論沈從文的寫作目的〉收入許傑的論文集《文藝，批評與人生》，江西上饒戰地圖書出版社，1945 年。此據〈論沈從文的寫作目的〉轉輯。據許文，沈從文此函是答復「石如先生」的，整理稿即以「石如先生」開頭。沈從文原信寫作年月及原刊處待考。又，由於難知殘簡每段話的前言與後語，所以輯校者在每段話的前後酌加了[……]，表示殘缺，下同不另說明。

作就不無意義了。[……]

[……]中國問題多，事事需要有人充滿熱忱而誠懇從事。即以寫作言，在社會上如蝦米蚱蜢活動要人，如蛀米蟲（？）[47]埋頭苦幹的更要人。我大約比較適宜從後面一個方式上工作，成功成名，都非個人興趣所在，能繼續在一個太困難環境中寫，寫成後還能給一萬小朋友從作品中所涉及的種種問題，有會於心，因之做人更勇敢誠實一些，做事更負責認真一些，做人情感上所得的報酬就夠多了。[……]

新廢郵存底・致莫千（殘）[48]

莫千先生：

[……]所說許傑先生批評[49]可惜這裡不易見到，但想想那作家指責處，一定說得很對，極合當前黨國需要。王西彥

47 此句中「蛀米蟲」後的問號可能是許傑在引用時所加，他大概覺得用「蛀米蟲」來比喻「埋頭苦幹」的人有些不妥，所以有此疑問。

48 此函輯自許傑〈論沈從文的寫作目的〉一文，出處同上。據許文，沈從文此函是寫給「莫千先生」的，整理稿即以「莫千先生」開頭。沈從文原信寫作年月及原刊處待考。

49 據許傑在〈論沈從文的寫作目的〉一文中的說明，莫千報告給沈從文的來自「許傑先生批評」，指的是許傑的〈小說過眼錄——上官碧的《看虹錄》〉。按，許文的完整標題作〈現代小說過眼錄（下）——上官碧的《看虹錄》〉，刊登在王西彥主編的桂林《力報・新墾地》副刊（1944年2月11日出刊）。

先生在北平時候常被（？）未發表文字給弟看[50]，今編副刊[51]，能刊出許先生大作，文雖刊出都[52]不寄弟看看，想必甚有道理也。[……]

[……]關於批評，弟覺得不甚值得注意，因作家執筆較久，寫作動力實在內不在外。弟寫作目的，只在用文字處理一種人事過程，一種關係在此一人或彼一人引起的反應與必然的變化，加以處理，加以剪裁，從何種形式即可保留什麼印象。一切工作等於用人性人生作試驗，寫出來的等於數學的演草，因此不僅對於批評者毀譽不相干，其實對讀者有無也不相干。若只關心流俗社會間的毀譽，當早已擱筆，另尋其他又省事又有出路的事業去了。[……]

---

50 此句中「被」後的問號可能是許傑在引用時所加，他大概覺得「被」字用得不合漢語習慣，所以有此疑問。

51 此處「副刊」當指王西彥主編的桂林《力報》副刊《新墾地》。

52 此處「都」似應作「卻」，當系手寫近似而誤排。按，因為許傑的〈現代小說過眼錄（下）——上官碧的《看虹錄》〉發表在王西彥主編的報紙副刊上，而王西彥小說處女作《車站旁邊的人家》（1933年）乃是在沈從文主編的《大公報》文藝副刊上發表的，所以沈從文有此抱怨，而許傑則在〈論沈從文的寫作目的〉一文中指責沈從文此信「無端的拖出王西彥來，似乎他是一個忘恩負義、大有陰謀的人，非刺他一槍不可」。

給一個出國的朋友[53]

××：

我因答應好家中人今天下鄉，回去作火頭軍，所以來不及送你了。留下的×××，沖水吃，對你去國前極端疲勞的體力或許稍有幫助。你實在應該保重一下身體，為的是還有多少事要做！近年來看到你常常傷風，我真說不出的難受，這正看出一般熟人在長時間×××××××下所受的摧殘。你還有個另外擔負，即屬於情感方面來自心中深處的一種擾亂，一種抽象的壓力，分量多沉重！縱勉強捺住心坐在書桌邊翻雜書，作雜事，想用一堆書一堆人事再加上百十場開會談天，也挪不開那個有熱不見火的繼續燃燒！你在燃燒中尋求支撐，不湊巧得到的又恰恰是兩根脆弱的蘆葦。事實上體力還是不能不在一種近乎宿命的情況中逐漸毀去。你自己明白這種沉下的情形，你無從自救，少數朋友更無從用言語相慰解，為的是這依然無助於你。這問題別人不易明白，我應當明白。昨晚上談到的一切，增加我對你的理解和愛敬。由於你生命中包含有十九世紀中國人情的傳統，與廿世紀中國詩人的抒情，兩種氣質的融會，加上個機緣二字，本性的必然或命運的必然都可見出悲劇的無可避免。我把一切知道的

53　此函載 1945 年 10 月 20 日出版的《自由導報》週刊第 3 期，作者署名「章翥」，當是沈從文的筆名，收信人應是卞之琳。考證見另文。

事重新溫習，不明白的加以體會補充，儼然即看過一本書：《一個不露火苗的生命燃燒發展史》。半夜不能睡，天不亮又醒了。我不用世人漠不相關方式勸你用逃脫解除心情上的困惑，只想說你得盡可能分點心注意身體，把身體弄得好一點，再來接受一切分定。最先應接受的即是上路走一萬里長途，你還得隨時照料一個眼目快瞎值得懷念的長者（做官的不要他，不管他的死活，國家可少不了他），一個但知讀書不能理管[54]自己生活的哲學家，一個體力比你更脆弱的歷史學者。這一群，恰好也就是近八年戰爭由於統治×××××，所加於吾人的痛苦摧殘象徵所作成的文化標本！想起你們這一群標本，如一群難兵[55]踏上異國國土，受人接待時，從那個接待中由他人眼光裡所表示的理解和同情，我為我們的國家實感到羞辱。這羞辱你在那個環境中也必然會覺得，身體若不濟事，也許在那個場合中就會墮淚的！你說屬於個人情感上的糾糾紛紛，已得到解放，不用朋友擔心。事實上這一切過去，都還糾住你，束縛你，咬住你。每一種抽象每一個微笑影子在你生命中都還保有極大的勢力，我看得清清楚楚的，這不止當前如此，還會影響到你的未來。明天的生活，明天的戀愛，都必然還要受它的控制，受它的統治。它們且將在一段時間一顆孤寂的心中生長，擴大，直到你自己承認為止，你能用隔離逃脫事實，可無從逃脫抽象！一切愛

54　「理管」當作「管理」。

55　「難兵」似應作「難民」，可能是作者筆誤或原刊排印錯誤。

即使是孕育於長時間的沉默裡，觸著心的邊際時，卻照例有個明朗清澈的回聲。更何況你去的是一個有充分抒情風景有充分傷感氣氛的國家，過的又必然是種有完全紳士性的生活。有的是你在平靜自然景物下溫習「過去」的機會，也更容易想念著個人以外那個終生寄託的國家，在發展下如何亂糟糟的，多少年青人的正直熱忱靈魂，如何為現代「政治」二字壓扁扭曲，得不到正常發展，由於武力與武器自足自恃者貪權爭利的傳統，會合了充滿市儈人生觀的風氣，形成明日的種種悲劇的墮落。這一切出自內得諸於外的痛苦感印，原樣保存在生命中，沉重分量你擔當不住。想轉移它成為一種生命動力，依我私意，只有一種方式，即從文化史上多留點心，尤其是東方或中國藝術史。由於情感受「過去」陶冶，既已十分深沉，又相當纖細，一與各個民族在不同時代使用金石土木顏色和線條等等材料，運用智慧和巧思，交織著熱情與憂鬱，而產生的種種藝術品接觸，即必然有一種較深的領會，只要用點心加以分析與排比，這成就，無疑的即可作成一首莊嚴偉大而且美麗的史詩！這新的史詩紀錄的不是偉人名王的赫赫武功，也不是聖哲賢士的原則觀念，卻是千載以來各個孤立的心，充滿人情中的溫愛，浸透於不同材器中所有的各種各樣優美純粹表現。所表現的與價值和道德多不相干，卻與人性對於崇高的嚮往和善美的鑒賞有關，歷史中屬於情感的史詩，亦必須有人來如此發掘與表現。這工作期之於當前的藝術家和歷史家，既均若無可望，你正不妨將寫詩的筆重用，用到這個更壯麗的題目上，一面可使這些行將消失淨盡而又無秩序的生命推廣，能重新得到一個應有的位置，一面也可以消耗你一部分被壓抑無可使用的熱情，將一個「愛」字重作解釋，重作運用。這是你熱情的尾閭。工作的成果中將永遠保存有你對於人生熱忱的反光，也還可望從另一世紀另一類人生命中燃起熊熊的大火！現代中國政治特點之一，即民族情感的閹割與毀滅。因之一種簡單十分的口號，短短的演說，一與功利是歸懦怯無主的新生靈魂接觸，即但聞一片吶喊，一片掌聲。真正所謂「思想」不特在多數的群中極端缺少，在少數的領導者中，亦常常不免用「阿諛」群的情趣相代替。對國家共同的幻念，即建設於一種宿命迷信和無知自大基礎上。負責者惟用謊話自騙或互騙，再共同以小群的青年與大群手足貼地的人民為對象，行使其傳統不變的芻狗原則，大家徒然希望這個國家會轉好，其實明日那會輕容易[56]轉好！我們從這一點看去，用歷史，文學，和美術，來重新燃起後一代人的心，再來期望這個民主政治罷。也讓我們從工作的試驗中，消耗自己至於倒下，卻從工作成就中，實證生命的可能罷。熟人關心你生活的，常以一個合理幸福的家庭，在一種新的情緒環境中，得到一點休息，更得到接受明日更大的勇氣。事實上一個有深刻思想的人，生命熱忱的充沛，又那是一個女孩子能消耗，能歸

56 此處「輕容易」是很彆扭的用法，疑原稿先作「容易」後改「容」為「輕」，卻被誤排為「輕容易」了。

納，能穩定？熱情的挹注，對女人，將是一種母性正常發育與使用，對男子，怕還是需用長久耐心和深致析剖並重新組合的艱難工作，方始有望！對另一具體國家，我們的戰爭已結束了，對抽象人生，我們的戰爭將從生命接近中的今日起始。你和我都知道，這正是一種完全孤立絕望無助的戰爭，不能退後也不應當退後，因為生命本身即有進無退，接受它時，雖不免稍感悲傷，然而都無所用悲觀。小政治一浸入學校裡，朗誦詩儼然就足夠裝點一切了，所以你們的出國對學校雖近於一種損失，然而對個人，也許反而可從國外廣泛的學來一些知識，成為一種堅強結實單純的信念，準備明日為××××的愚頑勢力與墮落風氣而長久對峙！

三十四年九月廿九日

詩人節題詞[57]

追求抽象原則，保有一種堅貞的人格，永遠不與腐敗勢力妥協，這才是我們每年紀的[58]詩人節，舉行詩人節的本意。

---

57 此則題詞輯自1946年6月1日廣州出版的《文壇》新5期（總第17期）所載一些作家關於詩人節的《一束題詞》，作者署名「沈從文」。按，詩人節在舊曆的五月五日。

58 「紀的」可能有筆誤或誤排，似應作「紀念」，「紀念詩人節」與下文「舉行詩人節」是近似和並列的句式。

新書業和作家[59]

隨同五四運動的發展，為推行出版物，中間產生了個新書業。這個新的企業，也可以說是一種事業，因為它的起始，興趣所在，精神效果實在重於物質獲得。和作家用筆有個一致性，是採取「玩票」態度作下去的。「玩票」意思並不是對工作不大認真，卻是不大顧及賺錢賠本。換言之，是還有點服務理想，對社會改造國家重造的理想，來進行這個企業的。

在北方，起初是北京的《晨報副刊》的合訂本單獨發行，並有選集講演集等等著作附帶的單行本印行。這些刊物既得到一種分配上的便利，一起始即見得很成功。然而它的成功意義，也還是精神重於物質的。這部分業務上的發展，雖有超過報紙社會地位，成為一個單獨組織的可能，惟主持其事的，卻似乎還看不出它的前途，有多大希望。

在南方，《時事新報》的「學燈」，《民國日報》的「覺悟」，都各自盡了當時對於副刊所課[60]的責任，也得到應得成功。報紙在經濟上雖見不出什麼大影響，在精神上實增加了報紙抽象地位。南北情形相同，即不曾對於這個部門的發展，作過企業遠景的瞻望。

---

59 此文載 1947 年 1 月 18 日天津《大公報》「圖書週刊」第 3 期，作者署名「沈從文」。

60 原報此處一字漫漶不清，疑似「課」或「謂」，錄以待考。

至於第一期的新書業，時間上卻比副刊活動稍早些。民六七時代，陳獨秀先生主持的《新青年》雜誌，實可謂國內最有銷路的雜誌，印行這個刊物的書店，是不會賠錢的。隨後是胡適之先生所整理標點的舊小說，以及陳、胡二先生文存的印行，初期詩歌、小說、戲曲、翻譯的單行本出版，由於銷路廣大形成一個初期的繁榮。印行書店雖賺了錢，作家可不曾想到這個錢他也有一分。亞東、泰東、群益……幾個新書店實獨佔了國內新書業市場。商務也分出了一部分印刷力，供文學研究會運用。上海雖是個經商侔利[61]市場，有利可圖的事總有人注意到，群起投資，可是經營新出版事[62]，卻似乎還引不起人注意。主要的也許是作家雖已不少，作品卻並不多，其他方面即欲投資，亦幾於無可著手。這個局面的突破，實從民十五方起始，這事和北伐不無關係。

先是創造社郭沫若、郁達夫、成仿吾諸先生的努力，一面感於受當時有勢力文學社團壓迫，一面感於受出版方面壓迫，作品無出路，想突破這個獨佔不合理局面，希望作品有以自見，也希望能用作品自給自足，因此來自辦出版，直接和讀者對面。努力的結果，雖若於短時期即作成兩面的突破，過不久終因為經濟方面轉手不及，不易維持。隨創造[63]而起的是北方語絲社，魯迅、錢玄同、劉半農、李小峰諸先

61 「侔利」今通作「牟利」。

62 此處「事」似應作「業」，但作「事」也可通。

63 此處「創造」指「創造社」。

生，用「打平夥」[64]方式，各湊幾元錢，來出《語絲》。一切還離不了「玩票」意味，不過是自管收支罷了。本意以為賠本賠厭了即收場，萬一有點剩餘尾數呢，大家上東來順吃頓涮鍋子。一切打算離企業隔多遠！但是這個小小刊物卻得到意外成功，因之產生了個北新書局。國內名記者蕭乾，就在這個小書店做學徒，站櫃臺賣過《吶喊》，《語絲》。同時北大幾外[65]幾個教授，周鯁生、王士傑[66]、楊端六、丁西林諸先生，也湊了點錢辦個《現代評論》。目標和《語絲》雖稍稍不同，對刊物經濟方面卻同樣並不寄託遠大理想，以為能辦下去就已很好。既對於這方面缺少理想，也缺少技術，所以刊物每禮拜行銷到八千份時，還僅僅能自給自足。當時好像只維持了一個作家職業，或產生一個職業作家，那即是管發報事務的我。每月固定可以拿三十元錢，不至於再欠公寓火食[67]賬！到出紀念增刊時，我一個人又用種種筆名，小說戲劇，詩歌散文，一應具全[68]，寫了四篇文章，拿了一筆稿費，其他方面似乎即不曾有開支。這個增刊賣到一

64　「打平夥」是流行於中國各地的一種生活習俗，多指眾人聚餐，費用均攤，近似於今天的「AA 制」，但更淳樸爽氣一些，推而廣之「打平夥」也可以用來形容合夥做事、湊份經商等。

65　此處「幾外」疑有排印錯誤，似應作「另外」——此句中說到的幾個人當時多是北京大學教授。

66　「王士傑」當作「王世傑」（1891-1981），湖北崇陽人，時任北京大學教授，1924 年末創辦《現代評論》。

67　「火食」今通作「伙食」。

68　「一應具全」今通作「一應俱全」。

萬五千本，只是在賬目上有個紀錄。刊物這麼辦下去不關門才真是奇蹟！所以北伐前遷過上海，依然給太平洋書店出版，再過不久，也就停了。

於時胡適之、徐志摩先生，也正辦新月書店，預備出文學書的單行本和《新月》雜誌。北新、新月移到上海後，北伐成了功。光華、現代、新中國、開明、華通、樂群、創造社出版部、生活、良友等等書店，在上海陸續成立。有股份公司，有版稅制度，有這樣那樣文學叢書的印行，有各種定期刊物出版，報紙上於是有了大幅新書廣告，小報上有了不大可靠的文壇消息，而批評、檢討、捧場、攻擊，一切慢慢出現，卻共同形成了個新的局面。這個企業的興起，既是在一個新的自由競爭環境中生長發展，這才真有了所謂「職業作家」，受刺激、爭表現，繁榮了個新出版業，也穩定了新文學運動。然而我們應當知道，即這個「職業作家」，還是近於一個相當抽象的名詞，這名詞且多少包含了一點兒諷刺意味的。為的是這個職業比起其他職業來，實費力而難見好，且決不能賴以為生。即以五四文學運動的元老胡適之、陳獨秀、魯迅，或冰心作品而言，雖有個版稅制度，真實收入數目是極可笑的。（當時或有點點收入，到後來且什麼都沒有了。）這些人就沒有一個敢大膽希望，可以從印行作品中，取得一點分上利益，能一年半載不做事也可生活下去。新露面的一群，自然更不敢妄想工作三五年後，印行五本書後，即可以把日子過得從容一點了。由於這個新的企業的興起、繁榮，已變更了作者與讀者的原有關係，可是作者卻依然居多還是要用個「玩票」精神作下去。受不了這個試驗的，倒也好辦，因為已可用作家名分消失到許多職業裡，尤其是有意消失到黨政軍學方面時，極其容易。但也就因此使這個部門的進步，受了相當損失。最大損失還是由改圖而在那個大混亂中所作成的犧牲，影響到這個企業的發展。一面是有了出版機構，卻得不到什麼好書，一面是由於競爭營業，在別方面越浪費，在作者方面反而越企圖減少消耗。直到民十八到二十左右，印行魯迅、郁達夫、冰心全集的某某書店，每月約付作者二百元版稅的事還到時不能履行，而某某當時最知名的女作家，一個十五萬字的小説版權出賣，換個一百元還費盡唇舌，始能交涉成功。即可知新書業的發展史上，對於作家關係，實保留一個如何不健全待修正的習慣！但這個不健全也可説對於一部分作家，還是有意義的，即對於那個徒負「職業作家」名分，日子過得十分狼狽，在任何試驗中還不曾放過筆改過業的那一群。他們的「玩票」精神，先是自願的，後來是被迫的，新的認識且完全放棄了收入打算，更認真的玩下去。因為他們的掙扎，不僅繁榮了個新書業，還產生了許多優秀作品，支援了個文學運動對社會的健康關係。而從民二十到二十六這一段各方面的成就，即由於他們所保持的紀錄，以及更新一群為這個紀錄突破而有所努力共同作成的。在這個過程中，對新書業也有了個檢汰作用，即凡重制度，能注意到作品的質的認識，而出版上又不苟且，對讀者對作家都若有個交代的，因之基礎穩固，能存在，能發展，即經過十年戰事，遷移後方，蒙受極大損失，由於制度和信用，還好好保持，復員後依然可恢復並居領導地位。凡過分利用一時聰明，投機取巧，一切只顧目前，對讀者與作者之間，不曾盡過應盡責任，又只圖從制度外有所經營的，雖一時間可發點小財，終於還是完事。這個現象正說明一件事情，即經營這個新企業，雖有資本還得會經營，能經營還得重制度，有制度依然尚需要一點理想，比發展業務還高一點遠一點的理想，方可望能穩定，能發展，還有個新的未來！

從近二十年這個企業加以注意，我們即可知因戰事時間太長，有些書店損失太大，加上復員後的由南到北，一片戰火的擴大，國家全部機構都若在麻痹僵固狀態中，新書業一時間自無從談發展。半官性的，或因接收的物資從紙張到店面無一不備，還不至於見出窘態。但有個致命傷，即所印行書籍銷路問題，求好轉恐不容易。屬於私人經營的，或因兼印教科書，從政府得到紙貸款的補助，各省分配機構還存在，也容易穩得住。至於幾個單純印行文學書籍的出版機構，如近二十年對於這部門盡過最大責任、有過極大貢獻的文化生活出版社，戰後興起的作家出版社，……分配周轉上實值得人關心。國內這種出版機構既不多，政府負責方面如對於這個問題能有點認識，即應不經請求也能給予一筆貸款才合理。如有個三五億貸款周轉，一年內出版的貢獻，當可比官營出版機構費三五十億得來的成績還大得多。新文學明日的正常發展，這類出版機構有其重要作用。

還有一點是書業方面和作家間的關係，一起始似乎即不怎麼合理。這對於文學運動本身，固然是極大損失，即對於新出版業，也大不經濟。最明白顯然的事實，即在這個情形下，作家有成就的不易保留，並繼續生產優秀作品，待發展的更容易為其他職業奪去，近於未成熟即夭殤。這部門工作的推進，我們與其寄託希望於政治，還不如寄託希望於出版家。書業目前有它的困難，原是事實，但即再困難，也會覺得分佈在各處的分配機構得維持，否則明日更加困難。可是以印行新書發展營業的幾個書店，似乎很少會想到作家也應算作機構中一個重要成分。政府對於書業已有個補救制度，凡有資格請求的，都得到相當結果。可是直到如今為止，我們卻似乎還不曾聽說這些書店，在固定版稅制度外，肯為作者想點辦法。而這個作者群，實在又還有三五十個人，有權利向新書業作這個提議而需要即刻實現的。

這個結論和我原說的作家「玩票」到底精神似乎有點衝突，因為真的歡喜唱戲的票友，應當能夠賠本錢玩下去，一切不大在乎，何況一個有理想的作家？我意思倒是從書業方面看去，這是修正或補救過去不大合理的分配制度機會。這個分配制度使作家繁榮了新書業，支持了與書業有關的萬千寄食者，自己群中卻有因窮而病，死去時板木也得向宏善堂領去的事。到現在，多數作家生產的枯窘現象，已影響到出版水準。新書業的一部分負責者，對作家是不是還有點義務待盡？以個人私見，目前的補救和明日的分配制度如何修正，不僅僅有關作家，實在更有關出版家。若照戰時那個分配方式來説，用個人作例，有好些書十年中不曾得到一文版稅，有些一年半載所得的還不夠購買本人一本書[69]。這方面的不合理，恐怕和社會其他方面一樣，都在促成枯窘、貧乏、解體，不是好現象。作家固然要理想，方能有好作品產生，但經營新書業有成就得信託的，似乎更要一點理想，明日才可望有個新的局面展開！在作家方面，我們希望永遠有人能用「玩票」精神工作下去，尤其是那些有成就有貢獻的老作家。在出版家方面，我們卻希望能記住這不是純粹商業。

紀念詩人節[70]

每年舊[71]五月五日，為了紀念詩人節，國內文學刊物、文學團體照例有些應景文章和儀式，點綴這個從歷史接收下

---

69 據記者子岡的訪問記〈沈從文在北平〉（載 1946 年 9 月 19 日《大公報》）報導，沈從文說本年開明書店與他結算稿費，結果是「我拿到三百六十元，因為按照偽幣折合的。算起來要自己一本書十八年的版稅才能買一本書，這是書店的制度。」

70 此文載 1948 年 6 月 1 日北平《平明日報》，作者署名「從文」，當即沈從文，他曾應邀擔任《平明日報》「星期文藝」副刊（1946 年 12 月 29 日創刊）主編，並在該報上發表過不少文字。

71 原報此處可能漏排了「曆」字，但「舊×月×日」作為約定俗成的說法，也可通。

來的節令。這節日本為二千年前一個不甘哺糟啜醨[72]卻在衆醉醒醒中自沉清流的屈原而設。龍舟競渡雖已失去本來意義甚遠，角黍招魂卻尚留些古典悲傷。然而詩人若有知，在這個舉國一致文人團體新儀式中，必反而覺得稍稍厭倦。因生者宜自哀處甚多，卻像是毫無所知、不以為意。尤其是一個對本身責任似還少自知之明，對下一代又缺少真正愛情的詩人群，若僅僅會在戰火擴大作成的情緒狀態中，鼓勵自殘，誇大戰果，或在詩句上浪費廉價的「為人民」的空洞同情，這個新的紀念儀式越熱鬧，恐怕反而只會使那個舊的歷史上人物精神光輝越減色。所得效果可能也是負的，和需要相反的。所以紀念詩人節要不失本意，先還得從認識屈原的真正人格以及歷代大詩人傳統信念入手。用不失赤子之心來把握工作還不夠，必將詩人的「愛與不忍」侵透[73]於人格作品中，變成一種悲憫與博大遠見和深思風度，才會有真詩、有好詩，有讓下一代還可從作品取得無私熱情和純粹信仰來用愛與合作而活下去的人性的詩。這種作品這種詩人都不是每年紀念即能產生的。在此更讓我們對於那些生活仿佛失衡孤獨、工作異常嚴謹、近三十年來因故早世[74]的詩人，尤其是就中因反對糊塗戰爭，反對專制強權，而犧牲了生命的一位

72 「哺糟啜醨」語出《楚辭．漁父》：「眾人皆醉，何不哺其糟而歠其釃？」

73 「侵透」通作「浸透」。

74 「早世」義同「早逝」。古典用例如《左傳．昭公三年》：「則又無祿，早世殞命，寡人失望。」又，唐韓愈《與崔群書》：

朋友，值得表示誠實而永久敬意[75]。或於二千年前自殺，或於二十世紀被害，他們的死，實近於對不[76]公正腐敗殘忍現實的抗議，都守住一個信念，為了更多數人應當得到合理的生！

（2010 年 3 月 20 日重校於清華園之聊寄堂，
2011 年 12 月 8 日復校〈夢和囈〉一文。）

「僕家不幸，諸父諸兄皆康彊早世，如僕者又可以圖於久長哉？」

75 這位被沈從文稱為「因反對糊塗戰爭，反對專制強權，而犧牲了生命」的詩人朋友，可能指聞一多。

76 原報此處漏空一字，疑漏排了「不」字，錄以待考。

遺文疑問待平章

——新發現的沈從文佚文廢郵考略

收集在這裡的沈從文佚文廢郵十三篇，是我和裴春芳、陳越兩位同學近兩年來陸續發現的。其中〈廢郵存底・致丁玲〉、〈廢郵存底・辛・第廿九號〉、〈敵與我〉、〈新廢郵存底・關於〈長河〉問題，答覆一個生長於呂家坪的軍官（殘）〉、〈新廢郵存底・致莫千（殘）〉、〈給一個出國的朋友〉、〈詩人節題詞〉七篇由我輯錄，〈讀書隨筆〉、〈夢和囈〉、〈文字〉三篇由裴春芳輯錄，〈旱的來臨〉、〈新書業和作家〉、〈紀念詩人節〉三篇則由陳越輯錄。這些長長短短的佚文廢郵誠然零碎不成系統，不能與重要的創作相比，但其中一些篇什也包含著相當重要的信息，或許為沈從文研究者所樂見，所以我又對輯錄稿通校一過，並酌加注釋，集中刊佈於此。坦率地說，由於個人聞見有限，有些篇什或已被人發現在先也未可知，倘如是，則理當以先發者為准，我們的後發自然作廢。關於一些文本的考辨以及其他相關情況的介紹，說來頗為繁瑣，不便夾雜於校注之中，所以在這裡歸總交代一下。

友誼與愛情的遺跡：
沈從文致丁玲的信和給張兆和的情書

前面的〈廢郵存底．致丁玲〉、〈廢郵存底．辛．第廿九號〉、〈旱的來臨〉三篇，都是沈從文在上世紀三十年代初期寫作的，均刊載於杭州發行的《西湖文苑》雜誌上。

刊載於《西湖文苑》第 1 卷第 3 期上的那封〈廢郵存底〉，目錄頁署名「甲辰編」、正文裡又署名「甲辰」，而「甲辰」乃是沈從文的筆名之一，並且這封〈廢郵存底〉末尾的附識——「這是我一九三〇年在武昌時寫給最近失踪的丁玲女士若干信中的一封信　從文識」——已完全點明了寫信者和收信者的真實身份；復查沈從文 1930 年 9 月 16 日至 12 月下旬在武漢大學任教，則此函當寫於這一時期。為示區別以便於研究者援引，我在整理時酌改為〈廢郵存底．致丁玲〉。刊載於《西湖文苑》第 2 卷第 6 期上的詩作〈旱的來臨〉，不論在目錄頁還是正文裡，作者都署名「岳煥」，而沈從文原名「沈岳煥」，「岳煥」也是他的筆名之一。查收錄在《沈從文全集》（以下簡稱《全集》）中的詩，多為情歌、擬情歌和情詩，像〈旱的來臨〉這樣詠歎鄉村旱災、農民艱辛的詩篇，是頗為少見的。〈廢郵存底．致丁玲〉則尤為珍貴。近年來，沈從文與丁玲的關係已成學界的一個熱門話題，湧現出了《沈從文與丁玲》（李輝著，湖北人民出版社，2005年）等專題研究著作，該書並附錄了相關的討論文章和參考文獻，但這封〈廢郵存底‧致丁玲〉卻未見涉及。研究者們利用較多的還是沈從文的《記丁玲》及其續篇等，在這些著作中沈從文也摘引了他與丁玲之間的多封往來信函，可惜大都不完整。比較而言，這封〈廢郵存底‧致丁玲〉可能是現存最長也最為完整的沈從文致丁玲書信，從中可以推知，丁玲曾經寫信與沈從文討論婦女問題，所以沈從文便復函給她，非常坦率地陳述了自己對這個問題的意見。看得出來，兩位好朋友在婦女問題上的觀點並不一致，但分歧顯然無礙於他們之間的友誼。而時當丁玲遭難之際，沈從文特地發表這封致丁玲的舊函，並加附識點出丁玲的「失踪」，這無疑有聲援友人、問難當局之意。所以，不論對研究沈、丁的關係還是探討沈從文的婦女觀，這封〈廢郵存底‧致丁玲〉都是不可多得的文獻。

頗為有趣也頗難辨識的，是發表在《西湖文苑》第1卷第4期上的那封〈廢郵存底〉。

在該期目錄頁和正文裡，這封〈廢郵存底〉都署名「甲辰編」，信前並有編者「甲辰」的一段題識云：「辛‧第廿九號‧從一個海邊寄到另一個海邊。一個三十歲的女人，寄給一個十九歲的男子。她不是基督徒，卻信仰了一次上帝」，末尾有寫信時間「二十年、十一月」。為示區別並便於研究者引用，我在整理時改題為〈廢郵存底·辛·第廿九號〉。這顯然是一封情書，寫得頗有情致，可究竟是誰寫給誰的呢？不待說，「甲辰」自然是沈從文，但既作「甲辰編」，則他或許只是這封信的編發者也未可知，何況「甲辰」又特別加上那麼一段題識，徑直告訴讀者該信是「一個三十歲的女人，寄給一個十九歲的男子」的呢！但問題是，不論那個「三十歲的女人」抑或那個「十九歲的男子」，都無名無姓，難以稽查。當然，在當年（1930年代初期）沈從文的交往圈子裡，也頗有幾個年近「三十」而仍然熱情敢愛的知識女性，可要說她們竟然會愛上一個年僅「十九歲」的男子，那也似乎太超前了些，幾近於不可能。即使在沈從文的朋友圈裡確有這樣的人、這樣的事和這樣的信，可隨之而來的問題卻也更加難解——事關年齡如此懸殊的一對男女私情（幾近於今日所謂「姐弟戀」）的情書，又怎麼會落到沈從文的手裡、並且任他拿來公開發表呢？倘說是沈從文無意中得睹一位三十歲的女性的情書，也很難設想她或她的年輕情人會同意沈從文把如此「出格」的情書拿去發表呀！然則，難不成沈從文是偷窺、偷抄出來抑或是脅迫別人同意他拿來發表的嗎？雖然在緋聞滿天飛以至人們已經不以緋聞為非反以為榮的今日，情書的公開被「曬」已是稀鬆平常之事，但我們恐怕很難設想為人正直善良的沈從文在當年會如此不負責任地行事吧！

既然按照「甲辰」即沈從文的「題識」之提示去看，這封私密的情書的被發表反倒成了讓人難以置信的事情，我們也就只好返回到「甲辰」即沈從文自己那裡——或許他才是這封情書的真正「編寫者」，而他所謂「一個三十歲的女人，寄給一個十九歲的男子」的説法，也可能是小説家慣用的有意誘導讀者的障眼法，旨在掩飾一個暫時不願被人知曉的真實：這封信實際上是「一個三十歲的男人，寄給一個十九歲的女子」的情書，而那「一個三十歲的男人」和那「一個十九歲的女子」，則很可能就是當時正在戀愛中的沈從文和張兆和。

這當然只是我的一個「大膽的假設」，但竊以為這種可能性還是存在的。

查沈從文自 1929 年 9 月起在吳淞的中國公學任教，也就在這年冬天他愛上了該校外文系二年級學生張兆和。次年 2 月新學期開學，沈從文也開始了對張兆和的辛苦追求，中間頗多曲折而鍥而不捨，至 1931 年前半年漸有轉機——張兆和不再拒絕他的愛情了。欣喜若狂的沈從文在 1931 年 6 月某日寫信給張兆和，隨後並將這封信以〈廢郵存底（一）〉的題目，發表在該年 6 月底出版的《文藝月刊》第 2 卷第 5～6 號合刊上，現改題為〈由達園給張兆和〉，收入《沈從文全集》（以下簡稱《全集》）第 11 卷——據説這是沈從文「寫給張兆和數百封情書中唯一公開發表的一件」[1]，可見其珍貴。從此之後，二人的感情發展就比較順利了。1931 年 8 月沈從文到青島大學任教，其九妹岳萌也跟隨他到青島讀書，而張兆和則仍在吳淞的中國公學學習，到次年 7 月張兆和畢業，沈從文則乘暑假之機到蘇州張家看望她。……這封編號為「辛‧第廿九號」的〈廢郵存底〉，很可能就是沈從文在 1931 年 11 月的某一天寫給張兆和的一封情書。按照中國過去的習慣演算法，1931 年的沈從文恰值三十而立之年，而張兆和也正當十九、二十歲的花季，並且他們也恰好各在一個海邊——沈從文在青島而張兆和在吳淞，這正與「甲辰」即沈從文在這封〈廢郵存底〉前面的題識裡所提示的情況——「從一個海邊寄到另一個海邊」——的情況相合。至於題識裡所謂「一個三十歲的女人，寄給一個十九歲的男子。她不是基督徒，卻信仰了一次上帝」的說法，雖以無名無姓並且性別顛倒的障眼法掩飾了當事人的真實身份，卻也真實地表達了三十而立的沈從文對年輕的張兆和的深情和隱憂。那深情與隱憂正可與半年前的〈由達園給張兆和〉相校讀。由於來自湘西那樣一個頗有些神秘的地方再加上受「五四」以來流行的愛情神聖觀念之感染，沈從文很喜歡把男女愛欲作泛神論的理解。即如他在前一封信中就對張兆和說「我讚美你，上帝！」並謙卑地自稱為她的「奴隸」，在這封信裡又以一個愛情遲到的盛年女性自喻，情不自禁地向對方傾訴自己的崇拜與感激之情，一如題識所言「不是基督徒，卻信仰了一次上帝」。然而由於二人的年齡

1 沈虎雛編：〈沈從文年表簡編〉，《沈從文全集》附卷第 15 頁，北嶽文藝出版社，2003 年。

差距不小，沈從文也不免有些擔憂和憂鬱，所以他在上封信裡乃以詩人自喻，以為「『一個女子在詩人的詩中，永遠不會老去，但詩人，他自己卻老去了。』我想到這些，我十分憂鬱了。」而在這封信裡，作為沈從文化身的那位年長的女性也同樣對其年輕的愛人感歎道：「我知道我老了，若是我聰明一點，就是我在這時能有一種決然的打算。我死了比我活下還好。我可並不想死。我將盡這件事成為一個傳奇，一個悲劇，把我這種荒唐的熱情，作為對這個新舊不接榫的時代，集揉湊成的文明，投給一種極深的諷刺。」……不難理解，好不容易得來的愛情，既讓年紀不小的沈從文倍感幸福，但兩人在年齡以及其他一些方面的差距，也讓沉浸在幸福之中的沈從文同時不無自卑和憂鬱，如此矛盾的情結在兩封〈廢郵存底〉中是完全一致的，甚至連表達愛情的比喻——如把心愛的人比作「上帝」和「月亮」——也如出一口。

此外，這兩封〈廢郵存底〉還有一些值得注意的細節關聯。那半年，正是沈從文與張兆和的戀愛取得可喜進展之際，卻又是胡也頻犧牲之後丁玲最感孤苦無助之時，作為好友的沈從文對丁玲自然特別關心，但無奈自己身在異地，於是他寄望於與丁玲就近的張兆和，所以在給張兆和的第一封〈廢郵存底〉裡探問道：「聽說×女士到過你們學校演講，不知說了些什麼話。我是同她頂熟的一個人，……」[2]，這

2 沈從文：〈由達園給張兆和〉，《沈從文全集》第 11 卷第 90 頁，北嶽文藝出版社，2002 年。

個「×女士」即曾到中國公學講演的丁玲；無獨有偶，在〈廢郵存底・辛・第廿九號〉裡，寫信者也殷勤詢問丁玲的情況，並殷切期望收信者能與丁玲成為好朋友：「丁玲女士你見到了沒有？我希望你們成為一個朋友，你們值得互相尊敬。」……諸如此類的關聯不能說是偶然的巧合。順便說一句，〈廢郵存底・辛・第廿九號〉一開頭提到寄給對方的「真珠螺，××妹一個人在海灘上尋找了多久日子才得到。有種黑水晶，不從海邊得來，（它們是鄉巴老，）它的生長地方，在有仙人來去的勞山」，也正暗示著沈從文當時的所在地青島，「××妹」當指跟隨著沈從文一起生活在青島的妹妹沈岳萌。

如果我的推測和考證多少有點道理，則沈從文對他的這封情書做如此特別的處理，也應該有點特別的考慮才是。竊以為這或者與張兆和也是《西湖文苑》的作者有關。發表在《西湖文苑》第 1 卷第 3 期上的蘭姆作品〈水手舅舅〉及第 1 卷第 4 期上的托爾斯泰作品〈蘇拉脫的咖啡店〉，都是張兆和翻譯的。她的這些譯作很可能是沈從文拿去發表的，而〈廢郵存底・辛・第廿九號〉也發表在第 1 卷第 4 期上。不難推想，這樣一封熱烈的情書如果原封不動地發表在同一刊物上，一定會把年輕的張兆和暴露在讀者的視野之下，而讓她感到難堪的，所以沈從文不得不對這封情書做改頭換面、顛倒性別的處理，即以障眼法保護年輕的愛人也。

按，刊載上述四篇沈從文佚文廢郵的《西湖文苑》雖然是個地方性的小刊物，卻是一個相當嚴肅的純文學刊物，在那上面假冒沈從文之名與筆名發表作品，是不大可能的。然而惟其是個地方性的小刊物，研究者一向不大注意，而沈從文當年身在異地並且輾轉不定，這個刊物他未必期期都能收到，縱然收到，也由於戰亂遷徙而未必能夠一一保留下來，這或者就是這些文字長期散佚在集外的原因吧。復檢《全集》第 15 卷收有沈從文的詩作〈微倦〉，編者並於詩後注明「本篇發表於 1933 年 5 月 14 日《西湖文苑》第 1 期，署名季蕤。」可見《全集》編者是知道《西湖文苑》這個刊物曾經發表過沈從文的作品，但又為何不收沈從文在該刊上發表過的其他幾篇文字呢？這些文字在今天看來也毫無違礙之處呀。推想起來，《全集》的編者也許只是依據沈從文的存件編入〈微倦〉的，而未及翻檢原刊吧，所以才把其他幾篇遺漏在《全集》之外了。可能由於同樣的原因，《全集》附卷裡的〈沈從文年表簡編〉，以及吳世勇所著《沈從文年譜》，也都沒有著錄〈微倦〉之外的其他幾篇發表在《西湖文苑》上的沈從文文字。這自然不足怪，因為不論《全集》還是年表、年譜都屬草創，任誰也難以遍檢群刊，有所疏忽其實是難免的。說來可笑而又僥倖的乃是我自己。其實，《西湖文苑》乃是我此前親眼看過的刊物——我整理的〈沈從文佚文廢郵鉤沉〉（發表於《中國現代文學研究叢刊》2008 年第 1 期）中收錄的一篇沈從文佚文〈三秋草〉，就是從《西湖文苑》第 1 卷第 2 期上輯錄的，其他如〈廢郵存底·致丁玲〉、〈廢郵存底·辛·第廿九號〉，我當時也翻閱過，並有簡單的記錄，可是不知為什麼，當時的我誤以為這兩篇可能已經收入《全集》了，因而也就没有翻檢《全集》進行核對，遂與這兩篇重要的沈從文廢郵失之交臂。直到最近，為了整理下面的另一些沈從文佚文廢郵，我重新翻查自己閱讀舊書報刊的筆記本，又一次看到了幾年前關於《西湖文苑》的記錄，這才突然意識到自己也許有失誤——既然〈三秋草〉是佚文，則同一刊物上的兩封〈廢郵存底〉，也很有可能被《全集》漏收了啊！於是托陳越同學去把這兩篇複製回來，而陳越是個仔細的人，他翻檢該刊還發現了我疏忽未記的沈從文詩作〈旱的來臨〉以及張兆和的譯文，這才使得這幾篇長期遺漏在外的沈從文佚文廢郵得以重新撿拾回來。雖然「楚弓楚得」的豁達是自古相傳的美談，但文獻的拾遺補缺所要求於我們的，不是豁達與隨便，而是細心和耐心，像我這樣與沈從文的佚文廢郵交臂失之而又居然復得之，真是僥倖得讓自己慚愧不已。

愛國與愛欲的焦慮：
沈從文抗戰及四十年代的佚文廢郵

其餘十篇佚文廢郵都寫於抗戰及四十年代，其中有些篇什之出於沈從文之手，應無庸議。如〈敵與我〉、〈詩人節題詞〉、〈新書業和作家〉、〈紀念詩人節〉四篇，在原刊或原報上都署名「沈從文」或「從文」，這些充滿了感時憂國精神和人文關懷的文字，多可與沈從文已經入集的某些作品相參證，並且發表它們的刊物也與沈從文關係密切——他或是其編者或曾為其特約撰述人等等，所以在那些報刊上冒名頂替沈從文發表文字的情況是完全可以排除的。詩作〈文字〉的作者署名「雍羽」，這是沈從文四十年代發表詩作時比較常用的一個筆名。至於〈新廢郵存底・關於《長河》問題，答覆一個生長於呂家坪的軍官（殘）〉、〈新廢郵存底・致莫千（殘）〉兩封廢郵，則是從許傑先生的批評文章〈論沈從文的寫作目的〉（該文在報紙副刊上發表時原題〈沈從文論寫作目的〉）裡轉輯出來的。從許文中不難推知，沈從文的這兩封信曾在當年的報刊上公開發表過，可惜許先生在引用時沒有注明原信發表的出處，所以這裡轉輯的乃是不完整的殘篇，完整的信函應該還存在於世，希望大家幫助找到它們。需要說明的是，沈從文有些公開發表過的文章和書簡，也不乏改題入集者，所以此次我也盡可能地把上述文字與《全集》進行了核對，但《全集》卷帙浩繁，我實在不敢保證自己就沒有疏漏或誤斷之處。例如〈新廢郵存底・關於《長河》問題，答覆一個生長於呂家坪的軍官（殘）〉、〈新書業和作家〉和〈紀念詩人節〉三篇，我讀著總覺得有些似曾相識，可是怎麼翻檢也查不出它們曾經改題入集。這或許因為同樣的意思，沈從文也曾在別的文章中多次申述過，因而難免出現言近似而文不同的情況。當然，也不能排除我的翻檢還不夠徹底、核對還不夠細心，所以倘有失檢與誤斷之處，還請讀者和研究者指正。

需要考定歸屬的，是〈讀書隨筆〉、〈夢和囈〉和〈給一個出國的朋友〉三篇。

〈讀書隨筆〉與〈夢和囈〉兩篇，分別發表於香港《星島日報·星座》第57期（1938年9月26日）和香港《大公報·文藝》第417期（1938年9月29日）。兩文發表的時間如此接近，而且都發表在香港的報刊上，則它們的作者「朱張」很有可能是同一個人。這個「朱張」顯然不大像一個人的真名，而更像是某個作家的筆名。然則「朱張」到底是誰呢？從他接連寫作的這兩篇文章來看，其時的「朱張」似乎在感情生活中深有感觸而不能自已，於是埋首讀書、藉以遣懷，而他讀的書中恰有法國現代作家法郎士的愛欲小說《紅百合》，這讓他頗有會心，遂萌生了也創作一部類似的小說《綠百合》的想法——

> 白【百】合花極靜，在意象中尤靜。
>
> 山谷中應當有白中微帶淺藍色的白【百】合花，弱頸長蒂，無語如語，香清而淡，軀幹秀拔。花粉作黃色，小葉如翠璫。
>
> 法郎士曾寫一《紅白【百】合》故事，述愛欲在生命中所占地位，所有形式，以及其細微變化。我想寫一《綠白【百】合》，用形式表現意象。

有意思的是，同樣的事情和意思也出現在沈從文同一時期的文字〈生命〉裡。按，〈生命〉一文已經收入《沈從文全集》第12卷，編者在該文末尾附注云：「本篇前三個自然段曾於1940年8月17日在香港《大公報．文藝》第905期發表，署名雍羽。1941年8月以全文收入上海文化生活出版社初版《燭虛》集。」應該說，〈生命〉與上述兩文的相同並非偶然的巧合。事實上，讀者只要把〈夢和囈〉與〈生命〉略作校讀，就不難發現前文乃是後文的一部分。就此而言，〈夢和囈〉已不能說是一篇佚文了，而之所以仍然把它作為佚文，一則因為沈從文曾經單獨發表過它，所以單篇輯錄在此，以存其舊，二則由此可知「朱張」乃是沈從文的筆名之一，據此則同樣署名「朱張」的〈讀書隨筆〉也當出於沈從文之手，並且〈讀書隨筆〉也在談論著《紅百合》和男女問題，所以它屬於沈從文的佚文，應該是沒有疑問的。

較難辨別的，是那封〈給一個出國的朋友〉的信。這封信寫於1945年9月29日、發表於同年10月20日出版的《自由導報》週刊第3期，作者署名「章翥」。幾年前我就碰到過這封信，但由於對「章翥」實在陌生得很，誤以為他是一個無名作者、他的信也無關緊要，所以就沒有細看。幸而因為要校錄《自由導報》上的冰心佚文〈請客〉和沈從文佚文〈我們用什麼來迎接勝利〉（二文均載該刊第5期），我不得不反覆翻檢該刊，也就不免與〈給一個出國的朋友〉多次碰面了。去年春天又一次碰到這封長信，心想何妨看看呢。這一看，才感覺到它很可能是沈從文寫給即將出國的卞之琳的一封長信，大概因為信中涉及到卞之琳和張充和之間曲折而無果的戀愛等私密問題吧，所以沈從文不得不隱去自己的和卞之琳的真名。

當然，這也是我的一個「大膽的猜想」，要證明這個猜想，自然還需要一點考證。

按，《自由導報》週刊創刊於1945年9月29日，乃是西南聯大文科師生的一個小園地，先在昆明、後在上海出版，沈從文和卞之琳都是該刊的特約撰述人。按理說，發表在該刊上的〈給一個出國的朋友〉，其寫信人和收信人很有可能就在西南聯大的文人學者圈中。而我之所以判斷這封長信是沈從文寫給卞之琳的，大體有以下三方面的理據。

最為顯然的一面是，這封信的筆調實在很像沈從文的。即如開首的「我因答應好家中人今天下鄉，回去作火頭軍，所以來不及送你了」幾句，就是典型的沈從文口吻。這在沈從文乃是其來有自的，因為他少年從軍，與司務長、火頭軍之類中下層軍人混得很熟、感情很深，他早期的小說〈會明〉、〈燈〉就表現了對這類人物的「溫愛」。應該說，這種感情已轉化為沈從文的生活情趣，所以成家後的他是很樂意為妻子兒女「作火頭軍」的，以至於為妻子兒女「作火頭軍」成了他頗喜歡說的口頭禪。直到晚年，沈從文在致一位老友的信中說到兩個業已成家、在外工作的兒子，他仍欣然表示：「我們可能將來要去那邊作『婆婆』和『火頭軍』的！」[3] 沈從文的這種生活情趣，如今在他的家鄉鳳凰縣已成為人們津津樂道的美談，即如「鳳凰旅遊網」上最近的一篇文章說到沈從文等鳳凰名人的愛情時，就有這樣的稱道：「在日常生活中，他們讓女人管家理財，而且常常自願做火頭軍煮飯、炒菜給自己心愛的女人、孩子們吃，並以能炒兩三個好菜而自豪，親情盎然。」[4]諸如此類沈從文式的語句，在這封長信中還有不少，熟悉沈從文作品的人讀後便知，無煩列舉了。

不過，僅從語言風格來判定文章的歸屬，是未免冒失的。更足資參考的，也許是人、事、情的關聯。就此而言，也確有一些值得關注的線索。即如從這封信的上下文可以看出，收信者過去曾為詩人而今身為教師，他剛剛幸運地獲得出國的機會，卻因為與女友的關係不順而苦惱殊甚，而在那時的西南聯大裡，能夠同時遭遇這等幸運和如此不順的教師兼為詩人者，幾乎可以說是非卞之琳莫屬了；並且特別巧合的是，在當時的文壇和學院圈子裡，最瞭解卞之琳多年來「為情所困」（恕我用了這個有點庸俗的套語）之底細的人，也同樣可以說是非沈從文莫屬——他既是卞之琳的好友又是張充和的姐夫呀。據卞之琳先生晚年回憶——

> 1945 年夏天，日本投降前夕，英國文化委員會新

3　沈從文 1970 年 9 月 22 日覆蕭乾函，《沈從文全集》第 22 卷第 380 頁，北嶽文藝出版社，2002 年。

4　「鳳凰古城」：〈鳳凰名人與愛情〉，文章來源：鳳凰旅遊網（http://www.fhmjy.com）。

> 任駐華總代表羅思培教授（Prof · Roxby）前往重慶赴任，路過昆明，經西南聯大同事英國作家白英（Robert Payne）為我介紹與羅思培及其夫人晤談，並找我的英文著作譯稿向他們吹噓，提供審閱，當年冬天我從重慶英國文化委員會總代表處接到通知，邀請我次年去牛津大學拜裡奧（Balliol）學院作客一年。……[5]

卞之琳說自己在 1945 年冬天接到了出遊英倫的通知，這當是指英國文化委員會正式發來的邀請函件。實際上，由於有西南聯大的英國同事白英的居間介紹與溝通，卞之琳稍前些時候就已得到了將被邀請出國的訊息，並有可能將這個消息告訴了自己最知心的前輩兼同事沈從文。得知這個消息，沈從文自然很為卞之琳高興，然而以他對卞之琳感情隱秘和優柔個性的瞭解，又不禁擔心卞之琳會因為感情的原因而戀戀不捨、裹足不前。於是沈從文便寫了這封長信給卞之琳，既中肯地分析了卞之琳戀愛失敗的原因和教訓，勸他接受無情的現實，同時也鼓勵他好男兒志在四方，眼光應該遠大點，不要戀戀於詩和情，還要有更大的文學抱負以至政治抱負——「也許反而可從國外廣泛的學來一些知識，成為一種堅強結實單純的信念，準備明日為××××的愚頑勢力與墮落風氣而長久對峙！」

誠然，這些關聯乃是我根據相關情況分析和推測出來

5 卞之琳：〈赤子之心與自我戲劇化：追念葉公超〉，《卞之琳文集》中卷第 188 頁，安徽教育出版社，2002 年。

的。即使我的分析和推測合乎實際，也難向沈從文和卞之琳兩先生求證了，所以臨了我們還得求證於文本深層關聯的校讀，即把這封信與沈從文的其他文字相參校，看看能否在它們之間尋找出一些共有的而又只屬於沈從文的元素——他所獨有的思想觀念、情感態度及其修辭策略等。這樣的元素似乎不難尋找。尤其是這封信所表達的愛欲觀和文學觀，與沈從文的觀點非常契合。譬如，沈從文在小說〈夢與現實〉（此篇後來被沈從文用以代替真正的〈摘星錄〉）中，反覆用「十九世紀」和「二十世紀」以及相近的語詞「古典」與「現代」，來標示筆下人物在個人情感生活中無法解決的內在矛盾之兩極，這可以說是沈從文特有的觀念和修辭。非常巧合的是，就在這封〈給一個出國的朋友〉的信中，寫信人也對收信人在愛情上的矛盾態度作了同樣的分析——

> 由於你生命中包含有十九世紀中國人情的傳統，與廿世紀中國詩人的抒情，兩種氣質的融會，加上個機緣二字，本性的必然或命運的必然都可見出悲劇的無可避免。

正因為洞察到收信人情感氣質的矛盾而使他在愛情上難免失意，所以寫信人便敦勸收信人乾脆瀟灑放手，並激勵他到了國外正好可用文學來轉化其被壓抑的愛欲——

> 你正不妨將寫詩的筆重用，用到這個更壯麗的題

> 目上，一面可使這些行將消失淨盡而又無秩序的生命推廣，能重新得到一個應有的位置，一面也可以消耗你一部分被壓抑無可使用的熱情，將一個「愛」字重作解釋，重作運用。

這些話不僅像沈從文的口吻，而且徑可說是其生活與創作的經驗之談。如所周知，用文學留住行將消失的生命之根、為人情人性尤其是人的愛欲做寫照，並以此促進民族品德的重造，正是沈從文反覆表達的審美理想。即如在〈《長河》題記〉裡他就再三致意：「農村社會所保有那點正直素樸人情美，幾乎快要消失無餘，代替而來的卻是近二十年實際社會培養成功的一種唯實唯利庸俗人生觀。……十年來這些人本身雖若依舊好好存在，而且有好些或許都做了小官，發了小財，生兒育女，日子過得很好，但是那點年青人的壯志和雄心，從事業中有以自見，從學術上有以自立的氣概，可完全消失淨盡了。……因此我寫了個小說，取名《邊城》，寫了個遊記，取名《湘行散記》，兩個作品中都有軍人露面，在《邊城》題記上，且曾提起一個問題，即擬將『過去』和『當前』對照，所謂民族品德的消失與重造，可能從什麼方面著手。」[6] 在〈《習作選集》代序〉裡，沈從文更坦承他之所以創作《邊城》——

---

6 沈從文：〈《長河》題記〉，《沈從文全集》第10卷第3-5頁，北嶽文藝出版社，2002年。

> 我主意不在領導讀者去桃源旅行，卻想借重桃源上行七百里路酉水流域一個小城小市中幾個愚夫俗子，被一件人事牽連在一處時，各人應有的一分哀樂，為人類「愛」字作一度恰如其分的說明。[7]

兩相校讀，從思想觀念、情感態度到用語修辭都契合到難分彼此。這實在不能不說是「良有以也」。

倘說單一層面還不足以說明問題，我想把上述三方面的因素綜合起來看，則似乎可以證明〈給一個出國的朋友〉確是沈從文寫給卞之琳的一封談愛情和促遠行的長信，其中貫穿著沈從文式的用文藝來發抒個人受壓抑的愛欲情熱以促進國家民族重建之大業的旨趣——

> 這是你熱情的尾閭。工作的成果中將永遠保存有你對於人生熱忱的反光，也還可望從另一世紀另一類人生命中燃起熊熊的大火！……我們從這一點看去，用歷史，文學，和美術，來重新燃起後一代人的心，再來期望這個民主政治罷。也讓我們從工作的試驗中，消耗自己至於倒下，卻從工作成就中，實證生命的可能罷。熟人關心你生活的，常以一個合理幸福的家庭，在一種新的情緒環境中，得到一點休息，更得到接受明日更大的勇氣。事實上一個有深刻思想的人，生命熱忱的充沛，又那是一個女孩子能消耗，能

7　沈從文：〈《習作選集》代序〉，《沈從文全集》第 9 卷第 5 頁，北嶽文藝出版社，2002 年。

> 歸納，能穩定？熱情的挹注，對女人，將是一種母性正常發育與使用，對男子，怕還是需用長久耐心和深致析剖並重新組合的艱難工作，方始有望！對另一具體國家，我們的戰爭已結束了，對抽象人生，我們的戰爭將從生命接近中的今日起始。你和我都知道，這正是一種完全孤立絕望無助的戰爭，不能退後也不應當退後，因為生命本身即有進無退，接受它時，雖不免稍感悲傷，然而都無所用悲觀。

勸人亦所以自勸。把這些新發現的和我們此前兩次公佈的另一些沈從文佚文廢郵[8]，與《全集》中的其他文本相校讀，不難發現其間許許多多的「問題」之關聯，最終都指向沈從文四十年代以來特別焦慮的國族重建和個人愛欲兩大問題。滿懷熱忱的沈從文在此力勸朋友努力奮鬥、不要悲觀、抽象抒情、不計功利，這在某種意義上也可說是沈從文對自己的勉勵。只是一個孤獨的知識份子的承受能力畢竟有限，此所以由於國家政治和個人愛欲兩方面都不盡如意的壓抑之交攻，還是在四十年代末把沈從文逼入到「瘋與死」的絕境中不能自拔。

對這些問題，此前我和裴春芳也各從或一方面做過初步的探究，但限於能力和文獻的不足，那些探究未能深入且不

8 參閱解志熙輯校：〈沈從文佚文廢郵鉤沉〉，裴春芳輯校：〈沈從文集外詩文四篇〉，以上並載《中國現代文學研究叢刊》2008年第1期；又，裴春芳輯校：〈沈從文小說拾遺——《夢與現實》、《摘星錄》〉，載《十月》2009年第2期。

無疏漏[9]。這些新發現的文獻自然有助於我們進一步接近問題，但要真正弄清問題的癥結，無疑還需要在更大的範圍裡校讀相關文獻、在更大的視野裡梳理問題的來龍與去脈，並且需要更仔細地傾聽作家話裡話外的心聲，才有可能。而要把可能變為現實，自然有待於花更大的功夫和篇幅去作仔細的平章分析，那就需要另文專論了。而本文只是一篇介紹文獻的考證小文，已嘮叨詞費而不免破費刊物的篇幅了，且就此打住吧。

2010 年 3 月 24 日草於清華園之聊寄堂

---

9 參閱解志熙：〈「鄉下人」的經驗與「自由派」的立場之窘困——沈從文佚文廢郵校讀劄記〉，裴春芳：〈「看虹摘星複論政」——沈從文集外詩文四篇校讀劄記〉，以上並載《中國現代文學研究叢刊》2008 年第 1 期；又，裴春芳：〈虹影星光或可證——沈從文四十年代小說的愛欲內涵發微〉，載《十月》2009 年第 2 期。商榷意見請參閱商金林：〈關於《摘星錄》考釋的若干商榷〉，載《中國現代文學研究叢刊》2010 年第 2 期。以上兩注所提解志熙各文均已收入本書。

沈從文佚文輯補

人的重造——從重慶和昆明看到將來[1]

來自重慶方面熟人通信中，似乎有個共通現象，即對國家前途浸透了悲觀感情，對個人工作常表現一種渺茫煩憂，而對於昆明一切，卻又不免歆羨神往。

這種熟人有高級公務員，大學教授，辦社會教育的和作報館編輯的中層分子，弄小工業和經營出版物的事業家，照例還大都是所謂真正「自由主義」者，也即是真正「民主政治」制度下的好公民。論工作意義，實極貼近國家各部門的榮枯，論愛國熱忱，也決不後於任何有明確黨派信仰的在朝在野分子，論認識和經驗，或許比起別的人來還更深刻，更廣泛，更客觀！然而正當國

1　本篇刊載於1946年3月8日上海《世界晨報》第二版，署名「沈從文」。

是問題的僵局，由於協議得到轉機，內戰可以避免，各黨各派都在鋪陳為民主而奮鬥的事功，以為業已將那個「昨日」完全結束，引導歷史轉入一個嶄新時代，對於在會議中相互預計的明日社會國家作種種好夢，而使多數普通人也信以為真時，這群在政治上無所屬的人，卻不免對當前和明日感到一點杞憂。這杞憂自然也有個原因，不是毫無意義。

他們寄身在重慶，重慶的特點又以「特務」活動著名。特務世界禁忌多，這對於少數人也許反而還可收宣傳效果，對多數人則必然造成一種空氣，或時懷戒懼，或見鬼疑神，久而久之，被人偵察或偵察人的，都不免神經異常。「沉默」或為此一部分人求安全的方法，「阿諛」亦即成為另一部分人求發展的政術。多數人在這個勢利，污濁，陰晦，虛偽，變態環境中，既過了八九年日子，早坐實了「政治是謊騙」一句格言，從最近三個月的局勢變動中，什麼人用什麼上了台，什麼人因什麼原因吃了虧，什麼組織由何背景而產生，什麼綱領宣言代表了何等情感與願望，他們又都清清楚楚。從表面說，一月之中什麼都變了，但是試從深處看，他們當然知道「人」並不變。上來的和下去的那個「人」，近於歷史傳統所保有的不良氣質既不容易變，出於現代政治的習慣弱點也不容易變。如今想憑那麼一群新舊官僚，政治掮客，職業愛國家，空頭的文化人，勉強湊合成功一個上層組織，來支配一切，來控制一切，希望在短期中即克服所有矛盾困難，把那麼一個龐大國家導[2]入於常軌中，使專家抬頭而材盡其用，自然是無可希望的奇蹟。他們的悲觀和渺茫感，正說明消極的可代表一部分知識份子對當前現實局面所造成的空洞樂觀表示否定與疑惑，積極的也可能形成一種新的勢能的團結與發展。這新的勢能的團結與發展，一部分期望即寄託於彼等所歆羡神往的昆明。但是昆明方面的一切是否即是[3]寄託這點期望？

若從印刷物上表現的種種看來，對民主爭原則的勇敢方式，對國事檢討批評的坦白精神，皆可證明昆明多的是「自由」，若自由思索自由表現即是培養民主的土壤，昆明也的確可說是民主思想的溫室。但我們也得明白，陽光能生長一切，臭草與香花即可同樣有機會生長於陽光中，寄託於此天然溫良氣候下，固多奇花珍果，也不乏帶刺的仙人掌，和棲息於這種植物間的彩色斑斕的有毒蜘蛛。自由在此固可培養激發若干青年人生命中的尊嚴情感，形成一種爭人權爭原則的熱忱和勇氣，然而另一面氾濫到每種人事上，副作用反作用所見出的惡果，也就相當可觀！至於因「倘來物」過多而作成的抽象氣候，固間接直接支持了民主思想的發展，但事實上也就更支持了社會若干方面腐敗墮落的繼續與擴大。如果我們能仔細注意一下，即可知這種腐敗墮落，不僅僅與民主思想原有同樣繁殖機會，且有更多機會形成一種矛盾的結

2　原報此處一字漫漶不清，疑似「導」字，錄以待考。

3　從上下文義看，此處「即是」或當作「即足」——原報可能因「足」、「是」形近而誤排。

合，或且因為這種結合而將腐敗墮落繼續與擴大，我們就不能不對於無選擇的「自由」感覺到相當痛苦！就個人所接觸狹窄範圍熟人說來，即見有本分應當殺頭反升官的將軍，因贓去職忽成戰士的中級官僚，借虧空為名取非其道的藝術家，辦小學發洋財的校長，這些人寄生息於這個自由空氣中，即絲毫不受社會法律或道德的限制，而且有幾位原還在社交方式上「民主」、「自由」不去口，作成十分關心國家愛護青年的姿態，最近向某方面投了點資，即儼然將過去種種一洗而盡，忽然在爭自由群中成支持者。由於經濟勢力與社會地位的特殊，進一步，亦即可望成為明日政權重新分配最有希望分子。活到這個現實中的我們，不能如遠方人的徒然歆羨神往，卻另抱有一點杞憂，也不為無因由了。

兩地情形似異而實同，即見出國家重造的希望，能否實現，重造的結果如何，實在還建立於「人」上面，人的重造將是個根本問題，人的重造如果無望，則重慶協議中所作成的種種，不過一堆好聽名詞作成的一個歷史動人文件而已。昆明的自由，則產生的仙人掌或且行將掩蓋那所烈士墓。行將產生的四十個國府委員，和屬於這個委員會下的新政府，即使名分上有個各黨各派與無黨無派賢能參加，事實上只能說到分配上的暫時平衡，與國家的真實進步和人民的真實幸福，相距實在還遠得很。

人的重造在明日屬於一個純粹技術問題，在當前則也可成為一個運動，一種政治要求。表現於更新的政治趨勢上，必需是跟隨軍隊國防化後，將所謂各黨各派納入普通的人民代表所形成的議會中。各黨各派的活動競爭，雖能產生一個政府，屬於政府的各部門，卻分別由專家負責，政客或政治家決不能插足其間，其宣傳工具更不許在政府所屬任何機構服務。表現於國家設計上，則將是兩組專家——一為心理學大師，神經病專家，音樂作曲家，雕刻，建築，戲劇，文學，藝術家等等，一為物理，化學，電機，農業，各專家，共同組成一個具有最高權力諮詢顧問委員會，一面審查那個普通人民代表會議所表示的意見和願望，一面且能監督那個政府的一切措施，人的重造才真正有希望可言！

二月十五日[4]

《斷虹・引言》附函[5]

××先生[6]：

寄奉小文，或可供尊刊刊載。各地交通隔絕，讀者似亦

---

4 當即 1946 年 2 月 15 日。

5 〈斷虹・引言〉分上、中、下連載於 1946 年 5 月 2 日、3 日、4 日《世界晨報》第二版，署名「沈從文」，這則附函則置於〈斷虹・引言〉正文之前，當是作者致《世界晨報》編者的一封信函。另，〈斷虹・引言〉此前已在 1946 年 4 月 1 日上海出版的《春秋》雜誌復刊號（總第 3 卷第 1 期）發表，稍後作者略有修改，《沈從文全集》第 16 卷據以編入，但編者的附注誤將該文初刊時間系為「1945 年 4 月 1 日」。

6 「××先生」可能是《世界晨報》總編姚蘇鳳（1906-1974）。據馮亦代《記姚蘇鳳》一文回憶，「抗戰勝利後，蘇鳳和我在上海

無大不相同印象。弟在此似已近於「落伍」，不大寫什麼。寫來好像也不為什麼人看。因此間讀者常常把提筆的人一例稱為「作家」，許多作家也只要寫一首十行朗誦詩即自足，風氣所趨，作家輩出，相形之下，弟即不免落伍矣。因私意總以為「作家」權力極少，義務實多，義務之一即得低頭努力十年二十年，寫點好作品出來，才不辜負這個名分。但時代一變，此種看法已不時髦，亦自然之理也。

沈從文四月二十日[7]

一個理想的美術館[8]

我們且假想這是五年後的一天，氣候依然那麼温和，天日雲影依然那麼美麗，昆明廣播電臺，正播送雲南美術館正式開幕的節目，向群衆報告來到些什麼人，某一館有些什麼特別陳列。我是被邀參加特別講演，坐飛機從北平趕來的。一到地，我就住在翠湖南邊一所大房子中。那房子有上百個房間，都已經住滿了遠道惠臨的嘉賓，客人名單中可發現教育部長和社會教育司長，國立博物院長，國立美術館長，美

辦《世界晨報》，這是張四開小型報。他任總編輯，但只編二、三版副刊，一、四版戴文葆、袁鷹、袁水拍、李君維等人都編過。」（《大家文叢・馮亦代》第 46 頁，古吳軒出版社，2004 年。）

7　當即 1946 年 4 月 20 日。

8　本篇刊載於 1946 年 7 月 21 日上海《世界晨報》第二版，署名「沈從文」。

術專門學校校長，和若干教授，專家，名畫家，國內第一流的攝影記者，向海外推銷中國工藝品的華僑巨擘。房子本是私人的產業，經過種種努力，已轉交美術館保管，有了三年，平時多用作有關全國性文化科學年會的會場，現在又特別重新佈置過一番，作為招待專家來賓下榻的住所。從這大房子臨湖一面，廣闊洋台[9]望出去，可看見許多私人住宅，羅列翠湖周圍，雲南大學新落成的半透明的科學大廈，與圓通公園山上的一簇玻璃亭子，如俯瞰著城中區的新景象，浴在明朗溫和陽光下十分動人，最觸目的將是佔據翠湖中心，被繁茂花木包圍的一列白色建築物，內中包含廿個陳列室和兩個大小會場的美術館給外來客人一種溫靜優美夢魘一般離奇的印象。洋台上一角，大群客人正圍著一位年紀已過六十的美術館館長談天。這人個子雖不十分魁偉，卻於溫和儒雅神氣中，正依稀可見出一點軍人強直風味。其時正和客人談起這個美術館成立的經過。時間雖不過五年，說起它來時，也好像一個故事了。因為幾年來國家已有了很大的變化。光是國內擁有武力武器政團自足自恃情緒的擴張，演變而成內戰，蔓延至國內每一處。不久之後，因國際特別壓力和本身經濟危機，戰事停止而得到轉機。各黨各派既不能不從武力以外找尋調整機會，因之會議重開，虧得幾位折沖樽俎的負責人，[10]總算從會議中決定了一些民治原則。政黨既無從藉

9　「洋台」通作「陽台」。

10　原報此處為句號，但句意未完，故酌改為逗號，特此說明。

武力鞏固政權，武力也無從再利用其他名分隨便魚肉人民，憲政從七拼八湊方式中慢慢轉入正軌，有用知識與健全理性抬了頭，割據內戰已成一個歷史名詞，再不使我們害怕擔心。政客於是也成為一個不大尊嚴名詞，因為任何聰敏政客也再不能空頭取巧，用空泛原則美麗文詞換得何等名分。從地方建設言，則凡知振作，能實事求是，關心多數福利注重文化教育的，都得到很大進步，凡只會粉飾表面社會，把教育當成點綴，私心自用，只圖少數特權得以維持的，都吃了極大的虧。這位美術館長，本來是個軍人，抗日戰事發生後，曾經為國家很出過力，勝利後退職歸來，先還以為受強有力者所挾持感覺失意，鬱鬱不歡。隨後是忽然若有所悟，心境隨之明白開朗，因此即完全放棄了原有古怪念頭，想切切實實來為地方人民做點事。當和幾位常相過從的朋友談起這件事時，經幾位朋友一慫恿，因此從公私兩方面籌了一筆錢，在三五位專家計畫指導下，又得到十來位年輕工作人員的熱忱合作，經過五年的努力，終於克服了一切困難得有今日成就。當這位老軍官敘述到這個故事時，從他興奮神色間，可以看得出一種真誠的愉悅，實比另一時敘述個人的戰功還得意。因為戰爭實近於結束歷史的「過去」，八年戰爭的犧牲，既淨化了這個民族，而當前的工作，卻在創造一個國家的「未來」，提高這個民族對文化的自信心和自尊心。二十個陳列室中最出色的 11 陳列室，應當數美術館長個人的精美收藏，和若干種有鮮明地方性的優秀美術品，還有一個房間，是三迤[12]邊區人民起居食宿住宅的模型。還有五個房間，都是國內最優秀畫家，對於雲南壞[13]瑋秀麗景物與人民生活的寫真，這些特別驚人成就，又差不多是得到美術館在精神物質多方面的贊助下方完成的。另外幾間工藝品的陳列室，每一種還附設有指導機關，可供外地專家諮詢那些美術品生產製作的過程。那個能容一千八百個坐位[14]的會堂，將有三十場充滿地方性的歌舞演出，能容一百五十坐席[15]的小會堂，還準備有十五回專門藝術講演。這種紀念美術館成立的會期，將延長時候到一個月。所印行的出版物，因為精美而價廉，不僅當時成為本地年青人的一種教科書，此後多年，必然還將成為旅行西南的人選擇禮物的對象。……

凡此種種，我說的都好像一個夢，一個雖然美麗可不大切合實際的荒唐夢。因為事實的昆明，當前不是這個樣子，五年後也未必能有這一天。現代政治的特點，一切不外應付現實。應付現實最具體的方法，即將錢堆上去比賽誰的數目最多，一切卻又離不了一個市儈人生觀的巧妙運用，談文化

---

11 原報此處一字漫漶不清，從上下文義看，作「的」、「之」均可通，錄以待考。

12 清王朝先後在雲南置迤東、迤西、迤南三道，合稱「三迤」，後來人們就用「三迤」來代指雲南全省。

13 「壞」當作「瓌」，「瓌」不常用，原報可能沒有這個鉛字而以形近的「壞」代替，也可能是手民誤認誤排。

14 「坐位」今通作「座位」，但現代作家常常並用這兩種寫法。

15 「坐席」今通作「座席」，但現代作家常常並用這兩種寫法。

建設，終不出宣傳裝點範圍，那能作長遠設計？現代商業自更不足道，除了賺錢，什麼都說不上！凡事過分重實際效用的結果，不可免會使得這個地方壯年早衰而青年早熟，壯年早衰，則三四十歲的上層人物，凡事都不免只顧目前，對社會國家難作遠大的憧憬，青年早熟，因此二十歲上下的知識分子，一切待發揚的優美天賦，無不在一種近於夙命[16]情況中，為世故湮抑摧殘殆盡。滿街走著是二十歲的老少年，臉上不是罩上一層黯灰，即浮上一層油氣，見強有力者即打拱作揖，社交禮貌都超過了需要，而年齡中對國家對生命應有的進步幻想與不可一世氣概，反而千中選一，不易尋覓。一入社會即只想兼個差賺點小錢，再無橫海揚帆的遠志和雄心。這種現象對目前言，雖然可以維持一時社會安定與繁榮，以及個人謀出路的小小便利，對未來言，就未免太可怕了。為地方未來作計，這樣一個理想的美術館的實現，當不為無意義！

這樣一個美術館的實現，說來相當困難，作來其實也並不真正如何困難。雲南有的是極合理想的美術館館長。家中收藏了許多好字畫，平時來共同欣賞的人就不多，長久擱在家中真只會喂蠹魚吃，若公開陳列，有助於雲南青年學習就極多。至於愛好藝術的興趣，若作一美術館長，也許比帶甲十萬對國家還有貢獻。雲南還有的是最合理想的美術館地址。翠湖中心那所大房子，環境既良好，地點又適中，公園

16 「夙命」通作「宿命」。

的房子，正合用來作民衆教育的地點，那裡是殺氣騰騰的軍事機關宜於長期佔據？只要稍稍費點力，交涉一下，花點錢收拾改造，不是正可象徵西南偃武修文新局面的開始？雲南還有的是足以接待國內外嘉賓的房子，你們試看看翠湖邊上那座最新最講究的大房子，不是常年都大半空著，讓日曬雨淋？這房子既是由三迤人民的勞力積聚而成，房主人若明白事理，明白歷史，就會覺得人民生活如此窮困不幸，個人卻擁有此不祥的物，不僅無驕傲可言，實應當深覺羞愧。希望這房子到另一時不至於如其他房子租給洋人作寫字間，使他還有點歷史價值，歷史意義，當然是交還人民為合理。雲南還有的是用不盡的錢，有的是另外一種不為世故腐蝕充滿熱忱來學習來創造的有用青年，只要善於使用，凡是促進這個社會使之進步的任何工作，都無不可望有三五個領導者，及一群年青人努力下慢慢完成。目下所缺少的只是這樣一種理想——與經商作官習慣不大相合的社會重造理想如何能在一些人的頭腦中，佔據一個位置，澆灌以相當理智的營養，慢慢發芽生根。這些人若能把文化二字看得深刻一點，[17]明白國家重造社會重造的工作，決不是當前所見如彼如此的表面粉飾宣傳所可見功，還得作更多的設計，而藝術所影響到民族情感的豐饒和民族自信心的加強，有助於建國又如何大，如何重要，能在這種康健觀念下，將知識，技術，金錢，以及年青人待使用的熱忱來重新好好結合，再過五年，我當然

17　原報此處為句號，但句意未完，故酌改為逗號，特此說明。

就可望有一天重來昆明，參加這個美術館成立的典禮了。我實希望有那麼一天，來證明所謂「理想」二字，倘若對人類進步是合理的，對文化發揚是需要的，對多數人民是有益的，就終會有實現的一天！若有人對於他當前所處環境，所在負責地位上，敢疑其所當疑，而能信其所當信，對「理想」有所認識，這人即為明日地方之主人，青年之先知。

「最後一個浪漫派」的人文理想之重申

——沈從文佚文輯補劄記

從《立言畫刊》上的《廢郵存底補》說起

沈從文也許是現代作家中最愛寫信也寫信最多的人。尤其自三十年代以來，他作為京派文學的重鎮，主持《大公報》「文藝」等副刊和刊物，常常接到文學青年求教的稿件和書信，體貼人情的他盡可能地覆信給予鼓勵和輔導，其中一些覆函也曾以「廢郵存底」之名擇要刊登在刊物上。在這些「廢郵存底」中，沈從文往往結合自己的創作經驗，針對文學青年的創作難題給予中肯的分析和恰切的指導，同時也聯繫文壇的熱點問題，與同行交流看法，所以它們發表後曾經引起了廣泛的反響。事實上，這些「廢郵存底」也可說是沈從文特創的一種可與讀者互動的文論形式，它們在京派文學觀念的傳播以至京派文學圈子的形成過程中，是起了顯著作用的。稍後，接編《大公報》「文藝」副刊的蕭乾也追隨沈從文，寫作和發表了不少「廢郵存底」。1937年1月，上海的文化生活出版社出版了《廢郵存底》一書，這是沈從文以及蕭乾的「廢郵存底」的首次結集，但還有不少遺漏，所以有心人很快就動手輯補。

前不久，我隨意翻閱北京淪陷期間的一份戲曲曲藝刊物《立言畫刊》，沒有想到在那樣一個時刻的這樣一份刊物上，居然有人為沈從文和蕭乾的廢郵存底做補遺連載。這個連載題為《廢郵存底補》，下署「沈從文蕭乾合著陳醉蓼拾遺」，它先後重刊了沈從文和蕭乾的十一封「廢郵存底」，其各期的目錄如下——

第77期（1940年3月16日出版），廢郵存底補一、〈野心應該逼視著成績〉（蕭乾）

第78期（1940年3月23日出版），廢郵存底補二、〈關於「批評」一點討論〉（沈從文）

第79期（1940年3月30日出版），廢郵存底補三、〈夢是現實的推動力〉（蕭乾）

第80期（1940年4月6日出版），廢郵存底補四、〈論技巧〉（沈從文）

第82期（1940年4月20日出版），廢郵存底補五、〈給志在寫作者〉（沈從文）

第83期（1940年4月27日出版），廢郵存底補六、〈從艱難中去試驗〉（沈從文）

第84期（1940年5月4日出版），廢郵存底補七、〈天才與耐性〉（沈從文）

第 86 期（1940 年 5 月 15 日出版），廢郵存底補八、〈意識與技巧〉（蕭乾）
第 87 期（1940 年 5 月 25 日出版），廢郵存底補九、〈別怕難別偷懶〉（沈從文）
第 88 期（1940 年 6 月 1 日出版），廢郵存底補十、〈不用寫戀愛詩〉（沈從文）
第 89 期（1940 年 6 月 8 日出版），廢郵存底補十一、〈實生活：創作的至上原料〉（蕭乾）

此後的《立言畫刊》再未見續刊《廢郵存底補》，則陳醉蓼所補沈從文、蕭乾的廢郵存底，大概就這麼多了。輯錄者陳醉蓼的情況不詳，從他 1939 年在《中國公論》第 1 卷第 4 期上發表的舊體詩〈近作二章〉來看，當是一個羈留淪陷區、賣文為生的文人，能為舊詩，喜歡京劇，常有劇評發表，同時也能夠欣賞新文學，所以才會輯補沈從文、蕭乾的廢郵存底，可見他是個頗為留心新文學文獻的有心人。那時的學界文壇還普遍缺乏新文學的文獻意識，得到重視的也只有魯迅的佚文遺文，其他作家的散篇文字還沒有進入人們的學術視野。就此而言，《廢郵存底補》不僅是最早的沈從文、蕭乾佚文的輯錄成果，也可謂現代文學文獻整理的開風氣之作。雖然在今天這些文獻已不難見到，比如上述《廢郵存底補》中的沈從文七篇廢郵存底，均已收入北嶽文藝出版社 2002 年出版的《沈從文全集》（以下簡稱《全集》）第 16 卷和第 17 卷，但陳氏的率先輯佚之功仍不可沒。特別難能可貴的是，陳氏整理重刊的這些廢郵存底，乃是根據沈從文、蕭乾的底稿，並且與《大公報》上的刊發本作了校勘。這一點，他在《立言畫刊》第 77 期開始重刊這些廢郵存底時，特意寫了一段話做了交代——

> 事變前，蕭乾主編《大公報》「文藝」，當時有許多作家與讀者以關於文藝上寫作的問題相質，經沈從文與蕭乾分擔答覆。後蒐集成書，曰《廢郵存底》，由上海「文化生活出版社」出版，編入「文學叢刊」中，定價四角五分。內容收入沈作十四篇，蕭作二十二篇。書到北京，即告售罄，足見此書之價值！惟當時《大公報》上所發表者不只此數，讀者咸認為憾事。且該報舊存經事變後，多拉雜焚燒，無法尋覓。近在友人某君處得見底稿，認為珍貴異常！商之抄錄，按期發表於本刊，幸蒙慨允，料讀者定保存而珍惜之也。

或許有人會懷疑這段話只是刊物編者吸引讀者的一種編輯術，然而只要把陳醉蓼的輯補稿與《全集》裡的廢郵存底對校，就可知他所言非虛。比如，《廢郵存底補》之四《論技巧》開首作「××先生：」末尾又謂「因為藝術與技巧原本不可分開，莫輕視技巧，莫忽略技巧，莫濫用技巧。您以為對嗎？」這開頭的稱謂和最末的「您以為對嗎？」顯然保持了原信的口吻，可是卻不見於《全集》第 16 卷裡的《論技巧》，而《全集》的編者乃是按照 1935 年 8 月 31 日《大公報・小公園》第 1782 號上的發表本收錄的。事實上，陳醉蓼不僅據原稿重刊了這些信，還對原信與《大公報》的刊發本之異同做了校勘補正。最足為證的當屬《廢郵存底補》之十一《實生活：創作的至上原料》（蕭乾），該信前有陳醉蓼的一段按語雲——

按：這信原排入《廢郵存底》第十八，題為《生活的輿圖》，但與原來的復信有些出入，即首段被刪去；且來書至為重要，而亦未附錄，特在此處補全。

陳醉蓼在下面不僅補上了蕭乾覆信的被刪段落，甚至連讀者「費君」的長篇來信也完整附錄。這是無法作假的，足見陳氏輯補的誠心和細心。從安排連載、酌加按語等情況來看，陳醉蓼與《立言畫刊》編者金受申的關係非同一般——或許陳醉蓼與該刊的另一位趣味相近的作者陳蝶生都是金受申的筆名或化名也說不定。無論如何，這段文壇掌故都值得我們紀念。

《世界晨報》上的沈從文文章書簡

前不久，翻閱1946年5月號的《中堅》雜誌，發現那上面有一篇文章提到，「在三月八日的《世界晨報》上，讀到沈從文先生一篇文章，題為〈人的重造〉。」[1]如所周知，「人的重造」是沈從文多年一貫的思想，他曾經在不少文章

1　袁微：〈讀沈從文《人的重造》〉，《中堅》5月號，1946年5月1日。

裡表達過類似的意思，但專門發為〈人的重造〉一文者，則似乎未之見，翻閱《全集》也沒有這樣題目的文章，所以我估計這很可能是沈從文的一篇佚文。

於是抽空到國家圖書館去查《世界晨報》，順利地在那上面找到了沈從文的這篇〈人的重造〉——完整的題目是〈人的重造——從重慶和昆明看到將來〉，果然是一篇重要佚文。同時，還在該報上發現了沈從文的其他幾篇文字：〈斷虹．引言〉（連載於1946年5月2日、5月3日及5月4日的《世界晨報》第二版）及沈從文給《世界晨報》編者的一封附函（寫於1946年4月20日、附載於1946年5月2日發表的〈《斷虹．引言》題下〉，一封長信〈給一個出國的朋友〉（載1946年7月15日《世界晨報》第二版）、〈一個理想的美術館〉（載1946年7月21日《世界晨報》第二版）、〈新文學與青年情感教育〉（載1946年11月2日《世界晨報》第二版）。在一份小報上這麼集中地發現六篇沈從文的文章和書簡，並且除了〈斷虹．引言〉和〈新文學與青年情感教育〉外，其餘四篇都是《全集》漏收的佚文佚簡，這實在是一件讓人高興的事情。

按，《世界晨報》是上海出版的一份四開小報，但辦得比較嚴肅，它1931年7月創刊，出至1937年8月停辦，到了抗戰勝利後的1945年12月重新出版，出至1946年11月再次停辦。姚蘇鳳是抗戰勝利後重新出版的《世界晨報》的總編，而馮亦代亦曾參加編輯。據馮亦代晚年所撰〈記姚蘇鳳〉一文回憶——

> 抗戰勝利後，蘇鳳和我在上海辦《世界晨報》，這是張四開小型報。他任總編輯，但只編二、三版副刊，一、四版戴文葆、袁鷹、袁水拍、李君維等人都編過。[2]

如此，則沈從文附發在〈斷虹・引言〉題下的那封短信——

> ××先生：
>
> 寄奉小文，或可供尊刊刊載。各地交通隔絕，讀者似亦無大不相同印象。弟在此似已近於「落伍」，不大寫什麼。寫來好像也不為什麼人看。因此間讀者常常把提筆的人一例稱為「作家」，許多作家也只要寫一首十行朗誦詩即自足，風氣所趨，作家輩出，相形之下，弟即不免落伍矣。因私意總以為「作家」權力極少，義務實多，義務之一即得低頭努力十年二十年，寫點好作品出來，才不辜負這個名分。但時代一變，此種看法已不時髦，亦自然之理也。
>
> 沈從文四月二十日

這很可能是給姚蘇鳳的——在上述參與編輯的諸人中，沈從文比較熟悉的也就是姚蘇鳳了。從這封信中可以看出，

2　馮亦代：《大家文叢・馮亦代》第46頁，古吳軒出版社，2004年。

沈從文在抗戰勝利之後的心情並不樂觀，而難得的是他仍然不改初衷，在〈人的重造——從重慶和昆明看到將來〉、〈斷虹．引言〉、〈給一個出國的朋友〉、〈一個理想的美術館〉、〈新文學與青年情感教育〉等文章和書簡中，一如既往地高揚其浪漫的人文理想。〈斷虹．引言〉和〈新文學與青年情感教育〉已經收入《全集》中，其他幾篇都是集外佚文佚簡。其中〈給一個出國的朋友〉這封書簡，也曾刊登在1945年10月20日出版的《自由導報》週刊第3期上，而作者則署了一個很陌生的名字「章翥」，我在此前曾經費了老大的工夫考證其為沈從文寫給即將出國的詩人卞之琳的一封佚簡[3]，如今在此又看到沈從文署本名重發的這封信，得以證明我先前的考證無誤，心裡自然是很感欣慰的。

人的重造：「最後一個浪漫派」的人文理想之重申

剩下的〈人的重造——從重慶和昆明看到將來〉和〈一個理想的美術館〉兩篇佚文，乃是沈從文浪漫人文理想的最後重申，而事情還得從沈從文對抗戰中期以來文運的觀察說起。

從1940年以來，蒿目時艱、憂國憂民的沈從文就以為，在戰時「（把）文學當成一個工具，達到『社會重造』、

3 解志熙：〈遺文疑問待平章——新發現的沈從文佚文廢郵考略〉，《中國現代文學研究叢刊》2010年第3期。按，此文收入本書。

『國家重造』的理想，應當是件辦得到的事情」[4]，但前提是文藝必須解脫政治與商業兩種勢力的束縛，而應像「五四」時期那樣與教育和學術重新攜手——

> 文學觀既離不了讀書人，所以文學運動的重造，一定還得重新從學校培養、學校奠基、學校著手。把文運從「商場」與「官場」中解放出來，再度與「學術」、「教育」攜手，一面可防止作品過度商品化與作家純粹清客家奴化，一面且可防止學校中保守退化腐敗現象的擴大（這退化腐敗現象，目前是到處可見的）。我們還得認識清楚，一個作家在寫作觀念上，能得到應有的自由，作品中浸透崇高的理想，與求真的勇敢批評精神，方可望將真正的時代精神與歷史得失，加以表現。能在作品中鑄造一種博大堅實富於生氣的人格，方能啟發教育讀者的心靈。[5]

兩年後的1942年9月，沈從文再次重申此旨——

> 文學運動待重新起始，事極顯明，需要有個轉機，全看有遠見的政治家，或有良心的文學理論家、批評家、作家，能不能給「文學」一種較新的態度。這個新的態度是把文學再度成為「學術」一部門，則

4　沈從文：〈「文藝政策」檢討〉，《沈從文全集》第17卷第274頁，北嶽文藝出版社，2002年。

5　沈從文：〈新的文學運動與新的文學觀〉，《沈從文全集》第12卷第51-52頁，北嶽文藝出版社，2002年。

亡羊補牢，時間雖晚還不算太晚。……文學運動成為學術一部門，一面可防止作品過度商品化，與作家純粹清客化，另一面還可防止學校中腐敗退化現象的擴大，(這個腐敗退化現象，是到處可見的！)這個運動在消極方面，即已有如此偉大作用。在積極方面，卻尚可望除舊更新，使文學作家一支筆由打雜身分，進而為抱著個崇高理想，浸透人生經驗，有計劃的來將這個民族哀樂與歷史得失加以表現。且在作品中鑄造一種博大堅實富於生氣的人格，使異世讀者還可從作品中取得一點做人的信心和熱忱。使文學作品價值，從普通宣傳品而變為民族百年立國經典。[6]

可是，伴隨著抗戰的進程，文學的社會化、政治化以及商品化，已經成為沛然莫之能禦的文學大趨勢，沈從文欲使文學學術化、學院化進而對國民進行精神人格教育的文學重造之夢，只能是一個孤獨無助、不合時宜的吶喊。於是孤獨的沈從文只有反求諸自身，如他 1943 年在其創作自述〈水雲〉中就鄭重地對自己説——

「你這個對政治無信仰對生命極關心的鄉下人，來到城市中用人教育我，所得經驗已經差不多了。你比十年前穩定得多也進步得多了。正好準備你的事業，即用一支筆來好好的保留最後一個浪漫派在二十

6　沈從文〈文學運動的重造〉，《沈從文全集》第 17 卷第 295-297 頁。

> 世紀生命取予的形式，也結束了這個時代這種情感發炎的症候。你知道你的長處，即如何好好的善用長處，成功在等待你，嘲笑也在等待你，但這兩件事對於你都無多大關係。你只要想到你要處理的也是一種歷史，屬於受時代帶走行將消滅的一種人我關係的歷史，你就不至於遲疑了。」[7]

這是沈從文個人的文學理想——他有志於把自己半生遭逢「情感發炎」即愛欲經驗作為「最後一個浪漫派在二十世紀生命揮霍的形式」、作為「一種人我關係的情緒歷史」寫出來，為歷史作證、也為民族的生命增添一點浪漫的活力，為人的重造進而實現民族的重造盡點力，其具體的結晶便是《看虹摘星錄》等描寫個人生命—愛欲體驗的作品。這些作品很個人化，卻寄託著沈從文由「文學重造」來實現「社會重造」、「國家重造」的孤懷宏願。

看得出來，沈從文抗戰時期的文學觀，其實仍然繼承著「五四」以來「美育代宗教」（蔡元培）、用文藝改造國民性（魯迅）、藝術是生命力受到壓抑而生的苦悶的象徵（經

7　沈從文：〈水雲〉（下），《文學創作》第1卷第5期，1943年2月15日。按，這段文字在收入開明書店1947年版《王謝子弟》集時，「最後一個浪漫派在二十世紀生命取予的形式」改為「最後一個浪漫派在二十世紀生命揮霍的形式」，「屬於受時代帶走行將消滅的一種人我關係的歷史」改為「屬於受時代帶走行將消滅的一種人我關係的情緒歷史」——參閱《沈從文全集》第12卷第127頁。

由魯迅介紹的廚川白村綜合了佛洛伊德和柏格森的生命力文藝觀）、文藝是人類「情緒的體操」（經由周作人介紹的藹理斯的文藝觀）這樣一些文藝觀，浸透了注重人性啟蒙的浪漫主義精神。

本來，沈從文以為「民族中所保有的理性和熱情，可望在戰事好轉結束後，重新結合而抬頭。」但抗戰勝利之初，沈從文即憂心忡忡地注意到，一方面國共內戰迫近，一方面政府腐敗、知識界消沉，使「民族品德在另一方面既無力作有計劃的提高，這方面則將在無可奈何情形中下落。說痛苦，一個有心人不管他是習什麼，做什麼，明日還將有的是痛苦，實明明白白！」[8] 正是在這種憂心中，沈從文於「雙十協定」簽訂不久，即寫作了〈人的重造——從重慶和昆明看到將來〉，鄭重地提出了「國家重造的希望，能否實現，重造的結果如何，實在還建立於『人』上面，人的重造將是個根本問題，人的重造如果無望，則重慶協議中所作成的種種，不過一堆好聽名詞作成的一個歷史動人文件而已。」而沈從文的「人的重造」計畫揭櫫的乃是一種專家治國化民的精英主義方案，所以他以為「人的重造」——

> 表現於國家設計上，則將是兩組專家——一為心理學大師，神經病專家，音樂作曲家，雕刻，建築，

8　沈從文：〈我們用什麼來迎接勝利〉，《自由導報》第 5 期，1945 年 11 月 3 日。《沈從文全集》失收此文。

戲劇，文學，藝術家等等，一為物理，化學，電機，農業，各專家，共同組成一個具有最高權力諮詢顧問委員會，一面審查那個普通人民代表會議所表示的意見與願望，一面且能監督那個政府的一切措施，人的重造才真正有希望可言！

沈從文之所以首先提出「心理學大師，神經病專家，音樂作曲家，雕刻，建築，戲劇，文學，藝術家等等」，就因為這些人都是深通「人性」因而最有助於「人的重造」的專家。即如新文學作家就曾對青年的養成發揮過不可替代的作用，所以在隨後的 1946 年 11 月，沈從文又在《世界晨報》上發表了一篇文章，強調指出——

年青人從近二十年養成的社會習慣上，大部分是用新出版物取得娛樂和教育的，一個優秀作家在年青讀者間所保有的抽象勢力，實際上就永遠比居高位擁實權的人還大許多。現實政治聚萬千人於一處爭城爭地所建樹的功勳，即遠不如一二書呆子所具有的信用來得可靠而持久。在這個問題上便讓我們明白一件重要事實，即語體文中的文學作品，於當前或明日的「國家發展」和「青年問題」，還如何不可分。政治上的混沌，若還將繼續下去，清明合理一時無可望，凡有做人良心的文學作家，游離於爭奪以外，近於事勢所必然。他雖游離於爭奪以外，他的理想，卻可能將一個新的社會秩序，引導入於健康合理發展中！[9]

而在稍前的 7 月間發表的〈一個理想的美術館〉一文裡，沈從文更發揮他的藝術想像，設想著在雲南的昆明有那麼一位老軍官幡然覺悟、偃武修文，籌建了一座美術館，以幫助「創造一個國家的『未來』，提高這個民族對文化的自信心和自尊心。」雖然沈從文明白他的設想乃是「一個雖然美麗可不大切合實際的荒唐夢」，但他仍然認定「這樣一個美術館的實現，說來相當困難，作來其實也並不真正如何困難」，因為雲南並不缺乏「極合理想的美術館館長」、「最合理想的美術館地址」，並且「雲南還有的是用不盡的錢，有的是另外一種不為世故腐蝕充滿熱忱來學習來創造的有用青年」，所缺的乃是以美育文化立國的理想——

> 目下所缺少的只是這樣一種理想——與經商作官習慣不大相合的社會重造理想如何能在一些人的頭腦中，佔據一個位置，澆灌以相當理智的營養，慢慢發芽生根。這些人若能把文化二字看得深刻一點，明白國家重造社會重造的工作，決不是當前所見如彼如此的表面粉飾宣傳所可見功，還得作更多的設計，而藝術所影響到民族情感的豐饒和民族自信心的加強，有

---

9 沈從文：〈新文學與青年情感教育〉，《世界晨報》1946 年 5 月 11 日。按，該文曾以《文學與青年情感教育》為題，重刊於 1946 年 9 月 1 日《經世日報·文藝週刊》上，《沈從文全集》第 17 卷據以收入，但缺了最後的「他雖游離於爭奪以外，他的理想，卻可能將一個新的社會秩序，引導入於健康合理發展中！」幾句。

> 助於建國又如何大，如何重要，能在這種健康觀念下，將知識，技術，金錢，以及年青人待使用的熱忱來重新好好結合，再過五年，我當然就可望有一天重來昆明，參加這個美術館成立的典禮了。我實希望有那麼一天，來證明所謂「理想」二字，倘若對人類進步是合理的，對文化發揚是需要的，對多數人民是有益的，就終會有實現的一天！若有人對於他當前所處環境，所在負責地位上，敢疑其所當疑，而能信其所當信，對「理想」有所認識，這人即為明日地方之主人，青年之先知。

這是多麼浪漫可愛的人文理想啊，它是沈從文最後的也是最誠懇的文化訴求。然而內戰還是不以人的意志為轉移的爆發了。直到新中國成立後，沈從文才接近實現他的理想，親自參與創建了中國歷史博物館，並一直工作到終老。這對沈從文來說正可謂求仁得仁的理想歸宿，此所以當後來的人們為他的改行而惋惜不已時，他自己卻坦誠地表示無怨而且無悔。

2010 年 12 月 24 日草於清華園之聊寄堂

相濡以沫在戰時
——現代文學互動行為及其意義例釋

相濡以沫在戰時：
沈從文給李健吾的慰問信及其他

書信的首要功能，當然是彼此感情的溝通和信息的交流。在古代交通不甚發達的情況下，人們偶爾得到遠方友朋的一封問好的書箚或外出遊子的一封報平安的家書，那該是何等感激歡欣的事啊，驚喜動情以至潸然淚下的事也是有的。如元稹《得樂天書》詩云：「遠信入門先有淚，妻驚女哭問何如？尋常不省曾如此，應是江州司馬書。」因此書信在古代被人珍若拱璧也就在情理之中了。到了現代，交通條件大大改善，但書信的地位似乎不減，其作用也顯著增加，除了溝通信息、交流情感的傳統功能之外，它還被發展成一種散文或小說文體，甚至文論形式和文學互動方式，豐富了現代文學的形式。

沈從文是個特重感情、很愛寫信的作家。《沈從文全集》（以下簡稱《全集》）收集了他的不少書箚，但仍有一些遺漏在外。如 1944 年 11 月 1 日上海出版的《萬象》雜誌第四年第五期上所刊沈從文〈自滇池寄〉兩函，第二封已編入《全集》第 17 卷之《新廢郵存底續編》中，但不知為何卻遺漏了第一封，或者這封信改題收入了《全集》？然而翻檢《全集》，迄未檢得，也許我的檢索有所疏漏亦未可知，所以暫以〈自滇池寄〉（一）為題補錄如下——

××：

人有說你已過福建的，得□□[1]信，方知猶在上海，未作他計。法國文學史工作想已完成甚多。這裡熟人多如舊，生活或已如「黔婁先生」，情緒還像不大寒傖，見面時有說有笑。惟分住各鄉的，一年中見面亦不多耳。甫先生[2]猶如當年從容，常問及你情況。佩弦略見老態。之琳作五十萬言小說，已完成。一多以

1　原刊用□□隱去了人名，究是何人，待考。

2　「甫先生」前似漏排了一個「今」字或「金」字——「今甫」（亦作「金甫」）是楊振聲（1890-1956）的字，他是「五四」文學革命時期新潮社的骨幹，後與朱自清籌辦清華中文系，繼而出任青島大學校長、又曾參與組建長沙臨時大學（西南聯大的前身）。按，作為資深新文學作家和教育家的楊振聲，乃是李健吾的清華老師之一並曾提攜過沈從文。下面的佩弦（朱自清）、之琳（卞之琳）、一多（聞一多）、毓棠（孫毓棠）、馮至、廣田（李廣田）、徽因（林徽因）、宗岱（梁宗岱）、孟實（朱光潛）、蕭乾等，也都是京派文人學者。

刻圖章補助生活，且有興趣譯新詩（中譯英）。毓棠尚能於教書之外寫詩。馮至、廣田，亦多能寫作，且可常見面。我住鄉下已五年，每星期只在城中一二天，孩子們於鄉村中長大，頑健比似城中略勝一籌。氣候溫暖，過日子平平靜靜，故不覺長久。原來與冰心詩人相去一里許，近則唯戴世光陳達相去不多遠。三小姐[3]一切照常，精神則比過去轉好，大約因凡事自己動手，每天在家中自己做酸菜，霉豆腐，勞作不息。歡笑歌呼，尤增加大人快樂[4]，因之歲月雖逝，生命中所保留青春活力，轉若在任何情形中均不至於消失，老友聞之，定必愉快！徽因尋常在四十度高熱中，相去過遠，信息不明，病既是原有之病，想不至於如何沉重！宗岱精神似尚好，可從填舊詞興趣看出。巴兄[5]或尚在桂林，小說改戲，各處上演，亦甚熱鬧。孟實久無消息，只間或在刊物上見說教小文章耳。占元[6]甚用功，已結婚。蕭乾無信，不知生活如何。相去萬里，六年來大多數人已髮鬢成雪，幼小者多成童子，相見何日？能不令人悒悒！望各自珍，並

3　「三小姐」指張兆和，她是張氏四姐妹中的老三。

4　此處疑有排印錯簡——「歡笑歌呼，尤增加大人快樂」，顯然是說孩子的，卻既前缺主語，又不能融入後面說「三姐」的語句「因之歲月雖逝，生命中所保留青春活力，轉若在任何情形中均不至於消失」；竊疑原信或許作：「孩子們於鄉村中長大，頑健比似城中略勝一籌，歡笑歌呼，尤增加大人快樂。」

5　「巴兄」當指巴金。

6　「占元」當指陳占元（1908-2000），廣東南海人，法國文學翻譯家。

為朋友珍重。××，××，並盼致意。

弟文一月二十日

據《萬象》的出刊時間和〈自滇池寄〉（一）中所謂（抗戰）「六年來」等語，沈從文撰寫此信的「一月二十日」當即是1944年的1月20日。此時按陽曆說已進入1944年，但按舊曆說，則仍在1943年歲末也，正合抗戰爆發「六年來」通信雙方天各一方之況。

兩封〈自滇池寄〉集中表達了沈從文對羈留上海淪陷區的文化界朋友的殷切關懷，誠所謂紙短情長，字裡行間浸透了深厚的情誼。比較而言，〈自滇池寄〉（一）的內容更重要些，然則沈從文的這封信究竟是寫給誰的呢？細繹其內容、措辭，並聯繫相關情況，大體可以推定，接受這封信的人必須具備四個限定條件：其一，從沈從文在信中稱對方為「老友」的親切口吻來看，收信人顯非沈從文的前輩或晚輩朋友，其年齡資歷應與沈從文相當。其二，沈從文在信的開頭慰問對方之後，緊接著就說「這裡熟人多如舊」，然後一一報告了流徙西南尤其是昆明的「熟人」的情況，涉及到楊振聲、朱自清、卞之琳、孫毓棠、聞一多、馮至、李廣田、林徽因、梁宗岱、朱光潛、巴金、陳占元等，這些人乃是沈從文和收信者共同的「熟人」，除巴金、陳占元外，其他都是戰前就活躍在北平的京派文人學者，據此則收信者也當屬於京派圈子無疑。其三，這個被沈從文稱為「老友」的人又是個法國文學專家，曾經計畫撰寫《法國文學史》。其四，此函開頭一句——「人有說你已過福建的，得□□信，方知猶在上海，未作他計」，既透露了收信人的一點行藏消息，也包含著對其處境的一點含蓄暗示。其所透露的消息是，收信人自抗戰爆發後一直蟄居上海，後來曾想離開上海，但未能實現，截至 1944 年初仍羈留上海；然而作為朋友的沈從文專此致函問候，卻只說了一句話就轉了話題，這又耐人尋味地暗含著顧慮日偽的書信檢查、擔心「老友」的安全之意，令讀者從字裡行間隱約可以體會到，其時收信人很可能受到了某種威脅，不得不預謀出走福建而未能成功，則他在淪陷時期的上海文壇上當是一個非同尋常、因而招惹日偽注目的角色也。

應該說，在彼時的沈從文的友人中，符合以上四項條件之一者是頗不乏人的，但同時符合其中兩項者，就很少見了，而完全符合所有四項者，則似乎只有一個人，那就是李健吾。

李健吾比沈從文小四歲，但二人幾乎同時走上文壇。李健吾早年參與的文學青年小社團曦社和于賡虞為骨幹的綠波社是友好社團，稍後于賡虞又組織無須社，沈從文也曾參與無須社，並且李健吾和沈從文都是《晨報副刊》投稿者，所以通過這些相互交集的文學小社團和共同的文學園地，或許李健吾和沈從文在二十年代中期即使未曾謀面，也應該是相互知道的。二十年代中後期李健吾和沈從文在小說創作上漸露頭角。三十年代初李健吾赴法留學，致力於法國文學和文學批評的研習，沈從文則在鄉土抒情小說創作上成就顯著，因此成為京派文壇骨幹。1933年8月李健吾學成歸國，雖然也繼續致力於小說以及戲劇創作，但把主要精力放在文學批評和法國文學研究方面。他以劉西渭為筆名的精彩批評文字，多刊載於沈從文主編的《大公報》文藝副刊上，可謂聞名遐邇，但當時只有沈從文等少數知友知道劉西渭就是李健吾。此時的李健吾已成為京派文人集團中的一員，他的批評才識尤其令沈從文歎賞，以至於沈從文四十年代創作了愛欲傳奇系列小說《看虹摘星錄》後，曾把「批評家劉西渭」預列為自己的這本小書的兩個「最好讀者」之一[7]。在法國文學研究方面，李健吾精心撰寫的專著《福樓拜評傳》，先在一些刊物上分章發表，如鄭振鐸主編的《文學季刊》創刊號（1934年1月出版）就發表了最精彩的第二章〈包法利夫人〉，立即贏得學界的一致好評，他因此被公認為後來居上的法國文學研究專家。李健吾晚年在回憶鄭振鐸時仍念念不忘道：「對我生活最有影響的是我在創刊號上發表的論文〈包法利夫人〉。這篇論文引起一些文化界知名人士的注意。從未謀面的林徽音女士看後，給我寫過一封長信，約我到梁家見面。……論文〈包法利夫人〉也引起了你（指鄭振鐸——引者按）的注意。後來約我到上海國立暨南大學教書，就是為了這篇論文的緣故。」[8]或許正是因為《福樓拜

7 沈從文：〈《看虹摘星錄》後記〉，《沈從文全集》第16卷第343頁，北嶽文藝出版社，2002年。

評傳》太成功了，才催生了李健吾撰寫一部《法國文學史》的學術抱負吧，而在當時中國的法國文學研究界，他也確實是最堪此任的學者。説來，在那時的文壇上比較熟悉法國文學的雖有十數人，但多從事譯介或批評，如梁宗岱、傅雷、盛澄華等，至於從事法國文學史研究的則不過寥寥三五人而已。年資較老的是李璜和袁昌英，李璜編著的《法國文學史》，乃少年中國學會叢書之一，1923年由中華書局出版，袁昌英的《法蘭西文學》，為萬有文庫之一種，1929年商務印書館初版，1944年改訂為《法國文學》——以上兩書原都是簡介常識的小册子。三十年代湧現出了三個對法國文學有專深研究的年輕學者吳達元、李健吾和徐仲年。任教清華大學—西南聯大的吳達元經過差不多十年的刻苦努力，終於在1944年完成了他的學術巨著《法國文學史》，並於1946年由商務印書館出版，至今仍然是難以超越的著述；任教於中央大學的徐仲年在抗戰前後分別出版了《法國文學ABC》（世界書局，1933年）和《法國文學的主要思潮》（商務印書館，1946年）；至於李健吾則因其《福樓拜評傳》的學術水準之高，讓人們對他撰作一部高品質的法國文學史寄予了最大的期望，而他也是上述諸人中唯一蟄居於淪陷了的上海的人，人或以為他可以埋頭學術著述了，那不過是美好的幻想。事實上，自太平洋戰爭爆發後，失去「孤島」掩護的留

8　李健吾：〈憶西諦〉，《咀華與雜憶——李健吾散文隨筆選集》第278頁，中央編譯出版社，2005年。

滬文人處境更為艱窘而且艱險——面臨著維持生存和堅守氣節的雙重考驗。即如李健吾，就在一夜之間失去了養家糊口的所有職業來源，而他又有腿病不能跋涉到大後方，就在此時——1942年春梢——正「榮任」華北偽政府教育督辦的周作人托人傳話給李健吾，勸誘他「回到北平來做北大一個主任罷」，但剛硬不苟的李健吾拒絕了：「我寫了一封回信給那個人，説我做李龜年了，唐朝有過這個先例，如今李姓添一個也不算怎麼辱没。」[9] 由此，李健吾下海了，成了一個演員和編劇，解決了一家的生活問題，抵擋住做了漢奸的老師之誘降。然而，危險仍然存在：儘管李健吾和他的戲劇同道們儘量走「商業化」的戲劇道路以規避日偽的迫害，但是他們的戲劇活動畢竟難以完全掩飾民族情懷，所以作為淪陷時期上海戲劇活動頭面人物的李健吾還是被日偽警憲盯上了。李健吾對此不可能没有感覺，他因此而有出逃福建的計畫，也在情理之中，只是尚未得到適當的機會實行。而聽到風聲的大後方友人們如沈從文等，自然也很擔心李健吾等人的安危。這很可能就是沈從文寫這封信的原由。

當然，儘管一切似乎都把〈自滇池寄〉（一）的收信人指向李健吾，但這畢竟出於我的推測，還需要其他材料來旁證。湊巧的是，與〈自滇池寄〉（一）同時同刊發表的〈自滇池寄〉（二），就是一條旁證材料。按，《全集》雖然編

9　李健吾：〈與友人書〉，《上海文化》第6期，1946年7月1日出版。

入了〈自滇池寄〉（二），但對收信人的身份未予考證，竊疑或是《萬象》的編者柯靈也未可知，這個暫且不談。值得注意的是，沈從文乃是在〈自滇池寄〉（一）不足一月之後寫〈自滇池寄〉（二）的，然則寫發時間如此接近並且都是寄往上海的兩封〈自滇池寄〉，在內容上是否會有一些關聯呢？有的。看〈自滇池寄〉（二），一開首說的恰正是「健吾諸兄」的安危——

> 二月十七日從×××兄處見到你去年十一月廿七寄的來信，真是喜出望外，尤其是從信中知道健吾諸兄均安好無事。

此處「健吾」當指「李健吾」無疑，而沈從文如此喜出望外於「健吾諸兄均安好無事」的信息，正好印證了李健吾前一陣確實面臨危險，令好友沈從文非常擔心，因而設法多方打聽，這也就間接證明了〈自滇池寄〉（一）乃是沈從文風聞李健吾的危險處境後，特意寫給他以表達慰問的信。明白了這一點，我們也就不難理解《萬象》的編者柯靈為什麼要把沈從文的這兩封信標為「自滇池寄」同時予以發表的含義了——他其實是借此向大後方的所有關心李健吾等人安危的友人報平安，而那時的李健吾自身恐怕已經無法給沈從文回信了。所以，李健吾的平安其實很短暫，他並未逃過日偽的魔爪：1945 年 4 月 19 日的半夜，他還是被日偽警憲抓走而備受折磨，好不容易打通各種關係保釋出獄；不久，連柯靈也再次被捕入獄，李健吾終於下定決心逃離了上海。這是後話，在此無須贅述。還有一條重要的旁證材料，也同樣出自沈從文的戰時書簡——1944 年 9 月 16 日沈從文曾致函在美國的胡適，談及不少國內友人的情況，其中有這樣兩句：「健吾雖還在上海，聞努力編《法國文學史》」[10]。這個「健吾」顯然也是指李健吾，由此可知那時確有李健吾在滬埋首編撰《法國文學史》的傳聞，這與沈從文在〈自滇池寄〉（一）裡慰問對方「法國文學史工作想已完成甚多」恰可互證，如此則收到沈從文這封慰問信的「老友」幾可謂非李健吾莫屬了。至於〈自滇池寄〉（一）所謂「人有說你已過福建的，得□□信，方知猶在上海」一句，無疑暗含了對收信人企圖離開上海到福建卻未能成功的焦慮，而收信人倘是李健吾，則可知他出逃的目的地乃是福建，可是李健吾為什麼要選取福建而非昆明或重慶呢？這理當有個解釋。竊以為，這或許因為李健吾曾經任教的暨南大學已於 1942 年 6 月全遷到福建北部的建陽——不難理解，計畫出逃的李健吾也必須考慮出逃後的工作以維持一家的生計，而在那時的重慶、昆明等地，工作並不好找，惟其如此，有暨南大學在那裡的福建，也就自然而然地成為李健吾出逃的首選之地了。

10　沈從文：〈致胡適〉，《沈從文全集》第 18 卷第 432 頁，北嶽文藝出版社，2002 年。

海上羈客有所思：
李健吾對林徽因、沈從文的感懷

回頭再說羈留上海的李健吾。他在受到大後方朋友如沈從文的關懷的同時，自己也關懷著大後方的朋友如林徽因（原名林徽音），而使得他的關心得以放下心來的，很可能就是沈從文的這封〈自滇池寄〉（一）。這也正可為〈自滇池寄〉（一）乃是沈從文寫給李健吾的信的另一個旁證。

如上所述，林徽因乃是李健吾特別感激的文學知音，所以當聽到原本體弱的她轉徙大後方後困窘勞累、舊疾復發、可能病逝的傳言，李健吾自然是非常焦急，羈留在上海的他逢人就打問林徽因的消息，後來知是誤傳，遂驚喜地寫了〈林徽因〉一文，真可謂情見乎詞——

> 足足有一個春天，我逢人就打聽林徽因女士的消息。人家說她害肺病，死在重慶一家小旅館，境況似乎很壞。我甚至於問到陌生人。有人笑我糊塗。最後，天彷彿有意安慰我這個遠人，朋友忽然來信，說到她的近況，原來她生病是真的，去世卻是誤傳了。一顆沉重的愛心算落下了一半。
>
> 為什麼我這樣關切？因為我敬重她的才華，希望天假以年，能夠讓她為中國文藝有所效力。

〈林徽因〉寫於上海淪陷後期，用的是筆名「渭西」，收錄在一本上海淪陷區作家的散文合集《作家筆會》裡，該書 1945 年 10 月才得以出版。據姜德明先生的考證，「渭西」就是李健吾[11]。〈林徽因〉一文中所說的那個春天，大概是 1944 年的春天吧，因為據柯靈先生 1945 年 9 月為《作家筆會》所寫的題記，他在「去年冬天」也即 1944 年冬季就編好了這本散文集[12]，如此則李健吾所說的「春天」也就最有可能是距離最近的 1944 年。

---

11 姜德明：〈懷人的散文〉，《夢書懷人錄》第 137 頁，漢語大詞典出版社，1996 年。姜先生在該文中指出，《作家筆會》中所收〈蹇先艾〉一文的作者「子木」和〈林徽因〉一文的作者「渭西」都是李健吾：「『子木』合在一起是『李』，『渭西』是『西渭』之倒置，更可從那文章的內容和風格來判斷」。姜先生的這個判斷得到了原書編者柯靈先生的首肯，當年也曾羈留上海、並擔任過《萬象》助理編輯的徐開壘先生，也證實了姜先生的判斷——參閱徐開壘：〈書情與友情〉，《書屋》1988 年第 3 期。附帶說一下，陳學勇先生在 2001 年 10 月 24 日《中華讀書報》上發表了〈李健吾與林徽因〉一文，重新發現了「渭西」即李健吾的〈林徽因〉一文，他或許沒有看到過姜德明和徐開壘的文章吧；韓石山先生的《李健吾傳》新版（山西人民出版社，2006 年，我沒有見到 1996 年的初版）第 23 頁引「子木」即李健吾的〈蹇先艾〉一文，注釋原書《作家筆會》為「1938 年上海春秋雜誌社」，則時間有誤、出版處不全——《作家筆會》是 1945 年 10 月由春秋雜誌社和四維出版社合出的。另按，「渭西」這個筆名此前也有人用過——在 1936 年 9 月 20 日出版的《東北》雜誌第 1 卷第 3 期上，就有署名「渭西」的文章〈「圓寶盒」裡的詩人卞之琳〉，這另一個「渭西」不可能是李健吾，因為他的這篇文章正是對當年劉西渭即李健吾與卞之琳之間的那場解詩討論的批評。

12 柯靈：〈關於《作家筆會》〉，《長相思》第 205 頁，上海文藝出版社，1982 年。

然則，究竟是哪個遠方的朋友那麼有心地在那時給李健吾寫信報告林徽因的病況而讓他放下心來的呢？按理，有這種可能的「朋友」不止一人，但是考慮到當時交通的不便，尤其是大後方與淪陷區通郵的忌諱，則那個給李健吾來信的遠方朋友必定是與他特別相契的好友，而且這個人也一定像李健吾一樣特別尊敬林徽因，並且這個人也肯定深知，以李健吾與林徽因的關係、他必定很惦念林徽因的境況。就此而言，則這樣的一個遠方朋友，即使不能說非沈從文莫屬，也應該說他是最有可能的了。現有文獻也可以證明這一點，那文獻就是沈從文的〈自滇池寄〉（一）。從這封信中可以看出，沈從文顯然體諒到了「老友」對身在大後方的諸多師友之牽掛，所以在簡短地對「老友」表示慰問之後，接著就一一報告了後方諸師友的境況。首先說到的金甫、佩弦二先生，乃是李健吾一直感念的清華老師楊振聲和朱自清，並且楊振聲也是提攜過沈從文的前輩之一，所以放在前面，隨後說到的其他人也都是李健吾和沈從文共同的同輩朋友（除了「冰心詩人」），其中關於林徽因是這麼說的——

> 徽因尋常在四十度高熱中，相去過遠，信息不明，病既是原有之病，想不至於如何沉重！

這話既向收信人報告了林徽因的病情，而又語含寬慰、生怕收信人著急。如此體貼，顯見得沈從文是感念到收信人對林徽因的感情和關切的。從這些情況來看，〈自滇池寄〉

（一）很可能就是李健吾在那個春天忽然收到的那封讓他對林徽因放下半個心來的遠方朋友來信。

如果以上的猜測和考證還說得通，則沈從文對李健吾的關切，真是體貼到了並及其所關心的地步。不難想像，面對老友如此深情體貼的關懷，李健吾於理於情都應該有所反應。令人頗感欣慰的是，李健吾當日的回應似乎還有跡可循。即如同樣收錄在《作家筆會》中的〈沈從文〉一文，就很像李健吾的手筆。此文也很簡短，不妨過錄於此——

> 徐志摩編輯《晨報副刊》，有一個叫做休芸芸的人常常投稿。他的文章惹人側目，內容尤其啟人好感。我們這些喜好文學的年輕孩子，猜想不到他的來歷。我有時候也寫些詩文送去發表，但是永遠缺少他字句之間的那種新穎的感覺。過了兩年，他拋掉那個筆名，我們知道他的真名實姓。他叫做沈從文。
>
> 他說他是一個兵。我以為他身體魁梧，橫眉大眼，有如一個山東人。想不到他有理想的張生的清秀，一般書生的文弱。在中國現代文學作家裡面，氣魄浩瀚如魯迅，如茅盾，如巴金，如曹禺，全是瘦小的身材，看過去不太和他們的精神相襯。魯迅和巴金的面貌還可以說有些奇特，不同凡俗。至於茅盾，曹禺，尤其是沈從文，簡直屬於同型的平常的面貌。你奇怪他們的渺小的物質的生命，會產生了（將來還要產生）千百萬言不朽的鉅著！那樣文弱的身體會裝滿了取之不竭用之不盡的精靈！偉大這兩個字，使用到精神方面，沒有尺度可以比量。它最好的例子是拿破

崙。

和文學的同伴放在一起看，我往往覺得，他的文字（內涵的，精神的）最最富有中國的傳統的氣息。他讓我想到莊子，他讓我回到唐代，他的人物是單純的，他的氣氛是渾然的，他的字句是感覺的。他的傑作《邊城》好像唐代的傳奇，更其質樸，更其真淳。即使他寫些粗獷的男女，例如他的另一部傑作《從文自傳》，也是可愛的。憂鬱和茁壯，兩個不應當連在一起的生命，他會以同一的魔力在同時呈現。

我們相知很早，但是談到相識，卻又很晚。我認識他，在他結婚以後，在他編輯「文藝」的時候。他沒有受過正式教育，但是，勤學，好問，成為他的性格的一個特徵。他寫王字，他讀古書，他好古畫，他愛古磁，他看名人，他買各樣新書，尤其是翻譯。他不認識外國文，他的文章往往看見外國名詞，科學名詞，一切生澀的東西。他有奇大的吸收力。但是，他固執，他爭競，他不示弱，他以精神的強者自居。

風格是一個作家的標記，同時卻是模仿者真正的禍害。沈從文的風格漸漸變成一種風氣，引起不少讀者的反感。許多男女學習他的字句。有人簡直可以亂真。但是，拜他為師，不失自己的樸實，乃是他的夫人三小姐。三小姐為他主持家務，有時候教他英文，若干年不相晤了，我相信他的英文程度大概遠在他的「老虎」兒子之下。他羨慕，妬忌，惱恨那些外國留學生：他們可以直接領會外國大作家，然而他們那樣淺妄，不負責任，譯些壞東西，萬一譯些好東西，又那樣讓他看不出好來。寫些創作，又似絕未承受外國

> 作家良好的影響。看過巴爾扎克的《葛郎代》，他搖搖頭，說：「小山，巴爾扎克原來如此！」我苦笑了，問他是否把譯文當做原文。他歎了一口氣，說：「你應當給我這種讀者好好兒譯幾部書來。」慚愧之至，我沒有絲毫敬還他的期許。

關於此文作者「小山」，姜德明先生的文章未予考證。徐開壘先生在讀到姜德明先生的文章後透露說，對《作家筆會》中其他署名者的真實身份「我倒知道幾位」，其中就有「小山」，可惜的是徐先生語焉不詳，並沒有說出「小山」究竟是誰。就我所知，在現代文獻中也頗有幾個人曾經署名「小山」的，但皆無足多者，並且幾乎都非文學界中人，所作與〈沈從文〉一文的文情迴不相侔。就文與情而論，「小山」的這篇〈沈從文〉，與「子木」所寫的〈蹇先艾〉、「渭西」所寫的〈林徽因〉，似乎出自同一手筆，都寫得文情並茂而又簡練通脱，很像李健吾的文字風格。復查「小山」在文中說到自已與沈從文從相知到相識等情況，正與李健吾和沈從文的關係若合符節。比如他們早年都曾給徐志摩主編的《晨報副刊》投稿，因而相知，但相互認識則在沈從文結婚後編輯「文藝」（這個「文藝」顯然指的是《大公報》的文藝副刊）的時候，由此成為好友，「小山」並曾向沈從文介紹過外國文學名著，特別是法國文學，答應他好好兒譯幾部書。而事實上，李健吾在淪陷期間的一大工作，就是潛心翻譯福樓拜等法國文學名家的名著。再看「小山」文中對沈從文作品的評價，與李健吾對沈從文作品的評論，也幾乎完全一致。比如，當年的李健吾（劉西渭）對《邊城》一類田園牧歌讚賞有加：「沈從文先生便是這樣一個漸漸走向自覺的藝術的小說家。有些人的作品叫我們看，想，瞭解；然而沈從文先生一類的小說，是叫我們感覺，想，回味，」「他把湘西一個叫做茶峒的地方寫給我們，自然輕盈，那樣富有中世紀而現代化，那樣富有清中葉的傳奇小說而又風物化的開展。……在這真純的地方，請問，能夠有一個壞人嗎？在這光明的性格，請問，能留一絲陰影嗎？……没有再比那樣的生活和描寫可愛了。」「可愛，這是沈從文先生小說的另一個特徵。他所有的人物全可愛。……各自有一個厚道然而簡單的靈魂」[13]。〈沈從文〉一文雖非文學評論，但同樣強調了沈從文的文學特點：「我有時候也寫些詩文送去發表，但是永遠缺少他字句之間的那種新穎的感覺。」「我往往覺得，他的文字（內涵的，精神的）最最富有中國的傳統的氣息。他讓我想到莊子，他讓我回到唐代，他的人物是單純的，他的氣氛是渾然的，他的字句是感覺的。他的傑作《邊城》好像唐代的傳奇，更其質樸，更其真淳。即使他寫些粗獷的男女，例如他的另一部傑作《從文自傳》，也是可愛的。」兩相比較，唯一的區別是「劉西渭」時期的李健吾覺得《邊城》「富有清中葉的傳奇小說」的風

13　劉西渭（李健吾）：〈《邊城》——沈從文先生作〉，《咀華集》第70-72頁，文化生活出版社，1936年。

味，而「小山」的〈沈從文〉則認為「《邊城》好像唐代的傳奇，更其質樸，更其真淳」。這種區別反映了一個批評家力求判斷更為準確的自我修正。的確，就其真純質樸而言，《邊城》更像唐傳奇。此外，還有一個不能忽視的細節，即在《作家筆會》裡〈蹇先艾〉、〈沈從文〉和〈林徽因〉是前後連排的三篇文章，而知道這三篇文章真實作者的柯靈先生作為一個有經驗的編輯，應該不會在李健吾的兩篇文章之間插入另一作者的文章，所以他這樣接連編排這三篇文章，其實也意味著它們的作者「子木」、「小山」、「渭西」乃是同一個人，即李健吾是也。姜德明先生已對「子木」、「渭西」的取名有所解釋，則「小山」也當有所取義，然而義從何來，已難考釋——竊疑或與李健吾父親李岐山有關。如所周知，前人命名取字的一個傳統，即是從父親的名號取一字再前置「小」字。如李健吾的老師朱自清，其祖父朱則余字「菊坡」，其父親朱鴻鈞就字「小坡」。李健吾應該也知道這個傳統，所以當身在淪陷區的他為文不得不多用筆名時，或許就從這個傳統得到啟發而起用了「小山」吧。不過，「小山」究竟是否如此取義，我實在不敢武斷，好在這只是個無關宏旨的小問題，亦無須深究了。

臨風寄意懷遠人：
柯靈組編《作家筆會》的苦心

從〈自滇池寄〉到《作家筆會》，其間都牽連到一個人，那就是接近左翼、堅守滬上的抵抗作家柯靈先生。前邊曾推測沈從文的〈自滇池寄〉（二）可能是寫給柯靈先生的，不論這個推測是否正確，有一點是肯定無疑的，那就是作為《萬象》編者的柯靈，在彼時彼地一併刊發沈從文的這兩封〈自滇池寄〉，並不是一個單純的編輯行為，而包含著向滯留在滬的文人作家們傳達來自大後方的慰問之意。並且，柯靈隨後就著手組織留滬作家們撰文懷念遠在大後方的作家們，其結集就是《作家筆會》一書。由此，淪陷區作家和大後方作家彼此珍重、相敬為國的真情互動，成為有組織的互勵行為。此心此旨，柯靈在為《作家筆會》所寫的題記裡有所告白，可惜的是，該書 1945 年 11 月出版之時卻漏掉了這篇題記，直到上世紀八十年代初才改題為〈關於《作家筆會》〉、收入柯靈的散文集《長相思》中。這是一篇非常珍貴的戰時文壇史料，卻很少進入文學史研究者的眼簾，所以特為抄錄於此、以廣知聞——

關於《作家筆會》

海內存知己，天涯若比鄰。——王勃

去年冬天，我曾經為春秋出版社編過三本書，是：曉歌的《狗墳》；石揮的《一個演員的手冊》；還有一本，就是《作家筆會》。（這社裡還編的有一些別的書，卻與我毫無關係。）

抗戰以來，文藝工作者大部分離開了上海，少數人無力遠行，只好蟄居一隅，咬緊牙關打發艱窘的日子。在這頑固的沉默中，冷眼看看各種倚門賣笑的醜劇，營營擾擾，有如日光下的微塵，昏瞀忙亂而毫無活氣，那心境的悲涼真是無可形容。這小書所輯集的，原是為一個雜誌所預備的特輯稿件，當時上海和內地的聯繫已經完全切斷，關山迢遞，宛然是別一世界；而我們所處的地方，只要沾一點點「重慶派」或「延安派」的氣味，就有坐牢和遭受虐殺的危險。蒼茫鬱結之餘，我卻還想遙對遠人，臨風寄意，向讀者送出我們寂寞婉曲的心情，表示我們對於祖國的嚮往：這就是這些懷人的文字的由來。

這小書最初的題名，本來就叫做《懷人集》；後來覺得應該隱晦一點，這才改成了《作家筆會》，原定計劃，是想將遠在內地的作家盡可能寫到，但世亂紛紛，謀生日亟，結果大大地打了折扣；我自己一字無成，幸虧還有幾位前輩和朋友幫忙，這是很可感激的。現在抗戰勝利，時移勢易，這類東西本沒有再出版的必要；但書版排成既久，我又曾收受過一點編輯費，借此度歲；債不能不還，約不能不守，也只好任它「災梨禍棗」，自生自滅去罷。

一九四五年九月二十九日[14]

從這則題記可知，《作家筆會》「本來就叫做《懷人集》」，而《懷人集》「原是為一個雜誌所預備的特輯稿件」，那個雜誌應該就是柯靈當時正在編輯的《萬象》。柯

14　此據柯靈的散文集《長相思》轉錄，上海文藝出版社，1982年。

靈組編這批特殊的稿件，顯然是一個有計劃有目的的活動——按「原定計劃，是想將遠在內地的作家盡可能寫到，但世亂紛紛，謀生日亟，結果大大地打了折扣」。儘管如此，該集所收 17 篇文章，除〈暨南四教授〉一文所寫王統照、鄭振鐸等四位是羈留滬上的老前輩之外，其餘 16 篇共計對先後遷徙到大後方的及蟄居北方淪陷區的 20 位作家表達了情真意切的感懷，這實在不是個小數目和小事情了，而柯靈如此精心組織留滬作家撰寫這批懷人散文，其目的就是「遙對遠人，臨風寄意，向讀者送出我們寂寞婉曲的心情，表示我們對於祖國的嚮往」，這是我們至今讀來都深為感動的。

然則，柯靈是怎樣想到發動這樣一次有特殊意義的懷人散文寫作活動的呢？那緣由或許並不單一，但我們有理由相信，就中沈從文的〈自滇池寄〉很可能起了直接的啟發和催生作用。不難想見，接連讀到沈從文從大後方輾轉寄來的那兩封情深意重的慰問信，柯靈一定深受感動，所以他特意把它們編發在自己主編的《萬象》雜誌上——對艱苦堅守在上海的作家們來說，來自大後方作家的深情慰問，真不啻是及時雨；同時也不難想像，正是沈從文的這兩封來信啟發了柯靈，讓他想出來了發動留滬作家撰寫懷人散文的主意——在彼時彼地，還有什麼活動能比這個更適宜表達對大後方同行的親切回應、兼以寄寓對祖國的眷眷深情呢！

此中底細，當然只有已故的柯靈先生最清楚，可惜我們再也沒有機會向他當面請教了。不過，即就現在掌握的文獻和情況來說，〈自滇池寄〉和《作家筆會》之間的連帶互動關係，仍可得到印證。一則這兩封信和這一本書，都是經柯靈先生之手編發的，而它們之間的內容顯然有著相互呼應的關係，這一點上文已有具體分析。二則從收信、組稿和編發的時間上來看，這兩封信和這一本書也是前後相繼、緊密相關的。不待說，為一個刊物組織那麼一大批懷人的特稿，是很不容易的事，既需要時間聯絡諸多作者，也需要費心籌畫刊出事宜，然則柯靈是何時開始發動這項活動的呢？查《作家筆會》中的 17 篇懷人散文，恰好有三篇是附注了寫作時間的，最早的一篇是寫於「卅三年二月十日」的〈方光燾〉，即在〈自滇池寄〉（一）發寄的二十天之後（原信寫寄於「一月二十日」即 1944 年 1 月 20 日），其時沈從文的這封信當已傳遞到上海，柯靈也有機會看到了，而他也隨即著手組織留滬作家開展懷人散文寫作活動，〈方光燾〉一篇當是他最早收到的稿件之一；《作家筆會》中另外兩篇文章的寫作時間很接近——〈老舍與聞一多〉寫於「三十三年初冬」、〈記北國二友〉寫於「一九四四年十一月」，這也正是這批懷人散文即將截稿的日子，收集齊了稿子的柯靈準備在他主編的《萬象》雜誌上作為特輯連載，而沈從文的兩封〈自滇池寄〉則成了這批懷人散文的引子，被安排首先發表在《萬象》雜誌第四年第五期上，出刊時間恰是 1944 年 11 月，同期發表的另一遠方來稿是端木蕻良的創作自述〈我的創作經驗〉。編者柯靈在編後記裡對這兩種「遠方的來稿」

做了鄭重的介紹，並特別提醒上海的「文藝讀者」注意沈從文這兩封信「足慰遠思」的意義——

> 沈先生的文字風格，有他獨特的造就，是前輩中最切實的一位，這裡發表的雖是兩封短信，卻是情思豐腴，感慨深沉，令讀者如對其人。其中還提到好些為文藝讀者所關懷的前輩作者，足慰遠思。[15]

幾乎就在同時，柯靈又將他組編的這批懷人散文編為《懷人集》一書交付出版——據他 1945 年 9 月補寫的題記所述，他是「去年冬天」即 1944 年冬天編好該集交付「春秋出版社」的，而題記所謂「遙對遠人，臨風寄意，向讀者送出我們寂寞婉曲的心情，表示我們對於祖國的嚮往」，也正與沈從文那兩封「足慰遠思」的〈自滇池寄〉遙相呼應。如果說這一切都是偶然的巧合而非有意的呼應，那也巧合得太讓人不可思議了吧？倘非偶然，則從〈自滇池寄〉到《懷人集》（後改題為《作家筆會》），乃正是後方作家與留滬作家之間相互關懷、砥礪志節的互動行為，在這過程中，沈從文自發的兩封〈自滇池寄〉首開其端，以深情的叩問啟發了親切的回應，而促使這種互動從個人的自發行為轉換為自覺的文壇互動活動者，則是柯靈先生。當我們體察到這其中隱含的關節之後，就會明白〈自滇池寄〉與《作家筆會》並

15　柯靈：〈編輯室〉，《萬象》雜誌第四年第五期，1944 年 11 月 1 日出版。

非各自孤立的文壇史料，而是分處兩地的中國作家在戰時互動互勵、相敬為國的文學抵抗活動之結晶，其文學的與歷史的深長意味是不可輕忽的。

順便解釋一下，柯靈在《作家筆會》的題記裡說，上海的作家們「蟄居一隅，咬緊牙關打發艱窘的日子。在這頑固的沉默中，冷眼看看各種倚門賣笑的醜劇，營營擾擾，有如日光下的微塵，昏瞀忙亂而毫無活氣，那心境的悲涼真是無可形容。」此中「頑固的沉默」一語可能包含著一個「今典」，那就是法國抵抗文學的傑作《海的沉默》（Le Silence de La Mer）。按，Le Silence de La Mer 原是一個法文成語，暗喻人的內心世界及其相互之間複雜深隱、暗潮湧動的情緒和意志。《海的沉默》的作者韋科爾（Vercors）取喻於此，在這部小說中精心描寫了法國淪陷區一個老人和他的侄女以頑固如「海的沉默」冷對德國侵略者的抵抗意志，所以該書秘密出版後不脛而走，不僅法國人民爭相傳閱，而且迅速傳播到世界各地——倫敦、北非、美國、蘇聯，以及中國[16]。不難想見，柯靈對法國人民「海的沉默」的抵抗意義一定心有同感，因為他和許多羈留淪陷區的中國作家也曾如此冷對日偽。而柯靈們從「頑固的沉默」，到集體發聲以「懷遠」的形式寄託「對於祖國的嚮往」，那抵抗無疑是更進一步了。

16 關於《海的沉默》在中國的傳播等情況，可參閱筆者的〈亂世才女和她的亂世男女傳奇——張愛玲淪陷時期的文學行為敘論〉，《考文敘事錄——中國現代文學文獻校讀論叢》第 397-405 頁，中華書局，2009 年。按，此文亦收入本書中。

文人交往有深致：
文學互動行為的文學史意義

如此不避繁瑣地考釋這幾篇書簡短文，其實是想借此檢討兩個較為重要的問題：第一，文學上的互動行為除了成為掌故談助，還有沒有更為嚴肅的文學史意義？第二，文學史研究的真正對象和中心任務究竟是什麼——是對文學作家及其文本進行孤立封閉的純文學解讀或開放到想當然的話語化批講，還是對曾經實存的文學活動進行實事求是的具體分析？

我所謂的文學互動行為，指的是發生在一些文學主體之間的交際和交集及其連動而生的效果或影響。大概自有文學活動以來，就有了文學上的互動。只是古代由於交通不便，文士之間雖不乏書函往來和宦遊交際等互動行為，但其範圍和頻率畢竟很受限制，加上文獻有缺，不少文學互動行為已失記不傳了。然而縱使如此，仍有不少文學互動行為見諸記載、傳為美談。降及近現代，大都市迅速崛起，文人作家集居於此，空間距離的縮小自然增加了人文互動的機會，加上現代傳媒的居間作用，文人作家之間的互動也就似突然而實必然地大大加劇了，從個人之間到社團流派之間，頻繁的文學互動如影隨形，互動形式也花樣百出，其廣度和深度遠非古代文士的書函往來和宦遊交際所可比擬了。就此而言，即使說廣泛而且深入的文學互動乃是現代文學的一個「現代性」特徵，也不為過。

文學互動行為當然既可發生在個人之間，如作家與作家、作家與讀者或批評家之間，也可表現為文學社團流派內部的集體交流，甚而可以擴大為跨社團、跨流派以至跨地區和跨國度的文學之間的交集與互動，而其互動的效果和影響，則既可能積極地推動文學的發展，也可能產生刺激性的反作用，卻不可能沒有作用——只要互動當真產生了，就必定會有這樣那樣的效應和影響。上面考釋的一些文學互動事例，顯然都是現代文人相濡以沫的美事。無須諱言，由於立場有別、趣味不同加上個性的差異，文人之間也難免產生分歧、滋生矛盾以至發生相輕相鬥的行為，這不免讓人遺憾，但必須注意的是，不同的文人及社團之間的關係是相當複雜的，有時可以紛爭到勢不兩立的程度，有時卻又可以寬容互動到積極互助的地步，並且即使相輕相鬥的交鋒也未必只有負面的效應，倒可能刺激相關者暗自反省、激發對立者加強交流，從而推動文學在「矛盾運動」中向前發展。下面就舉幾個例子略為申說。

大而言之，在流派紛呈、思潮紛爭的三十年代文壇上，京派和海派文學趣味的差異以至論爭，左翼文學思潮和自由主義文學思潮的尖銳對立，當然是最為引人注目的事情了。然而這只是事情的一面，倘若仔細觀察就可發現，在這些相互分立以至對立的文學流派思潮之間，並不像一般所想像的那樣壁壘森嚴，事實上它們在各自的「派性」之外也還有相互包容的一面，彼此之間也同樣存在著寬容的互諒、積極的互動的。此類事例並不少，此處按年代和刊物略述其犖犖大者如下：1931年9夏中共黨組織決定由丁玲出面在上海創辦《北斗》雜誌，旨在克服「左聯」初期的左傾幼稚病和關門主義，所以這份左翼文學雜誌廣泛聯絡、發動了南北各派作家，自9月出版的創刊號開始，陸續推出了不少好作品，而遠在北平稍後又到青島的沈從文雖然並不贊成左翼作家的革命立場，但他還是熱心為《北斗》的成功出謀劃策、甚至親自登門代丁玲向冰心等作家約稿；1932年5月在上海創刊的大型文學雜誌《現代》，雖然被稱為「現代派」的大本營，但其實《現代》雜誌的骨幹成員如施蟄存等與馮雪峰等左翼作家一直保持著比較友好的關係，施蟄存並曾冒險推出魯迅的名文〈為了忘卻的紀念〉等；1933年7月創刊的《文學》是另一個舉足輕重的大型文學雜誌，它由表面上政治色彩不濃的鄭振鐸、傅東華主編，其背後的支持者則是左翼文壇重鎮魯迅和茅盾，所以《文學》實際上是左翼—進步作家的陣地，但它顯然有意克服早期左翼的公式主義和關門主義偏頗，廣泛吸納從「五四」過來的新文學名家到三十年代崛起的各派文學新人，發表了從革命現實主義到唯美頹廢主義的衆多作品，顯著地促進了各文學派別在互動中共同發展；緊接著，以上海的《文學》為後盾、由北上燕京大學任教的鄭振鐸出面，熱誠邀請平津的資深京派作家和其他文學後勁，於1934年1月在北平創辦了《文學季刊》，進一步推動了左翼文學與非左翼文學、北方文學與南方文學的交流互動；此外，還應提及的是自北來南的林語堂，他先後在上海創辦了《論語》（1932年）、《人間世》（1934年）和《宇宙風》（1935年）三個刊物，廣邀海內各派作家文人，尤其屬意於京海文學的溝通，成功地促使京海作家在趣味相投的文學互動中共同發展出一股超越南北的趣味主義文學思潮。應該說，諸如此類的文學互動行為，乃是三十年代文壇上最值得注意的文學活動——從這一時期最為出色的一批文學傑作就是在此類文學互動中產生和問世的，即可知跨越派別地域的文學互動之意義非同小可了。可惜的是，我們的文學史研究從過去的大講鬥爭到今天的貶斥鬥爭，其實都只糾纏於文壇各派紛爭互鬥到不可開交的一面，卻都忽視了紛爭的文壇其實也有積極互動到相互促進的一面。

具體而論，作家間的互動自然也會有「不友善」因而令對方「不愉快」之處。冰心和林徽因之間的一些頗帶較勁味的連續互動行為就是典型事例。其中最引人注目的節目是冰心的小說《我們太太的客廳》所引發的反響，直到近年還有餘響——所謂「林徽因冰心兩大才女的恩怨情仇」之爭，似乎成了近年熱議的一個焦點問題。然而，這「兩大才女」間的文學過節是否僅限於「太太的客廳」的範圍、而其意義是否也僅限於文人相輕的意氣呢？余竊有疑焉。因為，稍微擴大點視野而又仔細點觀察的話，研究者就不難發現，所謂冰心與林徽因的文學過節，乃是一個比《我們太太的客廳》發生更早、範圍更大、延續更久的連續互動過程，而其效應也相當複雜、意義更耐人尋味，遠非一般所謂文人相輕、才女爭鋒那樣簡單。據沈從文之說，從1931年9月冰心發表〈我勸你〉一詩，二位女作家就有了文學上的過節，而據李健吾說，冰心 1933 年 9～10 月間發表的小說〈我們太太的客廳〉，則使這場文學過節愈益加重了，……其實冰心不過是把京派文人的美麗新風雅作為一種人生現象加以典型化的描寫，要說她有諷刺也是指向這種美麗新風雅的做派，而並非針對哪個具體人物的譏嘲。雖然好強要面子的林徽因的反應確是一度很不愉快，但從她隨後的創作可以看出，她的〈九十九度中〉、〈文珍〉和〈梅真與他們〉，恰恰折射著冰心稍早些時候創作的〈我們太太的客廳〉、〈冬兒姑娘〉和〈相片〉等作品的積極影響。事實上，正是冰心的這些作品以及她所推重的丁玲的作品，刺激著也推動著林徽因擺脫偏見和傲慢，走出她的客廳或窗子以外，看到下層婦女所處的不公平地位及其人格自尊，從而給予了傾注著深切同情和可貴理解的書寫。儘管林徽因這麼寫帶有對冰心不服輸的意味，但其實當她這麼做的時候已暗含著對冰心文學觀的認同。而 1940 年代的冰心亦以清苦的潛心筆耕，心照不宣地回答了林徽因等對她在艱苦的抗戰期間可能攀龍附鳳的擔心與批評。然則，還有什麼比這樣的文學互動行為更積極有益呢？我近年因為校錄冰心的佚文，才注意到這個問題的曲折關節，曾寫了一篇小文，只是文體近乎「百家講壇」體，所以自己頗不滿意，此處撮述大概，聊供關心此事者參考吧。

回頭來看，以往的文學史研究，對文學上的互動行為也並非完全無視，事實上也常常說到的，而常見的言說方式不外二種：資為談助或資為考證。「資為談助」即把文學上的互動行為作為名人軼事來說道。如王羲之等東晉文人的蘭亭之會、李白與杜甫的交往，魯迅與瞿秋白的相賞，就一向傳為美談。不過這種「資為談助」的談論近乎「插花式」的點綴，雖然給文學批評和文學史研究增加了些許趣味，但膚淺不及深入，所以往往給人可有可無之感。「資為考證」即把文學上的互動行為作為考證文人關係的材料，比如古典文學研究中就頗多文人交遊考、師友關係考之類文章。如此「資為考證」當然比僅僅「資為談助」進了一步，然而這種考證雖說旨在「關係」，可它對「關係」的探討常常限於單向的探索和靜態的追究，鮮見彼此應有的雙向互動，因而其所揭示的關聯仍然是片面的和有限的。

其實，文學互動行為所涉及的不僅是雙方的「關係」，更觸及雙方的「關心」之所在。所以即使有些文學互動沒有產生積極的效果，至少也足以澄清雙方的差異，從而對文學史的研究具有重要意義。比如，發生在淪陷末期的以迅雨（傅雷）為一方而以張愛玲和胡蘭成為另一方的那場論爭就是典型的事例。一般以為，那場論爭只關係到傅雷與張愛玲、胡蘭成文學觀的差異。這誠然但也不儘然。事實上，在傅雷充滿善意的文章中也包含著一些超越了單純藝術得失的嚴肅批評，其最耐人尋味之處，是他說「心理觀察，文字技巧，想像力」這些「優點」既能夠成就〈金鎖記〉那樣的傑作，卻又會把張愛玲「引入危險的歧途」。這是為什麼呢？細讀上下文，原來傅雷在文章的一開頭就指出，產生文學傑作還有一個更為重要的不可或缺的條件，即作家必須有「深刻的人生觀」並從而富有深度地寫出人生的或者說人性的「鬥爭」。傅雷顯然是考慮到了淪陷區作家置身「在一個低氣壓的時代，水土特別不相宜的地方」[17]的特殊情況，所以他特別強調的乃是加強和深化對人生鬥爭的主觀方面或者說內在方面之表現，殷切期望淪陷區的作家們能夠在這方面縱深開掘、於人生的內在鬥爭描寫中彰顯出人性的不屈不滅。而在彼時彼地堅持這樣一種人生—人性的內在鬥爭觀去做人和作文，這其實是二而一的事情。對張愛玲能否堅持不動搖，傅雷是委實有些擔心的，在他的語重心長的勸告裡，無疑隱含著對張愛玲為文以至為人的某種不忍明言的擔憂。而張愛玲也非常敏感，她對迅雨即傅雷的批評作出了反應，而且反應速度非常之快——〈自己的文章〉從寫作到發表不過短短半月！而緊接其後為張愛玲辯護、對迅雨即傅雷進行駁難的，就是胡蘭成——他在《雜誌》第 13 卷第 3 期（1944 年 6 月 10 日出版）上發表了第二篇〈評張愛玲〉。可以肯定的是，業已情好日密、常在一起消磨的張胡二人在看到迅

17　以上所引迅雨（傅雷）語，均見〈論張愛玲的小說〉，《萬象》第 3 年第 11 期，1944 年 5 月 1 日。

雨的批評後，必然有過溝通和討論，然後便決意分工協作、相互呼應、共同對付迅雨的批評。明白了這中間隱含的關節，也就不難理解〈自己的文章〉和第二篇〈評張愛玲〉兩文有那麼多相通相似之處，以至有些地方簡直如出一手、難分彼此的來由了。看來，張愛玲和胡蘭成的確是一對旨趣相投的亂世才子才女，所以他們要求個人現世安穩自由的觀點不僅相通到幾乎難分彼此，而且相互配合著先後發表在最重要的「和運」刊物《新東方》雜誌和轉向「和平陣營」的名刊《雜誌》上，此呼彼應地附和著「和運」的意識形態。這種情況正是迅雨即傅雷最為張愛玲擔心的，然而恐怕連傅雷也沒有料到會來得這麼快。事已至此，傅雷也就無話可說了。所以，當年發生在傅雷和張愛玲、胡蘭成之間的論爭，只一個回合就結束了，而他們之間分歧的關鍵顯然不是單純的藝術趣味問題。這只要看看傅雷對「人生一切都是鬥爭」尤其是人生的內在鬥爭的著意強調，和胡蘭成、張愛玲對亂世人尋求現世「自由，真實而安穩的人生」之當然性的特別揄揚，就涇渭分明了，尤其是張愛玲對「鬥爭」的刻意消解和對「安穩」的再三致意，確乎無疑地與傅雷對「鬥爭」的堅持構成了針鋒相對的對立。這種對立首先是人性觀—人生觀的分歧，其次才體現為文學觀—美學觀的分歧——後者不過是前者的延伸而已。由此可見，這場「不成功」的文學互動，實際上亮明了雙方不同的文學與人生立場，具有非常重要的意義。

說來，文學互動行為乃是「文學活動」的一部分。不錯，一切都是「文學活動」，我們常常這麼說，可是在我們的文學批評和文學史研究中，卻很少真正把文學活動作為研究的中心，主導了我們的批評與研究思維的，過去是現在仍然是孤立的「作家中心主義」和封閉的「文本中心主義」，在這樣的雙重影響下，我們忙著確立經典作家、闡釋經典作品，這當然是必要的工作，但問題是我們對經典作家和作品的研究往往是靜態的觀照和封閉的分析，排斥掉了文學活動之豐富的社會歷史關聯，只剩下孤零零的作家文本給文學研究者做封閉的純文學解讀，或者就是把作家的文學文本作為構建某種想當然的理論話語的墊腳石。事實是，文學現象原本是關聯複雜的活動或行為——從創作到出版、閱讀、批評，都莫不如此，留在紙上、傳給後人的文本不過是前人文學活動或文學行為的痕跡而已，也因此，要解讀這些痕跡的意味，就不能不回到一個樸素的原點，重新定義文學活動的性質及其與作家自身、和他人和社會到底是個什麼樣的關係。所謂「回到一個樸素的原點」，無非是要重新確認這樣一個顯而易見的事實，即人類的「文學活動」當真是一種行為、一種活動，而且是一種最具主體性的實存行為。確認這一點，那些曾經困擾我們的許多高深問題也許就有了比較明瞭的意味。即就作為創作主體的作家而論，其文學創造行為當然不可能只是純粹的不及人、不及社會的虛構與想像遊戲，但也決不是時代社會背景之簡單的反映和被動的反應，而是他們對其身內與身外種種問題的發之自覺的應對、有所企圖的行為、預謀了效果的活動——當然是以文學特有的方式。我把這樣一種研討思路姑且稱之為文學行為的實存分析，以區別於傳統的社會歷史批評。從這樣一種視野來看，就不再是孤立的作家作品，而是關聯深廣的文學活動或者說文學行為，將佔據文學研究的中心位置，而那些看來似乎瑣細的並無深意的文學互動行為，則因其是有助於說明某一時代的某些作家為什麼如此做而不如彼做的實存行為，也就具有了值得深入分析的文學史意義，而不再是可有可無的文壇掌故、文學談助或名人軼事之類了。

2010 年 11 月 20 日於清華園之聊寄堂

亂世才女的亂世男女傳奇

——張愛玲淪陷時期的文學行為敘論

家敗世亂蒼涼心：張愛玲在生活上和文學上的早熟

張愛玲在文學上的耀眼出場，恰如一齣精彩絕艷的傳奇劇之開幕——那麼年輕的她一登文壇，就若有神助、出手不凡，連續寫出的一篇篇小說，以洗練的語言和老到的敘述傳達出對人生與人性的深切洞察，字裡行間交映著華麗的光彩與蒼涼的色調，這令當年和後來的無數讀者歎賞不置，同時也讓許多人驚訝不已：如此年輕的她怎麼會有這樣飽經滄桑的人生感懷和如此洗練老到的文筆，難道那一切當真只是一個天才的神來之筆嗎？

在數十年的驚歎兼驚艷之後，似乎應該有個解釋。顯然，張愛玲過人的文學天才無可否認，可天才的她也不可能天馬行空。歸根結底，她的創作仍然植根於其獨特的生活經驗。張愛玲本人在談到寫作的時候即曾強調說，比起天才來更重要的是要具備一個普通人都有的「一點生活經驗，一點獨到的見解」[1]。只是普通人未必有能力和機會來用文學表現其經驗，張愛玲則是個善於把握機會而又善於開掘和表現其獨特生活經驗的天才。然則張愛玲究竟從其經歷中獲得了什麼樣的獨特體驗、而她的獨特體驗又如何塑造了其性格與藝術？也許只有在弄清了這些問題之後，我們才能更為恰切地理解張愛玲其人其文的成就與限度。就此而言，張愛玲在幼年和少女時代接連遭逢家敗與世亂的體驗及其感應，無疑是最值得我們關注的。

這種關注不應停留在艷羨的層次上。例如所謂「舊上海的最後一個貴族」，就是近年來一些人繼「天才奇女」之後加在張愛玲頭上的又一頂桂冠。這或許是想強調她出身顯赫所以才華傑出乃是淵源有自吧。其實血統的「高貴」未必意味著天才的富有，真正值得注意的倒是大家族的由盛而衰與其一些末代子孫之敏感早慧以至愛好文藝的才性之間，確乎存在著某種關係。對此，現代詩人馮至有一段妙論頗值玩味。據其夫人姚可崑晚年回憶，青年時代的馮至曾從自己的經驗和觀察中得出了一套關於大家族衰落與末代子孫才性關係的「理論」——

1 張愛玲：〈論寫作〉，《張愛玲散文全編》第 78 頁，浙江文藝出版社，1992 年。

> 凡是創業的祖輩都精明強幹，甚至冷酷無情，幾代後逐漸演變，他們的末代子孫往往形成兩類，不是庸懦無能，自甘墮落，就是聰明善感，愛好文藝。這從《紅樓夢》和湯瑪斯·曼的《布登勃洛克一家》中可以得到證明。馮至用這個規律看他父親一輩的叔伯中自甘墮落者與愛好文藝者兼而有之。[2]

說實話，馮至的「理論」常常讓我想到四十年代兩位才華傑出的年輕作家張愛玲和路翎，當然還有偉大的魯迅和接近偉大的巴金、曹禺……等等，中國現代文學史上的諸多名家，不就是出生於這樣那樣曾經興盛的大家庭、卻又都在大家庭的衰落敗亡中體驗人生、走向文學的麼？當然，從現代文學的情況來看，馮至的「理論」也有可訂正的餘地。因為衰落大家庭的末代子孫，並非只有自甘墮落者和愛好文藝者二種典型人物，此外，富有反抗精神的叛逆者也不乏其人。並且，上述各類人物也並非截然不可通融——有些庸懦無能、自甘墮落的敗家子，就往往是頗為聰明善感、愛好文藝者；而有些聰明善感、愛好文藝者又常常成為激烈的叛逆者。所以，不論兩類也好、三類也罷，都只是就其大略而論，具體情況還得具體分析。

誠如張承志所說：「經驗不能替代，人人都在生活」。即以同樣出生於衰敗的大家庭的魯迅和張愛玲而論，他們早年的創傷性記憶和人生體驗顯然有同有不同。「有誰從小康

2　姚可崑：《我與馮至》第30-31頁，廣西教育出版社，1994年。

人家而墜入困頓的麼，我以為在這途路中，大概可以看見世人的真面目。」[3]魯迅在《吶喊・自序》中說的這段話人所周知，並且大家都承認魯迅在這過程中深切地體會到人情的淡薄和世態的炎涼，而正是這些經歷在無形中促成了魯迅在生活上的早熟和對文藝的偏好。在這一點上，年輕的張愛玲有頗為近似的經歷。當她出生之時，其外曾祖家及其本家族均已風光不再，只剩下些末代子孫們寄居在半殖民地的都市裡坐吃山空、苟延殘喘，無可挽回地走向敗落和瓦解。目睹家族的敗落與瓦解的過程，無疑讓年幼的張愛玲備感壓抑和孤獨，性格內傾而敏感早慧，而文學則成了她在孤獨中的慰藉，所以在中學期間她就在上海聖瑪利亞女校校刊上發表習作《霸王別姬》（1937 年 5 月）等，初露其不凡的藝術才華。但在這些近似之外，魯迅和張愛玲的體驗也有著不容忽視的差別。年幼的魯迅儘管過早地體驗到世態的炎涼和人情的澆薄，但他還是從親人如母親那裡獲得過溫暖的親情，而過早地承擔起長子長孫的重擔，也激發了少年魯迅對人生責任的自覺。應該說，這種對家人的愛與責任感是魯迅人格的基礎，它們後來又進一步擴展到對國家民族的愛與承擔，使青年魯迅立下了「我以我血薦軒轅」的誓言。張愛玲的情況就不同了，家庭的敗落和瓦解讓她觸目驚心的不是來自外部的世態之炎涼和人情之澆薄，而是家庭內部所暴露的人性之

3 魯迅：〈吶喊・自序〉，《魯迅全集》第 1 卷第 415 頁，人民文學出版社，1981 年。

自私和生命在華麗外衣下之頹廢，她感受最深刻的不是生活的窮困，而是愛與關懷的缺乏——在樹倒猢猻散、臨難鳥自飛的過程中，她看到末代子孫們坐吃山空而又無所事事，人的生命在無謂的消耗與爭鬥中趨於頹廢，所謂親人們關心的只是各自利益和欲望的滿足，人性的自私於焉暴露無遺，傳統的親情蕩然無存，甚至夫妻、親子之間也形同路人。即如張愛玲的父母就由不和而分居，形同陌路，把一對兒女像皮球一樣踢來踢去，以致小小的張愛玲不得不從父親那裡逃出，可母親也不歡迎她，只是在她的乞求下母親才勉強容許了她的「寄居」。所以不論在父親還是母親那裡，張愛玲都沒有得到過應有的愛和關懷。這些體驗，尤其是人性的自私、愛與關懷的缺失，乃是幼年和少女時代的張愛玲最為痛切的創傷性體驗。此類體驗既促使她早熟、推動她自立，也讓她過多而且過早地窺見了人的自私、卑微與脆弱，並在無形中養成了她的自顧自的孤獨個性，以至於終其一生，張愛玲都不願與人交接、對自身之外的一切缺乏魯迅那樣的愛與承擔。

緊接著「家敗」的乃是「世亂」的經驗。張愛玲高中尚未畢業，抗戰就爆發了。在「孤島」的教會學校念完了中學後，一心嚮往著到歐洲留學的她於 1939 年以優異成績考入倫敦大學，卻因歐戰的爆發不得不轉學香港大學，接著是 1941 年底太平洋戰爭的爆發和香港的淪陷，張愛玲只好轉學上海的聖約翰大學，隨即因為失去生活來源，而不得不輟學，開始以寫作謀生……。像這樣在戰火中走向創作的年輕作家，為數不少，其中最可與張愛玲比較的乃是路翎。二人確有頗多相似之處——他們都出生於一個由盛轉衰的大家庭，都在家庭的敗落中獲得了人生的早熟和藝術的敏感，都在戰火紛飛的年代走上文壇，而來自大家庭崩潰途中的感受和體驗，也是他們的創作所著力表現的基本經驗。然而，兩人的不同也顯而易見：在舊家庭裡度過備受壓抑的童年和少年生活，不僅造成了路翎敏感內向的個性氣質和對文學藝術的愛好，同時也激發了他對舊家庭、舊社會強烈的憎惡和叛逆——「我的童年是在壓抑、神經質、對世界的不可解的愛和憎恨裡度過的，匆匆度過的。」[4]路翎曾如此回憶。正是這種強烈的憎惡感和叛逆性，使年輕的路翎嚮往外面的世界，欣然接受了新文化和左翼文化的啟蒙，並走出家門、走向社會，義無反顧地投身民族救亡和社會革命事業，而文學則成了他鼓吹個性解放、民族解放和社會革命的利器。然而，同樣遭逢「亂世」——封建秩序的瓦解和殖民進程的加劇，即通常所謂中國社會的半封建半殖民地化，並沒有在張愛玲身上激發出像路翎那樣的革命意識和社會拯救情懷，這可能與張愛玲自幼在舊家庭裡封閉孤獨的生活和少女時代在教會學校所接受的殖民教育有關。封閉衰腐的舊家庭裡缺乏愛與關懷的生活氣氛，繼之以同樣封閉的教會學校偏至的西

4　路翎致胡風信中語，見《胡風路翎文學書簡》第 9 頁，安徽文藝出版社，1994 年。

化殖民教育，在滋長著張愛玲自顧自的孤僻個性的同時，也推動著她對家與國的疏離、助長著她對人間責任的淡化，使她既缺乏傳統士大夫所謂「國家興亡，匹夫有責」的感時憂國情懷，也缺乏「五四」以來絕大多數現代知識份子救亡圖存的現代國民意識，而在無形中成長為一個疏離於家國、游離於社群、淡然於責任的孤獨個人，一個如她自己所坦承的「自私的人」。在這樣的張愛玲眼中，近現代世界格局下的中國社會現實，確實是、也僅止是一個妨害個人現世安穩而個人卻無力抗拒的「亂世」；身在其中的她對人生之最為痛切的體驗，也便是遭逢「亂世」的孤獨個人之不得不然的卑屈與無奈；於是在她看來，身處亂世裡脆弱無助的個人所面對的最現實也最現世的問題，也就不是如何盡其在我地挺身救世救人，而是如何本其求生意志以自救自全了。

現代心理學已然證明，一個人早年的生活經歷，尤其是那些深切的痛苦經歷，會積鬱為揮之不去的創傷性記憶，它不僅會促發一個人在生活上的早慧和藝術的敏感，它甚至會成為一種範式性的經驗，左右著他／她今後的人生感應和藝術表現。就此而言，「家敗」和「亂世」的經驗，前後相接、緊密疊合、不斷發酵，的確深刻地塑造了張愛玲的性格、影響著她此後的人生與藝術。即如張愛玲後來在其回憶性散文〈私語〉中說及幼年的家庭生活時，那種不受歡迎、不得愛護的創傷仍然讓她耿耿於懷，而小小年紀的她居然暗自起誓「我要銳意圖強，務必要勝過我弟弟」，亦可見她倔強自立的個性實在是其來有自的；隨後是細數少女時代被父母推來攆去的遭際，當年那種在父母家卻如寄人籬下的酸辛，竟讓她彷徨無助到「我覺得我是赤裸裸的站在天底下了」的地步……再後來，家敗人散的記憶加上兵荒馬亂的現實，更使年輕的張愛玲對人生頻生無限的蒼涼，慨歎「亂世的人，得過且過，沒有真的家。」[5] 由此可見在敏感早熟的張愛玲心裡，這些不堪回首的經驗確已深刻地積鬱為久久難以釋懷的隱痛，同時也自然而然地積澱成為她可以隨手取材的經驗資源，直至孕育成為她最為偏愛和擅長的敘事主題。而張愛玲的生花妙筆也恰與其人生體驗相得益彰，此所以她的末世和亂世敘事才能夠寫得那麼精細入微而且精彩紛呈，尤其是以《傳奇》為代表的小說，將蒼涼人間的常態和病態敘說得那樣婉轉低回、雅俗共賞，難怪有那麼多人對她的創作讚賞不置以至歎為觀止了。

當然，家敗世亂的體驗以及由此形成的感應態度，也對張愛玲的為文以至為人構成了限制。

情有獨鍾的敘事焦點：
傳寫末世人性之變與亂世人情之常的《傳奇》

1943 年 5 月，復刊後的《紫羅蘭》第 2 期發表了張愛玲的小說〈沉香屑：第一爐香〉，她由此正式走上文壇，當年

5　張愛玲：〈私語〉，《張愛玲散文全編》第 123 頁、第 133-134 頁、第 120 頁，版面同前。

共發表〈傾城之戀〉、〈金鎖記〉、〈封鎖〉等小說8篇，1944年8月她的中短篇小說集《傳奇》初版，同年12月散文集《流言》出版。初版的《傳奇》收小說10篇，1946年11月《傳奇》增訂版增收小說5篇，總計《傳奇》前後兩個版本共收15篇小說，最早的發表於1943年5月，最晚的發表於1945年2月。這短短不到兩年間，無疑是張愛玲創作的巔峰期，此後她在創作上就再也沒有超越《傳奇》的作品問世，所以《傳奇》一集其實代表了張愛玲小說創作的最高成就。

《傳奇》集中的小說都取材於和平或戰時的上海和香港的人事，均著意於人物心性和行為的敘寫。從敘寫的焦點來看，這些小說基本上可以分為兩大類。

一類小說著力揭示和平的庸常生活裡的人物心性之變態。其中有些篇章描寫的是寄生在半殖民地都市洋場上的老中國子民，他們大都是舊世家的末代子孫，由於所依憑的那個舊制度崩潰了，他們來到了十里洋場，成了靠祖傳遺產生活的現代寄食者，一方面慣性地延續著傳統的生活習慣，另一方面又不自覺地接受著現代都市所提供的消費方式和生活享受，但他們既對傳統價值沒有精神上的忠誠，又不可能有真正的現代意識，所以他們的寄食生活純然是消費性的，彷彿是些只有食色本能的行屍走肉，無所事事地寄食在那樣一個高消費的半殖民地都市裡，等待他們的只有坐吃山空、日漸沒落的命運。這一切使這些寄食者的心性行為往往趨於病態以至變態。張愛玲自己就出生於這樣的家庭，敏感的她親眼見證、親身體驗到這無聊而且無望的一切，這使她特別深刻地感到「蒼涼」。此種「蒼涼」感沒有悲劇的嚴重和嚴肅，因為那些在乖張的變態和病態中走向死亡的一切，原本就算不上生命的悲劇，而只是本能的快感性頽廢和生命的無意義消耗。所以張愛玲很早就語出驚人地斷言——

> 在沒有人與人交接的的場合，我充滿了生命的歡悦。可是我一天不能克服這種咬齧性的小煩惱，生命是一襲華美的袍，爬滿了蚤子。[6]

正是帶著這樣深切的敏感和蒼涼的悲憫，張愛玲用她的生花妙筆為這類寄食者病態和變態的生活留下了精細入微的生命紀傳或性格志異，那代表作便是中篇小說〈金鎖記〉。

〈金鎖記〉的故事發生在一個寄食於半殖民地都市上海的舊家庭姜公館裡，這個曾經顯赫的舊世家有出無進，少爺們不是敗家子，就是病秧子，等待它的是無可挽回的沒落和崩潰。在這個家庭裡唯一有生命力的是出身卑微的二少奶奶曹七巧。漂亮能幹的曹七巧是一家麻油店老闆的女兒，原本不願意也沒有資格入嫁名門姜公館，只因姜家二少爺久患骨癆，門當户對的人家誰也不願把女兒嫁給他，姜家只得退而求其次，而曹七巧的哥嫂也貪圖姜家的富貴，兩家於是結成

6　張愛玲：〈天才夢〉，《張愛玲散文全編》第3頁，版次同前。

了婚姻。在這場門第、金錢的交易中，七巧犧牲了自己正常的生活欲求，而只剩下一種焦灼的等待：用青春熬死丈夫，她自己擁有金錢才好改變一切。十五年過去了，她的心願實現了，卻未料及自己也由此套上了黃金的枷鎖，而不能正常滿足的生理欲望則趨於變態。她早就喜歡自己風流倜儻的小叔子姜季澤，如今自己經濟上獨立了，小叔子也上門來向她示愛，她不覺心旌搖盪，然而她隨即又警覺到自己財產被覬覦的危險，於是憤怒地趕走了姜季澤。從此，曹七巧的被壓抑的情欲便以反常甚至殘忍的方式尋求著出路，得不到幸福的她也不想讓兒女幸福：為了把兒子長白羈留在自己身邊，曹七巧處心積慮地逼死了兒子的妻與妾；隨後她又不動聲色地破壞了女兒長安和歸國留學生童世舫的戀愛。借助精神分析學的觀點，〈金鎖記〉鞭辟入裡地揭示了女主人公曹七巧被虐—自虐—虐子的心理蛻變過程，在人物心性病態和變態的分析上可謂發人之所未發，達到了罕見的深度，而在藝術表現上又體貼入微、恰如其分。如小說的結尾這樣描寫垂老的曹七巧，其中交織著人物不堪回首的哀痛和作者飽含悲憫的分析——

七巧似睡非睡橫在煙鋪上。三十年來她戴著黃金的枷鎖。她用那沉重的枷角劈殺了幾個人，沒死的也送了半條命。她知道她兒子女兒恨毒了她，她婆家的人恨她，她娘家的人恨她。她摸索著腕上的翠玉鐲子，徐徐將那鐲子順著骨瘦如柴的手臂往上推，一直

> 推到腋下。她自己也不能相信她年青的時候有過滾圓的胳膊。就連出了嫁之後幾年，鐲子裡也只塞得進一條洋縐手帕。十八九歲做姑娘的時候，高高挽起了大鑲大滾的藍夏布衫袖，露出一雙雪白的手腕，上街買菜去。喜歡她的有肉店裡的朝祿，她哥哥的結拜弟兄丁玉根，張少泉，還有沈裁縫的兒子。喜歡她，也許只是喜歡跟她開開玩笑，然而如果她挑中了他們之中的一個，往後日子久了，生了孩子，男人多少對她有點真心。七巧挪了挪頭底下的荷葉邊小洋枕，湊上臉去揉擦了一下，那一面的一滴眼淚她就懶怠去揩拭，由它掛在臉上，漸漸自己乾了。

如此娓娓道來的敘述語調中自然地融入了體貼入微的分析，不溫不火的語言恰切地傳達出淒涼的意象，共同營造出一種蒼涼的意境和悽愴的情調，而曹七巧倔強而又病態的個性、被害而又害人的一生，就在這樣的意境和情調中無奈地走向終點。這樣一種富於韻味的文學語言，繼承了〈紅樓夢〉的優雅感傷的語言格調，而又達到如此富於現代性的心性解剖深度，這在中國現代文學史上是不多見的，所以《金鎖記》發表後不久，就被譽為當年文壇「最美的收穫之一」[7]，如今已被公認為中國現代小說史上最美的經典之作。

類似的篇章還有〈茉莉香片〉和〈心經〉等。如果說〈金鎖記〉表現了變態的母愛竟至於變成摧殘子女的「母

7　迅雨（傅雷）：〈論張愛玲的小說〉，《萬象》第3年第11期，1944年5月出版。

難」，那麼〈茉莉香片〉則在「父災」的敘述中剖析了父權對子女心性的扭曲。〈茉莉香片〉裡的父親聶介臣對其子聶傳慶專橫，這成了聶傳慶極力想要擺脱卻怎麼也無法擺脱的「痛苦的根源」，父親的性格甚至於反過來深刻地塑造了聶傳慶自己的性格——「他發現他有好些地方酷肖他父親」，「他深惡痛嫉那存在於他自身內的聶介臣。他有辦法可以躲避他父親，但是他自己是永遠寸步不離的跟在身邊的。」正是這種對父親陰影的恐懼使聶傳慶企圖在母親的舊情人言子夜教授身上尋找一個替代性的「父親」。可是連言子夜也讓聶傳慶失望了，因為言子夜在課堂上對聶傳慶「恨鐵不成鋼」的斥責，與聶父如出一轍，這令聶傳慶「痛心疾首，死也不能忘記」。失望的聶傳慶的最後希望是言子夜的女兒言丹朱，她不僅漂亮而且富於同情心，是唯一不嫌棄聶傳慶的女同學，但言丹朱並不愛他。發現這一點，極大地刺激了聶傳慶的人格病態的發展和變態的爆發，以致絕望的他幾乎發瘋地「打殺」了言丹朱。小説深刻地揭示出中國父權社會的墮落及其遺傳的病害，不僅將男性的暴虐潛移默化地「遺傳」給聶傳慶，而且也在無形中使他的性格趨於女性化，以至唯一對他友好的言丹朱也將他「當一個女孩子」看，而聶傳慶對言子夜的敬慕和對言丹朱的愛慕，事實上折射出他潛意識裡的戀母情結。就此而言，作品中那個「繡在屏風上的鳥」的意象乃是聶傳慶性心理病態的隱喻。應該説，〈茉莉香片〉對「父災」的深刻剖析，融注著張愛玲本人對「父權」的絶望體驗以及她對弟弟的性格被扭曲的觀感，所以作品才寫得那樣曲折有致、鞭辟入裡。〈心經〉則講述了一個上流社會家庭裡一對父女的畸戀——女兒許小寒對父親的偏愛帶有些「戀父情結」，而她的父親和母親在發現問題之後，卻因為相互鬥氣而放任女兒的畸戀繼續發展，如此刻意印證理論，就不如〈金鎖記〉和〈茉莉香片〉那麼富於生活本色了。

《傳奇》中的另一類作品則悉心表現著非常的戰亂時世下的人性人情之常——飲食男女的欲求與現世安穩的訴求等等。出沒在這些作品中的人物大多是些執著日常生活和現世欲求的「亂世男女」。張愛玲自己就是其中的一員，所以她對「亂世」人生及「亂離」中的人性有著特別深切的體會和堪稱獨到的發現。她痛感亂世的不可阻擋及其對個體生命的威脅——

> 個人即使等得及，時代是倉促的，已經在破壞中，還有更大的破壞要來。有一天我們的文明，都要成為過去。如果我最常用的字是「荒涼」，那是因為思想背景裡有這惘惘的威脅。[8]

在這種迷惘的威脅中，張愛玲有兩個銘心刻骨的發現，一是個人的孤獨和人性的自私。她曾經追憶自己和港大的同

8 張愛玲：〈再版的話〉，《傳奇》第349頁，人民文學出版社，1986年。按，〈再版的話〉寫於1944年9月。

學們在香港戰火期間做看護的一段經歷，當她們看護的一個傷員在痛苦的呼喊中終於死去之後，大家的反應竟然是這樣的——

> 這人死的那天我們大家都歡欣鼓舞。是快天亮的時候，我們將他的後事交給有經驗的職業看護，自己縮到廚房裡去。我的同伴用椰子油烘了一爐小麵包，味道頗像中國酒釀餅。雞在叫，又是一個凍白的早晨。我們這些自私的人若無其事的活下去了。
>
> ……（中略）
>
> 時代的車轟轟地往前開。我們坐在車上，經過的也許不過是幾條熟悉的街衢，可是在漫天的火光中也自驚心動魄。就可惜我們只顧忙著在一瞥即逝的店鋪的櫥窗裡找尋我們自己的影子——我們只看見自己的臉，蒼白，渺小；我們的自私與空虛，我們恬不知恥的愚蠢——誰都像我們一樣，然而我們每人都是孤獨的。[9]

而當戰爭剝去了人的種種偽飾之後，張愛玲進而發現自私的個人「剩下的只有最原始的」生命欲望和求生本能。在張愛玲看來，人的這種原始的求生本能和生命欲望在女性身上表現得比男性更為頑強，所以她便用蹦蹦戲裡潑辣的花旦作為人的求生本能與生命欲望的象徵性形象，並將之樹立為

9　張愛玲：〈燼餘錄〉，《張愛玲散文全編》第 57-61 頁，版次同前。

適應危難的亂世人生的生存典型——

> ……將來的荒原下，斷瓦頹垣裡，只有蹦蹦戲花旦這樣的女人，她能夠夷然地活下去，在任何時代，任何社會裡，到處都是她的家。[10]

當然，戰亂中的中國人實際上並非皆然如此行為，但張愛玲自己體驗到的人性本相確乎如此，所以她不無慚愧而又不加掩飾地表同情於此，並且將這種自私而頑強的求生意志和生命欲望視為延續人類香火的人性之常。用她自己反覆強調的話來說，那便是戰亂「去掉了一切的浮文，剩下的仿佛只有飲食男女這兩項。人類的文明努力要想跳出單純的獸性生活的圈子，幾千年來的努力竟是枉費精神麼？事實是如此。」[11]應該說，正是由於這些深切的體驗和獨到的發現，張愛玲決定了她「對於戰爭所抱的態度」[12]，做出了她在戰亂時世的人生選擇和文學選擇，那便是不管戰爭如何都要追求個人的生存和發展，文學則成了她力求謀生和成名的手段，而陷在戰亂這種非常時勢下孤獨無助的個人但求生活如常、「現世安穩」的心態和行為，便成了她飽含同情和悲憫的又一個敘事焦點。

這類小說中的典型之作便是她的另一個著名中篇〈傾城

10 張愛玲：〈再版的話〉，《傳奇》第351頁，版次同前。

11 張愛玲：〈燼餘錄〉，《張愛玲散文全編》第59頁，版次同前。

12 張愛玲：〈燼餘錄〉，《張愛玲散文全編》第50頁，版次同前。

之戀〉。作品講述了「一個自私的女人」、出生於上海名門的白流蘇小姐，同「一個自私的男人」、華僑子弟范柳原，從偶然的不期而遇到相互利用的情人關係直至終於結成相依為命的「平凡的夫妻」的傳奇故事。離婚後寄居在娘家的白流蘇只巴望著找一個可以依附的男人，哪怕做他的情婦也可以，國家的災難與她無關；風流成性的華僑子弟范柳原並無當時的許多歸國華僑那樣報效祖國的崇高意願，他繼承了大量遺產，衣食無憂，樂得遊戲歡場，本無結婚之意，只是回國來對所謂中國情調的女人有些好奇，他和白流蘇的戀愛不過是「上等的調情」，同居也只是相互利用的交易而已。但不論白流蘇還是范柳原都不是壞人，他們只是那些不免自私而又不乏人性的凡夫俗子的典型。有意思的是，恰恰是陡然而來的戰火，使他們獲得了人生的啟示，那便是戰亂時世下個人的脆弱與孤獨，而正是由於這點覺悟，他們之間雖說沒有真情，卻產生了一點相互輔助、相互慰藉的真心。這個變化是出乎人物自身的意料之外的。小說曾寫到范柳原在香港淺水灣一堵灰冷的牆下對白流蘇說過這樣的話——

> 這堵牆，不知為什麼使我想起了地老天荒那一類的話。……有一天，我們的文明整個的毀掉了，什麼都完了——燒完了，炸完了，坍完了，也許還剩下這堵牆。流蘇，如果我們那時在這牆根下遇見了……流蘇，也許你會對我有一點真心，也許我會對你有一點真心。

當范柳原説這番話的時候，戰火尚未真正降臨到他和白流蘇的頭上，他的這番話不過是其「上等的調情」的説辭而已，他心中其實是並未指望那「真心」真正發生的。然而，不料「一九四一年，十二月八日，炮聲響了」。這戰火是真的。而這真的戰火在「炸掉」了他們「上等的調情」的同時，也出乎他們自己意料地迫使二人在兵荒馬亂中相依為命，並促使他們本能地相互關懷，因為事情正如白流蘇所想的那樣，「別的她不知道，在這一剎那，她只有他，他也只有她」。於是，兩個原本並無真情的人在戰火中終於真心地走到了一起。劫後餘生的某夜，當白流蘇回想起此前范柳原的戲言如今居然成真，不禁感慨萬千——

> 流蘇擁被坐著，聽著那悲涼的風。她確實知道淺水灣附近，灰磚砌的那一面牆，一定還屹然站在那裡。風停了下來，像三條灰色的龍，蟠在牆頭，月光中閃著銀鱗。她彷彿做夢似的，又來到牆根下，迎面來了柳原。她終於遇見了柳原。……在這動盪的世界裡，錢財，地產，天長地久的一切，全不可靠了。靠得住的只有她腔子裡的這口氣，還有躺在她身邊的這個人。她突然爬到柳原身邊，隔著他的棉被，擁抱著他。他從被窩裡伸出手來握住她的手。他們把彼此看得透明透亮，僅僅是一剎那的徹底的諒解，然而這一剎那夠他們在一起和諧地活個十年八年。
>
> 他不過是一個自私的男子，她不過是一個自私的女人。在這兵荒馬亂的時代，個人主義者是無處容身

的，可是總有地方容得下一對平凡的夫妻。

事實確實如此——正是陡然的戰火使這對自私的人獲得了難得的覺悟，這覺悟不是超越個人主義，而是更加切己地體會到兵荒馬亂裡個人的孤獨和生命的脆弱，體認到即使為了一己的生存，自私的個人也需要相互依賴、相互慰藉。那一面屹立在戰爭廢墟中不倒的「牆」，之所以讓范柳原和白流蘇念念不忘，就是因為它象徵著自私的人類不得不相互依賴的真理，進而喻示著這些亂世男女對「現世安穩」的平凡生活的追求。白流蘇和范柳原雖然沒有愛的真誠與激情，卻因為有了戰火下這「一剎那的徹底的諒解」而終於結成了相互依賴著過普通人生的「一對平凡的夫妻」。就此而言，倒是香港的陷落成全了白流蘇和范柳原，否則他們未必有那「一剎那的徹底的諒解」，也就未必能夠下決心廝守在一起了。所以，他們的故事委實是亂世男女中難得一見的傳奇。通過這個平凡而又傳奇的故事，張愛玲真切地展現了自私的個人在非常的戰亂時世裡亟求現世安穩、渴望平實生活的心性與行為趨向。這種趨向裡既包含著自私的個人之發自本能的求生意志，又折射出他們的人性在努力適應甚至順應環境壓力之下的卑微、自私與脆弱。顯然，表現這種心性與行為趨向的故事不會給讀者壯烈或悲壯的悲劇感，而是令人悲憫和回味的蒼涼感。芸芸眾生之所以歷經戰亂而不滅，或者正是靠著這種自私的求生意志和自私的相互諒解而堅持下來的吧。所以，張愛玲對此不僅深有同感，而且頗為同情，甚至不無讚賞。她稍後曾經解釋說，「〈傾城之戀〉裡，從腐舊的家庭裡走出來的流蘇，香港之戰的洗禮並不曾將她感化成為革命女性；香港之戰影響范柳原，使他轉向平實的生活，終於結婚了，但結婚並不使他變為聖人，完全放棄往日的生活習慣和作風。因之柳原與流蘇的結局，雖然多少是健康的，仍舊是庸俗；就事論事，他們也只能如此。」[13]

在《傳奇》中表現此類亂世人性之常的典型篇章還有〈封鎖〉，不過結局不如〈傾城之戀〉那麼僥倖。張愛玲在〈傾城之戀〉的結尾就說過，雖然「到處都是傳奇，可不見得有這麼圓滿的收場」。〈封鎖〉敘述了一對陌生男女在戰亂中的偶然邂逅與黯然分離：某銀行會計師呂宗楨和某大學英文助教吳翠遠，都是普通的凡人，他們承受著戰爭的壓力和日常生活的壓抑，無奈而無助，只是偶然地同乘一列電車而又適逢「封鎖」的特殊時刻，遂情不自禁地開始眉目調情，這是他們面對戰爭的壓迫和日常生活的壓抑所產生的唯一出軌行為，而這出軌行為的唯一效果就是他們在剎那間相互慰藉、緩釋了壓抑，近乎自欺自慰的白日夢，所以隨著「封鎖」的解除，他們又慣性般地退回到原來的位置，回到了慣常的生活角色中去了，仿佛「封鎖期間的一切，等於沒有發生。整個的上海打了個盹，做了個不近情理的夢」。應

---

13 張愛玲：〈自己的文章〉，《新東方》第9卷第4-5期合刊，1944年5月15日出版。

該承認，這個心理出軌而又復歸如常的插曲，的確把亂世人性的不甘與躁動、亂世人生的卑微與無奈寫到了極致，真是怎一個蒼涼了得；可是，一對萍水相逢的男女竟然如此脈脈情深、黯然而別，也不免給人刻意造作、煽情過分之感。

幾乎同時出版的散文集《流言》與小說集《傳奇》密切相關，所以這裡也順便說幾句。大體而言，在敘寫末世人性之變和亂世人情之常方面，《傳奇》和《流言》確乎構成了可以互文參證、相互發明的密切關聯，並且二者都表現出同情芸芸衆生在末亂之世但求「現世安穩」的「日常生活」之取向。但與《傳奇》敘事之有意低回、不免煽情的筆墨不同，散文集《流言》的抒情敘事更為清俊通脱、真率自如，遣詞造語也親切自然而少見做作。這或者正如張愛玲自己所說，「最親切的身邊散文，是對熟朋友的態度」[14]，所以也就用不著像小說寫作那樣生怕讀者不感動、有時就不免情不自禁地去誇張渲染了。《流言》確是張愛玲更為個人化的寫作，作者往往從細微的小處著筆，將自己對末代大家庭生活的切身感受和對亂世市民百姓日常生活的體貼觀感，隨意道來、信手寫出，可是就在那些看似不經意的絮語瑣談中，卻融注著相當深入的知性省思和敏鋭的文化感懷，遂使《流言》不期然而然地成為「新舊文化種種畸形產物的交流」[15]

14 張愛玲：〈惘然記〉，《張愛玲散文全編》第 331 頁，版次同前。

15 這是張愛對上海的觀感，見〈到底是上海人〉，《張愛玲散文全編》第 6 頁，版次同前。

的半殖民地都市人文色相的出色寫照。尤其是回憶家庭生活和敘寫女性生活諸篇，既葆有女性之娓娓絮談家常的親切感又表現出超越家長里短的文化感懷，所以讀來不僅親切感人而且耐人尋味。如〈私語〉一篇在「亂世的人，得過且過，没有真的家」的感慨中回想起兒時的家常瑣事，看似隨意的瑣談卻寄託著值得玩味的文化感懷——

> 領我弟弟的女傭喚做「張干」，裹著小腳，伶俐要強，處處佔先。領我的「何干」，因為帶的是個女孩子，自覺心虛，凡事都讓著她。我不能忍耐她的重男輕女的論調，常常和她爭起來，她就說：「你這個脾氣只好住獨家村！希望你將來嫁得遠遠的——弟弟也不要你回來！」她能夠從抓筷子的手指的地位上預卜我將來的命運，說：「筷子抓得近，嫁得遠。」我連忙把手指移到筷子的上端去，說：「抓得遠呢？」她道：「抓得遠當然嫁得遠。」氣得我說不出話來。張干使我很早地想到男女平等的問題，我要銳意圖強，務必要勝過我弟弟。[16]

《流言》集外的散文也大抵如此，如下述片段談的也不過是家長里短、市井見聞之類——

> 朋友的母親閑下來的時候常常戴上了眼鏡，立在窗前看街。……有一天她看見一個男人，也還穿得相

16　張愛玲：〈私語〉，《張愛玲散文全編》第123頁，版次同前。

當整齊，無論如何是長衫階級，在那兒打一個女人，一路扭打著過來。許多旁觀者看得不平起來，向那女人叫道，「送他到巡捕房裡去！」女人哭道：「我不要他到巡捕房去，我要他回家去呀！」又向男人哀求道：「回去吧——回去打我吧！」

這樣的事，聽了真叫人生氣，又拿它沒奈何。[17]

正是如此出諸家常絮語市井瑣談而又超越了家常與市井的抒寫，使張愛玲的文章成為中國現代散文中別具一格、自成一家的存在。

別出心裁的敘事藝術：

「反傳奇的傳奇」的折衷損益及其趣味之限度

在《傳奇》的扉頁上有這樣兩句畫龍點睛般的題記：「書名叫傳奇，目的是在傳奇裡面尋找普通人，在普通人裡尋找傳奇」。張愛玲的寫作旨趣和藝術追求，都凝結在這兩句話中了，然而這兩句話畢竟語過簡要，索解甚難；好在張愛玲後來又有〈論寫作〉、〈自己的文章〉、〈寫什麼〉等自述創作的文字。把作者的這些自述文字和她的小說文本結合起來看，張愛玲小說的敘事藝術特點，尤其是《傳奇》的獨特藝術風貌及其藝術趣味之限度，也就大體了然了。

一般以為，張愛玲的這兩句話有強調她在小說創作上著

17　張愛玲：〈氣短情長及其他〉，《張愛玲散文全編》第229頁，版次同前。

意溝通新與舊、雅與俗的意思，而張愛玲之所以有此追求，乃是因為她看到了「五四」以來新舊、雅俗文學各自偏至的態勢，故此才有意別闖一條調和新舊兼容雅俗、能使新舊雅俗共賞的路子。這種看法確有道理。蓋自「五四」文學革命以來的中國文壇，既顯然呈現出不可通融的新舊分野，又隱然存在著各奔東西的雅俗分流：高高在上、雄踞文壇的新文學當然是主流，它先後以啟蒙平民和張揚革命相號召，可是卻一直走不出新知識份子的圈子，實際上成了只為新知識青年所愛好的新派雅文學；與此同時，以言情小說為大宗的舊派通俗文學雖然在新文學的攻擊下被迫處於守勢，卻仍然在頑強地延續和發展著，並且依然佔據著眾多的小民百姓，尤其是都市市民的閱讀視野。張愛玲的小說創作當然屬於新文學的範疇，但與一般新文學作家不同的是，她對舊派通俗小說並不反感，這是因為傳統的通俗小說，尤其是言情的傳奇，曾經是孤獨寂寞的她一直嗜好的讀物，如她所坦言的那樣，「我對於通俗小說一直有一種難言的愛好」[18]。正是在這種愛好的閱讀中，張愛玲充分感受到這類小說契合市民大眾趣味的敘事魅力，但作為一個有現代修養的讀者，她也發現了這類小說大多都難登大雅之堂的種種缺憾，所以她特別激賞《紅樓夢》那樣既通俗又高雅的藝術，以為「在過去，大眾接受了《紅樓夢》，又有幾個不是因為單戀著林妹妹或

18　這是張愛玲小說《多少恨》「題記」裡的話，《張愛玲文集》第2卷第279頁，安徽文藝出版社，1994年。

是寶哥哥，或是喜歡裡面的富貴排場？就連《紅樓夢》大家也還恨不得把結局給修改一下，方才心滿意足。完全貼近大衆的心，甚至於就像從他們心裡生長出來的，同時又是高等的藝術，那樣的東西，不是没有」[19]。張愛玲的這番話其實也道出了她在藝術上的企圖心，那就是以《紅樓夢》為典範，既努力「通俗」到「完全貼近大衆的心，甚至於就像從他們心裡生長出來」一樣表現大衆的趣味，同時又努力使之成為「高等的藝術」。而當今學術界也形成了這樣的共識：不僅溝通雅俗的確是張愛玲心慕手追的藝術目標，而且她的創作實踐也確乎達到了雅俗共賞的效果。

對此，我並無異議。不過，這個共識仍嫌籠統，還有待進一步的具體分析。

首先需要分析的就是張愛玲究竟是在何種意義上、採取了怎樣的敘事策略，從而將其藝術抱負具體落實到小說創作中去的？竊以為在這個問題上，張愛玲是經過了一番慎重的比較思考而自覺選擇了抓小放大、俗事文講、凡中求奇、參差對照的敘事策略。反省個人的經驗和趣味，張愛玲覺得自己最瞭解的乃是那些在末世和亂世裡掙扎的凡夫俗子，並肯認他們的心性與行為雖然難免庸俗卻正是生活的底色和社會的基礎，於是她便決意擯棄崇高宏大的敘事而鍾情於凡俗人物庸常生活的描寫。她低調而又堅定地聲言，自己悉心描寫的「全是些不徹底的人物。他們不是英雄，他們可是這時代

19　張愛玲〈我看蘇青〉，《天地》月刊第 19 期，1945 年 4 月。

的廣大的負荷者。」[20]「我甚至只是寫些男女間的小事情，我的作品裡沒有戰爭，也沒有革命。我以為人在戀愛的時候，是比戰爭或革命的時候更為放恣的」[21]。顯而易見，游離於革命和戰爭之外的男女自然是「普通人」，無關革命和戰爭的男女之事自然也是「小事情」，但又因為「人在戀愛的時候，是比戰爭或革命的時候更為放恣的」，所以「男女間的小事情」就又是普通人庸常生活中最具光彩的亮點、最近傳奇的事情。也因此，這樣一種敘事興趣雖然是抓小放大的卻又是凡中求奇的。與此相關的是張愛玲處理題材的藝術方法——「我用的是參差的對照的寫法，不喜歡採取善與惡，靈與肉的斬釘截鐵的衝突那種古典的寫法。」[22]這種寫法不追求大起大落的戲劇性及其對比鮮明的敘事效果，而旨在「寫出現代人的虛偽之中有真實，浮華之中有素樸」[23]的情事與心性。為此，張愛玲一方面從古代婉約詩詞、《紅樓夢》等文人小說和《海上花列傳》等近世言情傳奇吸取營養，另一方面又繼承和發揮了西方近代小說精細的寫實傳統，以救正一般傳奇敘事之奇而不真的弊端。正是這兩方面的結合，使張愛玲得以從衆多的凡俗人物身上發掘出了一個個生動有趣的末世—亂世男女傳奇，而又出之以婉約的筆調

20　張愛玲：〈自己的文章〉，《新東方》第9卷第4-5期合刊，1944年5月15日。

21　同前註。

22　同前註。

23　同前註。

和精細的寫實筆墨，成功地打破了新與舊、雅與俗、傳奇與寫實的對立，從而將分立的雙方導向融合並轉換生成為一種新舊相容、俗事文講、凡中有奇、雅俗共賞的文學讀物。張愛玲自謂「在傳奇裡面尋找普通人，在普通人裡尋找傳奇」，說的其實也就是其小說敘事的這個與眾不同的特點。這個特點，簡言之，也就是一種「反傳奇的傳奇」敘事策略，其中水乳交融著優雅的意境情調之美感和生動的凡俗人間傳奇之趣味，所以才能超越那些一味偏向於傳奇情節敘事的舊派通俗小說和過於注重嚴肅批判現實敘事的新派寫實小說，而難得地獲致雅俗共賞、新舊皆宜的接受效應。

進而言之，「反傳奇的傳奇」在張愛玲那裡還是一種折中浪漫主義和寫實主義的創作取向，而她的折中乃是以其試圖調適非常時世與日常生活之緊張關係的現世主義生存美學觀念為基礎的。蓋自高調的啟蒙文學到激昂的革命文學，二、三十年代的新文學呈現出一浪更高一浪的浪漫主義和理想主義的姿態，但不論是啟蒙文學也罷還是革命文學也好，在張愛玲看來都過於注重人生飛揚鬥爭的一面，帶有非凡超人的理想氣質，而忽視了芸芸眾生注重安穩的日常生活的一面。她覺得這後一面才是人生的底色，具有普遍和永久的意義，尤其是戰亂年月裡的凡夫俗子對「現世安穩」的追求，讓她感受深切、格外同情，體會到普通人的庸常人生也需要文學的表現，掙扎在戰亂中的他們也需要文學的關懷、安慰與啟示。正是出於這些獨特的思考，所謂「反傳奇的傳奇」

在張愛玲就不僅是一種別出心裁的小說敘事藝術策略，而且是一種折中浪漫主義和寫實主義的創作取向，並且還是一種別有寄託的敘事意識形態。其「反傳奇」的一面，即意味著對浪漫主義文學趣味及其抗俗救世的高調人生理想之擯棄，而屬意於「普通人」追求現世安穩的庸常人生之宣敘，這使張愛玲的小說具有一種執著表現末世—亂世人生基本生存欲求的現世主義寫實特性；然而另一方面，張愛玲也不以過於凡俗的寫實敘事為滿足，她又執意要「在普通人裡尋找傳奇」，尤其熱中於從非常時世下的庸常人生中發掘出一個又一個哀感頑艷的男女情事，於是她的小說又不乏浪漫的傳奇情趣了。不難想像，如此反浪漫的現世寫實旨趣和不無浪漫性的男女傳奇情趣原本是矛盾的，但它們在張愛玲的筆下卻獲得了難能的折中，構成了一個個既「反傳奇」又不無「傳奇性」的獨特敘事。這種「反傳奇的傳奇」敘事的突出特點，便是日常生活細節描寫的真實性與人物心性情結的傳奇性之融合無間：凡俗生活細節描寫的真實性為小說奠定了豐富的生活底色，對主要人物的性格心理及其相互之間糾葛的精細解析，則賦予小說以過人的心性深度，而這種心性深度並非如西方現代派小說那樣以心理獨白或意識流的形態表現出來，而是夾帶在人的行為之中、融注在人物間的情感—心理博弈之中，近乎「自然而然」地呈現給讀者；這樣一來，那一個個關於「男女」的傳奇敘事之重心，已非男女悲歡離合的傳奇情節而是男女心理變態的傳奇情結，由此，張愛玲把傳統的才子佳人的言情—艷情傳奇成功地轉換為現代的癡男怨女的心性—情結傳奇。

按説，上述諸要素的或一點在別的現代小説家那裡未必沒有，難得的是把它們如此成功地融為一體。這正是張愛玲藝術造詣的獨到處，也是其小説能夠被雅俗共賞、讀來別開生面的原因。即如著名的〈金鎖記〉，就其敘述的情節而言，不過是一個偶然進入大家族的小家碧玉從受盡人氣到給人氣受的故事，在這過程中她既被迫與人爭錢奪利，也忍不住與人爭風吃醋。這樣的故事在舊式大家庭裡原是所在多有、司空見慣的事情，但張愛玲卻別出心裁地把這樣一個小家碧玉的人生傳奇從故事情節的敘事轉換為心性情結的敘事，加上生活細節的精細寫實和意象情調的精心營造，的確給人迥異往常、鞭辟入裡、意味雋永的新感覺，而較諸三十年代過於摩登離奇的新感覺派小説，又成熟老到得多。再如〈紅玫瑰與白玫瑰〉，其開篇即道——

> 振保的生命裡有兩個女人，他説一個是他的白玫瑰，一個是他的紅玫瑰。一個是聖潔的妻，一個是熱烈的情婦——普通人向來是這樣把節烈兩個字分開來講的。

由此發生的男女偷情、二女爭風的事兒對普通人來説確乎是出軌之舉，算得上是在普通人生裡尋找到了可以一講的「傳奇」，故事也的確講得生動有趣。但是就只講這些，與舊派的男女艷情傳奇和新派的摩登男女傳奇並沒有多大差別。張愛玲由俗入手而畢竟不俗，隨著「紅玫瑰與白玫瑰」故事的展開，她借助一個個瑣屑的細節和男女之間微妙的情感博弈過程，不僅使故事具有了動人的細節真實性，而且把三個主角都成功地刻畫成具有心性深度的「中國現代人物」之典型。男主角佟振保在出軌與回歸過程中的心理矛盾，尤其是他在對女性的理想化想像和現實性對待中，充分暴露了自己身內現代與傳統的矛盾，達到了相當深入的心性分析境界。兩位女角的心性行為也都有些常中出奇之處：「熱烈的情婦」王嬌蕊，在振保的眼中顯然只是個愛勾引男人也容易被男人勾引的放蕩女人，可臨了她卻變成了一個覺悟到「認真的，……愛到底是好的」賢妻良母；所謂「聖潔的妻」孟煙鸝，起初正經保守到遲鈍無味的地步，連男女之間「最好的户內運動」也不喜歡，一切都本分地隨順著振保而已，可令振保大吃一驚的是，如此老實巴交的老婆居然也會紅杏出牆，而當振保頹喪得不管不顧的時候，「煙鸝這時倒變成了一個勇敢的小婦人，快三十的人了，她突然長大了起來，」「一下子有了自尊心，有了社會地位，有了同情與友誼，」她勇敢堅韌地發動了家庭保衛戰，以至於迫使風流成性的振保也終於「改過自新，又變了個好人」。作品的最後就以這三個主要人物從浪漫回轉現實宣告了這出男女出軌傳奇的雲收雨散。這一齣普通男女的出軌傳奇及其主角們的心性變遷，顯然不是向壁虛構的才子佳人傳奇所可比擬的，其常中出奇的敘事都合情合理，不僅具有細節的真實性，而且包含著深細入微的心理邏輯。事實上，張愛玲的一系列「反傳奇的傳奇」敘事大都交織著諸如此類常中出奇的情節和情結，這也正是她的作品不但吸引人並且特別的引人入勝之處：常中出奇的故事情節給讀者以基本的閱讀快感，常中出奇的心理情結則「別有用心」地引領讀者穿透人生的表像，逐步深入地領會人之心性的複雜與隱秘。

如此這般引人入勝的敘事特點當然也是誘人觀賞的看點，所以在中國現代小說家中，張愛玲的作品也就特別適合改編成雅俗共賞的話劇與影視，當年話劇《傾城之戀》的成功演出和近年不少作品改編為影視的相繼熱映，就是證明。無須諱言，影視改編的成功已成為張愛玲其人其作持續發燒的重要推動力；可是，張迷們在醉心地看張之餘和評張之後，卻很少反過來想想這樣一個問題：張愛玲的「反傳奇的傳奇」敘事是否也曾取法於當年的電影藝術？

這並不是一個沒有來由的問題。事實上，像那個年代生長在上海和香港的少男少女一樣，張愛玲自小的嗜好之一就是看西方電影，這種嗜好甚至激發了她最初的創作嘗試，如中學時期的傳奇習作《霸王別姬》就是間接模仿羅曼司化的好萊塢歷史影片而成，所以「很少中國氣味，……末一幕太像好萊塢電影的作風了。」[24] 大學時代的她還用英文給《泰

24　張愛玲：〈存稿〉，《張愛玲散文全編》第183-185頁，版次同前。

晤士報》等寫過影評和劇評。在這種嗜好中成長起來的張愛玲，其藝術趣味是不可能不受同時代西方電影藝術之潛移默化的，尤其是好萊塢的現代羅曼司（傳奇）影片及其據以改編的羅曼司敘事原作，如當年的兩大名片《亂世佳人》和《蝴蝶夢》，就非常深刻地啟發和影響了張愛玲的小說創作，以至於即使說它們乃是張愛玲「反傳奇的傳奇」敘事模式的現代性之源也無不可。

發生這樣的藝術因緣其實是偶然中有必然。按，1939年出品的《亂世佳人》和1940年出品的《蝴蝶夢》，乃是那個時代好萊塢最為成功的兩部羅曼司影片，分獲第12屆（1939～1940年度）和第13屆（1940～1941年度）奧斯卡最佳影片等大獎。據瑪格麗特·米切爾（Margaret Mitchell）的亂世羅曼司巨著 Gone with the wind 改編的電影《亂世佳人》（中文譯名），在蒼涼的戰亂背景下演繹了一齣盪氣迴腸的亂世男女羅曼司，成為好萊塢最擅長的此類影片之空前絕後的巨制，當它1939年12月在故事的原發生地亞特蘭大市首映時，萬人空巷，轟動異常；隨後便迅速傳播到世界各地（除了日本），並帶動了對小說原作的競相翻譯。中國的反應也特別的快捷和多樣：上海很快就報導了《隨風而逝》在美國熱映的消息並介紹了小說原作的寫作經過[25]，電影也

25 浪：《〈隨風而逝〉的寫作經過》，《古談》第2期，1940年8月20日。按，該文作者署名可能有排印錯誤——查該刊第1期有「浪莎」的文章《失去了的黃昏》，第3期又有「莎浪」的文章《破碎的琴聲》，未知孰是。

很快被譯為《亂世佳人》上映，傅東華則用極快的速度將小說翻譯為《飄》出版（1940年上海國華編譯社出版、龍門聯合書局經售），相當暢銷，至1942年10月已出第四版，後來重慶的陪都書店也出版了杜日昌節譯的《飄》；而在「原著和電影久已風靡一時」之後，1943年10～11月間，朱梵（柯靈）改編、吳仞之導演的話劇《飄》又在上海的「巴黎」大戲院上演[26]。據達芙霓．杜穆里埃（Daphne Du Maurier）的心理羅曼司名作 Rebecca 改編的影片《蝴蝶夢》（中文譯名），則被追認為好萊塢的「心理變態片」即心理變態羅曼司影片的開山之作——雖然「該片在當時不過認為是將名著小說搬上銀幕成功的一部而已，可是在間隔一個時期約二年以後，好萊塢卻受到了它直接與間接的影響而攝製了大批的『心理變態片』，使整個的好萊塢瘋狂，好像好萊塢的製片家們也在心理變態」[27]。該片1941年2月剛剛獲獎，香港就有熱情的報導並作為推薦給香港觀衆的新片[28]，後來在淪陷的上海，也有人從事小說原作Rebecca的翻譯，

26　參閱諸葛蓉：〈半月劇譚〉，見上海出版的《天下》雜誌第2期，1943年11月16日。

27　參閱祝西：〈好萊塢的心理變態影片〉，見上海出版的《生活》雜誌第5期，1948年1月1日。

28　參閱1941年3月22日香港出版的《時代週刊》所載〈一九四〇年金牌獎的得獎者《蝴蝶夢》〉及同期「新片指南」欄對《蝴蝶夢》的推薦。

書名同樣採取了電影的譯名《蝴蝶夢》[29]。好萊塢在第二次世界大戰全面爆發之際推出的這兩部影片，恰當其時地滿足了戰火中的衆多觀衆特別渴望浪漫傳奇的需求而受到熱烈的歡迎，而當這兩部影片在香港熱映的時候，張愛玲正在香港大學讀書，作為好萊塢熱心影迷的她肯定不會放過觀賞的機會，並且不難想像，這位身處末世和亂世的中國才女對這兩部影片及其文學原著一定別有會心：《亂世佳人》借用「Gone with the wind」這句出自英國世紀末詩人歐尼斯特・道森（Ernest Dowson）的詩句，畫龍點睛地概括了美國南方莊園主在南北戰爭後的頹廢感慨，這不正於遭逢末世兼亂世的中國舊世家後裔張愛玲之心若有戚戚焉麼？而「亂世佳人」郝思嘉不顧一切地追求個人利益、現世安穩的心性，及其在迭遭亂離和磨難之後仍然自謂「After all tomorrow is another day」(不管怎樣，明天就是新的一天了！)的執著與堅韌，不也是同樣身為亂世才女的張愛玲最為欣賞的性格麼？這就難怪在亂世男女羅曼司（傳奇）敘事方面，張愛玲的不少作品與《亂世佳人》契合得若合符節了；而張愛玲醉心開掘末世—亂世男女心性變態的興趣，也與《蝴蝶夢》對末代貴族之家男女心理變態的剖示不無關係。應該說，Gone with the wind 和 Rebecca 已成功地融合了寫實與浪漫並且吸收了現代心理學的因素，將西方羅曼司文學推進到了現代化的新

29 Daphne Du Maurier 著、陳星國譯：《蝴蝶夢》，《潮流叢刊》第1期，1944年6月1日出版，但似未連載完。

階段，其獨特的現代魅力已非先前那些一味地渲染奇情異想的傳統羅曼司所可比擬。張愛玲正是從這兩部好萊塢羅曼司影片及其文學原著那裡吸取了西方現代羅曼司敘事的成功經驗，才成就了她的「反傳奇的傳奇」。只是由於張愛玲在創作中已將這些外來元素消化得相當自如、轉化得頗為圓熟，且有意點染上東方化的筆墨、意象和情調，所以人們從《傳奇》中更容易感受到她對《紅樓夢》及近現代言情小說的祖述，卻不大容易察覺她對西方現代電影藝術及其羅曼司美學趣味的化用。

當然，即使再圓熟的轉化也難免留下一點模仿的痕跡，對此，當年的讀者和批評家倒並非全然地盲目不察。例如〈傾城之戀〉問世剛剛兩月，即有人撰文盛讚作者過人的才氣和魄力，但同時也非常敏銳而且尖銳地指出：「這篇〈傾城之戀〉，不就是〈亂世佳人〉的影子嗎？柳原豈非白瑞德，而流蘇也像郝思嘉」[30]。這個批評可謂切中肯綮。的確，正如〈亂世佳人〉一樣，〈傾城之戀〉也在摧毀一切的戰亂背景下敘述了一對普通男女的亂世奇緣，其豐富的細節寫實，頗能給人真切的感動，而亂世裡的普通男女有此奇緣畢竟近乎偶然，所以更給讀者以蒼涼的美感，最終那一對自私的男女決意在亂世裡相互扶持、但求現世安穩的劫後覺悟，也給讀者恰到好處的啟示……諸如此類好萊塢亂世羅曼

30　馬博良：〈每月小說評介〉，見上海出版的《文潮》雜誌創刊號，1944 年 1 月 1 日。

司影片最擅長也最煽情的元素，都精緻地俱備於張愛玲的這齣反傳奇的亂世男女傳奇中了。作者後來又把〈傾城之戀〉改編為話劇上演，也獲得了相當成功。〈傾城之戀〉從小說到戲劇的成功確非偶然，因為張愛玲原本就是按照好萊塢的現代羅曼司美學標準來寫作這篇小說的。緊接著發表的〈金鎖記〉則更為成熟老到，讀來也更多中國味道，如女主人公曹七巧就被認為是《紅樓夢》裡王熙鳳的翻版，但其實在濃厚的中國意象、氛圍和情調的掩映之下，作者著力敘述的乃是一個末世家族裡的女性之心性變態的傳奇，其間若隱若顯的性心理變態、人物場景的靈活切換，以及用近似特寫鏡頭和長鏡頭的方式來寫意抒情等等，都相當嫻熟地化用了由《蝴蝶夢》開啟的好萊塢「心理變態影片」的敘事模式。事實上，《傳奇》的不少篇章在敘事上都或隱或顯地化用了好萊塢影片的編劇技巧，也都或多或少地地打上了通行於好萊塢的羅曼司美學趣味的烙印。

不過，在張愛玲那裡，外來的現代羅曼司敘事風格與她所喜好的本土文學傳統並不矛盾，倒是相輔相成地構成了她的美學趣味。1947年5月書評家少若在讀了《傳奇》初版本後，有鑒於張愛玲醉心於病態美的末世—亂世男女傳奇敘事，乃以「頹廢的情熱」來指稱她的美學趣味，並慨歎她由於生活環境的桎梏和個人氣質的局限而陷溺於這種趣味中不能自拔——

> 照理，她生活在大時代的轉變中，應該有深厚的見解，「蒼涼」的識度。（蒼涼二字是張愛玲的口頭禪）卻受了環境的桎梏，使她陷入頹廢的情熱中，染上了過於柔膩俗豔的色彩，呈現出一種病態美的姿勢。她憑弔舊時代，舊勢力，舊家庭，舊式的男女，誠然親切，真摯，纏綿到一往情深。可是她自身的氣質丰采，卻不能自拔於《紅樓夢》型之外。……她戴了一頂沒落的王冠，卻又罩上了一件長袖善舞的歐式褻服。她是「南朝人物」的風格，文章也算得是「晚唐詩」，可是太缺乏「念天地之悠悠，獨愴然而涕下」的氣魄與骨力！許多不能在女作家筆下要求的東西，都應在張愛玲作品裡找得到，然而終於沒有找到，這也就是我們所認為的遺憾！[31]

如此中西和合而成的「頹廢的情熱」在張愛玲創作中的落實，也就是集末世—亂世男女傳奇敘事之大成的《傳奇》。對《傳奇》的成就與局限，少若作出了這樣的分析和評價——

> 她自己標出了全書的大旨：「書名叫傳奇，目的是在傳奇裡面尋找普通人，在普通人裡面尋找傳奇。」十個故事的題材，寫大家庭的男女，寫十里洋場的男女，寫新舊時代交替時作了犧牲的男女，寫學校中的男女，寫小資階層的男女，總之，都是男女的

31　少若（吳小如）：〈《傳奇》〉，天津《益世報》「文學週刊」第 41 期，1947 年 5 月 17 日。

> 事。而寫男人總不如寫女人來得丁寧周至，瑣屑動人，即使是諷刺女人的所在。她懂得心理動態的描繪，懂得注意環境與背景，更留心到技巧的結構，只是文字間還欠經濟。平凡的故事，以傳奇筆墨出之，十九像好萊塢的電影腳本。然而，作者的精力有餘，學問有餘，從這兒向前走，絕對是有她的路的。止於此，就未免可惜了。[32]

少若的話是六十年前說的，但其識斷的精闢至今令人心折：一方面他中肯地肯定了《傳奇》之非同一般傳奇的寫實功底，諸如富於瑣屑動人的細節、講究心理動態的描繪，並且注意環境與背景的描寫等等，這些都展現了張愛玲「在傳奇裡面尋找普通人」的反傳奇旨趣；然而另一方面，少若也尖銳地批評張愛玲畢竟未能超越其中西合成的傳奇趣味，終究還是把一個個「平凡的故事，以傳奇筆墨出之，十九像好萊塢的電影腳本。」如此中西合成的反傳奇的末世—亂世男女傳奇，在當年的淪陷區「銷路之廣，前此未有，這固然證明了淪陷區裡人們的胃口如何，也不能不推功於作者的才力，」然而，少若又補充說：「可惜正如某人的話：風格不太高。」[33]這最後一句話其實是暗示，在當年的文學界中認為張愛玲「才高而風格不太高」並不是個別人的觀點，而這

32 少若（吳小如）：〈《傳奇》〉，天津《益世報》「文學週刊」第 41 期，1947 年 5 月 17 日。

33 同前註。

樣的看法也並非惡意的苛評。這是因為「風格不太高」幾乎是中國的言情—艷情傳奇和西方的男女羅曼司難以避免的局限，所以耽溺其中者雖然才華傑出如張愛玲者也終難免俗，連才華比她更為傑出的瑪格麗特．米切爾不也同樣受此局限麼？

其實，張愛玲何嘗不明白傳奇或羅曼司的風格局限，但眼見其中富於傳奇性的男女敘事對讀者大眾的吸引力，又使她不免眼熱而捨不得放手，於是她試圖走一條從通俗的傳奇趣味入手而後再超出傳奇趣味的創作路子。如她在一篇創作談裡就強調說作者「為了爭取眾多的讀者，就得注意到群眾興趣範圍的限制，」而在她看來現代小市民顯然更喜歡富於戲劇性的男女愛情故事，雖然她也承認在這類故事及其源頭——通俗的男女言情—艷情傳奇傳統——中「低級趣味的存在是不可否認的事實」，但她並不贊成作家自處甚高而有意俯就地「去迎合低級趣味」，倒主張作家不妨徹底放下架子、作為讀者大眾的一員去體會他們喜歡言情—艷情傳奇的文學趣味、然後「非得從裡面打出來」。並現身說法道：「我們自己也喜歡看張恨水的小說，也喜歡聽明皇的艷史。將自己歸入讀者群中去，自然知道他們所要的是什麼。要什麼，就給他們什麼，此外再多給他們一點別的——作者有什麼可給的，就拿出來」[34]。這樣一種入乎其中出乎其外的路子當然並不好走，因為過於醉心其中就往往難以出乎其外，

34　張愛玲：〈論寫作〉，《張愛玲散文全編》第81頁，版次同前。

所以在整個中國文學史上，從男女言情—艷情傳奇敘事模式入手而最終突破出來、真正達到了「大雅大俗」境界的傑作，只有曹雪芹的《紅樓夢》。在西方文學史上也有近似中國言情—艷情傳奇的羅曼司，但長期耽溺於奇情異想之敘述，成就與風格並不高，進入十九世紀之後幾乎湮沒無聞了；代之而起的是寫實小說，其中擅長敘寫男女情的小說家頗多，英語國家的女作家尤為傑出，如簡·奧斯丁和勃朗特姐妹，但她們都是經過了寫實主義洗禮的小說家，所以在創作上都不以羅曼司的敘事趣味為然。當然，在寫實小說崛起之後仍然堅持羅曼司敘事者並不是完全沒有，現代美國女作家瑪格麗特·米切爾便是，但她的亂世男女羅曼司巨著Gone with the wind 仍不足與簡·奧斯丁和勃朗特姐妹的小說相提並論。然則張愛玲的成就究竟又如何呢？平心而論，她確如少若所說「是個天才，是一塊好材料，誇大口氣的說，夠得上個作家的標準。方之於昔之徐志摩，今之錢鍾書，而無愧。入世，夠澈；修養，夠深；文章的力量，感人有餘；」[35] 可惜她太想從小市民讀者那裡獲得成功了，所以她的《傳奇》敘事孜孜追求「又要驚人，眩人，又要哄人，媚人，穩住了人」[36] 的媚俗效果，而最足媚俗之道則自然是事關「男女」的傳奇敘事，而她的「男女」敘事又多與末世和亂世的

35 少若（吳小如）：〈《傳奇》〉，天津《益世報》「文學週刊」第41期，1947年5月17日。

36 張愛玲：〈論寫作〉，《張愛玲散文全編》第79頁，版次同前。

病態相關，於是轉成更具「頹廢的情熱」因而別具媚惑力的亂世男女敘事，果然在淪陷區讀衆中大獲成功。然而，這成功是有代價的，那就是「風格不太高」。縱使張愛玲努力以反傳奇的寫實藝術為之彌縫、刻意講究「文字的韻味」[37]以免其俗氣，她仍未能實現其標置的「非得從裡面打出來」的目標，她所精心創作的《傳奇》仍然是傳奇，只不過與一般傳奇或羅曼司相比，減卻了些膚淺的浪漫情熱而增加了點心性寫實的深度和蒼涼頹廢的味道。常言道有比較才有鑒別。參照中國古典文學來看，《傳奇》中的〈金鎖記〉等篇雖然達到了化小俗為小雅的境界，但離大俗大雅的《紅樓夢》還遠得很；參考西方文學來說，《傳奇》中的〈傾城之戀〉等篇也算得上出色的現代羅曼司，但與瑪格麗特．米切爾的Gone with the wind相比，也還有不小的距離。而問題還在於張愛玲對自己耽溺於「男女」敘事的趣味缺乏反省和節制。《傳奇》初版本的十個故事已如少若所說「都是男女的事」，十足讓讀者觀止矣，作者其實也可以見好就收了。可是張愛玲卻不以為自己的敘事趣味「太專門」，反而強調「像男女結婚，生老病死，這一類頗為普遍的現象，都可以從無數各各不同的觀點來寫，一輩子也寫不完。」[38]於是她便竭力變換著花樣寫下去，那自然難免無以為繼之困，後續之作明顯地呈現出下滑之勢，不僅再也沒有超過《傳奇》的

37　張愛玲：〈論寫作〉，《張愛玲散文全編》第83頁，版次同前。

38　張愛玲：〈寫什麼〉，《張愛玲散文全編》第142頁，版次同前。

水準，而且大多難免俗艷煽情之弊，甚至不無墮入低俗者，如《連環套》、〈殷寶灩送花樓會〉之類。才華卓絕的張愛玲竟「止於此」，委實讓一些寄厚望於她的人驚惜不已。所以，說了歸齊，張愛玲還是被其有意媚俗的男女傳奇敘事趣味給帶累了。而更值得注意的問題是，也就從《連環套》開始，淪陷區文壇上發生了一場關於張愛玲的論爭，張愛玲本人也介入其中並做出了自己的選擇；然則他人的抑揚褒貶和張愛玲的態度作為，究竟怎樣並且意味著什麼呢？

但求「安穩」還是應有「鬥爭」：
張愛玲與淪陷區文壇上的張愛玲之爭

說起來，淪陷區文壇上的張愛玲之爭及其後續事變，早已是人們耳熟能詳的事情了，可是相關人士的一系列言語行為之間到底存在著怎樣的互動關係、他們的應和或分歧在當年究竟有何意味，其實仍是些有待重新檢討的問題。這些複雜的問題並沒有什麼快捷巧妙的解法，只有盡可能地聯繫當年的歷史語境、仔細地比勘校讀相關文獻，或許才可略窺其言行之究竟。

論爭的引子是張愛玲的小說《連環套》。從 1944 年 1 月開始，《連環套》在柯靈主編的《萬象》雜誌上逐月連載，由於它是張愛玲繼〈傾城之戀〉、〈金鎖記〉等出色的中短篇小說之後創作的「第一個長篇」，所以《連環套》的連載也就特別地引人注目和令人期待。然而出人意料的是，

《連環套》卻成了張愛玲藝術上的一大敗筆——在作者粗俗的筆調和膚淺的敘述中，主人公霓喜為人做妾、與人姘居的「傳奇」一生，居然是「暢意的日子一個連著一個」，竟至於說什麼「（男人們）走就走罷，去了一個又來一個」，那口吻就像潘金蓮在模仿郝思嘉的自我安慰之言「After all tomorrow is another day」一樣難掩粗俗，至於襲用潘金蓮打情罵俏的腔口如「賊囚根子」等等之粗鄙，更不待言。這樣的筆墨、趣味竟然出現在〈金鎖記〉的作者筆下，的確讓一些珍惜張愛玲才華的文壇前輩惋惜不已。其中就有一直悄然蟄居在上海的翻譯家傅雷，他在讀了連載四期的《連環套》之後，深感惋惜而且不免擔心，於是破例地為張愛玲打破沉默，化名「迅雨」在同年5月1日出版的《萬象》雜誌上發表了長篇評論〈論張愛玲的小說〉，對張愛玲創作的得失給予了中肯的評價和嚴肅的批評。這是自張愛玲崛起於淪陷區文壇以來關於她的第一篇重要批評文章，同時也堪稱傅雷的第一篇重要批評文章，所以編者特地在該期的編後記裡鄭重推薦說：「張愛玲女士是一年來最為讀書界所注意的作者，迅雨先生的論文，深刻而中肯，可說是近頃僅見的批評文字。迅雨先生專治藝術批評，近年來絕少執筆，我們很慶幸能把這一篇介紹於本刊的讀者」[39]。按，傅雷確實是曾經專攻藝術批評的人，其中西文藝修養非比等閒，所以於同時代

39 見《萬象》第3年第11期的「編輯室」（此「編輯室」即編後記，當是柯靈的手筆），1944年5月1日。

的中國作家作品少所許可，幾乎不屑置評，即使對張愛玲的成名作〈傾城之戀〉也評價不高，而唯獨激賞〈金鎖記〉，曾經為之奔走延譽、逢人說項；也因此當他目睹《連環套》的藝術敗筆，就如骨鯁在喉、不忍緘默了。

號稱「怒庵」的傅雷果然褒貶分明：「毫無疑問，〈金鎖記〉是張女士截止目前為止的最完滿之作，頗有《獵人日記》中某些故事的風味。至少也該列為我們文壇最美的收穫之一。沒有〈金鎖記〉，本文作者決不在下文把《連環套》批評得那麼嚴厲，而且根本也不會寫這篇文字。」又謂：「心理觀察，文字技巧，想像力，在她都已不成問題。這些優點對作品真有貢獻的，卻只有〈金鎖記〉一部。我們固不能要求一個作家只產生傑作，但也不能坐視她的優點把她引入危險的歧途，更不能聽讓新的缺陷去填補舊的缺陷」。在傅雷看來，「《連環套》的主要弊病是內容的貧乏」、「錯失了最有意義的主題，丟開了作者最擅長的心理刻畫，單憑著豐富的想像，逞著一支流轉如踢躂舞似的筆，不知不覺走上了純粹趣味化的路。」所謂「趣味化」是批評《連環套》用低俗的男女傳奇情節去刺激和吸引讀者。同時，傅雷還批評《連環套》的「人物的缺少真實性，全都彌漫著惡俗的漫畫氣息。」「風格也從沒像在《連環套》中那樣自貶得厲害。節奏，風味，品格，全不講了。措詞用語，處處顯出『信筆由之』的神氣，甚至往腐化的路上走。」所謂「腐化」云云指的是《連環套》因襲舊小說敘事的陳詞濫調——

「這樣的濫調，舊小説的渣滓，連現在的鴛鴦蝴蝶派和黑幕小説家也覺得惡俗而不用了，而居然在這裡出現。」從《連環套》的這些失誤來看，張愛玲在創作上已處於嚴重的危機之中而不覺。為了促使她儘快警醒，傅雷在文章的「結論」中對她提出了兩條忠告和三條警告。第一，傅雷希望張愛玲「能跟著創造的人物同時演化」，即作者通過設身處地體會所創造的人物來擴展和深化自己的人生體驗，「唯有在衆生身上去體驗人生，才會使作者和人物同時進步」。這是針對自〈傾城之戀〉到《連環套》在表現人物上的浮淺之病而發的忠告。第二，傅雷委婉地説：「我不責備作者的題材只限於男女問題，但除了男女之外，世界究竟還遼闊得很。人類的情欲不僅僅限於一二種。假如作者的視線改換一下角度的話，也許會擺脱那種淡漠的感傷情調；……」。這是忠告張愛玲開闊視野、拓展表現的題材領域，不要老是把寫作的興趣集中在「男女問題」上。三條警告更是直言不諱：一，「技巧對張女士是最危險的誘惑。……人生形相之多，豈有一二套衣裝就夠穿戴之理？」這是針對張愛玲的敘事漸成格套而發的警告。二，「文學遺產的記憶過於清楚，是作者另一危機。把舊小説的文體運用到創作上來，雖在適當的限度內不無情趣，究竟近於玩火，一不留神，藝術會給它燒毀的。」三，「聰明機智成了習氣，也是一塊絆腳石。王爾德派的人生觀，和東方式的『人生朝露』的腔調混合起來，是沒有前程的。」這是對張愛玲特別喜歡抒發的並且也讓一些讀者特別喜歡的「蒼涼感」之批評。如前所述，由於張愛玲的這種「蒼涼感」乃是中西和合而成，並貫穿在她的末世—亂世男女傳奇敘事中，所以書評家少若在評論《傳奇》時曾將張愛玲的趣味概括為「頹廢的情熱」。

看得出來，傅雷的這些忠告和警告雖然直言不諱，但大多是關於藝術的，而且發言中肯、態度懇切，顯然是出於對張愛玲藝術才華的珍愛和對她的文學前途的厚望，充滿了善意。

可是，在傅雷充滿善意的文章中也確實包含著一些超越了單純藝術得失的嚴肅批評。其最耐人尋味之處，是他說「心理觀察，文字技巧，想像力」這些「優點」既能夠成就〈金鎖記〉那樣的傑作，卻又會把張愛玲「引入危險的歧途」。這是為什麼呢？細讀上下文，原來傅雷在文章的一開頭就指出，產生文學傑作還有一個更為重要的不可或缺的條件，即作家必須有「深刻的人生觀」並從而富有深度地寫出人生的或者說人性的「鬥爭」。按，由於在目前的語境下，「人生觀」和「鬥爭」這類概念幾乎被視為保守或極左的代名詞，所以在此應該說明的是，傅雷的文學趣味和文學觀念並不保守也不狹隘，讓他反感的恰恰是局限於某種「主義」的文學趣味和意識形態化的左翼文學觀念——「五四以後，消耗了無數筆墨的是關於主義的論戰。彷彿一有準確的意識就能立地成佛似的，區區藝術更不是問題。」所以他所謂的「人生觀」和「鬥爭」，顯然與意識形態化的「左翼」教條無關。雖然傅雷沒有明言他的「人生觀」是什麼，但作為一個自由主義知識份子，他在那樣的時刻和境遇中默默堅守，必定有其不可動搖的人生觀底線。從傅雷緊接著對「鬥爭」人生和「鬥爭」題材的特別強調中，我們不難體會到，在他眼裡人的自由是爭來的、而為自由而鬥爭乃是人之所以為人的最可寶貴的人性內核，這或許可以說是傅雷人生觀的核心和文學觀的基礎。不過，作為自由主義批評家的傅雷對人生的鬥爭在文學上的表現問題，既給予了最廣泛的解釋，以免造成不應有的限制和教條化的流弊，也充分考慮到了過去的偏頗、現實的限制和目前的需要，所以又給予了有所側重的強調——

> 譬如，鬥爭是我們最感興趣的題材。對。人生一切都是鬥爭。但第一是鬥爭的範圍，過去並沒包括全部人生。作家的對象，多半是外界的敵人：宗法社會，舊禮教，資本主義……可是人類最大的悲劇往往是內在的。外來的苦難，至少有客觀的原因可得而詛咒，反抗，攻擊；且還有賺取同情的機會。至於個人在情欲主宰之下所招致的禍害，非但失去了洩憤的目標，且更遭到「自作自受」一類的譴責。第二是鬥爭的表現。人的活動脫不了情欲的因素；鬥爭是活動的尖端，更其是情欲的舞臺。去掉了情欲，鬥爭便失掉活力。情欲而無深刻的勾勒，一樣失掉它的活力，同時把作品變成了空的軀殼。

傅雷的主張顯然有鑑於此前新文化、左翼文化過分強調人生鬥爭的外部性和社會性之偏至，同時也顯然是考慮到了淪陷區作家置身「在一個低氣壓的時代，水土特別不相宜的地方」的特殊情況，所以他特別強調的乃是加強和深化對人生鬥爭的主觀方面或者說內在方面之表現，殷切期望淪陷區的作家們能夠在這方面縱深開掘、於人生的內在鬥爭描寫中彰顯出人性的不屈不滅。傅雷之所以對〈金鎖記〉和《連環套》給予了褒貶截然不同的評價，首先就是因為這個根本點之有無。在他看來，〈金鎖記〉不僅完滿地展現了女主角曹七巧內在的金錢欲和愛情欲的悲劇性鬥爭，而且深刻地揭示了這悲劇性的搏鬥中不滅的人性之光——儘管曹七巧的戰鬥失敗了，但她畢竟為愛情戰鬥過，作品令人信服地展現出即使在這樣一個「出身低微的輕狂女子身上，愛情也不曾減少聖潔」，而垂死之際的她回首前塵往事，不禁為自己錯失了愛和錯待了子女而黯然神傷，這也表明她雖然心性病態，但畢竟人性未泯，所以她仍然是個讓人悲憫的犯了錯誤的人。可是《連環套》的女主角霓喜卻幾乎只是「一個動物」，她靠為人做妾、與人姘居以謀生，卻絲毫不見她有什麼內在的人性鬥爭，甚至連一個人起碼應有的痛苦和屈辱感也沒有，張愛玲將這個人物置於動物般的生存競爭中，完全肯定她不斷與環境尋求妥協、接連獲得成功的「連環套」，這不能不說是一個重大的失誤。這個失誤的發生，並非由於張愛玲的藝術技巧不足，而是因為她的人生觀出了問題。這才是傅雷最為擔心的問題。

不待說，在彼時彼地堅持這樣一種人生—人性的內在鬥爭觀去作人和作文，這其實是二而一的事情。對張愛玲能否堅持不動搖，傅雷是委實有些擔心的，但表達得很特別。那是在對她提出了一些藝術忠告之後，傅雷用仿佛隨意的口吻說出了這樣幾句其實耐人尋味的話：

> 這些平凡的老話，張女士當然知道。不過作家所遇到的誘惑特別多，也許旁的更悅耳的聲音，在她耳畔蓋住了老生常談的單調的聲音。

在那樣的時刻和地方，所謂不同於逆耳忠言的「更悅耳的聲音」會是什麼？而又能夠在一個女作家「耳畔」說，那說話的人又豈是普通的關係？傅雷沒有明說，但無疑是話裡有話、別有所指的。或許正是考慮到「作家所遇到的誘惑特別多，也許旁的更悅耳的聲音，在她耳畔蓋住了老生常談的單調的聲音」，所以傅雷文章結末的幾句話就異常地言重而且嚴重——

> 總而言之，才華最愛出賣人！……（下略）
>
> （前略）……文藝女神的貞潔是最寶貴的，也是最容易被污辱的。愛護她就是愛護自己。
>
> 一位旅華數十年的外僑和我閒談時說：「奇蹟在中國不算希奇，可是都沒有好收場。」但願這兩句話永遠扯不到張愛玲女士身上！[40]

在這些語重心長的勸告裡，無疑隱含著對張愛玲為文以至為人的某種不忍明言的擔憂。

在那時有這種擔憂的人並不止傅雷一個。據柯靈回憶，當年在上海守望待旦的文壇前輩和文學同行中，確有一些人對張愛玲既關切又擔憂，柯靈自己也是其中之一：「張愛玲在寫作上很快登上燦爛的高峰，同時轉眼間紅遍上海。這使我一則以喜，一則以憂。因為環境特殊，清濁難分，很犯不著在萬牲園裡跳交際舞——那時賣力地為她鼓掌拉場子的，就很有些背景不乾淨的報章雜誌，興趣不在文學而在於替自己撐場面。上海淪陷後，文學界還有少數可尊敬的前輩滯留隱居，他們大都欣喜地發現了張愛玲，而張愛玲本人自然無從察覺這一點。如鄭振鐸隱姓埋名，……他要我勸說張愛玲，不要到處發表作品，並具體建議，她寫了文章，可以交給開明書店保存，由開明付給稿費，等河清海晏再印行。……我懇切陳詞，以她的才華，不愁不見之於世，希望她靜待時機，不要急於求成。她的回信很坦率，説她的主張是『趁熱打鐵』。……《萬象》上發表過一篇〈論張愛玲的小説〉，作者『迅雨』，是傅雷的化名，現在已不成為秘密。這是老一輩作家關心張愛玲明白無誤的證據」[41]。查鄭振鐸

40 以上所引迅雨（傅雷）語，均見〈論張愛玲的小說〉，《萬象》第3年第11期，1944年5月1日。

41 柯靈：〈遙寄張愛玲〉（1988年刪改稿），《張愛玲評說六十年》第379-380頁，中國華僑出版社，2001年。

對張愛玲的勸告，與傅雷發表對張愛玲的批評，這兩件事是差不多同時進行的（大概都在 1944 年春夏之際），而居間起著溝通作用的人都是柯靈——他既與鄭振鐸、傅雷相熟，又與張愛玲認識，並且他也正是那時《萬象》的編者，張愛玲的小說和傅雷的批評都是經他之手發表的。應該說，柯靈不僅同意鄭振鐸的意見，而且對傅雷的批評也有同感，否則他就不可能在張愛玲的小說尚未連載完的時候，就在同一刊物上安排發表傅雷那麼嚴肅的批評文章了，並且在傅雷的文章裡也有敦勸張愛玲「多寫，少發表」的話，與鄭振鐸、柯靈勸告張愛玲的話如出一口。由此不僅可見在對待張愛玲的問題上，鄭振鐸、柯靈和傅雷有相當一致的看法，而且幾乎可以肯定的是，他們在私下裡曾經為此交換過意見，所以傅雷公開發表的批評文章事實上代表了他們三人的共同看法。是的，他們都很珍惜張愛玲的才華，也都有點擔心她在那樣的環境裡不慎誤入歧途，於是他們用了不同的方式共同敦勸張愛玲慎重地為文和為人。

時間很快就證明他們的擔憂並非過慮。事實上，正當傅雷擔心著「也許旁的更悅耳的聲音，在她耳畔蓋住了老生常談的單調的聲音」之時，那「更悅耳的聲音」卻從張愛玲的耳畔吹到了公開的報刊上，而且那聲音恰恰來自與張愛玲熱戀中的男友胡蘭成。

很遺憾，說到淪陷時期的張愛玲問題，就不能不提胡蘭成。此人曾為汪偽高官，他與張愛玲相識、熱戀、同居直至仳離的傳奇故事，如今已是人所周知，可是究竟怎麼看待他們的關係對張愛玲為文以至為人的影響，目前學術界卻有兩種截然相反的看法：一些人因為特別喜歡張愛玲的人與文，所以刻意淡化她和胡蘭成的關係，只把胡蘭成看成張愛玲的一個崇拜者，並依據文學無干政治的邏輯，竭力把她從胡蘭成的關係網中洗刷出來，以保全她作為一個文學作家的獨立性；另一些人則特別強調張愛玲與作為漢奸的胡蘭成的關係，並據「近墨者黑」的邏輯，也把她定為漢奸文人，將她的創作一概斥之為漢奸文學。這兩種觀點雖然相反，但邏輯同樣簡單。其實，張愛玲和胡蘭成的交往，既有亂世才子才女發自真心的惺惺相惜，也有亂世男女難以免俗的相互利用，而相近的亂世人生觀—人性觀則是他們交往的思想基礎。可以肯定，這樣的關係並沒有使張愛玲變成漢奸文人，但也確實無疑地對她的為文和為人產生了顯著的消極影響。

應該說，張愛玲與胡蘭成的關係確有些非同一般之處——他們之間不僅有相當大的年齡差距，而且他們的接近恰恰發生在胡蘭成的「從政」生涯正走「霉運」而張愛玲的文學創作開始引人注目的時候，所以雙方若非真的惺惺相惜、相互欣賞，則根本不可能建立起親密的關係。無須否認，胡蘭成原本是個不乏才氣的人，因此野心也不小。從 1927 年到 1935 年間，他輾轉浙江、廣東和廣西等地擔任中學和師範教師，很不得意；1936 年轉向新聞界發展，有了一點小名聲，因此在抗戰初期被國民黨中的汪派延攬，到香港擔任

《南華日報》主筆，以所謂政論家的身份開始了他的政治投機生涯。1938 年歲末汪精衛發表了「主張和平」的「艷電」，遭到國人唾棄，而胡蘭成卻很快就在《南華日報》上發表了〈和與戰〉的社論，成為最早擁護所謂「和平運動」的幾個漢奸文人之一，因此贏得汪精衛的賞識。1940 年汪偽政權建立，論功行賞，胡蘭成獲得了偽中央宣傳部次長、偽《中華日報》總主筆等職。如此投機得逞，胡蘭成更加野心膨脹，遂與把持偽中宣部的林柏生爭權，而林柏生乃是汪精衛最為倚重的心腹兼同鄉，豈能容胡蘭成撒野？結果是胡蘭成被逐出偽中宣部，出任一個閒職，以舞弄筆頭度日。所謀不遂的胡蘭成因此對汪精衛也產生不滿，遂直接轉向日人獻媚，為此他「費了數個月的功夫，寫成了一厚册十餘萬言的論文，大意為如何才能使『中日親善』，如何才能『使大東亞戰爭取得勝利』，並且說：現在日本信任汪政府，可是汪政府卻非常腐敗，腐敗的原因，乃是廣東人的優勢太大，這樣下去，『中國完了，日本完了，大東亞完了！』胡蘭成以這樣警惕的句子結束他的洋洋大文，以為一定可以得日本人的同情，便抄了好幾份，托日本大使館轉送日政府。豈知日本大使館竟先將一份交偽政府審閱，那時老汪已病倒了，其他『要人』，見了怎能不怒，便將胡蘭成抓了起來。」[42] 按，胡蘭成的下獄是 1943 年冬天的事情。由於那時的他以

42 〈「政論家」胡蘭成的過去和現在〉，《漢奸醜史》第 3-4 合輯，大同圖書公司，1945 年 11 月出版。

偽政權中敢言的革新派的面目出現而且個人亦不無文才，這使他不僅贏得了侵華日軍中一些不滿汪偽政權之腐敗的少壯派軍官的讚賞，因而施加壓力很快讓胡蘭成獲釋，而且也使他獲得了一些淪陷區文人的同情和欣賞，如蘇青和張愛玲就「動了憐才之念」，曾經一同去找周佛海為胡蘭成說情、試圖營救他，雖然沒有起什麼作用，但也可見張愛玲對胡蘭成是不無欣賞的，而在這之前胡蘭成也曾注意到張愛玲的創作——據胡蘭成說他最早看到的張愛玲作品是 1943 年 11 月發表在《天地》第 2 期上的短篇小說〈封鎖〉。當胡蘭成在 1944 年初出獄後，他驚訝地發現張愛玲已是一顆冉冉上升的文學新星，又得知素昧平生的張愛玲居然參加了對他的營救，這使仍在「憂患」中的他對張愛玲由感激而激賞，特意前去拜訪，而他對張愛玲人與文之「有同情的理解」，也令孤傲的張愛玲確有欣逢知己之感。如此一來二往，雙方都有些相見恨晚，很快就陷入熱戀中，成為一對惺惺相惜進而相戀的亂世才子才女。

胡蘭成與張愛玲的熱戀大約發生在 1944 年春夏之際。也就在這個時候，胡蘭成讚揚張愛玲的文章一篇接一篇地出現了。最早的一篇當是〈皂隸・清客與來者〉，發表在 1944 年 3 月 15 日出版的「和運」刊物《新東方》第 9 卷第 3 期上。這篇文章雖然並非專門為張愛玲而發，但最受讚揚的作品乃是張愛玲的〈封鎖〉，胡蘭成以為「簡直是寫的一首詩」，以至於欣然斷言：「照這來看，中國過去的一點，新文化遺產，並沒有被戰爭毀掉，而且新的作家也已在戰爭中漸漸出生」，不言而喻，張愛玲則被視為接續新文學命脈的「來者」之代表。

緊接著，胡蘭成就在 1944 年 5 月出版的《雜誌》上發表了他的長文〈評張愛玲〉。這篇文章與迅雨即傅雷的〈論張愛玲的小說〉幾乎同時發表而互不交集，所以它並無針對傅雷批評的言辭，而幾乎純是對張愛玲的一片讚頌之詞。可以理解，「情人眼裡出西施」，在那時的胡蘭成眼裡，「只覺世上但凡有一句話，一件事，是關於張愛玲的，便皆成為好」[43]，所以〈評張愛玲〉對張愛玲真可謂好話連篇、恭維備至，諸如「她不僅是希臘的，而且是基督的」、「和她相處，總覺得她是貴族」之類，就揄揚到過分、恭維至肉麻，不過，考慮到這些話出自情人之口，則雖不足為憑亦不必深責。當然，〈評張愛玲〉並不全是無須認真對待的熱昏恭維，其中也耐人尋味地表達了一個亂世才子對一個亂世才女所特有的敏銳感應。例如，胡蘭成就別具慧眼地發現，張愛玲在創作中著力表現的，乃是掙扎於亂世的凡人而非得意於亂世的英雄。或許是因為胡蘭成自己原本就是個小人物，而又剛從好不容易爬上去的「政壇」上跌下來吧，所以他特別讚賞張愛玲對平凡的弱者、失敗的人物之表現——

43　胡蘭成：〈民國女子〉，《今生今世》第 143 頁，中國社會科學出版社，2004 年。

……（前略）她的作品的題材，所以有許多跌倒的人物。因為她的愛有餘，她的生命力有餘，所以能看出弱者的愛與生命的力的掙扎，如同〈傾城之戀〉裡的柳原，作者描寫了他的無誠意，卻不自覺地揭露了他的被自己抑制著的誠意、愛與煩惱。

幾千年來，無數平凡的弱者失敗了，破滅了，委棄在塵埃裡，但也是他們培養了人類的存在與前進。他們並不浪費的，他們是以失敗與破滅證明了人生的愛。他們雖敗於小敵，但和英雄之敗於強敵，其生死搏鬥是同樣可敬的。她的作品裡的人物之所以使人感動，便在於此。[44]

也因此與傅雷的獨賞〈金鎖記〉不同，胡蘭成最欣賞的作品是〈傾城之戀〉。在他眼中〈傾城之戀〉乃是最能表現這類平凡的亂世男女「真的人性」的典型之作，而它最打動胡蘭成的地方，就是張愛玲在作品的結尾對范柳原和白流蘇的凡俗人性和亂世人生選擇的總結：「他不過是一個自私的男子，她不過是一個自私的女人。在這兵荒馬亂的時代，個人主義者是無處容身的，可是總有地方容得下一對平凡的夫妻。」

在隨後出版的6月號《雜誌》上，胡蘭成又發表了他的另一篇〈評張愛玲〉。此文一般被視為上一篇〈評張愛玲〉的續篇，其實更有可能是一篇新作。這且不談。顯而易見，

44 以上所引胡蘭成語，均見〈評張愛玲〉，《雜誌》第13卷第2期，1944年5月10日。

在胡蘭成的兩篇〈評張愛玲〉裡，真正重要的乃是這後一篇。寫作此篇時胡蘭成當已看過迅雨即傅雷的批評，而且敏感到迅雨所謂作家必須有「深刻的人生觀」並從而富有深度地寫出人生的或者說人性的「鬥爭」的言外之意，這便是第二篇〈評張愛玲〉那麼著力弘揚張愛玲的人性觀—人生觀及其文學觀的原因。文章一開篇，胡蘭成就轉述張愛玲的自白云——

> 有一次，張愛玲和我說「我是個自私的人」，言下又是歉然，又是倔強。停了一停，又思索著說：「我在小處是不自私的，但在大處是非常地自私。」她甚至懷疑自己的感情，貧乏到沒有責任心。

這些話究竟是什麼意思呢？胡蘭成故弄玄虛地說自己初聞之下還有點不明所以，隨即卻從自己的遭遇裡得到了印證——其時的他因為政治投機失敗，憤而聲言「愛國」、「革命」、「群衆」這些責任重大的大事都與自己「不相干」，「於是我成了個人主義者」，而「再遇見張愛玲的時候，我說：『你也不過是個人主義者罷了』。」可以說，這樣一種特別的個人主義，乃正是胡蘭成和張愛玲這對亂世才子才女產生共鳴、相互走近的思想基礎。並且，善於投機的胡蘭成也敏感到，對此時既不為汪偽政權所容又被抗戰陣營唾棄的他來說，個人主義不僅是他的一根應急的救命稻草，而且可以成為他進退出入於政界和文壇的堂皇旗幟來打。於是在他的張愛玲論裡就有了關於個人主義的放言高論——

> 這樣的個人主義是一種冷淡的怠工，但也有更叛逆的。它可以走向新生，或者破滅，卻是不會走向腐敗。……（下略）
>
> ……（前略）個人主義是舊時代的抗議者，新時代的立法者，它可以在新時代的和諧中融解，卻不是什麼紀律或克制自己所能消滅的。

所謂個人主義的「冷淡的怠工」，其實是胡蘭成政治投機失敗的一個自我遮醜的說法。胡蘭成這個人是確乎有些小聰明的，被迫從「政壇」退卻到「文壇」的他，顯然知道「個人主義」的人性論述在文學上是很有吸引力和魅惑性的。所以，他追溯「五四」以來的新文學史，一方面慨歎魯迅「過早地放棄了個人主義」，另一方面又做不勝欣喜狀，說是自己竟然意外地發現「在魯迅之後有她。她是個偉大的尋求者。」這個「她」指的是張愛玲。然則，張愛玲的個人主義到底偉大在何處呢？用胡蘭成的話來說便是，「時代在解體，她尋求的是自由，真實而安穩的人生」。在胡蘭成的眼中，唯有張愛玲的這種個人主義才是能給那個戰亂時代帶來和平與和諧的福音，所以他盛讚張愛玲的個人主義人性宣敘不僅比後期魯迅的政治書寫更合乎純文學的要求，而且比早期魯迅的以至於蘇格拉底的和盧梭的個人主義更合乎那個時代的人性要求——

> 到得近幾年來，一派兵荒馬亂，日子是更難過了，但時代的陰暗也正在漸漸祛除，兵荒馬亂是終有一天要過去的，而傳統的嚇人的生活方式也到底被打碎了，不能再恢復。這之際，人們有著過了危險期的病後那種平靜的喜悅，雖然還是軟綿綿的沒有氣力，卻想要重新看看自己，看看周圍了。而她正是代表這時代的新生的。
>
> 魯迅是尖銳地面對著政治的，所以諷刺、譴責。張愛玲不這樣，到了她手上，文學從政治走回人間，因而也成為更親切的。時代在解體，她尋求的是自由，真實而安穩的人生。
>
> ……（中略）
>
> 她是個人主義的。蘇格拉底的個人主義是無依靠的，盧騷的個人主義是跋扈的，魯迅的個人主義是淒厲的，而她的個人主義則是柔和，明淨。至此忽然記起了郭沫若的《女神》裡的「不周山」，黃帝與共工大殺一通之後，戰場上變得靜寂了，這時來了一群女神，以她們的撫愛使宇宙重新柔和。她就是這樣，是人的發現與物的發現者。[45]

應該説，胡蘭成非常看重張愛玲的這種個人主義人性宣敘的純文學意義——「到了她手上，文學從政治走回人間，因而也成為更親切的。時代在解體，她尋求的是自由，真實而安穩的人生」；而他對這種個人主義的人性文學在淪陷區

45 以上所引胡蘭成語，均見〈評張愛玲〉（續），《雜誌》第 13 卷第 3 期，1944 年 6 月 10 日。

特有的「和平」意義和「和解」效果之讚揚，則更加耐人尋味——在他眼中，張愛玲用和平的寧靜代替了淒厲的鬥爭，不啻是能夠給戰亂的人間帶來撫愛和寧靜的和平女神，然而也就在如此這般和平壓倒戰鬥的禮贊聲中，他也因勢利導地將張愛玲的個人主義人性文學書寫，納入到淪陷區「和平主義」的政治意識形態範疇裡去了。所以我們不能不說，「超政治」的人性文學論和「超文學」的亂世和平論，乃是胡蘭成的「張愛玲論」之不可分割的兩個方面。可是，也許正因為胡蘭成對張愛玲的評論確乎不乏「超政治」的文學洞見，而其「超文學」的政治誘導則掩藏在美妙博辯的人性禮贊裡，所以這後一面及其和前一面的關係，就常常被一些當代的張愛玲論者忽視了。

張愛玲自己卻是清楚的。事實上，當傅雷的批評和胡蘭成的禮贊幾乎同時出現之後，心思縝密的張愛玲就不難明白這是兩種不同的力量在爭取她，何去何從，她必須做出選擇，並且她也明白這選擇將決定自己今後為文的方向和為人的立場。而張愛玲的選擇也並不遲疑，那選擇就見於她的表態文章〈自己的文章〉中。

毋庸置疑，〈自己的文章〉乃是張愛玲少有的申述其文學行為的文章，其重要性是不言而喻的，所以它一直很受研究者的重視，並且自唐弢和柯靈兩先生在上世紀八十年代前期披露了當年批評張愛玲的「迅雨」即著名翻譯家傅雷先生以來，研究者都已意識到〈自己的文章〉乃是對傅雷批評的答覆，所以對這篇文章也就更為重視。然而，竊以為〈自己的文章〉在被重視之餘，也遭遇到了顯然片面的解讀和本不應有的忽視。「顯然片面的解讀」是，人們往往只把〈自己的文章〉當作張愛玲辨別她與傅雷文學觀念差異的一篇純文學論文，幾乎毫不理會這篇文章也表現了張愛玲的人性觀和人生觀，其實人性觀和人生觀乃是文學觀的基礎。而特別值得注意的，乃是胡蘭成的〈評張愛玲〉續篇和張愛玲的〈自己的文章〉之間的關聯——二文不但在發表時間上非常靠近、所持觀點幾乎完全一致，而且就二者的寫作行為來說，也存在著親密無間的應和以至合作的關係——可是迄今為止，人們對此卻幾乎全然不察，此之謂「本不應有的忽視」。

按，目前流行的張愛玲文集、選集以及張愛玲研究資料，大都在〈自己的文章〉後附注時間為1944年12月，這根據可能是收入這篇文章的散文集《流言》的出版時間。其實，在此之前〈自己的文章〉就發表過了，而且發表過兩次。第一次是發表在「和運」刊物《新東方》第9卷第4～5期合刊上。有一篇〈張愛玲大事年表〉倒是注意到了這個出處，卻錯將該期刊物的出版時間系在1944年7月。實際上，《新東方》第9卷第4～5期合刊是1944年5月15日出版的，該刊編者並在本期「編輯後記」裡特地說明道：「最近雜誌萬象上同時刊有關於張愛玲先生的評論文字。本期張先生寫來一篇〈自己的文章〉，想是對上述文字的一點反應。」編者所謂「雜誌萬象」，當是指發表胡蘭成第一篇〈評張愛玲〉的《雜誌》第13卷第2期（1944年5月10日出版），和發表迅雨即傅雷的批評文章〈論張愛玲的小說〉的《萬象》第3年第11期（1944年5月1日出版）。這也就是說，張愛玲自己才是第一個對迅雨即傅雷的批評做出反應的人，而且反應速度非常之快——〈自己的文章〉從寫作到發表不過短短半月！而緊接其後為張愛玲辯護、對迅雨進行駁難的，就是胡蘭成——他在《雜誌》第13卷第3期（1944年6月10日出版）上發表了第二篇〈評張愛玲〉。没有迅雨的文章，張愛玲當然不會寫〈自己的文章〉了，而没有迅雨和張愛玲的文章，也就未必會有胡蘭成的〈評張愛玲〉續篇。事實上，所謂〈評張愛玲〉的上篇原本就是一篇完整的文章，那期《雜誌》的編者也没有交代說該文未完待續，而所謂續篇雖然没有點出迅雨的名字，文章的主旨卻分明是針對迅雨的批評而為張愛玲的人生觀辯護的，然則倘若續篇早已寫成而待刊，則胡蘭成怎麼可能未卜先知迅雨的批評？所以合理的推斷應是，所謂〈評張愛玲〉的續篇，其實是胡蘭成為了幫助張愛玲應對迅雨的批評而臨時趕寫的，只是因為它緊接著上期《雜誌》上的〈評張愛玲〉而續載，所以也就被順便編排為上期文章的續篇，並且作為「續篇」編發，也有助於抹去胡蘭成出頭為張愛玲辯護的痕跡。自然，也不能完全排除胡蘭成的兩篇〈評張愛玲〉是一次寫就的，但即使真是那樣，原來的續篇在發表前也一定根據新的情況做了重大的修改和補充。總之可以肯定的是，業已情好日密、常在一起消磨的張胡二人在看到迅雨的批評後，必然有過溝通和討論，然後便決意分工協作、相互呼應、共同對付迅雨的批評。

明白了這中間隱含的關節，也就不難理解〈自己的文章〉和第二篇〈評張愛玲〉兩文有那麼多相通相似之處，以至有些地方簡直如出一手、難分彼此的來由了。例如第二篇〈評張愛玲〉裡有一段為《連環套》辯護的話，而張愛玲在〈自己的文章〉裡回答傅雷對《連環套》的批評時，也說了幾乎完全相同的一段話。最值得注意的是，胡蘭成在第二篇〈評張愛玲〉裡肯認張愛玲是個亂世裡的「個人主義者」、「時代在解體，她尋求的是自由，真實而安穩的人生」，並據此讚揚張愛玲重視平凡的個人求安穩的人性、這足以給戰亂的人間帶來親愛與和平、因而代表著時代由敗亂走向新生的希望云云，這可以說是胡蘭成的「張愛玲論」之要旨；而特別有意思的是，幾乎完全相同的意思也是〈自己的文章〉的主題思想，並且據張愛玲說那些意思原本是她自己首先發現的，這也就意味著胡蘭成第二篇〈評張愛玲〉裡的話即使不是照著也是接著張愛玲講的。

現在且看看張愛玲自己說了些什麼、又是怎樣說的——

現在似乎是文學作品貧乏，理論也貧乏。我發現弄文學的人向來是注重人生飛揚的一面，而忽視人生

> 安穩的一面。其實，後者正是前者的底子。又如，他們多是注重人生的鬥爭，而忽略和諧的一面。其實，人是為了要求和諧的一面才鬥爭的。
>
> 強調人生飛揚的一面，多少有點超人的氣質。超人是生活在一個時代裡的。而人生安穩的一面則有著永恆的意味，雖然這種安穩常是不完全的，而且每隔多少時候就要破壞一次，但仍然是永恆的。它存在於一切時代。它是人的神性，也可以說是婦人性。

話說得比胡蘭成圓潤周到得多，但張愛玲的人性觀和人生觀的傾向性還是看得出來的，那就是對個人之求安穩求和諧於不完全的亂世這樣一種人生態度的同情。正是以此為基礎，張愛玲進而提出了她的獨樹一幟的文學觀和美學觀——

> 文學史上素樸地歌詠人生的安穩的作品很少，倒是強調人生飛揚的作品多。但好的作品，還是在於它是以人生的安穩做底子來描寫人生的飛揚的。沒有這底子，飛揚只能是浮沫。許多強有力的作品只予人以興奮，不能予人以啟示，就是失敗在不知道把握這底子。
>
> 鬥爭是動人的，因為它是強大的，而同時是酸楚的。鬥爭者失去了人生的和諧，尋求著新的和諧。倘使為鬥爭而鬥爭，便缺少回味，寫了出來也不能成為好的作品。
>
> 我發覺許多作品裡力的成份大於美的成份。力是快樂的，美卻是悲哀的。兩者不能獨立存在。……

（中略）我不喜歡壯烈。我是喜歡悲壯，更喜歡蒼涼。壯烈只有力，沒有美，似乎缺少人性。悲壯則如大紅大綠的配色，是一種強烈的對照。但它的刺激性還是大於啟發性。蒼涼之所以有更深長的回味，就因為它像蔥綠配桃紅，是一種參差的對照。

…………（中略）

……（前略）所以我的小說裡，除了〈金鎖記〉裡的曹七巧，全是些不徹底的人物。他們不是英雄，他們可是這時代的廣大的負荷者。因為他們雖然不徹底，但究竟是認真的。他們沒有悲壯，只有蒼涼。悲壯是一種完成，而蒼涼則是一種啟示。

我知道人們急於要求完成，不然就要求刺激來滿足自己都好。他們對於僅僅是啟示，似乎不耐煩。但我還是只能這樣寫。我以為這樣寫是更真實的。我知道我的作品裡缺少力，但既然是個寫小說的，就只能儘量表現小說裡人物的力，不能代替他們創造出力來。而且我相信，他們雖然不過是軟弱的凡人，不及英雄的有力，但正是這些凡人比英雄更能代表這時代的力的總量。

然後，張愛玲又特別強調了亂世的不可抗，從而賦予她的人生與文學主張以一種合乎世態人情的當然性，給人的感覺是亂世裡的人生和文學幾乎舍此莫由、別無選擇了——

這時代，舊的東西在崩壞，新的在滋長中。但在時代的高潮來到之前，斬釘截鐵的事物不過是例外。

> 人們只是感覺日常的一切都有點兒不對，不對到恐怖的程度。人是生活於一個時代裡的，可是這時代卻在影子似地沉沒下去，人覺得自己是被拋棄了。為要證實自己的存在，抓住一點真實的，最基本的東西，……（下略）。[46]

所謂「這時代卻在影子似地沉沒下去，人覺得自己是被拋棄了，為要證實自己的存在，抓住一點真實的，最基本的東西」，這無疑是張愛玲對亂世人性和人生之最為深切的感受，所以她對此反覆申說而不厭，而其要旨一言以蔽之，即胡蘭成替她總結的：「時代在解體，她尋求的是自由，真實而安穩的人生」。胡蘭成最欣賞張愛玲的，就是這一點。

說一千道一萬，張愛玲自己竭力追求的、並聲稱亂世男女都在全力去抓的、因而也是她在創作上所要著力表現的、同時也是胡蘭成特別讚賞她去追求和表現的東西，就是這個在亂世裡但求個人現世「自由，真實而安穩的人生」之訴求。在這方面，張愛玲和胡蘭成的確是一對旨趣相投的亂世才子才女，所以他們要求個人現世安穩自由的觀點不僅相通到幾乎難分彼此，而且相互配合著先後發表在最重要的「和運」刊物《新東方》雜誌和轉向「和平陣營」的名刊《雜誌》上，此呼彼應地附和著「和運」的意識形態。這種情況正是迅雨即傅雷最為張愛玲擔心的，然而恐怕連傅雷也沒有

---

46 以上所引均見張愛玲：〈自己的文章〉，《新東方》第9卷第4-5期合刊，1944年5月15日。

料到會來得這麼快。事已至此，傅雷也就無話可說了。所以，當年發生在傅雷和張愛玲、胡蘭成之間的論爭，只一個回合就結束了，而他們之間分歧的關鍵顯然不是單純的藝術趣味問題。這只要看看傅雷對「人生一切都是鬥爭」尤其是人生的內在鬥爭的著意強調，和胡蘭成、張愛玲對亂世人尋求現世「自由，真實而安穩的人生」之當然性的特別揄揚，就涇渭分明了，尤其是張愛玲對「鬥爭」的刻意消解和對「安穩」的再三致意，確乎無疑地與傅雷對「鬥爭」的堅持構成了針鋒相對的對立。這種對立首先是人性觀—人生觀的分歧，其次才體現為文學觀—美學觀的分歧——後者不過是前者的延伸而已。

不能不問的是，在那樣的時世下，這樣的分歧到底意味著什麼呢？

從迅雨即傅雷那邊來說，他當然完全理解「在一個低氣壓的時代，水土特別不相宜的地方」，亂世男女本能地渴求一己之自由、真實和安穩的人生，這原本是人情人性之常，而且也確乎是其情可憫。所以，傅雷並沒有苛求張愛玲寫什麼革命的鬥爭的抵抗的英雄文學，也沒有要求她筆下的那些弱小的凡夫俗子們必得有什麼革命、鬥爭和抵抗的壯舉，他堅持要求的只是淪陷區的作家們應該加強對人生鬥爭的主觀方面或者說內在方面之表現，殷切期望作家們能夠在這方面縱深開掘。這是因為自 1942 年以後日偽控制了整個上海，情勢更為險惡，留守的作家們以及讀者面臨的最大考驗，已不再是民族立場的是否動搖，而是為人與為文的基本底線是否妥協的問題。傅雷正是在這種情況下才特意強調文學應該致力於表現人性的內在鬥爭的，他特別擔心的是在艱苦的環境下有些作家會把人性的軟弱自私當作屈服妥協的理由。而在傅雷看來，即使一個自私軟弱的人為了生存而不得不向壓力和情欲屈服，但只要他是個人，他在屈服過程中就仍然會有人所應有的內在人性鬥爭、至少會有人的痛苦與屈辱，所以哪怕他最終失敗了、屈服了，但他的內在的鬥爭及其痛苦，就仍然會彰顯出人之所以為人的人性之光，而表現這一切的文學則不僅會更具心性的深度、並且將葆有人性的尊嚴。要之，在彼時彼地傅雷堅持這樣一種內在的鬥爭觀念，其實意味著對人生與文學的尊嚴之堅守。

回頭再看張愛玲。她 1944 年前的創作飽含同情地描寫亂世—末世凡夫俗子的命運與心性，這原本無可非議，而且正如傅雷所指出的那樣，她那一時期的佳作如〈金鎖記〉，好就好在寫出了人物內在的人性鬥爭；即使被傅雷認為深度不足的〈傾城之戀〉，張愛玲也在文末婉轉地傳達出她對那種自私自利的「圓滿」其實心懷不安。可是進入 1944 年以後，張愛玲的心態急轉直下，她覺得破壞連著破壞的亂世沒有盡頭，個人即使等得及，時代是倉促的，所以孤獨無助的個人，與其在不可抗拒的亂世中無望地守望和等待，還不如本其生物性的求生意志、盡可能地追求個人的生存與發展，而且要「快，快，遲了就來不及了，來不及了」[47]。於是，在亂世裡但求個人現世之「自由，真實而安穩的人生」的人性—人生觀和文學—美學觀，便成了張愛玲 1944 年之後為人與為文的主導思想。這種但求個人安穩於現世、何妨苟全性命於亂世的觀念，其實是一種帶著濃重的利己性、現世性及生物性的亂世生存哲學與亂世生存美學。可此時的張愛玲卻自以為其人生—人性心得不但具有「事實是如此」之真，而且具有達致人間和諧之善與符合永恆人性之美，加上胡蘭成的誘導與鼓勵，張愛玲更對自己的這一套心得確信不疑，彷佛只要發揚和表現這些，就當真能給戰亂的人間帶來和解、和諧與和平的啟示。

「人的文學」之歧途：
「婦人性」的人性宣敘中的妥協迷思

正是帶著這樣一種但求個人現世安穩於亂世即是真善美的亂世生存哲學和美學，1944 年的張愛玲在人生和文學上同時作出了妥協求安的選擇。

經過一段放恣的熱戀之後，張愛玲無所顧忌地與臭名昭著的漢奸政客胡蘭成結婚了，二人的婚書上就寫著「胡蘭成張愛玲簽定終身，結為夫婦，願使歲月靜好，現世安穩」[48]，這表明他們乃是在親身實踐其但求個人現世安穩於亂世

47 張愛玲：〈再版的話〉，《傳奇》第 349 頁，人民文學出版社，1986 年。

48 胡蘭成：《今生今世》第 155 頁，中國社會科學出版社，2003 年。

的人生主張。如果這確如張愛玲所說只是她和胡蘭成之間的「私生活」而且僅止於「私生活」，那別人當然無從置喙。可事情的另一面是，他們並不滿足於構建二人放恣的感情和安穩的生活於亂世，還要更進一步地通過其文學行為——從理論上的鼓吹到創作上的實踐——來宣揚他們那套但求個人現世安穩於亂世即是真善美的亂世生存之道，而這樣做的目的，據張愛玲的反覆申說乃是要給亂世的人們以「啟示」，胡蘭成更大言不慚地說是要「做個啟蒙運動」[49]，張愛玲也介入其中，這就非同小可、難以馬虎視之了。

就在張、胡新婚燕爾之際，這個要給人「啟示」的「啟蒙運動」就緊鑼密鼓地開始了，「政論家」胡蘭成是其主要推手，骨幹成員則有張愛玲、沈啟无和路易士，他們聯手構成了一個集南北淪陷區文壇新銳的「四人幫」小集團「苦竹社」，企圖在没落的「老作家」陣營之外別樹一幟。1944年10月胡蘭成在《苦竹月刊》創刊號的「編後」中宣告了他們與所謂「言論老生」（借用張愛玲語）立異的新氣象——

> 一發完了封底的出版預告，就感觸著了一派新的氣象在那裡軒騰，彷彿日本人口中的「昂揚」，是很昂揚的。
>
> 《苦竹》的出版，也正是，一種軒騰的新的氣象，在這裡出發了。「頃刻之間，隨即天明。」我知道，這一頃刻，它有一點讓人不好受；一面在等，一

49　胡蘭成：〈給青年〉，《苦竹月刊》第2期，1944年11月。

面在驚異忐忑，你的手正有一點兒顫，然而心可是快樂的，一種很大的快樂，——在恐懼中，不安中，還沒有脫出，可是准得要脫出了。

如此軒騰風發的意氣，漢語似乎已經不足以表示，所以胡蘭成便用所謂日本人口中的「昂揚」來形容他們興沖沖的勁頭，其實他用來譬喻其躊躇滿志之心態的詩句「頃刻之間，隨即天明」，也出自日本西行法師（1118-1190）的一首短歌[50]。胡蘭成特別欣賞這首短歌的這兩句，那或許是因為這兩句很投合他企圖東山再起的野心吧。據沈啟无自述，他1943年秋天南來，「住在朋友的家裡，他要我寫一首日本人的詩，『夏日之夜，有如苦竹，竹細節密，須（頃）刻之間，隨即天明。』真是一首好詩，表現日本人樸實的空氣，譯成中文，我們也很得一個瞭解。」[51]這個「朋友」就是胡蘭成。到1944年秋天，沈啟无因為與其老師周作人爭權奪利而被周氏革出教門，於是南下投奔朋友胡蘭成，適值胡蘭成正在招集人馬、組織「苦竹社」，準備借道文壇重返政壇「大幹一場」，其時他身邊已有張愛玲和路易士兩位亂世才

50　參閱周作人：〈島崎藤村先生〉，《藝文雜誌》第1卷第4期，1943年10月1日，此文隨後收入1944年1月北京新民印書館出版的《藥堂雜文》。按，承蒙日本留學生藤村裕一郎君查明此詩原作者及周作人紀念島崎藤村文，一併見貽，匡我不逮，特此補注，並致謝忱——解志熙2008年12月23日補注並記。

51　沈啟无：〈南來隨筆〉，《苦竹月刊》第2期，1944年11月。

子才女，沈啟无的南來加盟，正所謂四人成幫。於是，這個集合南北淪陷區文壇新銳的文人小集團就帶著「一種軒騰的新的氣象，在這裡出發了。『頃刻之間，隨即天明』」，仿佛勝利在望了——興頭頭的胡蘭成還把這首日本短歌的漢譯文印在《苦竹月刊》每期的封面上。

隨後的 1944 年 11 月，胡蘭成又在《苦竹月刊》的第 2 期「編後記」裡洋洋得意地宣告，他們這個小集團之所以屹然崛起，是因為他們找到了一條作文章和作人的「新路」——

> 屹然地，將第二期又出版在這裡了。
>
> 這第二期，印出來〈文明的傳統〉。
>
> 印出來〈給青年〉。
>
> 印出來我們的〈自己的文章〉。
>
> 〈自己的文章〉，雖然是已經在別一刊物上邊發表過了，但是因為它是近十年來的重要文獻，無法不將它重印，以延攬它的讀者。為讀者，為我們的文章界，其中一條新路的發現，要請多數人知道。
>
> 作文章的新路，在這裡闢出來了，作人的新路，為多數人，也在這裡闢出來了。——寧靜又坦蕩，奮迸而安穩，於是有了「萬物動搖，揹衣拭冠」的那豐[風]度。

這個作文章和作人的「新路」也就是他們所謂「啟蒙運動」的方向，而作為這「新路」之方向標的恰正是張愛玲的理論文章〈自己的文章〉。為了擴大〈自己的文章〉的影響，胡蘭成還特意將該文重刊於《苦竹月刊》的第2期。同時，胡蘭成、沈啟无、路易士也在該刊的多篇文學與政論文章裡反覆表達了他們對張愛玲的推崇，幾乎到了言必稱張的地步。例如，其中較為年長的沈啟无就對年青的張愛玲十分恭維，特意著文讚揚她開啟的作文與作人之道是「一條光輝的路」——

> 張愛玲，胡蘭成說她的文章背景闊大，才華深厚，要佔有一個時代的，也將在一切時代裡存在。這話我並不以為是過譽，……（下略）
>
> ……（中略）
>
> 張愛玲有一篇〈自己的文章〉，最能說明她自己的路，同時也是一條光輝的路。我想，文藝的發展，應該就是這樣的，沒有限制，沒有損傷，才能達真正的健全的完成。這對文學的前途，不是理想，而是實踐的推動。如果按理論說，這也是一篇最好的理論，是一個新的啟示。[52]

看得出來，在胡蘭成及其幫手們的眼中，年青的張愛玲真是巍乎高哉、光芒四射，不僅在創作上而且在理論上都成了代表這個「四人幫」小集團之「啟蒙運動」方向的靈魂人物。

52　沈啟无：〈南來隨筆〉，《苦竹月刊》第2期，1944年11月。

這個「啟蒙運動」又與淪陷末期的「國民和平運動」掛上了鉤。所謂「國民和平運動」是胡蘭成發起的，他在抗戰即將勝利之際頻頻呼籲召開國民會議，集聚「全國人民」要「和平」的呼聲，來商討對內收拾混亂僵持之殘局、對日進行和平談判的問題，以對抗西方帝國主義的戰爭分贓政策[53]。這樣一種和平論調雖然投合了深感大勢不妙卻又企圖保持其既得利益的日本侵略者的胃口，可是因為胡蘭成以反對腐敗舊官僚的新興力量之代表自居，所以引起了偽政權實力派的打壓，致使「苦竹社」在寧滬難以發展。於是在一些日本少壯派軍人的支持下，胡蘭成來到武漢主編《大楚報》，繼續推動「啟蒙運動」和「國民和平運動」的開展，除《苦竹月刊》外，又籌畫發行《新評論叢刊》、《南北叢書》、《快讀文庫》等文藝政治叢書，張愛玲的小說集《傾城之戀》也被納入其中。這是 1945 年前半年的事。滿腦子王霸之謀、縱橫之術的投機政客胡蘭成，還計畫著如果尋求全面和平的國民會議開不成，就在日本軍人的支持下另立山頭——建立局部和平、地方割據的「大楚國」。張愛玲是否知道胡蘭成的「大楚國」陰謀，現在已經難以查考，可以確定的是其他活動都與張愛玲有關。並且不難看出，此時的她與胡蘭成的關係在「夫唱婦隨」中已包含著相互利用的成分，

53 參閱《苦竹月刊》第 1 期上敦仁的〈試談國事〉、貝敦煌的〈要求召開國民會議〉、王昭午的〈違世之言〉及第 2 期上敦仁的〈文明的傳統〉等文，這些文章的作者敦仁、貝敦煌、王昭午等其實都是胡蘭成的化名。

雙方都想借助對方以謀求各自在亂世裡的現世發展、獲得個人利益的最大化：胡蘭成充分利用張愛玲的才華、作品和思想資源，來為其借道文化重返政壇服務，張愛玲也充分享受著胡蘭成及其追隨者的讚譽和鼓吹，獲得了她所迫切要求的成功——名聲、地位和影響，等等。

當然不能因此就判定 1944 年以後的張愛玲成了漢奸文人，但她與胡蘭成配合得那麼默契，究竟是為什麼而且意味著什麼，卻是不可輕描淡寫的問題。究其實，張、胡之間不僅有兩情相悅的亂世才子才女之戀，更有一拍即合的亂世男女求生之道，即所謂但求一己自由發展、個人現世安穩的亂世生存哲學。胡蘭成正是借此以售其奸的。抓住了這一點，胡蘭成就不難因勢利導地把她往妥協主義的路上引。因為張愛玲那麼熱切地肯認亂世男女但求個人現世安穩的人生選擇，並致力於用文學來表現這種人生選擇的真善美，甚至還要拿這樣一種所謂重新發現了人的「人的文學」給淪陷區的讀者以「啟示」，那「啟示」除了向人們宣諭為了一己生存之安穩可以放棄尊嚴、不要鬥爭、不妨苟且的人生妥協之道，還會是別的東西麼？這就難怪胡蘭成那麼看好張愛玲其人其文、極力把她樹立為「作文章和作人的新路」之標誌了。

一種標榜「從政治走回人間」的「人的文學」竟會走上「妥協主義」的歧途麼？會的。

長久以來，人們一直以為抗戰時期的「妥協主義」主要是或者首先是一種政治傾向、政治行為，這樣一種判斷在政治史以及「文化政治」的研究中並不錯。但是，學界卻長期忽視了淪陷時區文學行為特有的複雜性：在那裡，赤裸裸地宣揚漢奸政治的「妥協主義」文學，與明顯顯地宣傳反抗日偽統治的抗日文學，都不會是很多、很突出的存在——後者之比較少，當然是因為在日偽的高壓統治下不可能自由生長；前者之不太多，則是因為即使是一個漢奸文人，也覺得赤裸裸地宣揚向侵略者屈服、搞民族投降太無恥並且效果往往適得其反；相形之下，更值得注意的事實是，由於淪陷區是所謂「和平區」，所以在它那裡非政治的「純文學」反倒可能比艱苦抗戰的國統區和解放區獲得比較多的發展條件，但最複雜難辨的也就是這些個大量存在的「純文學」，因為其中既有不少默默堅守著人與文之尊嚴的文學，也有頗多渲染人生妥協情調的文學，……所以淪陷區的「純文學」其實是良莠不齊、清濁並存，而問題恰在於它們都具有「純文學」的形態，甚至都聲稱是繼承和發展著新文學之人性啟蒙主義和藝術自由主義的傳統，都說是在「非政治」、「為藝術」的同時不忘「為人生」、「哀民生」之旨趣，於是事過境遷的研究者欲辨清濁、評騭是非，也就相當困難了。

然而，「差之毫釐，失之千里」，所以愈是「似是而非」之是非，愈是不可不辨。

張愛玲在1944～1945年間的文學行為就屬於此種情況。由於她的妥協迷思並不具有明顯的政治性，而是寄寓在「人的文學」的理論與實踐中，所以就頗難辨析而含混至今。事實上，把張愛玲對人的重新發現及其文學表現全盤肯定地接受下來，已成當今學界的主流意見，以至當年被視為笑談的胡蘭成拉扯魯迅以標榜張愛玲的個人主義人學與文學的說法，到今天卻連一些著名的魯迅研究專家也毫不遲疑地接受下來，鄭重其事地把張愛玲與魯迅相提並論。

不錯，倘若撇開具體語境來看張愛玲在〈自己的文章〉中宣告的發現——「我發現弄文學的人向來是注重人生飛揚的一面，而忽視人生安穩的一面。其實，後者正是前者的底子。又如，他們多是注重人生的鬥爭，而忽略和諧的一面。其實，人是為了要求和諧的一面才鬥爭的」云云，似乎不能不承認這些言辭確如胡蘭成所贊，是「重新發現了人」、使文學「從政治走回人間」，堪稱是對「個人主義的人間本位主義」的「人的文學」觀念的重要補充和發展。富有理論興趣的研究者甚至可以從張愛玲「非壯烈」、「非悲壯」和「反英雄」、「反浪漫」的言辭裡，發現她超越「古典主義」直達「現代主義」的現代性以至於「後現代性」。

可是，聯繫當年的語境，再看看張愛玲緊接著的下文——「強調人生飛揚的一面，多少有點超人的氣質。超人是生活在一個時代裡的。而人生安穩的一面則有著永恆的意味，雖然這種安穩常是不完全的。它存在於一切時代，而且每隔多少時候就要破壞一次，但仍然是永恆的。它是人的神性，也可以說是婦人性」，就會發現她的理論邏輯實在蹊蹺和離奇。張愛玲真是夠聰明的，居然想出了「婦人性」這個概念來指稱她所謂永恆的人的神性，可也正是這個概念使她的言說邏輯露出了破綻。無須諱言，傳統的中國婦女面對強權和壓力大多被迫在委曲求全、依附逢迎中討得現世安穩的生活，這確實如張愛玲所說「事實是如此」，亦即所謂「妾婦之道」是也。對此，「五四」以來的新文化人和新文學作家如魯迅等並非沒有發現，但他們並沒有把這個已然的事實視為理所當然的善和美，倒是往往秉持著一種「哀其不幸，怒其不爭」的態度來抒寫婦女們確實如此的悲苦與卑屈；可張愛玲卻只看中婦人們委曲以求全、妥協以求生、苟且以求安的生存態度之堅韌，深為感動地把這樣一種「婦人性」的生存態度抬舉為「人的神性」，不勝欣喜地主張人應該發揮這種永恆的人性在不完全的亂世追求個人的現世安穩，並聲稱這才是她在「自己的文章」中傾心表現的人情人性之常。一個現代女作家竟然如此肯定這樣一種「婦人性」的人性，豈非太匪夷所思了？而更令人驚訝的是，張愛玲居然還要拿這樣一種「人的發現」和表現它的「人的文學」，來對淪陷區的芸芸衆生進行「啟發」，那不就是教人發揮這樣一種「婦人性」的人性去苟且偷生於亂世麼？

　　這或許讓一些癡迷的「張迷」覺得難以接受，可是「事實是如此」——張愛玲不僅這樣主張著，而且也確實這樣付諸寫作實踐了。事實上，上述張愛玲關於「婦人性」的妙論乃是她對自己的一部小說所張揚的人性之總結，那部小說恰是受到傅雷嚴厲批評的《連環套》，而傅雷最不滿於《連環套》的，說穿了就是因為作者在這部小說中把一種委曲求全、妥協求生、苟且求安的「婦人性」表現得淋漓盡致而且肯定有加。按，所謂《連環套》其實就是一個女性充分發揮其「婦人性」的求生本能來以弱勝強地「求生存」的連環傳奇。女主角霓喜原本是出生於廣東偏僻角落的一個鄉下丫頭，還在「光緒年間」她才十四歲時就被養母賣給香港的一個印度商人，由此霓喜得以進入半殖民地都市的中上層社會，開始了為人做妾的姘居生涯，直至香港淪陷之後，垂老的她仍然頑強地生存著。霓喜如此漫長的一生可謂歷經滄桑，既有過暢意的享樂，也不止一次地跌入低谷；但弱女子霓喜總能逢凶化吉、否極泰來，重新抓住一點現世的安穩。這起初憑恃的自然是她的姿色——對必須依附富有男人為生的霓喜來說，姿色的美麗是不待說的，只有這樣才能抓住男人；可漸漸地她發現花心的男人靠不住，美麗的姿色也不會常駐，甚至金錢也靠不住，最終「還是自己靠得住」——這是霓喜的生活經驗。然則霓喜到底靠的是自己的什麼呢？那就是她動物般執著堅韌求生存的生命本能和求安穩的適應能力，為此她可以不顧一切，近乎人盡可夫，也因此她才能一次次地渡過生存的危機，男人一個又一個從她身邊走過去了，而她的「暢意的日子一個連著一個」，仿佛不斷的「連環套」。看得出來，《連環套》裡的霓喜這種「隨時下死勁去抓住」生活的勁頭有點像〈金鎖記〉裡的曹七巧，但作者的敘述態度又有重要的區別，所以這兩個女性形象也適成對照：曹七巧的生命欲望儘管壓抑和變態，但張愛玲對曹七巧的敘寫不僅有現代的精神分析眼光，而且包含著「五四」以來批判封建家族制度和禮教的「現代意識」，所以她筆下的曹七巧仍然有人性的內在鬥爭、仍然是個讓人同情的「人」；至於霓喜，作者在《連環套》一開篇就說要「從生物學的觀點」來看她「曾經結婚多次」的一生，而最終作者也確實把霓喜描寫成了一個純然的動物——按此時作者的觀點，「人本來都是動物，可是沒有誰像她（霓喜）這樣肯定地是一隻動物」。自然，在生活中並不是沒有霓喜這樣的婦人，在文學中也不是不能寫霓喜這樣的婦人，關鍵在於作者究竟用怎樣的態度來寫。張愛玲的問題是，她對霓喜的這種動物般的「婦人性」之肯定，並非似是而非的反諷而確屬發自衷心的首肯，所以她才那麼津津樂道地敘說著霓喜在一系列生存競爭中極盡苟且逢迎以求得現世安穩的一個又一個「奇蹟」，仿佛「婦人性」的逢迎苟且當真讓霓喜如魚得水、樂此不疲、百折不撓、所向披靡似的，卻幾乎完全疏忽了霓喜作為一個人在這種情況下應有的內心矛盾——年復一年在苟且與妥協中廝混的霓喜甚至連人的痛苦和屈辱都沒有，這就使得霓喜幾乎成了一個純然動物性的「女人」，可作者卻一再首肯霓喜「究竟是個健康的女人」。這一切都表明此時支撐著張愛玲創作的人生觀—人性觀已經下滑，而與此相伴隨的還有敘事藝術的粗鄙化。如果說此前的〈傾城之戀〉、〈金鎖記〉發揚了《紅樓夢》言情敘事之優雅婉轉的傳統，那麼《連環套》則發揮了《金瓶梅》寫性說色之粗鄙直露的格調，幾乎讓人懷疑它是否出自張愛玲的手筆。不過，藝術上的粗鄙還是小問題，最大的問題乃是「在一個低氣壓的時代，水土特別不相宜的地方」，張愛玲如此表揚這種不惜一切追求現世安穩的「婦人性」是否妥當、所為何來？應該說，正是有感於此且有憾於此，一直蟄居自守的傅雷才打破沉默，化名撰文向張愛玲誠懇地提出了作家必須有「深刻的人生觀」、應該努力寫出人性的內在「鬥爭」的忠告，並發出了倘不如此則她的一切優點只會把她「引入危險的歧途」的警告。然而，自得的張愛玲在胡蘭成的鼓勵下驕傲地拒絕了「迅雨」的忠告和警告。她在其答辯文章〈自己的文章〉中只承認《連環套》中人物的「語氣像《金瓶梅》中的人物」，但堅持說她對霓喜的敘寫並無不妥，再次強調「霓喜的故事，使我感動的是霓喜對於物質生活的單純的愛，而這物質生活卻需要隨時下死勁去抓住」、再次肯定「她究竟是個健康的女人」[54]。

誠然，「亂離人不如太平犬」的亂世人生苦情確實可悲，「苟全性命於亂世」者之委曲求全的苦衷亦有可憫之處，這些也都是人性和人生的真實，「人的文學」自然不應回避。而張愛玲的創作從一開始就對人的亂世遭遇給予了有

54 張愛玲：〈自己的文章〉，《新東方》第9卷第4-5期合刊，1944年5月15日。

同情的文學申訴，以至於「亂世」敘事成了她的創作的顯著特色。應該承認，張愛玲在這方面的確作出了顯著貢獻，但同樣無可諱言的是，她也出現了嚴重的失誤。就其貢獻而言，她的不少亂世敘事作品使「亂離人不如太平犬」的亂世人生得到了婉轉低回、曲折盡致的表現，從而將個人主義的人間本位的「人的文學」主題，從「五四」以來高調的理想主義書寫還原到低調的現世主義寫實，這無疑是對五四以來「人的文學」的一個重要拓展。就其失誤而論，張愛玲也有一些亂世敘事作品以「但求個人安穩於現世」、「不妨苟全性命於亂世」的勸諭，消解了人之為人所應有的人性鬥爭和道德自律，因此上也就降低了「人的文學」的人學底線，使之淪落為誘導妥協之作。如果說 1944 年 1 月開始連載的《連環套》，乃是張愛玲亂世敘事的「拐點」之作，那麼 1944 年 5 月發表的〈自己的文章〉，則標誌著張愛玲亂世生存哲學和亂世生存美學的成型。

接著在 1944 年的秋季，張愛玲又對其成名作〈傾城之戀〉進行了妥協的改編。追溯起來，在小說〈傾城之戀〉裡，張愛玲就對那些但求個人現世安穩的亂世男女表現出有同情的理解，但那時的她並沒有把白流蘇和范柳原的「自私」完全肯認為理所當然的人生選擇，作者甚至針對白流蘇的「圓滿」結局，用這樣一段參差對照的感慨來結束小說的敘述——

> 香港的陷落成全了她。但是在這不可理喻的世界裡，誰知道什麼是因，什麼是果？誰知道呢，也許就因為要成全她，一個大都市傾覆了。成千上萬的人死去，成千上萬的人痛苦著，跟著是驚天動地的大變革……流蘇並不覺得她在歷史上的地位有什麼微妙之點。她只是笑吟吟的站起身來，將蚊煙香盤踢到桌子底下去。
>
> 傳奇裡的傾國傾城的人大抵如此。
>
> 到處都是傳奇，可不見得有這麼圓滿的收場。……（下略）

讀者從這段語含感慨的結尾中不難體會到，張愛玲對流蘇的「圓滿」其實有那麼一點不完全以為然的婉諷和一絲未必覺得可喜可賀的不安。可是，到了發表《連環套》和〈自己的文章〉的 1944 年，張愛玲已將其亂世生活心得提升為一種具有普遍意義的亂世生存哲學和亂世生存美學，而憑著「婦人性」的堅韌求得個人現世安穩的霓喜，則被塑造成了「啟示」淪陷境區芸芸衆生如何求安穩於亂世的典型人物。不過，霓喜這個婦人畢竟有些「先天不足」、老氣過時，比較而言，還是〈傾城之戀〉中的洋場男女白流蘇和范柳原更為入時當令、更具可塑性。所以，張愛玲隨後便將《傾城之戀》改編為四幕八場話劇，從 1944 年 11 月開始上演，連演三月而不衰。然則，張愛玲究竟是怎樣改編她的這篇成名作的呢？對此她後來有過這樣的自白——

> 寫〈傾城之戀〉，當時的心理我還記得很清楚。除了我所要表現的那蒼涼的人生的情意，此外我要人家要什麼有什麼，華美的羅曼思，對白，顏色，詩意，連『意識』都給預備下了：（就像要堵住人的嘴）艱苦的環境中應有的自覺……[55]

按，所謂「蒼涼的人生的情意」、「華美的羅曼思，對白，顏色，詩意」等等，其實都是小說裡就有的東西，在改編中不過略事增色潤飾而已，真正刻意給予加強的乃是那個預備著「要堵住人的嘴」的「意識」——人在「艱苦的環境中應有的自覺……」。這「自覺」用張愛玲〈自己的文章〉裡的話來說，就是身在亂世的「人覺得自己是被拋棄了，為要證實自己的存在，抓住一點真實的，最基本的東西」之自覺，也即胡蘭成特別讚揚為張愛玲的重大發現——她重新發現了人，發現了時代在解體，亂世的人還是尋求個人自由、真實而安穩的人生更為重要。的確，在此時的張愛玲眼裡，一意尋求個人自由安穩於現世、不妨苟且偷安於亂世，已不止是「事實是如此」之真，而且蔚為達致人間和諧之善與符合永恆人性之美了。

當然，這樣一種把低調轉成高調唱的所謂人之「自覺」的妥協意識，是不可能完全「堵住人的嘴」的，所以在一片叫好聲中也有人不以為然。那是在 1945 年 3 月，一位叫做

---

55 張愛玲：〈關於《傾城之戀》的老實話〉，《對照集》第 88 頁，廣州，花城出版社，1997 年。

「阿雲」的人從大後方的桂林重返淪陷中的上海，他把兩地文壇相比較，不禁感慨地說：「在桂林的文化氛圍雖然相當隨便，每一個作家足能以自由意想[志]從事製造自己的作品。——但這一點在我重回到受過炮火洗禮已七年的文化都市上海，竟得到一種驚人的詫異，這『隨便』與『自由意志製造作品』，已通過上海的『浮華』環境而極度的浮華。『隨便』幫助了幫閒扯淡，『自由意志』助長了荒淫無為的毒焰。」其中最為「阿雲」所詬病的，就是當時淪陷區文壇上最為走紅的兩位女作家張愛玲和蘇青。這裡且看他對張愛玲的批評——

> 張愛玲與蘇青等紅遍上海的文藝寫作者，是我一踏入上海時青年朋友們一總介紹的女作家，尤其對張愛玲的作品：《傾城之戀》、《傳奇》、《流言》……無知的青年們竟有當作生活的實典的，而依照她所啟示的去走路。這一方面表顯[現]了這時代上海青年的無聊與無為，找不到正當食糧的苦悶；另一方面使我不得不切感到供給食糧的「作家」的不知與疏忽。
>
> 不錯，不知與疏忽同樣是罪過。這尤其應用於文藝方面。文藝是什麼？文藝是一種以文字的堆積，運用藝術的手法，通過作家的感情，而將一種人類求生的意識形態，充分的表顯[現]出來。所以文藝不是商品買賣，更不是一種為藝術而藝術的虛無論者；文藝而無文字（此句疑有誤—引者），剩下單純的藝術，

正如做人而無人生目的，只知吃飯睡覺一樣，是低能的動物的行為，缺少人類的感情與理性。我在讀完張愛玲的作品之後，就如此感覺。誠如她自己承認（在〈自己的文章〉一文裡）：

「我甚至只是寫些男女間的小事情……」

「我以為人生戀愛的時候，是比在戰爭或革命的時候更素樸，也更放恣的……」

她又說：

「……描寫人類在一切時代之中生活下來的記憶，而以此給予周圍的現實一個啟示。……」

然而她每篇文章中所記憶的是什麼？給周圍的現實又是啟示些什麼？拿她的所謂代表作〈傾城之戀〉來說，〈傾城之戀〉是描寫在動亂中都市青年的男女之間的故事，其中我們承認流蘇在女性中的崛[倔]強，是女性自我的叛逆（革命）精神表顯[現]，但是這種革命精神在郭沫若的《三個叛逆的女性》裡面是可貴的，因為那時候尚是一個純封建的時代，現在時代不同了，這一種封建意識在現代都市女性的心理，早已打破了，其他在〈傾城之戀〉裡，我們只看到「固執」、「自私」、「浪漫」，雖然固執、自私、浪漫也是一種「參差對照的手法」，表顯[現]在這人類偉大的求生場合一部分人苟且偷生無恥的勾當，但在張愛玲的作品上，結果我們看不出「偷生無恥」之外，襯托出的意識形態是什麼？[56]

56 阿雲：〈張愛玲及其他〉，《現代週報》第3卷第7號，1945年3月24日。

這個「阿雲」不知是什麼人，他的批評雖然運用了「革命」、「意識形態」等概念，但其含義是相當寬泛的，充其量不過有點社會分析色彩而已，並不足以稱為嚴格的左派批評。此外，譚正璧也在稍早些時候指出，「革命之後三十多年來」的中國婦女仍然備受封建主義和資本主義的雙重壓迫，而比較馮沅君、冰心、白薇等前一代女作家與「目前最紅的兩位女作家」張愛玲、蘇青的創作，他以為之所以不能後來居上，是「因為前者都向著全面的壓抑作反抗，後者僅僅為了爭取屬於人性的一部分——情欲——的自由；前者是社會大衆的呼聲，後者只喊出了就在個人也僅是偏方面的苦悶」[57]。按，譚正璧雖然是知名的文學史家，但他與左派毫無關係，他所謂的「革命」乃是辛亥革命、新文化革命，而且他也沒有因此就否定張愛玲的成就。可是他和「阿雲」的批評還是讓張愛玲與胡蘭成不高興了，尤其是「阿雲」所謂張愛玲的作品只是「表顯[現]在這人類偉大的求生場合一部分人苟且偷生無恥的勾當」的評語，可能深深刺痛了張愛玲及其保護人胡蘭成的眼睛。出頭露面進行反批評的是胡蘭成，1945年6月他發表了〈張愛玲與左派〉一文，刻意誇大其辭地把張愛玲說成是受左派打壓的作家——

有人說張愛玲的文章不革命，張愛玲文章本來也

57　譚正璧：〈論蘇青及張愛玲〉，《風雨談》第16期，1944年12月。

沒有他們所知道的那種革命。革命是要無產階級歸於人的生活，小資產階級與農民歸於人的生活，資產階級歸於人的生活，不是要歸於無產階級。是人類審判無產階級，不是無產階級審判人類。

所以，張愛玲的文章不是無產階級的也罷。

革命通過政治鬥爭，到改造經濟制度。制度滲透於一般人的日常生活的各方面，而且到了最深的處所。制度腐敗了，人是從生活的不可忍受裡去懂得制度的不可忍受的，生活的不可忍受，不單是不能活，是能活也活得無聊賴，覺得生命沒有了point。這樣才有了張愛玲的詩：

他的過去裡沒有我；
曲折的流年，
深深的庭院，
空房裡曬著太陽，
已經成為古代的太陽了。
我要一直跑進去，
大喊：「我在這兒！
我在這兒呀！」

這時候人要求重新發現自己，發現世界，而正是這人的海洋的吸動裡滿蓄著風雷，從這裡出來的革命才是一般人們的體己事。……（下略）[58]

遍檢當年的評論文字，除了「阿雲」和譚正璧的文章

58 胡覽乘（胡蘭成）：〈張愛玲與左派〉，《天地》第21期，1945年6月

外，再無什麼左派嫌疑的文人打壓張愛玲，所以胡蘭成的〈張愛玲與左派〉應該就是針對他們倆人的。其實，在當時的淪陷區文壇上對張愛玲的一片喝彩聲中，「阿雲」和譚正璧的批評不過是兩點小小的不和諧音而已[59]。可是胡蘭成還是借此大做文章，極力渲染出左派打壓張愛玲的氣氛。這說來倒是出於對張愛玲的「體己」的考慮：第一，在那時誇大地臆造出左派與張愛玲作對的局面，恰恰有助於抬高張愛玲在淪陷區文壇上的地位，因為在日偽統治下的淪陷區的主導意識形態，就是把共產黨—左派視為反對和平大業、製造中日戰爭的罪魁禍首；第二，在與左派的革命鬥爭觀相對照的語境下，才能更加凸顯張愛玲所謂但求現世安穩的人性之發現的啟蒙意義與和平意義，正可以抬高張愛玲所開拓的「作文章和作人的新路」之意義。所以胡蘭成乘機侃侃而談——

> 先要有人的發現，才能刷新人與人的關係，可以安得上所謂「個人主義」、「集團主義」的名詞。然而左派理論家只說要提倡集團主義，要描寫群眾。其實要描寫群眾，便該懂得群眾乃是平常人，他們廣大深厚，一來就走到感情的尖端並不是他們的本色。……（中略）是他們日常的生活感情使他們面對毀滅

59　事實上，有一位女中學生在讀了阿雲的批評文章後，曾以〈關於張愛玲等〉為題致函《現代週報》的編者，感歎「為什麼除了這篇文章以後，就沒有一篇批評他們的」（《現代週報》第3卷第8號，1945年3月31日）。

> 而能夠活下去。資本主義的崩潰、無年無月的世界戰爭與已在到來的無邊無際的混亂，對於平常人，這是一個大的巫魘，惘惘的，不清不楚的，而左派只是學的陳涉。陳涉使人夜於叢祠旁篝火狐鳴「大楚興，陳涉王！」使農民驚恐，他們的文藝便是這種狐鳴。[60]

正陰謀在日軍支持下建立「和平」割據的「大楚國」的胡蘭成就這樣倒打一耙，不僅假借反左再度強化了他先前讚譽「張愛玲不這樣，到了她手上，文學從政治走回人間，因而也成為更親切的。時代在解體，她尋求的是自由，真實而安穩的人生」——的人性「啟蒙」意義，而且再次弘揚了張愛玲所謂「我發現弄文學的人向來是注重人生飛揚的一面，而忽視人生安穩的一面。其實，後者正是前者的底子。又如，他們多是注重人生的鬥爭，而忽略和諧的一面。其實，人是為了要求和諧的一面才鬥爭的」——的「和平」政治意義。順便說一下，幾乎就在胡蘭成如此「體己」地幫襯張愛玲的同時，淪陷區的衆漢奸以至一些日本人已經敏感到日本前途不妙，從而發起了日本是否應該停戰撤軍的討論，而參與討論的胡蘭成幾乎是「力排衆議」地主張日本應該繼續堅持戰爭及其在淪陷區的佔領體制，理由是當此之時「戰爭變成不是破壞現成產業秩序，而是維持現成產業秩序的，倘使忽然停止了戰爭，國民日常生活即可全部解體。」胡蘭成甚

---

60 胡覽乘（胡蘭成）：〈張愛玲與左派〉，《天地》第21期，1945年6月。

至聲稱：「若干人希望日本打敗仗，這並不是好事情」[61]，理由是倘若美國戰勝，則「她殘剩的物力尚可以維持帝國主義的支配方式，」所以「中國人給自己打算，也還是日本戰勝的好。日本必須有革新運動才能戰勝，這樣的戰勝，將予中國的新生以有利的推動，有新生的中國做對手，撤兵不成問題。」[62]總之，在胡蘭成看來，抗日是沒有前途的，日本的佔領和戰勝反倒有利於中國的新生、有利於維持國民的「日常生活」。當然，在胡蘭成心目中，那代表著「中國的新生力量」的人非他自己莫屬，而張愛玲則因為對「凡俗人性」和「日常生活」等等的發現，則被他視為開拓了「作文章和作人的新路」，進而被他納入到推動中國新生的「啟蒙運動」和「國民和平運動」中去了。對此，張愛玲並非不知情，但她卻安然地接受著胡蘭成的吹捧和利用，繼續著她的「自由，真實而安穩」的人生與文學之旅。

讓人感到慶幸的是，就在張愛玲漸行漸遠之際，抗日戰爭於 1945 年 8 月取得了勝利。這一點，張愛玲和胡蘭成都沒有想到，他們原以為兵荒馬亂的亂世還長得很、所以都一門心思地尋求著個人的自由發展和現世安穩呢。所以，打亂了胡蘭成的如意算盤、止住了張愛玲尋求安穩的腳步、沒有

---

61 胡蘭成：〈歐戰何時結束？〉《大公》週報第 2 期，1945 年 4 月 17 日。

62 胡蘭成：〈撤兵問題〉，《大公》週報第 7 期，1945 年 5 月 22 日。

讓她在妥協的歧途上走得更遠的，乃是抗戰勝利的不期而至。就此而言，張愛玲其實是最應該感謝抗戰勝利的人。

抗戰勝利之初，張愛玲已不像在淪陷區的時候那麼走紅了，那自然是因為她在淪陷時期的某些作為在戰後不免一時的詬病，批評者則多來自新聞界。不過，誠如當年的一位書評家少若（吳小如）所說，張愛玲並沒有受到新文學界過於嚴厲的指責，當時「知道她的人，還是歎息的多，奚落的少。那是個天才，是一塊好材料，誇大口氣的說，夠得上個作家的標準。」在少若看來，張愛玲「唯一的病痛所在，恰坐了她在《傳奇》再版自序裡的話：『啊，出名要趁早呀，來得太晚了，快樂也不那麼痛快。……快，快，遲了來不及了，來不及了！』假令她沉潛光耀於當時，而蹈厲風發於此日；或者輾轉內地，吃上幾年辛苦，給生命加強一點受過折騰的活力，在今天發揚光大起來，或者將成為一代奇蹟也未可知。然而，虛名，躁進，葬送了她的才華，浪費了她的心力！」以致「許多不能在女作家筆下要求的東西，都應在張愛玲作品裡找得到；然而終於沒有找到，這就是我們所認為的遺憾！」[63] 看得出來，少若的話是很厚道的有同情的批評，這也表明抗戰勝利後的新文壇對張愛玲還是比較寬容的。

抗戰的勝利也使張愛玲自己有所觸動。1946 年 11 月

63 少若（吳小如）：〈《傳奇》〉，天津《益世報》「文學週刊」第 41 期，1947 年 5 月 17 日。

《傳奇》出版增訂本時，她將自己的一篇散文〈中國的日夜〉作為〈跋〉收入。在該文中，張愛玲這樣描述自己上街買菜途中的所見與所感：那些平民百姓平庸乃至貧賤的生活，「仿佛我也都有份：即使憂愁沉澱下去也是中國的泥沙。總之，到底是中國。」迎面看見一個個穿著打補丁衣服的普通人，她感歎：「我們中國本來是補丁的國家，連天都是女媧補過的」。在這種心境中，她寫了兩首詩，一首叫〈落葉的愛〉，另一首也叫〈中國的日夜〉。前者借落葉對大地的愛，喻示了個人對祖國的愛；後者則欣感於「連天都是女媧補過的」中國「亂紛紛都是自己人」，快樂於「我是走在中國的太陽底下」，「去買回來／沉重累贅的一日三餐」，然後是沉重的結尾：「嘈嘈的煩冤的人聲下沉／沉到底……／中國，到底。」這兩首詩以及包含了這兩首詩的散文〈中國的日夜〉，都寫於抗戰勝利之後的 1945 年冬。戰後的張愛玲寫這些，顯然是帶有「補白」意味的自我修飾──補充表白其原本缺乏的「中國意識」，以緩解人們對她在淪陷期間的人生行為和文學行為的批評。稍後，張愛玲又為自己在淪陷期間的行為辯護說，「最近一年來常常被人議論到，似乎被列為文化漢奸之一，自己也弄得莫名其妙。我所寫的文章從來没有涉及政治，也没有拿過任何津貼。」隨即說到她在淪陷期間的「私生活」即她與胡蘭成的關係問題，則自以為「即使有這種事實，也還牽涉不到我是否有漢奸嫌疑的問題；何況私人的事本來用不著向大衆剖白，除了對自己的家長之外彷彿我沒有解釋的義務」[64]。這些自我修飾兼自我辯解，固然表明了張愛玲家國意識的復甦，但同時她也用「私生活」無關政治、寫文章「不涉及政治」的說辭轉移了問題、並且模糊了問題的癥結。而時至今日，還有不少研究者把〈中國的日夜〉作為淪陷時期張愛玲心懷「中國意識」的文本，以此來證明那一時期張愛玲的文學行為並沒有受她和胡蘭成的「私生活」的影響，而從「不涉及政治」的角度為張愛玲的文學言行做洗刷者也屢見不鮮。

其實，這些修飾、辯解和辯護是完全用不著也不對路的。因為並沒有什麼人不通情理地苛求身在淪陷區的張愛玲非得為抗日為革命的政治而文學、非得表現什麼正確的「中國意識」不可。換言之，張愛玲在淪陷區的環境下就如胡蘭成所說的那樣使「文學從政治走回人間」，這原本沒有什麼不可以的，「所以」，也像胡蘭成所說的那樣，「張愛玲的文章不是無產階級的也罷」，同樣的，張愛玲的創作沒有「中國意識」也罷——根本不須向她苛求這些與政治有關的寫作；甚至張愛玲與胡蘭成的關係問題，也不妨照她自己所強調的那樣只視為個人的「私生活」問題，不必與她的創作聯繫起來看。總之，所有這些問題都可以不必計較。真正應該討論的乃是張愛玲所走的那一條非政治的、純文學的「人的文學」之路本身有沒有問題？

---

64 張愛玲：〈有幾句話同讀者說〉，《傳奇》第353頁，人民文學出版社，1986年。

可以理解，近些年來，學界一直忙於反思極左的政治文學之弊害，一致肯認「五四」新文學所開創的「人的文學」之路才是現代文學的純正之路，而紛紛致憾於啟蒙的「人的文學」在三四十年代文壇上，先後受到主張階級鬥爭的革命文學之批判和堅持民族救亡的抗戰文學之擠對，因而不能得到自由的發展。正因為如此，當人們發現年輕的張愛玲居然在淪陷區延續並發展著純文學的「人的文學」，自然是大喜過望，於是照單全收，讚歎不絕，以至把她與魯迅一塊尊奉為新文學的「祖爺爺」、「祖奶奶」。可是，興奮的人們卻幾乎完全忽視了「人的文學」既然與人本身根本相關，則寫來就會因人而異、可此可彼、甚至有清有濁，因此對所謂純文學的「人的文學」現象也應該進行具體的分析，不能想當然地以為一個作家只要致力於非政治的純文學的「人的文學」，則他／她的文學作為就具有了天然的人性免疫力而不出問題。尤其在淪陷區那樣的背景下，情況更是複雜——既不乏嚴肅堅守人性與文學尊嚴的「人的文學」，也難免有意無意地消解人性與文學尊嚴的「人的文學」。並且，即使同一個作家，也不是一成不變的。張愛玲就是變化甚大而且變化很快的人。她的第一部小說集《傳奇》不僅在敘事藝術上獨樹一幟、雅俗共賞，而且也以對末世人性之變和亂世人性之常的精細開掘，推進了「人的文學」的進程。可是如上所述，隨後的張愛玲卻在所謂「重新發現了人」的「人的文學」抒寫中，著意宣敘一種但求個人現世之安穩、不妨苟且性命於亂世的亂世求生─偷生之道，這樣一種「人的文學」雖然没有明顯的政治妥協色彩，卻以其妥協的人性─人生迷思消解了「人的文學」應有的人學與文學尊嚴，而況張愛玲還有意拿這樣一種浸透了妥協迷思的「人的文學」來對淪陷區讀者進行人性的「啟發」，此所以胡蘭成那麼欣喜若狂地發現了她、因勢利導地將她樹立為「作文章和作人的新路」的開創者，進而納入到所謂求和平的「啟蒙運動」、「國民和平運動」中去了。一種看來是純文學的並且是標榜「重新發現了人」的「人的文學」，就這樣與妥協主義的文化政治相妥協，構成了相輔相成、同謀互利的關係。而且惟其是純文學的並且是標榜「重新發現了人」的「人的文學」，它所宣敘的妥協迷思的媚惑性、欺騙性和危害性也就更大。因為它讓人在一種蒼涼的淒美的感動中，「覺悟」到自己對兵荒馬亂的現實是無能為力的，一切對外的抗爭和內在的堅守都没有意義，於是妥協地適應亂世的現實以求得個人現世安穩，便成了最合乎所謂人這種利己的生物之本性的生存之道。儘管這樣一種包裹在「純文學」的「人的文學」之中的人性─人生妥協迷思，並不一定帶有明顯的政治色彩，可是它卻以其對人性尊嚴和人生操守的美麗消解，潛隱地維持甚至支持著妥協主義的政治，其誘人的效果比赤裸裸的政治宣傳更大。胡蘭成正是看中了這一點，所以他在利用這種妥協的文學來為其妥協政治服務的同時，又刻意強調文學在張愛玲手裡「從政治走回人間」的純文學性和「人的文學」屬性，以為美麗堂皇的裝飾。而當年的傅雷也正是因為預感到這種危險才頗為擔憂、發出諍言的，稍後的「阿雲」則是因為業已看到其不良影響而期期以為不可的。

問題的嚴重性還在於，像張愛玲這樣在純文學的「人的文學」中注入妥協主義人性—人生迷思者，在南北淪陷區文壇上並非個別現象，而所有陷溺其中的作家，都幾乎無一例外地聲稱是在為人性、為人生以至為民生而寫作，從而或明或暗地將其妥協的文學行為和人生行為合情合理化。比如在南方淪陷區文壇上，與張愛玲齊名的小說家蘇青就在大力張揚人的食色之性的同時，賣力地宣揚犧牲的無謂、放肆地貶斥烈士的崇高[65]，從而將苟且偷生的人生行為渲染得頗為合乎人的情性；在北方，「人的文學」的首倡者周作人也沒有閑著，他在一系列文章中反覆表白著一種因為「嘉孺子」、「哀婦人」、「悲民生」而捨身飼虎的德行，著力宣揚所謂「道義事功化，倫理自然化」的新道德觀和「以生的意志為根本」的新人生觀[66]，跟在周作人身後的則有一大批將妥協應世的人性—人生低調當作救人救民的高調唱的散文家。事實上，借純文學的「人的文學」的包裝來發表妥協應世、苟

65　參閱蘇青：〈道德論〉、〈犧牲論〉，均見《談天說地：蘇青小品精華》一書，上海書店，1994 年。

66　參閱周作人：〈道義之事功化〉（《知堂乙酉文編》，香港三育圖書文具公司，1961 年）、〈我的雜學〉（《苦口甘口》，上海太平書局，1944 年）、〈凡人的信仰〉（《過去的工作》，河北教育出版社，2002 年）等文。

且偷安的人性—人生迷思者，在當時的南北淪陷區文壇上已匯聚成了一股相當龐大而又比較隱蔽的妥協主義文學思潮。所謂「比較隱蔽」，就是因為它的妥協不像赤裸裸的漢奸文學那樣有明顯的政治附逆傾向，而多訴諸於亂世人性的無奈和民生的多艱，看起來很有那麼一種為人性、為民生請命的悲天憫人情懷和義正詞嚴的道理，所以也就很容易被肯認為「人的文學」在淪陷區的延續和發展。就其重要性和典型性而言，1939 年以後的周作人和 1944 年以後的張愛玲，可以說是這股比較隱蔽的妥協主義文學思潮的兩地代表人物暨兩代代表人物。對他們之間的差異性，胡蘭成倒是有所分析。他以為「周作人因為太理性了，所以缺乏人生味。看他喝苦茶，聽雨，看雲，對花鳥蟲魚都寄予如意，似乎是很重人生味，其實因為這人生味正是他所缺乏的。」[67] 而張愛玲則是感性的放恣的，「她的小說散文，也如她的繪畫，有一種古典的，同時又有一種熱帶的新鮮的氣息，從生之虔誠的深處迸激出生之潑剌。」[68] 這確是說中了一點：1939 年以後的周作人等「老作家」剌剌不休地說個沒完，不外是給自己和同類的妥協行為找出個可以自圓其說的道理，好讓自己心安理得，其實那些說得頭頭是道煞有介事的道理不過是些乏味無

67 江梅（胡蘭成）：〈周沈交惡〉，《苦竹月刊》第 1 期，1944 年 10 月。

68 胡蘭成：〈評張愛玲〉，《雜誌》第 13 卷第 2 期，1944 年 5 月 10 日。

力的自欺欺人之談，倒是張愛玲直接訴諸人的生命欲望，顯得潑辣放恣，較為感人，其他「新進作家」如蘇青、路易士、沈啟无等更是我行我素、無所顧忌，所以胡蘭成說較諸「老作家」周作人，他更同情沈啟无，他組織的那個「苦竹社」文人小集團，就是以這些「新進作家」為骨幹的。

當然，兩代作家的妥協差異不應被誇大。歸根結底，不論是老作家的妥協還是年輕作家的妥協，都折射著近代以來中國半殖民地—殖民地化進程對一部分知識份子心性人格所產生的負面影響，那影響使他們深陷於國族無救、亂世難抗的失敗主義心態中難以自拔，從而趨於個人的偏至，遂將個人主義的人間本位的「人的文學」推向妥協應世、苟且偷安之途，只不過從崇尚理性的「五四」走過來的周作人等老作家，更習慣於將其妥協的人與文文飾得「合乎道理」，而接受了三十年代「新感覺」思潮洗禮的張愛玲等年輕作家，則更偏好於將其妥協的人與文修飾得「合乎情性」而已。不待說，要把人的妥協行為文飾得合乎作人的「道理」，畢竟是理不直氣不壯的事，饒是周作人等多麼富有學養、怎樣會做文章，他們那些引經據典曲為譬解、煞費苦心自我修飾的「低調散文」，也如同從政治的「低調俱樂部」裡發展出來的汪偽和平反共救國論一樣，其所謂「苦心孤詣」其實都難以自圓其說，而不免理屈詞窮之困窘和裝腔作勢之虛偽。所以，「合乎道理」的妥協主義文學之自欺欺人的虛假合理性和自我修飾的作態修辭術，並不難辨別和評價。比較讓人犯難的乃是「合乎情性」的妥協主義文學，如一些淪陷區小說就往往以亂世男女為情所困、因情而迷的形態，表現出教人何妨縱情任性、不憚苟且應世的人性化妥協迷思。這論理雖說是豈有此理，言情卻難說就沒有此情，而況即使理無可恕也可能情有可原，而人孰無情呢，尤其在事過境遷、人性張揚的今天。所以，對那些因情性而妥協的淪陷區作家作品之評價，就難免陷入「今是」對「昨非」的糾紛了。

妥協的或不妥協的男女之愛：〈色‧戒〉與《海的沉默》之校讀

最近改編為電影的張愛玲小說〈色‧戒〉，也引起了人們的廣泛關注和諸多爭議。按，這篇小說 1950 年寫出後卻遲遲沒有交付發表，而歷經多年琢磨直到 1979 年才在臺灣《中國時報》的「人間副刊」上首發。不論從寫作還是發表時間上說，〈色‧戒〉都不在本文討論的範圍。只是考慮到它寫的是戰時淪陷區的一樁奇特的男女情事，而又經過多年的琢磨才問世，其中無疑寄託了作者對「軟弱的凡人」尤其是女性在淪陷時期因情性而妥協的行為之感懷，恰好法國淪陷區也有一位作家寫過一篇題材近似的小說《海的沉默》，所以在此不妨把兩篇作品略做校讀，讀者從中或許可以看出，即使同樣鍾情於戰爭年代特殊男女情的敘寫，同樣致力於亂世人性人情的開掘，卻會因為作家為人立場和審美情趣的差異，而成為怎樣迴然不同的「人的文學」。

〈色・戒〉取材於抗戰時期頗為轟動的一樁「間諜案」——國民黨特工機關為了打擊汪偽政權，特布「美人局」，派女特工鄭蘋如誘騙偽政權特務頭子丁默邨上鉤，以便借機刺殺他，可惜功敗垂成，鄭蘋如不幸犧牲。抗戰勝利之初，老作家鄭振鐸就曾撰文讚揚過這位不惜以色相誘騙敵偽而不幸犧牲的女特工，並強調說：「女間諜的生活不是玫瑰色的，卻是多刺而艱苦異常的。但為了祖國，她頭也不回的走上了死亡線上」[69]。〈色・戒〉中的王佳芝和易先生，就是以鄭蘋如和丁默邨為原型的。不過，張愛玲是在寫小說而不是做報告文學，所以當她把這樁「間諜案」寫進小說的時候，就難免要做一些變形、加一些想像，這是創作的自由、作家的權利，無可非議的。當然，由於這是作者在戰後的新寫作，而且又琢磨了那麼多年，人們自然也有理由期待張愛玲的這篇新作有些新變。應該說，變形和想像是顯而易見的：在原初的事蹟中，抗日女特工鄭蘋如進入「美人局」，乃是為了國家民族而不惜犧牲色相，其痛苦可想而知，她的秘密工作實際上確如鄭振鐸所說「不是玫瑰色的」；而張愛玲看中的卻恰恰是那個「美人局」的玫瑰色，她由此入手、施展想像，在女主角的性愛心理上大做文章，遂將一個女特工悲壯犧牲的英雄事蹟，轉換成了美貌女特工與她所要刺殺的敵人情不自禁地相互愛上了對方的亂世男女傳奇故事。這些變形和想像顯然已使〈色・戒〉與原初的事蹟大不相同

69　鄭振鐸：〈一個女間諜〉，《文選》創刊號，1946年1月1日。

了。同時，張愛玲在〈色．戒〉中也顯著地加強了對人物內在鬥爭的描寫，這似乎表明她多年之後還是多少接受了傅雷的批評和忠告，在創作上有了新的進展。

然而不然。究其實，偏好亂世男女情的傳奇—羅曼司美學趣味和傾向妥協的人生—人性觀念，仍然深深地制約著以至主導著〈色．戒〉的創作，所以上述一切變形、想像和新變，不僅給人似曾相識之感，甚至有變本加厲之勢。不能不說，敘述亂世男女情的傳奇—羅曼司美學趣味，在張愛玲已是根深蒂固的偏好，所以她才在〈色．戒〉中那麼著力地結撰出一個「美人局」走向破局的戲劇性大逆轉，使作品具有了堪與最好看的好萊塢間諜影片相媲美的好看情節。至於妥協主義的人生—人性觀念之制約，則著重表現於對男女主角心性情感的開掘，尤其是對道德理性與自然情性在女主角王佳芝心中此消彼長之展示，特別的體貼入微和耐人尋味：一開始，年輕的女學生王佳芝確是出於一腔報國熱情而「義不容辭」地決意犧牲色相去勾引易先生，他們之間當然談不上什麼感情了。可是，或許正如作者所寫的那樣吧，來自一個年長男子而且是作為敵手的男子的撩撥，反倒對王佳芝性愛意識的覺醒起了激發作用，這個少女沉睡的身心被喚醒了，而秘密工作的特別壓力對性愛也似乎如火上澆油，反倒使王佳芝不由自主地渴望在與易先生的熱烈性愛中獲得釋放——「事實是，每次跟老易在一起都像洗了個熱水澡，把積鬱都沖掉了」。何況王佳芝原本就是個具有「婦人性」的「軟弱的凡人」。於是乎，不論在情節上還是在情結上，都呈現出「性與願違」的矛盾和逆轉：理應是無情特工的王佳芝卻漸漸地對作為敵手的易先生有了親近感和依賴性，「美人局」也便潛隱著破局的危險，而作為敵手和作為情人的兩個角色也就在王佳芝的心中打起架來，她在這種內在的鬥爭中掙扎著、苦惱著、自欺著，漸漸走到了進退兩難的歧途。到最後一幕，當王佳芝猶豫不決而又不由自主地把易先生誘騙到設伏的那家珠寶店，眼看著鋤奸的任務就要完成了，可是陡然間，醒覺了的情愛加上軟弱的性情，卻讓她臨陣妥協，放走了易先生——

> 那，難道她有點愛上了老易？她不信，但是也無法斬釘截鐵的說不是，因為沒戀愛過，不知道怎麼樣就算愛上了。……
>
> …………
>
> 陪歡場女子買東西，他是老手了，只一旁隨侍，總使人不注意他。此刻的微笑也絲毫不帶諷刺性，不過有點悲哀。他的側影迎著檯燈，目光下視，睫毛像米色的蛾翅，歇落在瘦瘦的面頰上，在她看來是一種溫柔憐惜的神氣。
>
> 這個人是真愛我的，她突然想，心下轟然一聲，若有所失。
>
> 太晚了。
>
> 店主把單據遞給他，他往身上一揣。
>
> 「快走，」她低聲說。

> 他臉上一呆，但是立刻明白了，跳起來奪門而出，……

按照張愛玲的描寫，易先生也的確是漸漸地進而深深地愛上了王佳芝。儘管他在脫逃的當晚就將包括王佳芝在內的渝方特工一網打盡、統統槍斃了，但如此趕盡殺絕並不完全是為了自保，更重要的是由於他對王佳芝愛得極深。據說極深的愛也是最自私的愛，所以易先生只有將王佳芝殺了，才能最終實現對她的佔有。當然，按照「她臨終一定恨他。不過『無毒不丈夫』。不是這樣的男子漢，她也不會愛他」的愛情辯證法，最自私的愛又是最不自私的，所以作品最後描寫的是，黯然神傷的易先生已做好了隨時從容赴死以報答紅粉知己於地下的準備——

> 他對戰局並不樂觀。知道他將來怎樣？得一知己，死而無憾。他覺得她的影子會永遠依傍他，安慰他。雖然她恨他，她最後對他的感情強烈到是什麼感情都不相關了，只是有感情。他們是原始的獵人與獵物的關係，虎與倀的關係，最終極的佔有。她這才生是他的人，死是他的鬼。

這樣一個易先生，與其說是個殺人不眨眼的惡魔，還不如說是個深情到變態的情聖，恰與癡情的女特工王佳芝構成了最佳的絕配。所以，無論從男性角度來說還是從女性的角度來看，〈色・戒〉都將亂世男女情寫到了絕頂——那種情與欲的力量竟然強大到能夠化敵手為情人、深刻到雙方不惜以死相殉的地步。雖然就原初的鄭蘋如事蹟而言，人們或許會說這是絕大的歪曲（這可能也是作者遲遲不願發表〈色・戒〉的原因），可是就人性人情而論，誰又能夠否認如此強大深刻的情與欲之存在的可能性和藝術的真實感呢？因此，我們必須承認，〈色・戒〉是一篇非常出色的極富人性深度的男女情愛小說。而作者之所以能夠寫得這麼體貼入微，則很可能如一些研究者所指出的那樣，是因為張愛玲在其中融入了她對自己和胡蘭成之間「欲仙欲死」的情愛體驗。的確，不論是現實生活中的張愛玲對胡蘭成的情感，還是張愛玲所精心描繪的王佳芝對易先生的情感，都有一個共同的特色，那就是作為核心人物的女主角都是因為「欲仙欲死」的情愛，而在關鍵時刻作出了妥協的人生選擇。抗戰勝利後的張愛玲當然明白，如此行為不能不說是個嚴重的失誤，這或者正是她把這篇小說命名為〈色・戒〉的原因，但她私心裡恐怕還是覺得那樣的選擇在當事者其實是「只能如此」的發乎人情不悖人性之舉，所以她的〈色・戒〉實際上恰恰著力表現著亂世男女情欲的無忌和情愛的無戒，遂使這篇苦心經營之作無形中成為替因情愛而妥協者進行「人的文學」修飾的典型文本。看來，張愛玲的為情所困實在是既深且長，而難得的是過了多年之後，她的寫情才華仍然不減當年。

說到當年，在法國的淪陷區文壇上也確有一位作家寫了一部與〈色・戒〉頗為近似的表現戰時特殊男女情的小說《海的沉默》。其作者韋科爾（Vercors 1902～，又譯「費爾各」、「韋皋」、「維爾高爾」等）本名讓・布呂萊（Jean Brullery 又譯「伯羅勒」等，一說他的真名是羅瑞・德維涅，未知孰是）。二戰爆發前的韋科爾在印刷行業從事繪畫插圖工作，業餘也寫點文章。1940年6月法軍大敗，德國佔領了包括巴黎在內的大片法國領土，貝當則組織了妥協偏安的維希政府，此時的韋科爾以做木工維持生活，而積極參加了地下抵抗運動。1941 年韋科爾精心創作了中篇小說《海的沉默》（Le Silence de La Mer），但未能及時發表。1941年末韋科爾在淪陷了的巴黎參與創建了地下出版社「子夜出版社」（Le Editions de Minuit），秘密出版和發行抵抗文藝。次年推出的《海的沉默》既是「子夜出版社」秘密出版的第一本書，也是韋科爾的處女作——「韋科爾」這個化名可能取意於法國的韋科爾地區，該地區後來被稱為「法國抵抗運動的聖地」。恐怕連韋科爾自己也沒有想到，他這個業餘作者創作的《海的沉默》秘密出版後會不脛而走，不僅法國人民爭相傳閱，而且迅速傳播到世界各地——倫敦、北非、美國、蘇聯，以及中國。最初的中譯是王環根據美國《生活雜誌》（1943年10月11日出版）上的英文縮寫本轉譯的，發表在1944年7月15日重慶出版的《時與潮文藝》第3卷第5期上。隨後的《時與潮文藝》也一直跟踪報導著「菲爾各爾」即韋科爾與子夜出版社的情況。事實上，在

1944～45年之際，韋科爾和他的傑作《海的沉默》已引起了中國文學界的充分關注，幾乎成了所有介紹法國抵抗文學的文章重點推介的作家作品，如聞家駟的長文〈法國戰時文藝〉[70]，就差不多是《海的沉默》的專論。抗戰勝利後，由法國文學專家徐仲年主編的《法國文學》雜誌又連載了孫源據法文本翻譯的《海的沉默》全本[71]，隨後徐仲年本人也翻譯發表了韋科爾的另一篇小說《星夜行》（La Marche à L'etoile, 1943）[72]；緊接著，曾經親歷過法語淪陷區生活的法國文學專家羅大岡也發表了長文〈時勢造成的傑作〉[73]，給予《海的沉默》及其作者高度的評價。1953年韋科爾和他的妻子曾經來到新中國訪遊兩月，返回法國後完成並出版了兩

70　聞家駟：〈法國戰時文藝〉（上、下），連載於《民主週刊》第1卷第13期、第14期，分別出版於1945年3月19日和1945年3月27日。

71　費爾各（韋科爾）著、孫源譯：《海的沉默》，連載於重慶出版的《法國文學》第1卷第1期、第2期、第3期，分別出版於1945年12月、1946年2月、1946年3月。

72　斐爾各爾（韋科爾）著、徐仲年譯：《星夜行》，連載於上海出版的《世界》雜誌第1卷第4期、第5期、第6期、第7期、第8期、第9期，分別出版於1946年12月16日及1947年1月1日、2月1日、3月1日、4月1日、5月1日。

73　羅大剛（岡）：〈時勢造成的傑作〉，《文學雜誌》第2卷第7期，1947年12月。按，晚年的羅大岡先生曾經告訴我，「羅大剛」既不是他的本名也不是他的筆名，而是當年的《文學雜誌》等刊物編者因為想當然地把他的名字「改正」為「羅大剛」而誤加給他的一個別名。

卷本的遊記《一個法國人在中國的漫遊》（Les Divagations d'un Français en Chine, 1955）；而中國也在 1954 年推出了《海的沉默》的另一個中譯本，是由資深翻譯家趙少侯翻譯的[74]。所以，韋科爾及其傑作《海的沉默》與中國的緣分也可謂不淺。順便說一句，在法國《海的沉默》也曾被搬上銀幕，並且不止一次——較早的一次是在 1949 年，最近的一次是在 2004 年。

應該說，韋科爾和張愛玲確有不少相似可比之處：他們幾乎是同時在法中淪陷區的特殊背景下走上文壇的，而且他們都特別關注非常的戰亂時勢下的人情人性之常，尤其是亂世男女之情，並且兩人的作品也不約而同地表現出婉約陰柔的韻味之美。這最後一點相似特別讓人驚訝。如所周知，張愛玲對婉約言情的中國文學傳統有自覺的繼承，所以她在敘事上追求參差對照、在寫情上講究婉轉含蓄，使其作品有一股婉約陰柔、纏綿悱惻的韻味，這原本在情理之中。可是韋科爾這個法國作家竟然也能「用比較接近我國文學氣質的含蓄委婉、旁敲側擊的反面文章寫成」了他的傑作《海的沉默》，難怪當年的羅大岡先生讀後又驚又喜：「廣泛地說，西洋文藝，音樂及其他藝術，通常都是力的表現。我國文人藝士所企求於表現的是韻致（grâce）。……就個人的『口味』而論，筆者始終喜好『風韻格』而不能十分醉心於『強

74 維爾高爾（韋科爾）著、趙少侯譯：《海的沉默》，作家出版社，1954 年。

力格』的美。……所奇怪的是：當法國作者，受了亡國的刺激，悲涼的情緒填塞胸懷，深徹骨髓的時候，偏偏暫時離開了大鑼大鼓的常調，而寫出〈最後一課〉及《海的沉默》一類的委婉悱惻的，比較近乎我國傳統情調的作品。」[75]

不過，深刻到迴不相侔的差異恰恰掩映在這些相似性之下。不錯，乍一看〈色．戒〉和《海的沉默》兩篇作品寫的都是發生在中法淪陷區裡的奇特愛情——在前者是一個愛國的中國女特工與她受命剷除的一個漢奸特務頭子之間情不自禁的愛情傳奇，在後者則是一個愛國的法國女子與住在她家中的納粹軍官之間日久生情的愛情故事——如此匪夷所思而又其情難免的兩樁奇特愛情不是很相像麼？更無論兩篇作品還表現出相似的婉約言情格調了。可是，仔細校讀就會發現這兩篇作品其實是「似而不同」的。之所以說是「似而不同」，乃是因為兩位作者雖然在敘寫非常近似的奇特男女情愛，卻表現出幾乎截然不同的旨趣。無須諱言，張愛玲的〈色．戒〉著意以女主角在關鍵時刻的情不自禁和男主角事後的綿綿長恨，成功地突顯了發自人性的男女情愛消解人間道義、顛覆人生操守的巨大力量。而韋科爾的《海的沉默》則與此大異其趣。這並不是說在韋科爾的筆下男女之間的情愛最終被敵人之間難以逾越的道義鴻溝挫敗了。不，韋科爾的不可及處，就在於他在《海的沉默》中同時展現了愛情的

75 羅大剛（岡）：〈時勢造成的傑作〉，《文學雜誌》第2卷第7期，1947年12月。

超越性力量和人的尊嚴的不可征服，如此發自人性深處的兩種情志矛盾地交織在一起，使整個作品在海一般的平靜沉默之下暗湧著矛盾的張力，而直到最後，執著的愛情召喚雖然終於得到了回應，但人的尊嚴卻並沒有因為愛情而妥協。這就與竭力渲染人之為情愛而妥協的〈色・戒〉迥然不同了。

雖說題名《海的沉默》，其實這篇小說與海無關——所謂 Le Silence de La Mer 原是一個法文成語，在此暗喻的是人物內心及其相互之間複雜深隱、暗潮湧動的情緒和意志。故事的背景地乃是 1940 年法國戰敗以後的一個鄉村，那裡住著一個年老的法國紳士和他的年輕美麗的侄女，有一天來了一位年輕英俊的德國軍官威納・封・埃勃倫納克，他由當地市政廳指定，寄宿在老紳士家中，故事就發生在這三人之間。其實小說幾乎沒有什麼故事，作者著重描寫的是老紳士的侄女和那位德國軍官之間心性的對抗與溝通，老紳士則充當了觀察者和敘述人的角色。韋科爾無疑是寫人性和人心的高手，他筆下的德國軍官威納並不像一般所寫的納粹軍人那樣面目猙獰如野獸，恰恰相反，威納戰前原是一個音樂家，頗富人文修養和人情味，並且真心地熱愛法國文化，即使參戰來到法國後，他也不以勝利者自居，倒是懷揣著彌合法德關係、重建歐洲文化的美夢。所以威納一開始在這個法國人家裡就以一副彬彬有禮的姿態出現，以後則孜孜不倦地每晚都來向老人和他的侄女致意，百折不撓地表達他對法國人和法國文化的敬意、善意以至愛意——他實際上是愛上了那位法國姑娘。可是面對著這種和平與愛的攻勢，那位法國老人和他的侄女始終報之以海一般的沉默。誠如羅大岡所說，「沉默，沉默是弱者的反抗，是不合作，不服從，無抵抗的叛逆的表示。」而「打破這個沉默，換句話說就是取得法國人的同情與心服。」[76]不過，至少就威納個人而言，他的和平與愛的表白並非毫無誠意，而且他的努力也不是一點效果都沒有。事實上，他的滔滔不絕的真誠表白，他的優雅的教養和他的高調的理想，還是漸漸地觸動了那個法國少女的心。但是，不僅是民族的尊嚴而且是作為人的尊嚴，卻使那個法國少女一如既往地堅持著沉默，這反倒更加激發了威納對她的愛與敬重。而給予威納最致命打擊的其實是他的同伴和朋友——當他滿懷理想來到巴黎與其他德軍軍官聚會時，他的理想主義遭到了無情的嘲笑和徹底的摧毀。於是，理想破滅的威納回到了這個法國人家後，不再來道晚安、不再來攀談，而是在難以言說的痛苦中悄無聲息地蟄居起來。直到幾天後，他特意換了一身戎裝，最後一次敲門進來，這便有了作品的最後一幕：威納請求老人和他的侄女忘掉他六個月來的表白，他憤怒地敘說了自己巴黎之行的失敗，絕望地為歐洲的毀滅而吶喊，……然後淒然而又決然地宣告了他的自求毀滅的決定，依依不捨地向老人和他的侄女做了永別的道別——

76　羅大剛（岡）：〈時勢造成的傑作〉，《文學雜誌》第 2 卷第 7 期，1947 年 12 月。

他淒涼地固執地用眼盯著窗櫺上彫著的天使像，那個欣然微笑著天堂寧靜之光的天使。

忽然他的神色好像舒展了，他的身體也不那麼僵直了。他的臉稍稍歪向地下。但他立刻又抬起頭來：

「我提出了我的權利主張，」他很自然地說，「我要求參加一個正在作戰的師團，這個要求已得到批准：明天我就可以動身了。」

我好像看見在他的嘴角有一絲笑意，當他說下面這句話的時候：

「動身到地獄去。」

他伸了胳膊指著東方，——向著那些極大的平原，那裡的麥子將從人的屍體中攝取營養。

我侄女那張臉真叫我看了心裡難過。面色慘白得跟月色一樣。她的跟乳白石花盆邊緣一樣的嘴唇是微張著的，頗有希臘面形上的那種悲慘的噘嘴姿勢。我看她前額頭髮邊兒生出來——不是生出來，是冒出來——是的，冒出來一粒一粒的汗珠。

我不知道威納．封．埃勃倫納克是否也看見這個。她的瞳孔，這年青姑娘的瞳孔，好像急流中繫在岸邊鐵環上的小船，是被一根繃得那麼緊那麼直的繩子繫著，誰也不敢用一個手指頭在她的兩眼之間晃一下。埃勃倫納克一隻手已握住了門扶手。另一隻手扶著門框。眼光一絲也不移動，他慢慢地把門往他自己身邊拉著。他說，——他的聲音很奇怪，沒有任何表情了。

「我祝你們晚安。」

我以為他要關上門走了，可是不然，他還是望著我的侄女。他看著她。他說，——低低地說：

「永別了。」

他一動也不動。他完全靜止，並且在他的靜止而緊張的臉上，眼睛還更靜止、更緊張，死盯著我的侄女的睜得過大的、過於慘澹的眼。這樣拖延下去，拖延下去——多長的時間？——一直拖延到最後，那個年輕姑娘的嘴唇終於動了一動才完。於是威納的眼睛發出了光芒。

我聽見說：

「永別了。」

必須注意聽才能聽見這句話，總之我是聽見了，封·埃勃倫納克也聽見了，他挺直了身子，他的臉和他的全身都像是剛剛洗了一個舒服的澡似地，懶洋洋地軟下去。

於是，他微笑了，這樣一來，我所看見的他的最末一個形象便是一個微笑的形象。於是門關上了，他的腳步聲在屋子的那頭消失了。[77]

這最後一幕的描寫也充分展現了《海的沉默》與〈色·戒〉在風格上的「似而不同」。雖然兩篇作品在敘事言情上同樣的婉約含蓄，但張愛玲在抗戰勝利後寫〈色·戒〉這樣的亂世男女情愛傳奇，其實難免借情性來文飾妥協、以媚俗

77 維爾高爾（韋科爾）著、趙少侯譯：《海的沉默》第42-44頁，作家出版社，1954年。按，從譯筆上看，趙少侯譯本和此前的孫源譯本各有短長，此處為便參閱，引用了比較容易找到的趙少侯譯本。

取容於讀者的考慮，所以縱使下筆克制、陳詞婉轉，仍然不無煽情弄奇、刻意渲染的筆墨；韋科爾的《海的沉默》則在淪陷區中秘密寫出，力求深入發掘人的尊嚴和愛的不苟，曲折表達不屈的人性和抵抗的意志，所以儘管筆致含蓄、情感內斂，終歸如羅大岡先生所說，蘊蓄著「純鋼百煉，柔可繞指的力」[78]。

如此看來，即使同樣寫人情人性如男女之愛的文學，也會因作家人生態度以及審美理想的歧異，而成就為旨趣不一、品味有別的「人的文學」。不待說，文學對人情人性的書寫是不應有什麼禁區的，問題在於如何寫和寫得如何；以為只要是寫人情人性的「人的文學」就一定高妙，仿佛具有了超過其他文學一等的批評豁免權，那不過是一種流行的新迷信。其實，就連人性人情本身也不應被迷信為無可挑剔的真善美。即如軟弱自私、好生惡死，何嘗不是人性的真實，如癡如醉、欲仙欲死，何嘗不是人情之所欲，文學當然可以而且應該描寫諸如此類人情人性的種種表現，包括由於這些深刻的人情人性的原因而難免使人苟且偷情、妥協偷生的種種行為，那自然都屬於「人的文學」的自由表現範疇；但是這些出自人性的原因是否可以成為如此行為的充足理由、「事實是如此」是否就等於「價值是如此」以至於「美感即在斯」呢？似乎還有可討論的餘地。設若有那麼一種「人的

78　羅大剛（岡）：〈時勢造成的傑作〉，《文學雜誌》第 2 卷第 7 期，1947 年 12 月。

文學」通過表現諸如此類的心性行為而啟示或勸諭讀者說，生當亂世，你就隨性所欲地自由吧、苟且偷生地生活吧，你有充分的理由這樣做，因為這就是芸芸衆生的普遍人性，並且是人的永恆的神性，這樣的「人的文學」在被公認為自由無限並且據說是教化廣大的文藝天地裡自然有其地位，但我們恐怕不能把它與魯迅等新文學先驅者的「人的文學」以及法國抵抗作家韋科爾等的「人的文學」混為一談。換言之，具體問題還要具體分析。對中外現代文學史上種種「人的文學」的理論與實踐，我們最好也像對待其他品類的文學例如「革命文學」一樣，破除對它們的籠統的盲目的執迷，開展對它們的具體的歷史的分析。

結束之贅言：
《傳奇》之後無奇傳

如此看來，抗戰的勝利的確只對張愛玲在政治上有小小的觸動，卻沒能引發她對自己的文學—美學趣味和人生—人性觀念之局限的反省。倒是新中國的成立，給張愛玲的人生和藝術帶來了一些值得注意的新變化，所以她在新中國初年所寫小說《十八春》和《小艾》，確給人樸素寫實之感而且不乏樂觀淑世的格調。可惜，為時甚短，成就無多。1952年張愛玲移居香港、隨後又於1955年移居美國，期間曾迎合西方冷戰意識形態，努力寫作了反共小說《秧歌》、《赤地之戀》，但藝術上並不成功。後來張愛玲又回到反傳奇的亂世男女傳奇敘事上來，可是重温舊夢並不能重獲成功。由於生活的更為封閉、趣味的更為偏執，所以此後的張愛玲縱然寫作不輟卻水準日落，反覆宣敘的那點亂世男女的傳奇秘辛，儘管寫得越來越細緻而且越來越極致，卻再也不能給人新意和美感。比如重寫〈金鎖記〉的《怨女》與最近公開出版的《小團圓》之類，其實都遠遜於早年的成名之作，令人有徒然反覆、才女才盡之感。……可歎一代才女的人文傳奇，終於只有一個好開頭而未能有個好收場，真讓傅雷不幸而言中了。

2007 年 8～9 月初稿、2008 年 7～11 月修訂

後記

大概是2009年的10月間吧，吕正惠先生來函，建議我把歷年所寫關於周作人、沈從文和張愛玲的文字結為一集，交給人間社出版。我接受了他的建議。稍後，他又聽說我正在寫一篇關於沈從文的長文，因建議待它完成後也收進去，於是停下來等我。那文章就是〈愛欲抒寫的「詩與真」——沈從文現代時期的文學行為敘論〉。然而吕先生和我都没有想到，這一等就是兩年多，直拖到2011年末我才完稿。在此期間，還寫了另外幾篇關於沈從文的文獻考證文字，其中〈沈從文佚文廢郵再拾〉一組佚文是與我的兩個研究生裴春芳、陳越合輯的。現在重新編集，刪去了關於周作人的文字，就成了這本關於沈從文和張愛玲考論的小書。

從1983年跟隨劉增傑師研習現代文學，到現在已將近三十年矣。多年來增傑師的言傳身教，影響於我的為學以至為人至深至切，可謂没齒難忘也。而就在最近他還來函，諄諄以注意休養、鍛煉身體相勉，令我既感且愧。如今的增傑師早已過了古稀之年，在學術上老而彌篤、精進不息，並且每日堅持游泳散步，所以身體康強，這更讓我既欽佩又欣慰。在此就把這本小書題獻於吾師，聊表一個學生的敬意和祝福。同時，也向熱情而且耐心地促成此書結集出版的呂正惠先生表示誠摯的謝意，並感謝蘇敏逸博士代為校稿和編製索引的辛勞。

解志熙　2012 年 7 月 25 日於北京清華園之聊寄堂

本書討論篇章索引

（按發表時間排列）

本索引僅列書中著重討論的作品和文章，並且也僅標出著重討論該作品的頁數，凡敘述中偶一提及的則未列入。

沈從文（篇名前加＊為解志熙及其學生發現的沈從文佚文）

* 〈夢與囈〉（1938/9）107-110，272-275，312-313
* 〈文字〉（1939/12）275-276，311

〈生命〉（1940/8）110-112

〈蓮花〉（1940/8）112-115

〈燭虛〉（1940/8）114-115，139-141

〈夢與現實〉（1940/8-10）（1941/11-12 重刊時改名〈新摘星錄〉，1944/1 重刊時又改名〈摘星錄〉，收入全集時亦名〈摘星錄〉）95-149

* 〈敵與我〉（1941/1）276-282，310-311
* 〈摘星錄〉（1941/6-7）95-149（此篇為佚文，全集未收入此篇。）

〈潛淵〉（1941/8）141-143

〈看虹錄〉（1943/7）95-149

* 〈給小瑩的信〉（1944/8）175-182，223
* 〈新廢郵存底·關於《長河》問題，答覆一個生長於呂家坪的軍官〉（殘）（1944/8）282-283，311-312
* 〈新廢郵存底·致莫千〉（殘）（1944/8）283-284，311
* 〈《七色魘》題記〉（1944/11）183-194，223-257
* 〈自滇池寄〉（一）（二）（1944/11）352-374（（一）為佚文，（二）已收入全集）
* 〈給一個出國的朋友〉（1945/10）153-157，285-289，313-321
* 〈我們用什麼來迎接勝利〉（1945/11）194-198，235-236
* 〈人的重造——從重慶和昆明看到將來〉（1946/3）323-327，339-349

張愛玲

國家圖書館出版品預行編目資料

欲望的文學風旗 / 解志熙著. -- 初版. -- 臺北
市：人間, 2012. 04
面；　公分
ISBN 978-986-6777-48-6（平裝）

1. 沈從文　2. 張愛玲　3. 現代文學　4.文學評論
5. 文集

848.6　　101004505

中國近・現代文學叢刊　12

欲望的文學風旗

——沈從文與張愛玲文學行為考論

著◎解志熙
出版者　人間出版社
發行人　呂正惠
社長　林怡君
地址　台北市長泰街 59 巷 7 號
電話　02-2337-0566
郵撥帳號　11746473 人間出版社
排版印刷　龍虎電腦排版股份有限公司
電話　02-8221-8866
登記證　局版台業字第三六八五號
初版　2012 年 10 月
定價　新台幣 460 元